<u>일러두기</u>

1. 번역에 쓰인 원전은 2013년 중국 장강문예출판사에서 출간한 '얼웨허 문집' 제1판을 사용했다.
2. 맞춤법과 띄어쓰기는 한글 맞춤법과 외래어 표기법에 따랐다.
3. 한자는 우리말로 표기하고, 꼭 필요한 경우에만 괄호 속에 원음을 병기해 이해하기 쉽도록 했다.
    예 : 다이곤多爾滾(도르곤)
4. 인명과 지명은 우리말로 표기했다. 단, 이미 굳어진 표현은 원지음을 존중했다.
    예 : 나찰국羅刹國(러시아). 이후에는 '러시아'로 표기
5. 본문 중의 괄호 안에 뜻을 풀이한 것은 모두 옮긴이의 설명이다.

【전면개정판】

건륭황제

인류 역사상 최대의 제국을 지배한 위대한 황제

16

얼웨허 역사소설

홍순도 옮김

더봄

건륭황제 16권

개정판 1판 1쇄 인쇄   2016년 8월 19일
개정판 1판 1쇄 발행   2016년 8월 23일

지은이   얼웨허(二月河)
옮긴이   홍순도
펴낸이   김덕문

펴낸곳   더봄
등록번호   제399-2016-000012호(2015.04.20)
주소   경기도 남양주시 별내면 청학로중앙길 71, 502호(상록수오피스텔)
대표전화   031-848-8007   **팩스** 031-848-8006
전자우편   thebom21@naver.com
블로그   blog.naver.com/thebom21

ISBN 979-11-86589-68-7 04820
ISBN 979-11-86589-52-6 04820(전18권)

책값은 뒤표지에 있습니다.

복강안福康安

부항(傳恒)에게는 네 명의 아들이 있었는데, 그중 셋째가 복강안이다. 건륭은 부항의 아들 세 명에게 공주를 시집보내 액부(황제의 사위)로 삼았지만 유난히 총애했던 복강안은 직접 평범한 집안의 딸과 혼사를 맺어주었다. 때문에 민간에서는 복강안이 건륭제의 사생아라는 설이 떠돌았다. 아무튼 그는 뛰어난 무장이었다. 19세 때 대금천 정벌에 참가한 것을 시작으로, 감숙성의 회교도 반란과 대만 임상문의 반란을 진압하는 데 공을 세웠다. 또 네팔과의 전투에서도 승전하였으며, 묘족의 반란을 진압하기도 했다. 그런 공로로 복강안은 청나라 역사상 처음으로 황친이 아님에도 군왕郡 王에 봉해졌다. 생몰연대는 1754년~1796년이다.

화신和珅

1750~1799. 중국에서 '탐관오리'貪官汚吏의 대명사로 통한다. 가난한 만주족
출신인 그는 25세에 황제의 시위가 된 이후 불과 32세 때 국고를 책임지는
호부상서로 승진하였다. 머리가 뛰어나고 약삭빨라 30대 후반에 군기대신,
40대에는 수석 군기대신으로 승승장구했다. 게다가 아들인 풍신은덕이 건륭제의
막내딸인 화효공주와 혼인함에 따라 더욱 전횡을 일삼고 부정축재에 열을
올렸다. 건륭제가 붕어하자 가경제는 즉각 화신의 재산을 몰수한 뒤 1799년 2월
22일, 즉 건륭제 붕어 보름 뒤에 자진을 명하였다. 당시 가경제가 몰수한 화신의
재산은 9억 냥으로, 청나라 12년 치 예산에 달하는 어마어마한 금액이었다.
가경제가 이를 가져가 황실 내탕금으로 쓰자 민간에서는 "화신이 죽으니 가경이
배불리 먹었다"和珅跌倒, 嘉慶吃飽며 비꼬았다.

왕이열王爾烈

1727~1801. 요양遼陽 출신으로, '관동제일재자'關東第一才子로 불린다. 자字는 군무君武, 호號는 요봉瑤峰. 16세 때부터 시문詩文과 서법書法에 두각을 나타내 26세에 수재가 된 이후《사고전서》편찬에도 참여하였다. 감찰어사를 지내기도 했지만 28년 동안 주로 한림원에서 편수, 시독학사 등을 지내면서 수많은 제자들을 길러내, 그가 살던 집은 '한림부'翰林府로 불렸다. 44세 때는 회시會試의 주시험관을 맡기도 하였다. 특히 건륭제가 후계자로 점찍은 열다섯째황자 옹염의 스승으로 가경제에게 많은 영향을 끼쳤다.

6부 추성자원秋聲紫苑

1장

청년 명장의 절묘한 전략

옹염을 비롯한 세 사람은 지지리 무겁게 느껴지던 등짐을 모두 임계발에게 맡기고 나자 기분이 날듯이 홀가분해졌다. 그럼에도 임계발은 그 등짐들이 무겁지도 않은지 성큼성큼 앞장서 걸어갔다. 그러고는 길에서 주워들은 이야기를 세 사람에게 신나서 늘어놓기 시작했다.

"이곳 평읍현의 현령은 둘도 없는 청백리라고 하더군요. 폭동을 일으킨 백성들이 아문에 들이닥치자 먼저 일가식솔들을 우물 속으로 뛰어들게 하고 자신은 미리 준비해뒀던 밧줄로 대들보에 목을 맸다고 하네요. 가솔들은 모두 죽었으나 다행히 막내아들은 목숨을 건졌다는 소문도 있어요."

임계발은 다시 복강안의 행보와 관련된 소문도 전했다.

"흠차께서는 제남濟南에서 삼만 인마를 거느리고 와서 이미 귀몽정을 물샐틈없이 포위했다고 합니다. 평읍현에 주둔하고 있던 녹영병들 역시 흠차 대인의 명을 받고 성안으로 쳐들어갔다고 하고요. 또 흠차 대인이 제남에서 이십 문의 위무대장군포威武大將軍炮를 가져다 귀몽정을 평지로 만들어버릴 거라는 소문도 있다고 하네요."

임계발은 그런 말들을 주절주절 끝도 없이 털어놓았다. 대부분이 당치도 않은 낭설임을 어림짐작으로도 알 수 있는 것들이었다. 왕이열이 안 되겠다고 생각한 듯 그의 말을 막았다.

"알겠네. 그런데 열다섯째마마께서는 이처럼 민간에서 몽진蒙塵을 계속하고 계실 수가 없네. 어서 연주부兗州府의 흠차행영과 연락하고 복 공자에게도 소식을 전해야 할 것이네. 열다섯째마마께서 평읍에 계시는 동안에는 그분이 열다섯째마마의 신변을 보호해드려야 할 책임이 있거든. 이곳 역관은 기능이 마비되지 않았는지 모르겠네? 이제부터 우리의 숙식을 책임지고 조정의 관보도 전해 받아야 할 텐데……."

임계발은 왕이열의 말에 꼬박꼬박 알겠다고 대답하며 고개를 끄덕였다. 그러고는 다시 몇 마디를 덧붙였다.

"그러지 않아도 역관으로 들어가 봤습니다. 역정驛丁들은 모두 현지인들이었는데, 처음에 폭동이 일어나자 역승驛丞만 남고 모두 도망가기에 바빴다고 합니다. 그러다 비적들이 현성을 점령하지 못했다고 하니까 다들 돌아왔다고 합니다. 지금은 모든 것이 복 도련님에게 달렸다는 식이에요. 전투를 무사히 치러 비적들의 소굴을 들어내 버리면 앞으로의 일이 술술 풀릴 테지만 그렇지 못할 경우에는 더 큰 혼란을 야기할 수도 있다는 게 역관의 역승과 역졸들의 생각인 것 같습니다."

옹염은 어려서부터 복강안과 함께 글공부를 했었다. 다른 황자들보다 가깝게 지내왔던 사이였기에 복강안의 성격을 알고도 남음이 있었다. 그가 알고 있는 복강안은 한마디로 총명이 넘치는 반면 오만불손하기 짝이 없는 사람이었다. 또 호기롭고 협객 못지않게 의로운 것에 비하면 속이 실핏줄처럼 협소할 때도 있는 인물이었다. 만약 옹염이 평읍으로 공로 다툼을 하러 왔다는 걸 알면 병권兵權을 전부 떠넘겨버리고 팔짱을 끼고 나앉은 채 '강 건너 불 보듯' 할 위인이었다. 그러나 이런 심사를 드러내놓고 말할 수는 없었다. 옹염이 조심스럽게 임계발에게 의견을 피력했다.

"복강안 흠차는 비적 소탕을 주요 임무로 맡고 내려온 통수統帥이네. 우리의 임무는 백성들을 안무按撫하는 것이니 경계가 분명해야 하지 않겠나. 그의 팔꿈치를 당기지 말고 마음껏 군무軍務를 볼 수 있도록 최대한 협조해줘야 하네. 복 흠차에게 자문咨文을 보내게. 내가 연주부에서 각 현을 돌면서 시찰하고 있다는 말을 전하게. 수시로 군무에 협력할 준비를 하고 있으니 걱정 말라고 하게. 다른 말은 일절 하지 말게."

옹염은 어떻게든 복강안에게 자신의 '행보'를 들키지 않으려는 속셈인 듯했다. 왕이열은 어린 나이에도 계략이 예사롭지 않은 옹염을 보면서 속으로 탄복을 금치 못했다.

"하오나 마마께서 평읍에 계신다는 것만은 복 흠차에게 알려야 하지 않겠습니까? 안 그러면 마마의 신변 보호를 어찌 그에게 책임지라고 할 수 있겠습니까."

"나는 누군가에게 책임을 전가하는 일 따위를 질색하는 사람입니다."

옹염은 그렇게 말을 하며 턱을 치켜 올렸다. 숨길 수 없는 아집과 자부심이 바로 느껴졌다. 그러나 그런 표정도 잠깐일 뿐이었다. 이내 고개를 도로 내리면서 임계발에게 물었다.

"아까 황천패가 비적들을 물리쳤네 어쩌네 하면서 징소리를 울리고 산 위에서 떠들고 다니는 자가 있던데, 황천패가 왔다는 게 과연 사실인가?"

임계발이 즉각 대답했다.

"그건 잘 모르겠습니다. 하오나 그자들이 뜬금없는 짓을 할 리는 없다고 생각합니다. 사부님께서 내려오셨는지는 산을 내려가 보면 알게 될 겁니다."

옹염과 임계발이 서로 의논하면서 길을 재촉하는 사이 어느새 울창한 숲 너머로 평읍현의 성이 모습을 드러냈다. 협곡에 얼어붙은 사수泗水는 그 남쪽으로 성수욕聖水峪까지 닿아 있었다. 옹염은 자신도 모르게 뒤돌아서서 양풍구凉風口를 바라봤다. 운무雲霧 속에 희미하게 모습을 감춘 것이 마치 이 세상에 존재하지 않는 곳 같았다. 양의 창자처럼 꼬불꼬불한 산길이 아득하고 까마득하게 보였다. 옹염은 곧 인가가 밀집해 있을 뿐 아니라 수레와 말들이 분주히 지나다니는 곳으로 내려왔다. 순간 그는 마치 긴긴 꿈속에서 깨어난 듯한 착각마저 들었다.

곧 현성縣城이 한눈에 훤히 보이는 가운데 관도官道 옆에 세워져 있는 육각형의 정자가 그의 눈길을 끌었다. 정자 앞에 있는 비석에는 주먹만 한 크기의 세 글자가 선명하게 새겨져 있었다.

合水峪
합수욕

길옆에는 사합원四合院 하나가 있었다. 사방의 지붕 모두 기와를 얹은 기와집이었다. 일반 부호들의 집과 별반 다를 바 없어 보이는 이곳이 바로 접관정接官亭 역관이었다. 멀지 않은 식당들에서 풍겨오는 음식 냄새가 구미를 자극했다.

옹염 등 네 사람은 오랜 시간 동안 걷느라 배가 출출해져 있었다. 너나 할 것 없이 코를 킁킁대면서 군침을 삼켰다. 얼마 후 임계발이 세 사람의 등짐을 혼자 다 짊어지고는 가장 먼저 씩씩하게 역관으로 들어갔다.

때는 아직 신시^{申時} 전이었다. 옹염은 역관에 들어 목욕부터 했다. 이어 혜아가 다리와 허리를 주물러주자 연신 시원하다면서 여기저기를 더 주물러달라고 했다. 그러더니 바로 깊은 잠에 곯아떨어지고 말았다. 왕이열 역시 눕자마자 코를 드르렁드르렁 골았다.

옹염은 세 시간쯤 푹 자고 일어났다. 이어 왕이열과 함께 밖으로 나왔다. 혜아가 마당에서 빨래대야에 손을 담근 채 꾸벅꾸벅 졸고 있는 모습이 보였다. 그걸 본 왕이열이 한마디 했다.

"혜아야, 너는 낚시질이라도 하는 거냐?"

혜아가 왕이열의 말에 흠칫 놀라 정신을 차리고는 쑥스럽게 웃었다. 그런 혜아를 바라보며 옹염도 빙그레 웃었다.

"역관에 부탁해서 옷을 한 벌 해줘야겠습니다. 여자들은 삼 할의 생김새에 칠 할의 치장이라고 하지 않습니까!"

옹염의 말에 왕이열이 고개를 끄덕이면서 수긍을 했다. 그때 임계발이 문서를 한아름 안고 들어왔다.

"최근의 관보^{官報}입니다. 식사부터 하시고 보십시오. 주방에서 상차림이 끝나가니 앞에 나가서 식사하시죠, 마마!"

옹염이 반갑게 말을 받았다.

"다 같이 가서 먹지!"

그러나 임계발은 바로 손을 내저었다.

"변장하고 길에 나섰을 때는 어쩔 수 없이 한자리에서 식사했사오나 이제는 아니 됩니다. 소인과 혜아는 열다섯째마마와 같은 식탁에 앉아 수저를 들 수 없습니다."

옹염은 더 이상 말을 하지 않았다. 대신 왕이열과 함께 식당으로 향했다. 둘은 빠르게 저녁식사를 마치고 돌아왔다. 혜아는 그동안 빨래를 다 끝냈는지 문풍지를 붙이고 있었다. 임계발은 등불 밑에서 관보를 정리하고 있었다.

옹염이 말했다.

"음식이 많이 남았으니 어서 가서 먹고 오게. 버리면 아깝지 않은가! 역승에게 전하게. 지금은 비상시기이니 식비를 열 냥에 맞추느라 하지 말고 간소하게 조금만 준비하라고 말이네. 우리 넷이 하루에 은자 한 냥이면 충분하다고 하게."

임계발과 혜아가 알겠노라고 대답하면서 물러갔다. 옹염은 말없이 두 사람의 뒷모습을 바라보고는 왕이열을 향해 입을 열었다.

"예악禮樂이라는 두 글자는 참으로 불가사의한 것 같습니다. 양풍구에서는 숙식을 같이 하고 함께 뒹굴면서 상하 구별이 없었는데, 역관에 오니 그럴 수가 없게 됐네요."

"안토치민安土治民에는 예禮만 한 것이 없습니다. 또 이풍역속移風易俗에는 악樂만 한 것이 없다고 했습니다."

왕이열이 공자孔子의 어록을 인용하면서 계속 말을 이었다.

"예는 곧 규칙이고 법도이자 예속입니다. 규칙과 예속이 없다면 군신君臣, 관민官民, 장유長幼, 주복主僕, 부부夫婦, 붕우朋友, 육친구족六親九族의 사이는 검불처럼 헝클어질 것입니다. 예로 예속되지 않은 나라는 더 이상 나라가 아닙니다. 세도世道도 아수라장이 될 것입니다. 신발은 아무리 좋은 것이라도 머리에 쓰고 다닐 수는 없습니다. 마찬가지로 아무리 해어지고 볼품없는 모자라도 발에 신고 다닐 수는 없는 법입니다. 예의가 무너지고 악樂이 소실된다면 귀족과 서민, 심지어 군주까지 모두 큰 고통을 받게 됩니다. 고로 상하 모두 극기복례克己復禮가 필요합니다. 더불어 각자 자신의 위치에서 본분을 지켜야 합니다. '예'라 함은 '애심'愛心을 갖고 스스로를 이겨나가면서 바른 자세를 가지는 것입니다. 그래서 성현께서도 '극기복례는 인仁'이라고 하셨던 겁니다."

옹염이 희미한 미소를 지은 채 왕이열의 긴 설교를 다 들었다. 이어 책상 위에 놓여 있는 관보를 당겨 펼쳐보면서 입을 열었다.

"이번에 평읍에서 폭동을 일으킨 왕염王炎은 그런 잣대에서 보면 비례무법非禮無法의 극치네요. 이시요가 서찰을 보내왔는데, 북경 홍과원紅果園 현녀낭낭묘玄女娘娘廟의 사람들도 나중에는 그자를 보지 못했다고 합니다. 행적이 묘연해진 거죠. 일각에서 의혹을 품고 있는 대로 그자가 바로 임상문林爽文이라면 이번에 반드시 붙잡아야 할 것입니다. 제가 북경에 있을 때 사료史料를 뒤적여보니 일지화一枝花의 일당 중에 요진姚秦이라는 자도 아직 체포되지 않았다고 합니다. 그자도 고깃배를 삼켜버릴 정도로 큰 '악어'입니다! 어쩐지 금년에는 뭔가 사달이 일어나고야 말 것 같은 불길한 예감이 듭니다……."

왕이열의 말이 채 끝나기도 전에 관보를 훑어보던 옹염의 시선이 한 곳에 머물렀다. 유용이 제남에서 발표한 '흠차헌유'欽差憲諭가 한눈에 들어왔던 것이다.

산동성 도道, 부府, 주州, 현縣의 관리들은 본 흠차가 국태國泰를 단죄한다고 해서 직무에 소홀해서는 아니 될 것이다. 민사와 형사 사건, 지방의 치안, 이재민들에 대한 진휼賑恤, 하방河防, 조운漕運 등과 관련된 직책에 인사 변동이 있다고 해서 본연의 책임을 회피하거나 업무에 태만하는 자는 필히 그 죄를 물을 것이다. 평소에 국태, 우역간于易簡에게 기생해왔거나 피치 못할 사연으로 뇌물공여를 해 온 자들은 통봉서간通封書簡의 형식으로 자신의 죄를 인정하는 자백서를 써서 유아무개와 화아무개 두 흠차의 서판방書辦房으로 발송하라. 그리 하면 정상을 참작해 죄를 감해줄 것이다. 폐하의 어지에 따라 국태와 우역간의 사건에 다른 사람을 연좌시키는 일은 없을 것이니 이를 미리 밝히는 바이다. 자신의 죄를 인정하지 않고 덮어 감추려 들었다가 동료들에 의해 적발되는 날에는 《대청률》大淸律에 의해 엄히 단죄할 것이다. 참회와 개과천선의 기회를 줬는데도 무시하는 자에게는 나 유아무개도 사정을 보지 않을 것이다.

옹염은 헌유를 다 읽은 다음 자백서를 직접 자신의 서판방으로 보내라고 한 글귀에 계속 시선을 두었다. 이번 사건에 직접 착수해 '끝'을 보고야 말리라는 유용의 결연한 의지가 엿보였던 것이다. 왕이열 역시 그런 분위기를 느꼈다. 심지어 그는 유용의 때 이르게 굽은 등과 검은 얼굴, 빗자루 눈썹과 매서운 세모눈을 떠올리면서 희미하게 미소지었다.

옹염은 관보의 다른 면을 살펴봤다. 낙양洛陽, 섬주陝州, 서안西安 세 개 부府의 지부知府들을 처벌한 내용이 실려 있었다. 운반 중이던 채소가 전부 썩는 사고가 발생하자 흠차 아계阿桂가 이들 셋에게 '군무軍務에 대한 지원 부실' 책임을 물어 감봉 3개월의 처벌을 내리고 그 돈으로 군용 채소를 샀다는 내용도 있었다. 이밖에 도찰원의 한 어사가 광동 세관의 감독 곽립성霍立成을 탄핵한 글 역시 시선을 끌었다. 탄핵의 글은 알맹이 없이 장황했다.

광동廣東 십삼행十三行의 설립은 화양華洋이 잡거雜居한 광동 현지 실정을 고려해 조정에서 부득이하게 취한 조치인 걸로 알고 있사옵니다. 광동은 해역이 넓고 교통이 편리한 지리적 특성상 외부 오랑캐 해구海寇, 서양 상인西洋商人, 그리고 서양 선교사들의 왕래가 잦은 곳이옵니다. 십삼행은 양상洋商들에게 법에 저촉되지 않는 선에서 편의를 봐주고 대신 불순한 자들의 수상한 움직임을 면밀히 감시함과 아울러 때로 권선징악을 강조할 책임도 있다고 보옵니다. 일전에 광주부廣州府의 성국운成國運은 박래품舶來品을 조사하던 중 유리, 거울, 천 등 물품을 가득 실은 선박에서 교묘하게 위장해 숨긴 아편을 발견했다고 하옵니다. 금수품을 반입하려다 발각된 죄를 물어 세관감도稅關監道 곽립성에게 국가의 금령을 어긴 장본인들을 인도했으나 불과 며칠 만에 무죄석방했다고 하옵니다. 남의 나라에 와서 그 나라의 법령을 무시한 양인洋人을 단죄하지 않은 저의를 추구하지 않을 수 없사옵니다. 또한 법을 왜곡하고 나라를 욕보인 죄를 묻지 않을 수 없사옵니다.

탄핵문에는 어비御批 내용도 실려 있었다. '이미 양광 총독 손사의를 파견해 사태 파악에 들어갔다'는 것이었다. 옹염은 나머지 관보를 대충 뒤적여보고 나서 왕이열에게 물었다.

"사부님, 사부님께서는 기윤, 이시요, 유용과 화신 등 몇 사람의 재덕才德에 대해 어떻게 평가하십니까?"

그때 임계발과 혜아가 들어섰다. 옹염은 편하게 앉으라는 손짓을 해보이고는 웃으면서 말을 이었다.

"사제 간에 이런 대화는 처음이죠? 사부님의 견해를 한번 들어보고 싶습니다."

왕이열은 무척 난감한 듯 고개를 숙이고 한참을 생각했다. 이어 천천히 대답했다.

"화신은 안면은 있어도 서로 깊이 있게 대화를 나눠본 적이 없습니다. 육경궁에 와서 황자마마들에게 과일과 부채, 장난감 등을 들여 보내주면서도 사부들과는 거의 말을 하지 않은 편입니다. 세상물정에 밝고 학문도 그리 뒤떨어지지 않아 보였습니다. 다만 너무 영악하고 가벼운 느낌이 없지 않아 있었습니다. 큰 그릇으로 거듭날지 여부는 장담할 수 없을 것 같습니다. 이시요에 대해서는 더욱더 아는 바가 없고 관보에서 읽은 것이 전부입니다. 묘족苗族들의 반란 때 큰 공을 세우고 운남 동정銅政, 광동 양무洋務 등의 굵직굵직한 요무要務만 맡아오면서 폐하로부터 누누이 '제일의 능리能吏'라는 호평을 받아왔다는 것 정도입니다. 하오나 이번 '십삼행' 문제에 대해 생각해보면 이해되지 않는 점이 있습니다. 그가 처음에 광주에 가서는 금령을 내려 '십삼행'을 철폐했다고 합니다. 그런데 이임을 앞두고 다시 개금開禁을 주청 올렸다고 하더군요. 도대체 무엇 때문에 그랬는지 도무지 이해가 가지 않습니다. 물론 자기 보따리를 묶었다 풀었다 하는 데야 열두 번을 한들 누가 뭐라고 하겠습니까. 하지만 이는 엄연히 국가의 요무가 아닙니까? 반면에 유용은 학술學術은 두말할 필요도 없고 크고 작은 일을 가리지 않고 모든 일을 거뜬히 치고 나가는 걸 보면 아버지 유통훈 공과 견줘도 단연 청출어람靑出於藍이 아닌가 합니다. 한편 기윤 공은 박학다식하고 반듯한 현량賢良의 사존師尊이라고 생각합니다. 정직하고 사리에 밝고 예의에 어긋남이 없는 훌륭한 학자입니다. 이런 사람은 권력에 도전하느니 차라리 도외시하는 쪽이 나을 것 같습니다. 갑자기 질문하시니 저의 견해가 엉성하고 대답이 조리에 맞지 않을 수도 있습니다. 감안하시어 들어주셨으면 합니다."

"달리 의도가 있는 것은 아니고 그냥 여쭤봤을 뿐입니다."

옹염이 빙그레 웃으면서 덧붙였다.

"기윤 공이 정무를 처리함에 있어 서툰 건 사실입니다. 그의 장점은 '재才' 한 글자로 요약이 가능하다 하겠습니다. 그가 타의 추종을 불허하는 재학을 갖췄다는 것에 이의를 제기할 사람은 아마 없을 것입니다. 그래서 《사고전서》와 같은 거국적인 대서大書를 편찬할 수 있는 유일무이한 학자로 자리매김하고 있는 것이죠. 춘풍春風이 형태와 질이 없다고 해서 쓸모없다고 말할 수는 없지 않겠습니까? 그는 박학다식함 덕분에 언젠가는 '우록강남'又綠江南(송나라 때 정치가 왕안석王安石의 시에 나오는 구절. 다시 녹음이 지게 한다는 뜻으로 승승장구함을 의미함)의 영광을 만끽하게 될 것입니다. 폐하께서 그에게 천하의 교화敎化를 맡기신 것도 그의 저력을 굳게 믿으셨기 때문입니다. 화신은 온 천하에 구리 냄새(돈 냄새)를 풍기게 할 위인, 이시요는 툭하면 곤장을 휘둘러 아역들이 벌벌 떨게 만들 위인입니다."

옹염이 사람들에 대한 자기 나름의 평가를 내리면서 웃음을 머금었다. 왕이열 역시 따라 웃으며 동의했다.

"역시 열다섯째마마의 견해가 예리하십니다."

옹염은 그러나 살짝 한숨을 쉬었다.

"방금 관보를 보니 기윤의 사돈인 노견증에 대한 탄핵안이 올라와 있더군요. 또 군기처의 우민중이 갈효화에게 보낸 공문도 있었어요. '이품二品 이상의 경관京官들이 산동성에서 전답과 가옥을 구입한 사실 여부를 철저히 수사하라'라는 내용이었습니다. 혹시 기윤을 겨냥한 것이 아닐까요?"

왕이열이 고개를 갸웃거리며 말했다.

"천하의 기효람이 설마 구전문사求田問舍(밭과 집만 염두에 둠. 일신상의 안위에만 집착한다는 뜻)의 어리석음을 범하기야 했겠습니까?"

옹염이 잠시 침묵하고 있다가 느닷없이 물었다.

"사부님, 현재 관품이 어떻게 되시죠?"

"아! 저 말씀입니까?"

왕이열이 잠시 무슨 생각을 했는지 뒤늦게 반응을 하고는 바로 대답했다.

"종오품입니다. 한림원에서 육경궁으로 오면서 한 등급 승진했습니다."

"사부님은 학문이 깊기는 하나 아직 실질적으로 흠차 같은 임무를 맡으신 적이 없는 게 옥의 티군요. 귀경하면 제가 폐하께 주청을 올려 보겠습니다."

옹염은 속내를 가늠할 수 없는 표정으로 왕이열을 향해 다시 물었다.

"외관으로 나가고 싶으세요? 아니면 북경 육부의 어느 부서에 자리를 하나 만들어 드릴까요?"

왕이열은 옹염의 진지한 말에 잠시 멍한 표정을 지었다. 그러고는 한참 생각한 후에 천천히 입을 열었다.

"저는 사실 한낱 우매한 선비에 불과합니다. 솔직히 가슴에 만권서萬卷書를 품었으니 어디 손짓하는 데가 없으랴 하고 자만하면서 느긋하게 있었던 것도 사실입니다. 하오나 이번에 열다섯째마마를 수행하면서 밖으로 나와 보니 저 자신이 얼마나 우물 안의 개구리였는지 충격을 금할수 없었습니다. 제가 오만하게 자부해왔던 학문과 경력으로는 '사부' 두 글자에 참으로 미안하다는 걸 뼈아프게 느꼈습니다. 기왕 마마께서 하문하셨으니, 양자택일을 하라고 하시면 저는 지방의 현령으로 가고 싶습니다. 골치 아프고 문제 많은 지방일수록 좋을 것 같습니다. 삼 년 임기가 끝나 좋은 평가를 받은 연후에 다시 육경궁으로 돌아와 황자마마들의 시중을 드는 것도 나쁘지는 않다고 생각합니다."

옹염은 그의 말에 웃음을 띤 채 고개를 저었다.

"사부님은 지금이야 깨끗한 자리에 계시니 그럴 일이 없겠으나 외임으로 나가면 달라질 겁니다. 매일매일 은자가 쏟아져 들어온다는 말이 무색해지는 환경에 직면할 겁니다. 구린내에 젖다보면 구전문사求田問舍하지 말라는 법도 없지 않을까요?"

옹염은 조금 전 기윤에 대해 논했을 때의 말을 입에 올렸다. 왕이열이 잠시 생각하고 나서 대답했다.

"매일매일 은자가 들어오는 것을 모르는 척 눈 감고 받는다면 그 사람은 말할 것도 없이 탐관오리라고 해야겠죠. 하오나 너무 궁색한 것보다는 돈이 조금 있는 편이 낫지 않을까요? 읽고 싶었던 책을 실컷 살 수도 있고 말입니다. 절판된 책은 사람을 고용해 베끼게 할 수도 있으니 얼마나 값지게 쓸 수 있겠습니까! 늙은 뒤에는 천림泉林으로 돌아가 서원을 차리는 것도 보람 있는 일 같습니다. 가난한 탓에 글공부와 담을 쌓고 사는 아이들에게 배움의 기회를 마련해줄 수 있다면 그것도 얼마나 좋을까요? 지금은 주머니 사정이 안 좋다 보니 유리창琉璃廠(북경의 고서적 및 골동품 거리)에 갔다가도 군침이나 흘리다 돌아오는 경우가 태반이거든요. 정말 사고 싶었던 책을 못 사고 돌아오면 몇 날 며칠을 잠을 이룰 수 없습니다. 정작 가진 사람들은 책을 거들떠보지도 않고 저같이 궁색한 이들은 되레 책에 목을 매니 산다는 것이 어찌 이리 부조리한지요.”

옹염이 왕이열의 말을 듣고는 소리 나게 웃음을 터트렸다.

“사부님께도 그런 속사정이 있었군요! 일찍 말씀하시지 그랬어요. 귀경하면 제가《고금도서집성》古今圖書集成을 한 질 드릴게요. 평소에 읽고 싶으셨던 서적이 있으면 언제든지 오세요. 사부님께는 우리의 서재를 전천후로 개방해 드릴 테니 원하시는 대로 빌려다 읽으세요!”

옹염의 말이 끝나자 잠시 침묵이 흘렀다. 임계발이 그 틈을 타 기다렸다는 듯 아뢰었다.

“초경初更입니다. 오늘은 두 분 다 대단히 피곤하실 텐데 일찍 주무십시오. 제가 잠자리를 봐드리겠습니다.”

옹염과 왕이열은 임계발의 말이 끝나기 무섭게 자리에서 일어섰다. 이어 옹염이 길게 기지개를 켜면서 먼저 입을 열었다.

“오후에 혜아가 안마를 잘해준 덕분에 달콤하게 낮잠을 자고 났더니 하나도 졸리지 않군요.”

옹염의 말에 왕이열이 조심스럽게 아뢰었다.

“혜아 처녀가 황자마마를 잘 따르고 마마께서도 예쁘게 봐주시니 이제는 마마의 사람이라고 해도 과언이 아닌 것 같습니다. 흠허물이 될

게 없사오니 당당하게 마마의 방에서 시중들게 하는 것이 좋을 것 같습니다."

왕이열의 말에 옹염의 얼굴이 순간적으로 붉어졌다. 때마침 대야에 더운물을 받아 들고 오던 혜아도 그 말을 듣고는 바로 얼굴을 붉혔다.

임계발은 자리를 깔고 방에 누웠다. 몸은 몹시 피곤했으나 옹염이 자리에 들지 않았으므로 먼저 잠을 잘 수는 없었다. 결국 그는 이불을 박차고 밖으로 나와 순찰을 돌기 시작했다. 역관 안팎을 구석구석까지 유심히 살펴보고 내친김에 합수욕合水峪 촌락도 한 바퀴 빙 돌았다. 그렇게 해서 수상한 움직임이 전혀 없음을 확인하고서야 비로소 안심하고 역관으로 돌아왔다.

얼마 후 옹염이 머문 동쪽 방에서 혜아의 이상야릇한 신음소리와 삐걱대는 낡은 침대소리가 심심찮게 들려왔다. 그러나 주인의 신변 보호에 온통 신경이 곤두선 임계발로서는 그 소리에 신경을 쓸 여력이 없었다.

그 시각 복강안은 합수욕에서 동쪽으로 약 100리쯤 떨어진 곳에서 2000명의 병사를 거느리고 야간행군을 하고 있었다. 어둠을 가르면서 평읍으로 걸음을 재촉하고 있었던 것이다. 원래 대오는 계패진界牌鎭의 하하촌河下村에서 술시戌時에 출발했다. 밤하늘은 구름 한 점 없었으나 산이 높고 달이 작아 유난히 춥게 느껴졌다.

지도를 보면 하하촌에서 평읍까지는 직선거리로 70리밖에 되지 않았다. 그러나 현지인들은 이 구간에 사실상 널찍한 길이라고는 없다는 걸 너무나 잘 알고 있었다. 어떤 곳에는 아슬아슬한 오솔길이나마 있기는 했으나 대부분은 돌과 가시덤불로 가득한 험악한 산길이었다.

복강안은 그 어려운 길을 행군하는 와중에도 크게 두 가지를 염두에 두고 있었다. 하나는 왕염과 공삼龔三(공채의 주인)이 맹량고孟良峾로 도주하지 못하게 하는 것이었다. 다른 하나는 길을 안내해줄 향도嚮導(길잡이)를 빨리 물색하는 것이었다. 그래야 비밀리에 재빨리 평읍을 점령할 수 있기 때문이었다. 더불어 설령 비적들을 전부 섬멸하지 못할지라도 산으로 올라간 무리들은 끌어내려야 할 터였다.

2000명의 군사들은 말을 타지 않고 모두 보행을 했다. 굽이 부드럽고 소리가 적게 나는 쾌화快靴를 신고 빠르게 행군을 했다. 유난히 높고 차갑게 느껴지는 초승달은 족히 5리 길에 걸쳐 한 줄로 늘어선 부대를 희미하게 비추고 있었다. 그 모습이 마치 검은 뱀이 산골짜기에서 꿈틀대면서 움직이는 것 같았다. 복강안은 그 '뱀의 머리' 쪽에서 100여 보步 정도 떨어진 곳에 있었다.

길보는 복강안이 마실 물과 술, 식초 그리고 전병煎餅, 수육 등 각종 먹을거리와 응급약이 든 배낭을 메고서 복강안의 뒤를 열심히 따라가고 있었다. 하지만 기본적으로 그리 건장한 편이 못 되는 그는 내의까지 땀에 후줄근히 젖어 있었다. 그럼에도 이를 악물고 전혀 힘겨운 내색을 하지 않았다. 그때 복강안이 갑자기 멈춰 섰다.

"물, 물 좀 줘."

길보도 걸음을 멈췄다. 이어 황급히 배낭을 내려 물이 든 호로병을 꺼내 흔들어보더니 못내 죄스러운 표정으로 아뢰었다.

"어쩌죠? 호로병 안에 든 물이 얼어버렸습니다. 술은 얼지 않은 것 같은데, 이거라도 한 모금 드시겠습니까?"

"술은 상처를 닦을 때 약용으로 쓰는 거야. 작전 중에 음주는 절대불가라는 군령도 모르나?"

복강안이 나지막한 목소리로 퉁명스럽게 면박을 주었다. 이어 다시 덧붙였다.

"식초병이나 줘! 차라리 식초를 한 모금 마시는 게 낫지!"

복강안은 행군할 때 술과 식초, 물을 챙겨야 한다는 것을 부친으로부터 배워 알고 있었다. 그러나 역시 맨입에 식초를 마시는 건 고역이었다. 물론 마시고 나면 갈증을 해소하는 데는 그저 그만이었다. 아니나 다를까, 복강안은 식초 한 모금을 들이키고는 인상을 있는 대로 찌푸렸다. 이어 길보에게 식초병을 건네주고 나서 행군하고 있는 대오를 보면서 지시를 내렸다.

"앞뒤에 전하라. 모두 그 자리에서 잠깐 쉬어간다고. 함부로 움직이거나 잡담을 나누지 말고 배설은 가능한 한 빨리 하고 오도록 명령을 전해. 하육賀六에게 향도들을 데리고 이리로 왔다 가라고 전해!"

검은 뱀처럼 꿈틀거리던 대오는 복강안의 명령대로 앞에서부터 점차 멈춰 섰다. 그때 두 개의 검은 그림자가 대오 옆으로 허둥대면서 달려왔다. 이어 작고 다부진 체구의 사내가 군례를 올린 다음 사천四川 사투리가 다분한 어조로 물었다.

"복 도련님, 저를 부르셨습니까?"

"앞에 또 갈림길이 나왔네."

복강안이 멀리 어둠 속에 괴물같이 버티고 서 있는 귀몽정을 힐끗 바라보면서 말했다. 이어 천천히 사천 출신인 하육에게 물었다.

"우리가 얼마나 왔나?"

하육이 즉각 대답했다.

"향도들을 잘 둔 덕분에 샛길로 오다 보니 벌써 사십 리 넘게 왔습니다. 그러나 평읍까지는 아직 삼십오 리 남아 있습니다."

복강안이 잠시 침묵에 잠겨 있더니 다시 향도에게 물었다.

"언제쯤 도착할 것 같은가?"

복강안은 사실 길을 잘못 들지 않을까 두려웠다. 때문에 처음부터 향도를 10명이나 물색해 대오의 앞에 여섯, 뒤에 네 명을 배치했다. 출발하기에 앞서 각자에게 은자 20냥씩을 주기도 했다. 결코 적지 않은 액수였다. 하기야 그랬으니 돈을 받고 웃음주머니가 흐물흐물해진 향도들은 대단한 열성을 기울일 수밖에 없었다. 복강안의 물음에 한 향도가 대답했다.

"여기서 오른쪽으로 언덕을 올라가면 귀몽정의 남백림南栢林입니다. 거기에서부터 하산하기 시작해 십 리만 더 가면 평읍입니다. 두 시간이면 넉넉할 것 같습니다. 여기에서 왼편으로 내려가면 이십 리는 내리막길뿐이오나 겨울에는 강바닥이 미끄러워 곤두박질칠 염려가 큽니다."

"허튼소리 말고 묻는 말에나 대답해! 내리막길을 내려가는 데는 시간이 얼마나 걸려?"

"세 시간 정도 걸립니다."

복강안이 아랫입술을 잘근잘근 씹었다. 이어 잠시 생각에 잠겼다. 그러다 그가 결단을 내렸다.

"그럼 남백림 길을 택하지. 하육, 견딜 만한가?"

"이래봬도 단단하기가 쇳덩이 같은 사천 사내입니다. 이 정도는 견뎌내고 말고요!"

하육이 가슴팍을 치면서 자신 있게 대답했다. 이어 덧붙였다.

"저의 소견으로는 남백림 길이 좀 가깝기는 하나 비탈길을 한참 올라가야 하니 병사들이 힘들어 할 것 같습니다. 그 기운을 아껴 하천 길을 택하면 귀몽정과 좀 멀기는 하나 산 위에 있는 무리들에게 우리 동정을 들킬 염려도 없을 것 같습니다."

하육은 말을 마치고 복강안의 명령을 조심스레 기다렸다. 그는 원래 천군川軍(사천성 주둔군) 녹영 소부대의 대장에 불과했다. 그러나 부항을 따라 금천金川, 미얀마로 다니면서 공을 세워 참장參將 자리에까지 올랐다. 한마디로 하육은 부항이 키워낸 맹장이라고 해도 과언이 아니었다.

그는 이후 산동성 제남 진수사鎭守使로 발령을 받았다. 대략 1년여 전이었다. 하지만 복강안이 제남으로 내려왔을 때는 국태의 사건에 연루돼 파면을 당하고 집에서 대죄待罪를 하고 있는 처지였다. 복강안은 그런 하육을 특별히 지명해 불러냈다. 아무튼 하육의 입장에서는 이래저래 부항 부자에게 은혜를 입은 셈이었다. 사정이 그러니 그로서는 오로지 분발을 통해 은공을 갚은 다음 재기의 기회를 노리는 수밖에 없었다.

복강안은 하육의 건의를 받아들였다.

"자네 견해에 일리가 있네. 남백림으로 가면 우리 군의 목표가 너무 쉽게 드러날 수가 있어. 숲속의 조수鳥獸들이 푸드득대고 갈팡질팡할 테니까! 하육, 자네는 오십 명을 데리고 먼저 하산하게. 빠른 걸음으로 성 안으로 쳐들어가 성 북쪽의 옥황묘玉皇廟를 선점하도록 하게. 모든 행동은 반드시 기밀에 붙여야 한다는 걸 명심하게!"

"예! 알겠습니다!"

"대오를 출발시켜!"

복강안은 일어서면서 길보에게 명령을 내렸다.

"자네는 뒤에 따라오고 있는 부대를 챙기도록 하게. 대오를 따라붙지 못하는 부상병들이 있으면 전부 일반 옷으로 갈아입히게."

복강안은 명령을 마치고는 다시 대오 속으로 들어가 버렸다. 솔선수범하는 자세는 확실히 아버지에 못지않았다.

그는 하산하자마자 바로 하육의 건의를 받아들이기를 잘했다고 생각했다. 강바닥이 얼어붙어 미끄럽기는 했으나 평탄했고 달빛까지 밝아 행군을 하는 데는 별다른 어려움이 없었던 것이다. 확실히 울퉁불퉁한 산길을 헤매는 것보다는 훨씬 나은 것 같았다. 물론 미끄러운 탓에 긴 대오 어딘가에서 가끔씩 병사들이 넘어져 "쿵!"하고 엉덩방아를 찢는 소리가 심심찮게 들려왔다. 복강안은 안 되겠다고 생각한 듯 바로 명령을 내렸다.

"네 사람이 한 줄씩 손을 잡고 걸어! 뒤에서는 어서 따라붙고!"

복강안의 말대로 병사들은 네 사람이 한 줄로 서서 걸었다. 그러자 대오의 덩치가 반으로 줄어들었다. 미끄러져 넘어지는 경우 역시 드물었다. 그렇게 세 시간 동안 속도를 올려 행군한 끝에 병사들은 어느덧 평읍성의 북쪽 옥황묘에 당도할 수 있었다. 커다란 옥황묘의 앞뒤 마당, 전후 대전大殿과 복도에는 온통 시커먼 병사들 천지였다.

"하육, 잘했어!"

복강안이 옥황전 앞의 처마 밑에서 어두컴컴한 묘우廟宇를 바라보면서 칭찬을 했다. 얼굴 표정은 똑똑히 보이지 않았으나 목소리는 대단히 또렷했다. 그가 다시 말을 이었다.

"지금은 날이 밝기 전 가장 어두울 때야. 길보, 자네가 절 밖으로 나가 평읍 성을 향해 총 네 발을 발사하고 오게!"

길보가 대답과 함께 즉각 바람같이 사라졌다. 하육이 물었다.

"오면서 내내 조심에 조심을 거듭하면서 왔는데, 어찌해서 목적지에 도착하자마자 총을 발사하시는 겁니까? 게다가 두 발도, 세 발도 아니고 네 발이라니 무슨 특별한 의미라도 있는 겁니까?"

복강안이 웃음을 머금은 채 대답했다.

"숫자 '사'는 풀이하기에 따라 좋을 수도 나쁠 수도 있거든. 상대를 불명불백不明不白의 혼란에 빠뜨리려는 심산이지. 지금은 워낙 대군이 이동을 한 터라 우리가 아무리 조심한다고 해도 전혀 눈치 못 채게 할 수는 없어. 총을 발사해도 아무런 움직임이 없으면 앞으로 그들 속으로 들어가 마구 뒤섞일 수도 있어 좋겠지?"

복강안이 어둠 속에서 어린아이처럼 즐거워하면서 웃었다. 그러고는 물었다.

"절에 도사들이 몇 명이나 있나?"

하육이 대답했다.

"여섯 명 있습니다. 전부 신고神庫(신상神像과 물건을 넣어두는 창고)에 가둬버렸습니다. 비적들이 하산한 줄 알고 있습니다."

"날이 밝으면 내가 한번 만나보지. 지금부터 묘우廟宇를 봉쇄하게. 들어올 수는 있어도 나갈 수는 없게 엄격히 통제해야 하네. 나의 군령 없이 사사로이 절 밖으로 나가는 병사는 가차 없이 목을 칠거라고 이르게!"

"예! 향객香客들은 어떻게 할까요?"

복강안이 한참 고민한 끝에 대답했다.

"단체로 몰려오지 않고 한두 명씩 들어오는 향객들은 일단 전부 가둬버려. 싸움이 끝난 후에 풀어 주고."

복강안이 이어 손가락 두 개를 펴 보이더니 간단하게 덧붙였다.

"닭이 홰를 치기 시작해서 해뜨기 전까지 총을 두 발 더 발사하게. 총소리를 듣고서도 절을 찾을 간덩이 부은 자는 없을 테니까!"

복강안이 말하는 사이 갑자기 절 밖에서 "탕!"하는 소리가 들려왔다. 길보가 단총短銃을 발사한 것이다. 화약을 장전하는 듯 잠시 있더니 다시 두 번째 총소리가 울렸다. 그렇게 모두 네 발이 울리자 절 주변의 숲 속에서 뭇 새들이 푸드덕대면서 날아올랐다. 고즈넉하던 절의 정적은 그렇게 깨졌다.

곧이어 동녘 하늘이 뒤집어진 물고기 배처럼 희미하게 밝아오기 시작했다. 그때 허리춤에 패도佩刀를 걸고 총을 비스듬히 목에 건 길보가 득의양양한 표정으로 들어와 아뢰었다.

"네 발 모두 발사했습니다!"

복강안이 고개를 들어 하늘을 쳐다보면서 물었다.

"누가 보지는 않았겠지?"

길보가 대답했다.

"말똥을 줍고 있던 영감탱이가 총소리를 듣더니 기겁을 하고는 소쿠리를 내던지고 도망갔습니다."

복강안이 말없이 옥황묘 정전으로 들어갔다. 그러고는 두 팔로 책상의 두 모퉁이를 짚고 옥황대제玉皇大帝의 신감神龕을 마주하고 섰다. 길보는 복강안이 향을 사라 기도를 하는 줄 알고 향을 꺼내 불을 붙이려고 했다. 그러자 복강안이 손짓으로 제지했다.

"나는 신귀神鬼 같은 건 믿지 않아. 나는 천명天命만 믿어."

복강안이 숨을 길게 몰아쉬면서 다시 말을 이었다.

"얼마 걷지도 않았는데 다리가 아픈 걸 보니 아직 훈련이 덜 된 것 같아. 아버지를 따라가려면 한참 멀었어!"

"도련님께서는 대단히 강건해 보이십니다!"

길보는 절 안의 불빛을 빌어 걱정스런 눈길로 복강안을 바라봤다. 과연 핏기 없는 얼굴이 조금 창백해 보였다.

복강안은 이번을 포함해 네 번째 참전하는 터였다. 공훈도 많이 세웠다. 조장棗莊에서는 채칠蔡七을 생포하기도 했다. 또 안구安坵에서는 왕륜王倫 일당을 섬멸했다. 어디 그뿐인가. 영하寧夏에서는 회족回族들의 난을 악용한 무리들의 소굴을 없애버리지 않았는가. 당시 악당 3000명을 참살斬殺하고 포로 700명도 건륭에게 바쳤다. 그는 그렇게 누차 큰 공을 세워 조야朝野에서 명장名將이라는 평까지 듣게 됐다.

부항 역시 그런 복강안을 아들들 중에서도 가장 주목하고 기대했었다. 게다가 한 번 본 것은 절대 잊지 않을 정도로 총기가 특출한 데다 동에 번쩍 서에 번쩍 날렵하고 지용智勇을 두루 갖췄으니 그럴 수밖에

없었다. 부항은 물론 그런 복강안에게 늘 '조괄'趙括(전국시대 조趙나라 조
사趙奢의 아들로, 마복자馬服子로도 불린다. 아버지가 전한 병법을 열심히 공부
했지만 실전에 대한 경험은 없이 이론만 믿고 작전을 감행한 끝에 40만 대군
이 몰살당하는 중국 역사상 최악의 참패를 당했다)과 '마속'馬謖(삼국시대 촉
한蜀漢의 장수. 군령을 어겨 가정街亭에서 크게 패하자 제갈량이 눈물을 머금
고 목을 벤 읍참마속泣斬馬謖 고사로 유명함)의 교훈을 잊지 말라고 훈계하
는 것을 잊지 않았다. 또 만인을 앞선다는 우월감이 지나쳐 자칫 오만
불손해지고 사람들과 원만하게 어울리지 못할까봐 누누이 경종을 울
리기도 했다. 그래서 비록 아직까지 안하무인에 가까운 거만함이 완전
히 고쳐지지는 않았으나 예전보다는 조심성이 많아진 것도 사실이었다.

복강안은 이번 귀몽정 전투가 기존의 전투와 다르다고 생각했다. 무엇
보다 관군이 천시天時를 점했다고 볼 때 왕염과 공삼은 지리地利를 점했
다고 할 수 있었다. 쌍방 모두 전쟁 준비를 충분히 한 상태이니 승부를
속단할 수도 없는 일이었다. 복강안은 처음에는 대포를 사용할 생각도
했었다. 그러나 이곳 지세가 워낙 험준해 대포를 끌어온다는 것은 애당
초 불가능했다. 게다가 사방으로 배수진을 친다고 할 때 적어도 7만 병
력은 있어야 귀몽정을 단단히 포위할 수 있을 것 같았다.

복강안은 뜨거워지는 이마를 짚고 재삼 자신의 계획을 검토해봤다.
이미 10문의 홍의대포는 귀몽정 북쪽 산자락까지 끌어올려 놓은 상태
였다. 그렇다고 완전히 안심해서는 안 되었다. 물론 정면에 있는 북채
문北寨門을 공격해 부숴버리고 도합 3000명의 군사들이 계패진에서 대
거 공격을 가한다면 왕염은 감히 동진東進을 시도하지 못할 것이다. 그
러면 산을 벗어나 서쪽으로 도망갈 수밖에 없을 것이다. 그렇다면 유일
한 도주로는 평읍에서 성수욕으로 탈출하는 것이 되고 다시 미산호微山
湖로 들어와 관군과 대결을 벌이려 들 수밖에 없었다.

복강안이 황급히 병마를 이끌고 평읍으로 잠입한 이유는 평읍에 주둔해 있는 1000명의 관군이 애당초 비적들의 상대가 못 된다고 판단한 탓이었다. 그러나 정작 목적지에 도착하고 나니 살짝 망설여졌다.

북쪽 산자락은 유용이 지키고 있었다. 만약 왕염이 예상을 뒤집고 허를 찌른다면 어찌될 것인가? 유용이 있는 쪽으로 탈출을 시도하면 유용이 과연 당해낼 수 있을까? 그는 내심 걱정스러웠다. 갈효화, 이 미꾸라지는 말만 번지르르해, 정작 적과 맞서 싸우라고 하면 감히 정면에 나설 수 있을지도 의문이야……. 그는 그렇게 생각했다.

책상에 팔꿈치를 댄 채 머리를 감싸 쥐고 앉아 이런저런 생각에 잠겨 있던 복강안은 어느새 슬며시 잠이 들고 말았다. 그러다 잠시 후 두 팔 사이로 떨어진 머리가 쿵 하고 책상을 박아버렸다. 순간 그는 벌떡 정신을 차리고 일어나 얼굴을 문지르고 팔다리를 움직였다. 그러자 길보가 대야에 더운물을 떠왔다. 깨끗이 세수를 하고 소금으로 이를 닦고 나니 정신이 번쩍 드는 것 같았다. 이어 바로 분부를 내렸다.

"병사들에게 떡을 먹고 어서 잠자리에 들라고 하게. 하육에게는 잠깐 왔다 가라고 전하게."

"예!"

길보가 달려 나가고 얼마 지나지 않았을 때였다. 하육이 쿵쿵 발소리를 내면서 들어섰다.

"찾아 계셨습니까?"

복강안이 책상 위에 놓여 있는 인신印信, 관방關防, 필묵筆墨과 벼루를 보면서 물었다.

"평읍성 밖 하가령何家嶺이라는 곳에 주둔해 있는 녹영병 대장을 알고 있나?"

하육이 대답했다.

"일면식은 있사오나 이름은 모르겠습니다. 작년 여름에 성부省府 제남에서 전성全省 녹영병 훈련 행사가 있었습니다. 그때 당시 제 부대는 가장 질서가 잘 잡히고 용맹하다고 해서 국태로부터 표창을 받은 적이 있습니다. 천총千總 이상 군관들이 모두 참가했으니 그자도 저를 보면 안면은 있을 겁니다!"

하육이 사뭇 득의양양한 표정을 한 채 짧고 굵은 목을 빼들었다. 순간 복강안의 얼굴에 웃음기가 스치고 지나갔다. 하육은 엄동설한에 웃통을 벗어 던지며 부항의 면전에서 "천병川兵들은 결코 겁쟁이가 아닙니다!"라고 과시를 한 인물이었다. 그때부터 부항의 신임을 두텁게 받아왔었다. 그러다 이제는 복강안의 믿음까지 얻게 됐다. 복강안은 기다란 함에서 영전令箭 하나를 뽑아 들었다. 그러고는 진지한 어투로 말했다.

"썩은 나무나 분토糞土 같은 인물이지만 당장 필요하니 가서 불러오게. 내가 직접 가는 게 좋겠으나 이쪽을 비울 수가 없네."

"그리 하겠습니다! 어떤 일이든 분부만 내리십시오. 부상이나 도련님이나 이놈에게는 모두 주인이고 은인입니다."

"지금은 공무 때문에 주종 관계가 엄연하다 하겠으나 솔직히 나는 마음속으로 자네를 숙부 정도로 생각하고 있네. 우리는 이기면 함께 영광을 얻고, 패하면 함께 욕을 먹는 그런 사이라는 걸 명심하게!"

"죽을힘을 다해 모시겠습니다! 두 분 주인의 태산 같은 은공을 결코 잊지 못할 것입니다!"

하육이 흥분과 격동으로 얼굴이 벌겋게 달아오른 채 큰 소리로 변함없는 충정을 다졌다. 복강안 역시 흡족한 표정으로 고개를 끄덕였다. 그러고는 지시를 내렸다.

"내 영전을 가지고 가서 명령을 전하게. 그자에게 즉각 병마를 이끌고 입성하라고 말일세. 두 가지 좋은 점이 있네. 그들이 입성하면 우리의 주력을 드러내지 않을 수 있네. 또 워낙에 얻어맞는 게 업인 자들이니 비적들도 저들은 우습게 볼 거라는 말일세. 저자들을 정면에 내세우고 유용이 양공伴攻(거짓공격)을 개시하면 왕염과 공삼은 수비가 약한 쪽으로 탈출을 시도할 테지. 그게 어디일 것 같은가? 그건 바로 평읍을 통해 미산호로 잠입하는 길이지. 우리는 그 길목에 복병을 심어놓는 거야."

하육이 그러자 과장된 동작으로 고개를 끄덕이면서 맞장구를 쳤다.

"역시 도련님께서는 고단수이십니다! 그럼, 다녀오겠습니다!"

복강안이 웃으면서 말했다.

"모르기는 해도 미꾸라지 같은 자일 것 같네. 성 안에 주둔해야 정석인데 성 밖에 진을 치고 있는 걸 보면 알 만하지 않은가? 얻어터지기는 싫고 실직失職의 죄는 면해야 하니 밖에서 적당히 주먹을 휘두르는 시늉만 하겠다 이거지. 과연 그렇게 꿍꿍이속이 깊은 자라면 갖은 핑계를 대면서 오지 않으려고 할지도 모르네!"

"감히!"

하육이 눈을 부라렸다. 이어 단호한 어조로 덧붙였다.

"그랬다가는 단칼에 쳐 죽이고 말죠!"

"명령을 받들면 그자의 죄를 용서해주고 대죄입공待罪入功의 기회라도 주겠지만……."

복강안의 얼굴이 무섭게 일그러졌다. 이어 그의 입에서 단호한 말이 튀어나왔다.

"한사코 거부하는 날에는 좋은 꼴을 못 볼 것이네. 내가 이미 평읍에 와 있다고 하게. 열 명의 호위들만 데리고 왔다고 하게. 우리의 부대는 모레 묘시卯時까지 드러나지 않아야 할 것이네!"

하육은 바로 병사 둘을 데리고 명령을 전하러 갔다. 복강안 역시 서둘러 옥황전을 나섰다. 이어 전각 뒤편에 있는 신고神庫로 가서 영문도 모른 채 갇혀 있는 도사들을 들여다봤다. 그러고는 길잡이로 따라나섰던 향도 10명도 그곳에 함께 처넣어버렸다. 그러나 복강안은 도사들에게 몇 마디 위로의 말을 전하고는 두둑한 불전佛錢도 약속했다. 이어 병사들이 있는 군막으로 향했다. 잠자리가 불편하지는 않은지, 춥지는 않은지 따뜻한 말로 위로해주고 전력투구를 호소하기 위해서였다.

과연 병사들은 배가 고프다고 아우성이었다. 그는 즉각 그들에게 자신의 떡과 수육을 내줬다. 장시간의 행군으로 여기저기 멍들고 찰과상을 입은 병사들에게는 약도 아낌없이 가져다주도록 했다. 다행히 병사들은 배고픔과 추위에 노출된 상황에서도 사기는 하늘을 찔렀다.

복강안은 이후 하육이 돌아오기만 초조하게 기다렸다. 밖에 나와 서성이면서 이제나저제나 하고 기다렸다. 하육은 자정이 훨씬 넘어서야 도착했다. 그런데 그의 얼굴 표정은 얼음처럼 딱딱하게 굳어 있었다.

"도련님, 과연 도련님 말씀 그대로였습니다!"

하육이 복강안이 묻기도 전에 군례를 올리면서 그동안의 경과를 보고하기 시작했다.

"제가 도련님의 명령을 전했더니, 대뜸 제게 삼 개월 동안의 군량미부터 요구하지 뭡니까? 대군이 움직이기 전에 양초糧草가 먼저 필요하다는 식으로 말입니다. 그리고 자기가 비적들의 가족 천여 명을 잡아 놓았는데 어떻게 처리하는 게 좋겠느냐면서 물어왔습니다. 즉각 입성하지 않으면 군법에 따라 큰 변을 당하게 될 것이라고 말했더니 또 변명거리가 있더군요. 무모하게 입성했다가 전군이 전멸하는 참변을 당하는 날에는 그 죄명이 더 크다는 겁니다. 아무리 빨라도 내일 저녁에야 입성이 가능하다고 했습니다. 제가 마지막으로 통수께서 이미 평읍에 당도해 계신다고 말해서야 어쩔 수 없이 따라나섰습니다. 퉤! 같잖은 것이 뭐 서른넷째공주마마의 아들이라고? 허풍을 쳐도 어느 정도껏이지!"

서른넷째공주라면 강희황제의 막내딸이었다. 따지고 보면 현 건륭황제의 막내고모인 셈이었다. 복강안의 집에도 자주 드나들면서 그의 모친과도 가깝게 지내던 사이였다. 복강안은 불현듯 그 기억이 떠오르자 놀란 나머지 크게 숨을 들이마셨다. 이를 어찌한다? 어찌 이럴 수가!

그가 급기야 미간을 찌푸리고는 초조하게 방책을 강구하면서 물었다.

"이름이 뭐라고 하던가?"

"아갈합阿葛哈이라고 합니다!"

"사람들은 어디 있나?"

길보가 옆에서 대신 대답했다.

"모두 열세 명의 군관이 왔습니다. 안면 있는 사람이 하나도 없기에 대문 밖에서 잠시 기다리라고 했습니다."

복강안의 머릿속은 검불처럼 복잡해지기 시작했다. 사실 몇 마디 물어본 것은 생각을 정리할 시간을 벌기 위함이었다. 당금의 황제 건륭은 복강안의 부친 부항이 와병 중일 때부터 이미 다른 고굉대신을 물색하고 있었다. 따라서 '부가傅家의 문생門生'들인 기윤과 이시요 등이 갈수록 세력권에서 밀려나고 있다는 것은 알 만한 사람은 다 아는 사실이었다.

순간 복강안은 황급히 머리를 굴렸다. 이런 상황에서 만약 내가 황실의 '코털'을 뽑는다면 어떤 결과를 초래하게 될까? 건륭황제께서는 나를 어찌 볼까? 모친은 또 아들의 앞날에 먹구름이 끼었다면서 얼마나 괴로워하실까?

찰나에 수많은 생각들이 복강안의 뇌리를 스치고 지나갔다. 그러나 그는 곧 마음을 다잡고 머릿속의 검불을 힘껏 쳐버렸다. 굳건한 자존심이 잠깐의 망설임을 앞선 것이다.

"흥!"

복강안이 콧방귀를 뀌는가 싶더니 바로 냉소를 터트렸다. 이어 날카로운 눈빛으로 대문 쪽을 노려보고는 잘근잘근 씹어 뱉듯 소리쳤다.

"절 안에 있는 관병들을 전부 소집해 정렬시키도록 하라. 군관들은 모두 옥황전 앞에 집합하라. 화창대火槍隊도 동원시켜라. 다 준비되면 아갈합을 안으로 들이도록 하라!"

2장
복강안의 군법

절 안에서는 대오를 정돈한답시고 때 아닌 소란이 벌어졌다. 이 사실을 모르고 밖에서 기다리는 아갈합은 슬슬 짜증이 났다. 그는 사실 미꾸라지처럼 빤질빤질한 만주 팔기 자제들 중에서도 '큰 미꾸라지' 축에 속하는 인물이었다. 왕공훈귀王公勳貴는 말할 것도 없고 거지, 창녀 등 '밑바닥 인생'들까지 가리지 않고 삼교구류三教九流를 두루 사귀고 다니는 팔방미인이었다. 게다가 천가天家의 금지옥엽답지 않게 골동품, 그림, 서예 작품은 말할 것도 없고 기상천외한 잡동사니들까지 그 연대와 값어치를 귀신처럼 알아맞히는 재주도 지니고 있었다.

그러나 '타고난 팔자'에 안주하고 도전과 진취성이 무엇인지 모르기는 여느 팔기 자제들과 크게 다를 것도 없었다. 우선 종인부宗人府에서 하릴없이 '콧구멍만 후비다가' 너무 '별 볼 일' 없는 것 같다면서 내무부로 전근을 갔다. 이어 내무부에서는 또 승진이 '소걸음'처럼 늦다면서 불만을 토로했다. 결국 여기저기 선을 달아 군차軍差를 나오게 됐다. 밖에서 몇 년 동안 경력을 쌓은 다음 북경으로 돌아가 낙하산을 탈 심산이었던 것이다.

그러나 그가 원하는 바를 자기 뜻대로 척척 이룰 수 있었던 것은 본인의 능력 때문이 아니었다. 당연히 어머니의 후광 덕분이었다. 그는 불행히도 그 사실을 깨닫지 못했다. 오늘 복강안의 부름을 받고 나선 것도 다 이유가 있었다. 하루가 다르게 유명세를 타는 복강안이 자신의 뒷틀이 되어줄지도 모른다는 계산을 했던 것이다.

아갈합은 부대장, 각 병영의 소대장들, 그리고 사무관까지 열 몇 명의 부하들을 거느리고 절 밖에서 이제나저제나 복강안이 자신을 불러주기만 기다리고 있었다. 하지만 기다리는 시간이 점점 길어지자 속에서 주먹만 한 화가 불끈 치밀어 올랐다. 그러나 일단 참는 수밖에 없었다. 그때 사무관 한 명이 넌지시 물어왔다.

"대장님께서는 북경에 계실 때부터 복 도련님을 알고 계셨습니까?"

"알다마다! 어디 복강안 공자뿐이겠는가? 복륭안, 복령안 공자들과도 잘 아는 사이지!"

아갈합이 어깨에 잔뜩 힘을 준 채 다시 말을 이었다.

"한번은 책을 한아름 안고 가다가 떨어뜨리는 바람에 아버지한테 혼나는 걸 내가 그랬노라고 방패막이가 돼준 적도 있었는 걸! 다른 건 몰라도 유난히 병마를 좋아했어. 대장군감인 것은 나도 인정해."

아갈합이 복강안을 치켜세웠다 깔아뭉갰다 하면서 으스대고 있을 때였다. 길보가 드디어 군령을 전했다. 안으로 들라는 얘기였다. 그러나 아갈합은 산문山門으로 들어서기 무섭게 이상한 분위기를 눈치챘다.

하육은 "복 도련님께서 몇 명의 수행원만 거느리고 밤길을 달려오셨다"라고 분명히 말한 바 있었다. 그런데 산문 안에는 네모반듯하게 정렬

된 대오가 네 개나 있었다. 게다가 통로의 양측에 길게 늘어선 병사들은 모두 종아리를 질끈 동여매고 허리에 장검長劍을 찬 채 하늘을 뒤덮은 측백나무 밑에 우뚝 서 있었다. 복도와 둥근 비석 옆에도 칼자루에 손을 얹은 채 목각처럼 무표정하게 서 있는 친병親兵들이 가득했다. 말 그대로 마당 곳곳은 도검刀劍의 숲이었다. 기침소리조차 들리지 않는 숨막히는 침묵이 한참이나 흘렀다.

하늘을 떠받들 기세로 높다랗게 우뚝 서 있는 옥황대전 앞의 향로에서는 여느 때와 다름없이 향이 모락모락 피어오르고 있었다. 그 옆으로는 피갑은포皮甲銀袍 차림의 장교 20여 명이 기러기처럼 열을 지어 있었다. 표범처럼 건장한 화창수火槍手 서른 명도 대도大刀를 옆구리에 차고 호랑이 같은 눈을 부릅뜬 채 청년 장군을 호위하고 있었다.

하얀 두루마기에 은색 갑옷을 입고 동주東珠가 박힌 금룡관金龍冠을 머리에 쓴 그 젊은 장군이 바로 사내의 큰 뜻을 펴고자 스스로 군차軍差를 자청하고 나선 복강안이었다. 모자에 흰 줄이 달려 있는 것으로 볼 때 상중喪中이라는 사실을 알 수 있었다. 유난히 희고 말쑥한 얼굴에 먹으로 찍어 놓은 듯한 팔자 눈썹이 인상적인 장군이었다.

그런 장면을 꿈에도 상상해본 적이 없는 아갈합과 부하들은 마치 몽유병 환자처럼 꿈을 꾸는 듯한 표정을 지었다. 심지어 술에 취한 사람처럼 비틀거리기까지 했다. 그러나 그들은 기라성 같은 '병사들의 숲'을 지나 대전大殿의 월대月臺를 향해 어정어정 걸어가면서 조금씩 제정신을 찾는 듯했다. 하지만 심산밀림深山密林에서 사냥꾼의 표적이 된 것 같은 공포감은 쉽게 뇌리에서 떨치지 못했다. 그는 등골에 식은땀이 흐르고 두 다리에 힘이 빠져버리는 기분을 느꼈다. 당장이라도 그 자리에 주저앉을 것만 같았다.

"신고부터 해야지!"

길보가 버럭 고함을 질렀다. 그 소리에 무리들은 화들짝 놀랐다. 그 제야 자신들이 대경실색한 나머지 신고하는 것조차 잊고 있었다는 사실을 깨달은 것이다. 아갈합이 스르르 무릎을 꿇으면서 더듬더듬 아뢰었다.

"한, 한군기漢軍旗 산동 녹영 제이소대 대장, 연주부 진수사鎮守使 소속 표영標營 이대장 아갈합이…… 흠차 대인께…… 신고합니다!"

복강안은 살기가 번뜩이는 눈빛으로 아갈합을 한참 노려봤다. 이어 두 손으로 허벅지를 짚으면서 자리에 앉았다. 그러나 아갈합에게는 일어나라는 말이 없었다. 눈빛과는 달리 목소리는 담담했다.

"군량미를 못 내준 지 얼마나 됐나?"

"평읍에 소요사태가 일어나고 연주 진수사인 유희요劉希堯가 직위해제를 당하면서부터 군량미를 한 푼도 내려 받지 못했습니다."

사색이 돼 있던 아갈합은 의외로 담담한 복강안의 반응에 움츠러들었던 배짱이 되살아나는 듯 침착한 목소리로 대답했다. 긴 머리채를 뒤로 넘기면서 시정잡배의 느낌마저 다분한 어투로 말을 이었다.

"궁여지책으로 여태 향리에서 얻어먹었습니다. 그런데 이 난리가 나니 더 이상 식량을 징발할 곳이 없습니다. 제가 역적들의 가솔들도 천명 정도 가둬두고 있사온데, 그네들에게도…… 한 끼에 콩밥과 짠지 한 조각이라도 내줘야 하지 않겠습니까?"

"가솔들은 어찌해서 붙잡아뒀는가?"

"역적의 가솔들이지 않습니까, 통수!"

"알아! 내 말은 그들을 잡아둔 진짜 속셈이 뭐냐고?"

"그…… 그게…… 그게 말이죠……."

아갈합은 뭔가 켕기는 구석이 있는 듯했다. 계속 뒤통수만 긁적이며 한참을 생각하더니 드디어 입을 열었다.

《대청률》에는 '무릇 대역을 꾀하거나 일삼은 죄인들은 주동자와 가담자 상관없이 일률로 능지처참형에 처한다. 가족 중 한 사람의 죄로 인해 구족九族이 주련株連당할 것이다'라고 명시돼 있는 걸로 기억합니다. 진영陳英이 그렇게 죽고 곧이어 현아문도 아수라장이 된 상태에서 이자들을 방치해서는 안 된다고 생각했습니다. '그 나물에 그 밥'이라고 혹시 역적들과 결탁해 대역의 불씨를 크게 일으키기라도 하면 큰일 아닙니까? 그래서 접인관接印官들이 와서 처치하도록 가둬둔 것입니다."

임기응변의 거짓말치고는 제법 그럴싸했다. 아갈합이 그렇게 말을 마치고는 고개를 들었다. 이어 입을 쩝쩝 다시면서 복강안을 쳐다봤다.

아갈합은 생김새는 지지리도 못생겼지만 관복은 그런대로 잘 어울렸다. 사색이 돼 있던 처음과는 달리 복강안을 똑바로 쳐다보는 모습이 갈수록 버르장머리가 없어지는 듯도 했다. 복강안은 아갈합의 구역질나는 얼굴을 보면서 속으로 생각했다.

'근지즉불손近之則不遜(가까이 하면 버릇이 없어진다는 의미)이라고 했어. 체통과 존엄을 그렇게나 중요시하시는 서른넷째황고三十四皇姑(황제의 고모)께서 어찌 슬하에 저런 아들을 뒀을까?'

복강안은 속으로 그렇게 생각하고는 바로 안색을 바꿨다. 그러고는 큰 소리로 물었다.

"아갈합, 죄를 인정하느냐?"

아갈합이 눈을 부산스럽게 깜박이면서 대답했다.

"예, 하관은 죄가 있습니다. 역모를 꾀한 무리들로 인해 성이 아수라장이 됐을 때 저는 병영에 있지 않고 병사들을 데리고 모래밭에서 사격연습을 시키고 있었습니다. 보고를 접하고 병영으로 돌아갔을 때는 벌써 정오 무렵이었습니다. 사람을 성 안으로 급파해 정탐해 본 결과 적들은 이미 감옥을 털었고, 일당들을 데리고 도망갔다고 했습니다."

"그래서, 대체 무슨 죄를 지었다는 건가?"

복강안이 덧붙였다.

"쫓아가서 때려주는 시늉이라도 했어야지!"

복강안의 언성이 다시 높아졌다. 아갈합은 위엄이 서린 복강안의 눈을 감히 쳐다보지 못하고 슬며시 피했다. 그러고는 겁에 질린 목소리로 더듬거리면서 대답했다.

"……그, 그, 그게 바로 하관의 죄입니다. 그 당시 성 안은 아비규환의 현장이 따로 없었습니다. 역적들이 오륙천 명도 더 되고 성 안의 어중이 떠중이, 시정잡배들까지 모조리 역모에 가담했다는 소문이 쫙 퍼져 적정敵情을 제대로 파악할 수 없었습니다. 그, 그래서…… 수습은 해야겠고…… 일이 급작스럽게 닥친 것도 있지만 평소에 사태를 미리 파악하는 혜안이 부족해 적들을 소탕할 수 있는 기회를 잃었습니다. 그 죄가 크다고 생각합니다. 다행히 성의 명맥은 아직 저의 손에 잡혀 있습니다. 통수께서 이끌어 주시는 대로 선봉이 돼 적들과의 싸움에 이 한 몸을 다 바칠 것을 맹세합니다!"

복강안이 아갈합의 말에 곧바로 자리에서 일어났다. 이어 가볍게 콧방귀를 뀌면서 매섭게 쏘아붙였다.

"선봉? 아무나 '선봉'을 시켜주는 줄 아나? 거울이 없으면 오줌이라도 싸서 그 꼬락서니를 좀 비춰보게! 그 대장에 그 부하들이라고 저 무리들은 동네 쥐나 잡는 데 써먹으면 모를까, 어디 총대나 제대로 메게 생겼나!"

복강안은 말을 마치고는 검에 손을 얹고 빨갛게 달아오른 커다란 철정鐵鼎(무쇠솥)을 느린 걸음으로 빙빙 돌았다. 걸음마다 들려오는 장화발 소리가 마치 매타작할 때 쓰는 군곤軍棍 소리 같았다. 마당 가득한 병사들은 모두 숨을 죽인 채 그의 말에 귀를 기울였다.

"창졸간에 발생한 일이라 자기 책임은 없다는 소리로 들리는데? 내가 과민한 건가? 사격 연습도 좋고 조련도 좋은데, 그 목적은 성을 지키고 백성들을 안전하게 하기 위함이 아닌가? 또 그 어떤 경우에도 현성縣城의 치안과 백성들의 안거낙업安居樂業을 우선적으로 보장하는 것이 자네들의 임무가 아닌가! 오래 전부터 수상한 움직임이 있었어. 그런데 사전에 전혀 감지하지 못했어. 그건 차치하더라도 사달이 발생한 뒤에는 무엇 때문에 늑장대응으로 일관했는가? 전 성의 백성들이 유린과 참변을 당하게 하고 심지어 현령을 죽음으로 몰아넣은 장본인이 자네가 아니고 누구인가? 내가 즉시 입성하라고 군령을 내렸는데도 감히 군량미를 미끼로 군령을 희롱하려 들다니! 광망狂妄한 자 같으니라고!"

한마디 한마디가 쇳소리가 따로 없었다. 복강안이 한참 열변을 토하고 나더니 갑자기 발을 구르면서 큰 소리로 길보를 불렀다.

"길보!"

"예!"

화창수들의 무리에 끼어 있던 길보가 부름을 받고 큰 소리로 대답했다. 이어 쿵쿵 소리를 내면서 대열 밖으로 나왔다.

"아갈합의 죄목은 방금 들은 대로다. 우리의 군법에 의하면 어떤 벌을 받아야 마땅하겠느냐?"

"주살함이 마땅합니다! 직무에 태만해서 적의 무리를 도주시킨 자는 목을 쳐야 마땅합니다. 군령을 희롱한 자는 죽여야 한다고 백지흑자白紙黑字로 명시돼 있습니다!"

복강안이 뒷짐을 진 채 무쇠솥에 시선을 박고는 차갑게 내뱉었다.

"그렇지?"

복강안이 이어 하육을 불렀다.

"하육!"

"예!"

"아갈합의 관포官袍를 벗겨 즉각 법대로 처리하라!"

그의 명령에 옥황묘 안의 분위기는 삽시간에 살벌해지고 말았다. 복강안이 몽음蒙陰에서 데려온 2000명의 병사들은 모두 곰이라도 너끈히 때려잡을 수 있을 정도로 덩치가 큰 장사들이었다. 그러나 신참병들이라 피를 보는 데는 아직 익숙지 않았다.

하육은 그들이 놀라든 말든 아랑곳하지 않고 네 명의 친병을 거느리고 사정없이 아갈합에게 달려들었다. 이어 아갈합의 관포를 잡아채듯 거칠게 벗겨내고는 정자와 관포를 한쪽에 쓰레기처럼 내던졌다. 병사들의 긴장과 공포심은 극에 달했다.

곧 복강안이 코웃음을 치면서 입을 열었다.

"아계 공의 본가本家에 액부額駙의 아들이면 대단한 줄 알았어? 황친국척皇親國戚이라면 내가 감히 어쩌지 못할 줄 알았냐고! 내 군령을 어긴 자는 액부의 아들이 아니라 액부 본인이라도 정녕 용서치 못할 것이야!"

아갈합은 복강안의 돌변한 태도에 악몽을 꾸는 듯했다. 대경실색한 나머지 얼이 빠진 사람처럼 마구잡이로 옷을 벗기는 병사들에게 몸을 내맡겼다. 그러다 차갑고 섬뜩한 칼등이 명치에 닿았을 때에야 비로소 약간 정신을 차렸다.

그는 바들바들 떨면서 천병들에게 꽉 잡힌 두 팔을 빼내려고 몸부림을 쳤다. 그러나 이미 꼼짝달싹 못하게 포박을 당한 뒤라 아무 소용이 없었다. 온몸을 사시나무 떨듯 떠는 그의 바짓가랑이 사이로 갑자기 오줌이 주르르 흘러내렸다. 지린내가 진동을 했다.

아갈합이 털썩 꿇어앉은 채 무릎걸음으로 복강안에게 다가갔다. 그러고는 식은땀과 눈물범벅이 된 얼굴로 구걸하듯 말했다.

"제, 제, 제…… 발. 제발 목숨만 살려 주세요. 이놈의 죄는 죽어 마땅하나 홀로 남게 될 우리 불쌍한 액낭額娘(황실에 어머니에 대한 존칭)을 봐서라도 제발 이 한 목숨만 살려 주세요……. 군령의 호위虎威를 범한 죄 천번만번 죽어 마땅한 줄 압니다. 하지만 저의 액낭의 얼굴을 봐서라도 제발 공을 세워 죄를 갚게 해주십시오. 국가에 팔의제도八議制度도 있지 않습니까……."

애걸복걸하던 아갈합의 입에서 갑자기 또다시 한마디가 튀어나왔다.

"속죄은자贖罪銀子는 얼마든지 내겠습니다!"

그 말에 복강안의 얼굴이 더욱 험상궂게 변했다. 동시에 이를 빠드득 갈았다. 그 소리가 군사들의 귀에도 들리는 듯했다.

"속죄은자는 무덤까지 가지고 갔다가 저승에서 화신에게 내어 주거라. 군법에는 팔의八議니, 칠의七議 따위가 없어! 군법은 인정사정없고, 피도 눈물도 없는 법이야!"

그가 무쇠솥을 노려보던 시선을 천천히 아갈합에게 옮기더니 추호의 망설임도 없이 명령을 내렸다.

"즉각 처형하라!"

복강안의 말이 떨어지기 무섭게 두 명의 친병이 동시에 아갈합에게 달려들었다. 이어 한 명이 머리채를 힘껏 낚아채 뒤로 당겼다. 또 다른 한 명은 커다란 칼을 높이 치켜들었다. 거의 동시에 호광弧光이 번뜩였다. 순간 아갈합은 비명 한 번 지르지 못하고 차가운 땅바닥에 쿵 하고 쓰러지고 말았다. 베인 목에서는 뻘건 거품이 일면서 시커먼 피가 콸콸 쏟아져 나왔다. 마지막 숨을 거두느라 고통스레 헉헉대던 아갈합의 머리는 어느 순간 '툭' 하고 꺾여버렸다. 곧 하육이 그걸 주워들더니 복강안에게 달려왔다.

"통수 대인, 험형驗刑을 하십시오!"

복강안은 떨어져나간 아갈합의 수급을 힐끗 바라봤다. 그로서는 처형 장면을 처음 보는 것도 아니고 직접 손에 피를 묻혀보지 않은 것도 아니었다. 그러나 지척에서 '험형'을 해보기는 처음이었다. 그래도 그는 걸음을 옮겼다. 현장은 끔찍했다. 모로 쓰러진 몸 아래로 피가 흥건히 배어 나와 석판石板을 뻘겋게 물들이고 있었다. 피가 튄 얼굴은 더 이상 형체를 알아보기 힘들었다. 반쯤 벌어진 입에서는 계속해서 피가 흘러 나오고, 채 감지 못한 두 눈은 복강안을 노려보고 있었다…….

복강안은 피비린내에 구역질이 울컥 치밀어 올랐다. 그러나 낯빛이 하얗게 질린 병사들을 보면서 애써 마음을 다잡았다. 이어 무거운 침묵을 깨고 한숨을 내쉬면서 천천히 입을 열었다.

"나는 폐하의 외조카이다. 또 이자는 폐하의 외사촌 아우이지. 따지고 보면 멀지도 가깝지도 않은 친척 사이라고 할 수 있다! 길보, 좋은 널빤지를 사서 관을 짜주게. 돈은 내 녹봉에서 떼어내게. 귀경해 상을 치를 때는 나도 문상을 갈 거네. 자네들은 어쩔 텐가? 자네들은 죄가 없다고 생각하는가?"

복강안이 말을 마치기 무섭게 아갈합을 수행한 열두 명의 부하들을 향해 물었다. 그들은 처음 왔을 때부터 아갈합과 나란히 무릎을 꿇고 있었다. 아갈합의 허튼소리에도 의외로 담담하게 응수하던 청년장군이 갑자기 야수처럼 악랄하고 무정하게 돌변할 줄은 꿈에도 몰랐다. 당연히 피를 철철 흘리면서 쓰러진 채 딱딱하게 굳어가는 아갈합의 시체를 감히 쳐다볼 엄두도 내지 못했다. 그저 모두들 사색이 된 채 덜덜 떨고만 있었다. 그러다가 느닷없는 복강안의 물음에 어찌 대답해야 할지 모르겠다는 듯 고개만 더욱 숙였다. 마당 가득한 군사들 역시 복강안이 크게 살생을 저지를까봐 잔뜩 긴장을 하고 있었다.

"스스로 죄를 인정한다고 해서 자네들의 죄가 용서받을 거라고는 생각하지 말게."

이쯤이면 위세도 충분히 과시했다고 할 수 있었다. 복강안은 그런 생각을 하면서 흡족한 표정을 지은 채 아갈합의 무리들을 쓸어봤다.

"누가 부대장인가?"

곧 덜덜 떠는 무리들 사이에서 군관 한 명이 벌벌 기어 나왔다. 이어 더듬더듬 대답했다.

"하, 하, 하관 뇌봉안賴奉安입니다. 부대장을 맡고 있습니다……."

복강안이 하육을 향해 고개를 돌린 채 물었다.

"명령을 전하러 갔을 때 이자도 아갈합의 말에 맞장구를 치던가?"

아갈합의 부하 열두 명이 일제히 고개를 쳐들었다. 동시에 애원하는 눈빛으로 하육의 입만 쳐다봤다. 두꺼비처럼 커다란 입에서 무슨 말이 튀어나올지 몰라 전전긍긍하는 티가 역력했다.

"그렇지 않았습니다."

하육이 덧붙였다.

"오히려 복 도련님은 대단하신 분이니 먼저 군령에 따르고 어려운 점은 그때 가서 아뢰도록 하자면서 권하고 나섰습니다."

복강안이 즉각 입을 열었다.

"영리한 친구로군. 마음가짐이 가상해 목숨만은 살려주겠다. 하지만 자네는 부대장으로서 아갈합이 군무에 태만하고 착오를 범하는 것 같으면 상사에게 보고를 했어야 했네. 내가 연주부에 도착한 뒤 서류를 다 뒤져봤는데 자네 보고서는 본 적이 없네. 일단 죽음은 면해주겠지만 책임은 묻지 않을 수 없네. 군법에 따라 처치할 거네. 여봐라!"

"예!"

"저쪽 측백나무 밑으로 끌고 가서 군곤 스무 대를 안기거라!"

"예!"

평소 같았으면 녹영군의 부대장에게 군곤을 안긴다는 것은 상상도 못할 일이었다. 그러나 방금 전에 대장의 목이 떨어졌는데 그 정도의 형벌이 뭐 대수겠는가. 그래서 시어미 역정에 냇가로 나온 며느리의 빨래방망이질을 연상케 하는 육형肉刑이 한바탕 이어지는 동안 군사들은 오히려 안도하는 눈치를 보이기까지 했다. 그러고는 무쇠솥 앞을 왔다갔다 하며 거니는 복강안의 움직임에 모든 시선을 고정시켰다.

"나 복강안은 살인을 쾌사快事로 생각하는 인간 백정이 아니네."

복강안은 형벌이 끝나고 병사 두 명이 곤죽이 된 뇌봉안을 끌어다놓자 군사들을 향해 훈화를 하기 시작했다.

"아갈합의 목을 치지 않으면 나 복강안에게 이처럼 서슬 푸른 면이 있다는 걸 여러분은 몰랐을 것이네. 이제는 여러분 개개인도 앞으로 어찌해야 할지 잘 알았으리라 믿네. 내가 굳이 강조하지 않아도 잘 알겠지?"

좌중의 군사들은 열심히 경청했다. 복강안이 아직도 무릎을 꿇고 있는 뇌봉안의 무리들에게 입을 열었다.

"일어나, 이 새끼들아! 목 잘리고 곤장 맞는 거 처음 보냐? 그러고도 군인이야? 이제부터라도 인간답게 살고 싶으면 내 명령에 반드시 복종해야 해. 기율과 상벌은 원래 같은 것이야. 공로를 세워 죗값을 보상받도록 하라! 너희들이 내 군령에 복종해 공을 세운다면 목이 잘리고 곤장 맞는 일은 없을 거야. 대신 상을 후하게 내릴 것이야!"

복강안은 나름 상당히 거친 어투로 말했다. 몇 번의 출전경험이 있는 데다 병사들의 생리를 어느 정도 파악한 덕분이었다. 심지어 그는 군인들 앞에서 유식한 척, 고상한 척 해봐야 되레 역효과일 뿐이라는 사실역시 너무나도 잘 알고 있었다. 실제로도 병사들의 입장에서는 적당히유식하면서도 또 적당히 거칠어 보이는 복강안이 입만 열면 똥이요, 구더기인 다른 장군들보다 더욱 친근하게 느껴질 수밖에 없었다.

"지금은……."

복강안이 시계를 꺼내보면서 말을 이었다.

"오시午時 정각까지 아직 일각一角이 남았다. 즉각 귀대해 대오를 이끌고 성으로 들어오도록 하라. 왕복 이십오 리 길이니 신시申時 정각까지 대오를 정돈하고 신시 일각에 이리로 다시 와서 대령토록 하라! 뇌봉안, 들었느냐?"

"예!"

뇌봉안이 엉덩이 통증 때문에 인상을 있는 대로 찌푸리면서도 애써 한쪽 무릎을 꿇은 채 군례를 올렸다. 그러고는 물었다.

"저의 병영에는 현재 천 명의 병력이 있습니다. 군량미 징수와 치안 두 가지 목적으로 밖에 나가 있는 자들까지 합치면 천이삼백 명쯤 될 것입니다. 전부 불러올까요? 그리고 병영에 감금중인 비적들의 가솔은 어찌할까요?"

복강안이 즉각 지시를 내렸다.

"전부 군사들을 따라 입성시키도록 하라! 쓸 데가 있다. 군량미 징수에 나간 군사들은 내일 오시까지 반드시 귀대시키도록! 입성할 때 병영에 남아 있는 군량미를 한 톨도 남기지 말고 전부 챙겨오게. 입성한 뒤 일단 민심을 안정시키는 데 주력하도록. 식량이나 채소, 고기 등 군수품은 은자가 없으면 일단 차용증이라도 써주고 받아오도록 하게. 무슨 말인지 알겠는가?"

"예, 알겠습니다!"

"가봐!"

"예!"

"잠깐만!"

복강안이 돌아서는 그들을 도로 불러 세웠다. 이어 묘원廟院을 멀리 꿰뚫어 보듯 날카로운 눈빛을 번뜩이면서 천천히 덧붙였다.

"열한 명 중 셋을 연주로 급파해 내 군령을 전하라. 연주부의 모든 주둔군들은 대영을 수호하는 이들을 제외하고 전부 악호촌으로 진격하라!"

복강안은 간단한 명령을 마치고는 더 이상 말을 하지 않았다. 뇌봉안은 대답과 함께 일행을 데리고 절룩거리면서 물러갔다.

그날 밤 "아갈합의 군사들이 평읍성으로 진격했다"라는 소식이 귀몽정 대채大寨로 전해졌다. 상황은 무척 긴박했다. 공삼龔三은 즉각 대채를 순시 중이던 왕염을 불러 긴급대책회의를 소집했다. 민간에서 '외눈깔'이라는 별명으로 통하는 그는 사실 두 눈이 부리부리하고 시력이 매우 좋은 거구의 사내였다. 과거 왕륜 일당과 역모를 일으켰다가 대오가 흩어졌을 때였다. 당시 그는 숲속을 헤매다 흑풍령黑風嶺에서 맨손으로 곰을 때려잡았다고 한다. 사람들은 그 얘기를 듣고 "그 곰이 '외눈깔'이었나 보다"라고 비아냥대고는 했다. 그 때문에 공삼에게 '외눈깔'이라는 별명이 붙은 것이다. 때문에 '의천'義天이라는 그의 본명을 알고 있는 이는 거의 없었다.

귀몽정에 있는 300여 명은 모두 그와 더불어 칼산과 불바다를 함께 헤쳐 온 사람들이었다. 오래전에 이미 생사를 함께 하기로 결의를 한 형제들이기도 했다. 왕륜과 함께 거사를 도모했다가 큰 뜻을 채 펼치지도 못하고 관군에 얻어맞아 뿔뿔이 흩어진 뒤 다시 하나둘씩 산채로 모여들어 세력을 확장하고 있던 터였다. 당연히 공삼이라는 이름은 요주의 인물로 찍힐 수밖에 없었다. 관군의 수배대상에도 올라 있었다. 하지만 외눈깔은 여전히 세상 무서운 것 없이 활개를 치고 다녔다.

그런 그가 왕염王炎을 만난 것은 왕륜王倫의 산채에서였다. 처음 만났을 때 왕염은 별다른 재능을 발휘하지 못했다. 당연히 별로 주목을 받지도 못했다. 그러나 관군의 공격을 받고 무리들이 사방으로 뿔뿔이 흩어지고 세 사람이 함께 도주 길에 오른 뒤부터 상황은 달라졌다. 그제야 공삼은 평소에 별 볼 일 없는 인물이라고 생각했던 왕염이 사실은 진정한 능력자라는 사실을 깨달았다. 왕염이 가는 곳마다 향당香堂에서 후한 대접을 받았을 뿐 아니라 발길 닿는 곳마다 백성들이 그를 경외하는 태도가 신을 대하듯 했던 것이다.

공삼은 그제야 왕염이 휘하에 10만 신도를 거느린 홍양교紅陽敎의 '시주성사'侍主聖使로, 때를 기다리기 위해 잠적 중이라는 사실을 알았다. 크게 놀란 그는 산채에서 몇 번 살두성병撒豆成兵(콩으로 병사를 만듦)의 묘기와 호풍환우呼風喚雨의 법술法術까지 본 뒤에는 완전히 무너지고 말았다. 산채의 다른 사람들 역시 모두 그의 발밑에 오체투지했다. 급기야 왕염을 산채의 '입운룡'入雲龍(소설《수호전》水滸傳에 나오는 양산梁山의 공손승公孫勝의 별명)으로 추대하기에 이르렀다.

공삼은 왕륜을 따라 2년 동안 관군과 대적하면서 알게 된 사실이 하나 있었다. 그것은 바로 산동의 관군들이 한낱 종이호랑이에 불과하다는 사실이었다. 평읍에서 관부의 압제에 견디다 못한 양민들이 공분公憤을 일으킨 것이 폭동의 시발점이 되기는 했으나 애당초 정월 15일에는 원소절을 틈타 한바탕 크게 해보려고 생각을 굳힌 것도 바로 그 때문이었다.

아무려나 평읍의 난을 계기로 산채에는 1300명이 더 합류하게 됐다. 포독고抱犢峒, 맹량고孟良峒, 양풍정凉風頂, 성수욕聖水峪 등지의 산채 채주寨主들 역시 연이어 사람을 보내 공 채주와 뜻을 같이 하겠노라는 입장을 밝혀왔다.

복강안이 쳐들어온 것은 바로 그 무렵이었다. 복강안이 제남濟南에서 점병點兵을 한 다음 몽음蒙陰에서 열병閱兵을 한 후 10리 길에 먼지를 뽀얗게 일으키며 돌진해 오고 있다는 소문이 사방에서 들려왔던 것이다. 그러니 아무리 생사를 도외시한 자들이라고 하나 며칠 동안은 일일삼경一日三驚의 나날을 보낼 수밖에 없었다.

왕염은 무거운 걸음으로 대채의 군막에 들어섰다. 산채 전체는 커다란 천왕묘天王廟 구조로 돼 있었다. 말이 군막이지 주장主將의 군막은 신전神殿 안에 있었다. 신상神像 앞에서 화롯불에 손을 쬐면서 타다타닥 타들어 가는 장작을 바라보고 있던 공삼은 왕염이 들어서는 기척을 느끼고는 가만히 숨을 들이마셨다. 이어 천천히 말했다.

"복강안이 아무리 담력이 크다고는 하지만 감히 밤중에 산으로 쳐들어오지는 못할 거요."

왕염이 머리를 끄덕이면서 공삼의 맞은편에 앉았다. 불빛에 비친 그의 얼굴은 의외로 젊고 준수했다. 나이는 스물네댓 살 정도로 보였다. 크고 두꺼운 면포棉袍로 감싼 몸은 보기 좋게 살이 올라 있었다. 또 밖에서 얼었던 얼굴이 녹으면서 발그레한 광택을 띠고 있었다. 미간을 모으고 화로의 불꽃을 들여다보던 그가 한참 후 길게 숨을 내쉬면서 무거운 입을 열었다.

"식량이 채 사흘치도 남지 않았소. 부하들의 마음이 흩어질까 봐 걱정이오."

공삼이 고개를 끄덕이며 말을 받았다.

"이 산 저 산에서 '뜻'을 같이하자고 '의리'를 외치던 자들이 관군이 들이닥쳤다는 말에 모두 자라 대가리처럼 쑥 들어가 버렸소!"

"그들을 탓할 건 없소. 벌이 품안에 들어가 박히면 가슴을 풀어헤치면 되고, 독사가 손목을 물면 팔을 쳐내면 된다고 했소!"

왕염이 희미한 미소를 지은 채 자조 섞인 어투로 덧붙였다.

"백지흑자白紙黑子로 남긴 맹서盟誓도 무용지물이 될 판에 말로만 지껄이는 게 무슨 의미가 있다고! 믿는 쪽이 어리석지."

공삼이 즉각 입을 열었다.

"북쪽으로 내려가는 길은 벌써 차단됐소. 동쪽 계패진 산에도 관군들이 쫙 깔렸소. 우리 첩자들의 보고에 의하면 남백림을 벗어날 방법이 없다고 하오. 복강안은 산채를 기습하는 게 주목적이 아니고 산채 전체를 포위해 우리를 굶겨 죽이려는 심산인 것 같소."

공삼이 잠시 멈췄다가 다시 말을 이었다.

"아갈합은 평읍으로 불려가서 그런 지시를 받았을 것이오. 누군가 성 북쪽에서 총성을 울린 것도 우리에게 뭔가 계시를 주기 위함이 아니었을까 생각하오. 포위망을 뚫고 나가든가, 아니면 결사항전을 하든가 둘 중 하나를 빨리 선택해야겠소."

왕염이 잠깐 침묵한 끝에 말을 받았다.

"계패진 동쪽은 맹량고와 인접해 있소. 맹량고에 조수고晁守高의 천 명 병력이 있으니 어떻게든 계패진으로 가는 길만 뚫읍시다. 그들과 합세하면 전세가 역전될 수도 있지 않을까 싶소."

공삼은 아무런 말이 없었다. 왕염은 사실 그 얘기를 이미 두 번째 하는 것이었다. 그의 말대로 조수고와 합세할 수만 있다면, 그렇게 해서 다시 계패진을 칠 수만 있다면 복강안이 풀어놓은 대부대는 즉각 뒤통수를 맞고 참변을 면치 못할 터였다. 그것이 진짜 가능하다면 더할 나위 없다고 해도 좋았다.

그러나 문제는 현재 계패진에 널려 있는 관군의 수가 어느 정도인지 알 길이 없다는 사실이었다. 북쪽 산자락에서 정면공격을 시도하는 관군만 어림잡아 3000명은 족히 되는 것 같았으니 말이다. 중과부적도 이런 중과부적이 없었다. 게다가 몽음성에서 맹량고 산자락까지는 관도官

道로 20리 길이었다. 귀몽정에서 맹량고까지는 더 멀었다. 120리도 넘었다. 그러니 몰래 맹량고로 잠입한다는 것은 하늘에 오르기보다 더 어려울 터였다.

일단 대채를 떠나 동쪽으로 이동을 한다고 가정하면 산등성이의 오솔길을 택하는 수밖에 없었다. 그렇게 되면 산 아래에 있는 관군들의 눈에 병력의 이동이 훤히 드러나는 것은 자명했다. 그럴 때 몽음, 계패진의 관군이 남북으로 협공을 해오고 귀몽정 북쪽 자락의 관군이 퇴로를 차단한 다음 포격을 개시하는 날에는 1000여 명이 만두소가 돼버리는 것은 순간일 터였다!

공삼이 한참 그런 생각에 잠겨 있다가 입을 열었다.

"재삼 고려해 봐도 그 방법은 아무래도 바람직하지 않은 것 같소. 새로 산채에 합류한 이들도 그렇고, 우리 형제 대부분은 집에서 곡괭이나 휘두르고 볏단이나 묶어 나르던 자들이라서 야전경험이 전무하오. 전투경험이 적잖은 작자들도 대포소리에 산이 갈라지고 돌이 굴러 내리면 벌벌 떠는 것이 예사요. 조수고의 천 명 병력도 모두 반비반농半匪半農이라 크게 기대할 바가 못 되오. 게다가 그가 먼저 연락을 해온 것도 아니지 않소? 그도 황천패가 와 있다는 소식을 들었을 테니 달걀로 바위를 치는 위험을 감내하면서 우리에게 협력하지는 않을 거라는 말이오. 이대로라면 우리는 계패령界牌嶺에 도착하기도 전에 사면초가에 빠져 복강안의 상에 오르는 만두소가 돼버릴 거요!"

왕염이 곰곰이 생각해보니 공삼의 말도 일리가 있었다. 고민에 빠진 그는 입술을 잘근잘근 씹었다. 이어 생각을 거듭한 끝에 천천히 입을 열었다.

"적들의 병력은 적어도 우리의 열배는 더 되오. 내가 모험을 즐기는 건 아니지만 그렇다고 약간의 모험도 감수하지 않는다면 가만히 앉아서 죽음을 기다리는 꼴이 될 거요. 이제 알겠소? 복강안은 우리를 미산호 쪽으로 내몰자는 수작이오. 그리고 미산호에서 수사水師와 조장棗莊 주둔군을 동원해 우리를 일거에 섬멸하려는 거지!"

말을 마친 왕염의 눈빛이 갑자기 번득였다.

"낮에 순찰을 돌면서 보니 강물이 다 얼어 빙판길이던데, 그 길을 택하면 다시 귀몽정으로 되돌아올 수 있지 않겠소?"

왕염의 말뜻은 복강안이 평읍으로 들어오는 길목에서 한판 승부를 벌이겠다는 것이었다. 공삼이 왕염을 힐끗 쳐다보고는 입을 열었다.

"물론이오. 사냥 갈 때 자주 지나다녔었소. 남백림 남쪽에서 빙판길로 내려갈 수 있소. 헌데 너무 가파른 게 문제요. 유사시 귀몽정으로 돌아오려고 해도 산을 오르는 게 장난이 아닐 거요!"

"우리가 꼭 산으로 돌아와야 한다는 법은 없소."

왕염이 화롯불을 뒤적이던 쇠꼬챙이를 내려놓았다. 그러고는 비책을 늘어놓기 시작했다.

"우리는 남쪽으로 하산해 평읍을 선점해야 하오. 그렇게 함으로써 먼저 아갈합을 때려 엎는 거요. 복강안이 계패진에서 지원을 오려고 해도 적어도 사흘은 걸릴 것이오. 평읍성이 우리 손에 넘어오면 산동성 전체가 긴장할 것이오. 동시에 우리의 사기는 충천하고 위세도 높아질 것이오. 이후에 만약 양풍정과 성수욕의 형제들이 합류해온다면 연주부까지도 충분히 노릴 수 있을 거요. 합류를 하는 게 여의치 않다면 하도河道를 통해 동쪽으로 진격하면 되오. 그런 다음 계패진의 뒤로 돌아가 뒤통수를 쳐버린 후에 맹량고로 올라가는 거요. 일단 복강안의 그물을 벗어나면 반전의 기회는 얼마든지 다시 찾을 수 있소. 예를 들어 계패진의 관군이 강의 상류에서 우리를 협공한다면 우리는 미리 봐둔 샛길을 따라 산을 올라서 북쪽 산자락에 있는 관군을 때려주는 거요. 얼마를 쓸어내느냐 하는 것보다 우리 입장에서는 대포를 빼앗아오는 것이 더욱 중요하지. 그리 되면 산동 남부의 녹림들이 오지 말라고 해도 따라붙을 것이오!"

공삼은 왕염의 말을 다 듣기도 전에 입을 길게 찢으면서 환하게 웃었다. 그러고는 힘껏 고개를 끄덕이더니 허벅지를 두드리면서 맞장구를 쳤다.

"좋소. 그렇게 합시다! 제기랄, 우리를 조장棗莊의 미산호로 몰겠다? 흥! 호랑이가 평지에 떨어지고, 용이 백사장을 거닐 소리지! 내가 누군데, 네놈의 속임수에 넘어가겠나!"

공삼이 벌떡 일어나면서 다시 손을 휘저었다.

"내일 저녁에 하산합시다. 관병들은 야간전투에 익숙하지 않을 것이니 먼저 아갈합의 대영부터 함락시킵시다. 그놈의 대영에 불을 질러버린 뒤 성 안으로 들어가 몸보신이나 하고 기력을 모아 계패진으로 돌진합시다!"

공삼이 다시 웃음을 띤 채 말을 이었다.

"그대가 늘 입에 달고 다니는 말처럼 우리는 비적이 아니오. 어떻게든 오랑캐들을 몰아내고 대명大明을 광복시켜야 하오. 자바섬(인도네시아)에 있는 숭정황제의 황태손皇太孫을 모셔다 전명前明의 영화를 부흥시켜야 하오. 그렇게 해서 백성들에게 좀 더 나은 삶의 터전을 마련해주는 것이 우리 거사의 목적이 아니겠소? 성으로 들어가 우리의 뜻을 밝히는 안민고시문安民告示文을 여러 곳에 붙여야겠소! 앉아서 죽으나, 서서 죽으나, 배고파 죽으나, 대역죄로 죽으나 명줄 끊기는 것은 마찬가지 아니오? 죽기 살기로 승부를 겨루다보면 그자들이 죽고 우리가 사는 수도 있을 것이오!"

몇 번 거사를 해본 경험이 있는 대선배 왕염은 공삼의 말에 잠시 동안이나마 흥분하는 모습을 보였다. 그러나 경험자답게 이내 평정심을 회복했다. 두 사람은 지도를 꺼내놓고 거듭 대안을 모색하면서 밤이 새는 줄도 몰랐다.

이튿날 자정 무렵, 공채의 자칭 의군義軍 1500명은 천왕묘 앞 공터에 집결했다. 복강안이 귀몽정에 대한 거짓 공격 명령을 내린 지 일곱 시간 뒤였다. 그들은 모두 흰 천을 이마에 두르고 허리띠를 질끈 묶은 차림이었다. 머리에 흰 천을 두른 것은 의군임을 밝히기 위한 목적도 없지 않았다. 그러나 산을 내려갈 때 미끄러운 길에서 같은 편을 알아보도록 하기 위한 목적이 더 컸다. 밤중에 관군과 맞닥뜨렸을 때 적군과 아군을 구분하는 데 있어 사실 이보다 좋은 것은 없다고 해도 좋았다.

천왕묘 입구에는 솔가지가 네 무더기나 쌓여 있었다. 모두 돼지기름을 뿌려둔 덕에 유난히 잘 타오르고 있었다. 농민 출신의 1000명 병사들 중에는 토총土銃(화승총)을 멘 이들이 우선 있었다. 또 대도大刀를 차고 수렵 때 쓰는 창, 화살, 심지어 도끼와 작두를 들고 나온 이들도 있었다······. 모두 서슬이 시퍼런 무기들을 들고 명령이 내려지기만 조용히 기다리고 있었다. 쓸쓸하고 삭막한 공터는 살기와 공포로 가득 차 있었다.

공삼은 몸에 착 달라붙는 솜옷에 발목이 달랑 드러나는 짧은 바지를 입고 있었다. 허리는 흰 천으로 질끈 동여맨 차림이었다. 불빛에 비친 얼굴에는 비장함과 결연함이 묻어 있었다. 그가 장검을 지팡이 삼아 짚고 서더니 조용히 병사들을 응시했다. 이어 사람들이 다 모이자 자세를 고쳐 똑바로 서며 큰 소리로 물었다

"형제 여러분! 우리의 거사 목적을 아는가?"

장내는 조용했다. 그는 곧 자문자답을 했다.

"지금 천하는 탐관오리貪官汚吏와 가렴주구苛斂誅求 때문에 썩을 대로 썩었소! 옥수수 떡 한 조각에 일문一文까지 치솟았는데, 우리는 그 일문도 없는 거지들이오! 마누라도, 애새끼도, 어미도 먹여 살릴 수 없는 허수아비 가장들이오! 장헌충張憲忠(명나라 말기 민란 지도자)이 격문에서 이런 말을 한 적이 있었소. '관官이 양민들을 핍박해 모반을 일으키게 하는데, 그리 하고 싶지 않지만 힘없는 자들이 어찌할쏘냐?' 지금 통치자들의 뿌리는 장백산長白山(백두산)에 있소. 대명大明을 위해 복수를 해준다는 미명하에 우리 중원中原을 점령해놓고 강산을 주씨朱氏 일가에게 다시 넘겨주지 않고 있소. 말로는 관대한 정치니 어쩌니 사탕발림소리를 잘도 해대지만 우리 백성들의 살길은 어디에도 없소. 우리의 의로운 거사가 한낱 '대역大逆으로 몰려 크게 경을 칠까 봐 전전긍긍하는 자들도 없지 않아 있을 거요. 그러나 나 공아무개는 세상에 두려운 게 없소! 누군가는 나서서 불의를 쳐내야만 평등한 세상이 오는 법이오. 이를 위해, 우리 한족 조상들의 설욕을 위해 나는……."

공삼이 이를 악물고 소리쳤다.

"천리天理를 망각한 탐관오리들을 한가마에 쪄낼 것이오! 설사 패할지라도 자손들에게 부끄럽지 않은 조상으로 청사靑史에 이름을 남기는 것으로 나는 만족하오!"

이어 왕염이 말을 받았다.

"청나라 황실은 이미 기진맥진해 있소. 대명大明의 복벽復辟(왕조 복원)은 필연적인 추세요!"

비록 공삼처럼 의기충천하지는 않았으나 진지하고 당당한 말투였다. 그가 다시 말을 이었다.

"정월 보름에 북경, 남경, 개봉, 태원, 보정에 있는 홍양교 신도들이 동시에 거사할 거요. 천의에 순응하는 움직임이 될 것이오! 우리의 행동은 다만 날짜를 며칠 앞당기는 것뿐이오. 뜻을 같이하는 의군 몇 갈래가 회합만 한다면 즉각 백만 대군의 기세를 갖출 것이오. 싸리 빗자루로 산동 전체를 쓸어버리고 천하를 탈환하는 것은 시간문제요! 형제 여러분, 우리는 하늘의 뜻을 받아 굳게 뭉친 일심파一心派들이오. 우리의 이름은 모두 천상의 용호방龍虎榜에 올라 있소. 나중에 한실漢室의 영화가 재연될 때 우리 모두는 일등공신으로 대접받을 것이오. 우리 계획은 먼저 평읍을 점령한 다음 조정의 요구妖狗 복강안을 생포하는 것이오. 그자들의 대가리 숫자가 많다고 겁먹을 것은 없소. 우리는 신병神兵들이오. 나는 방금 원신元神을 통해 무생노모無生老母와 만남을 가졌소. 그분께서는 지금 우리에게 호법신수護法神水를 내리시어 칼에 찔려도 피가 나지 않는 호신술을 가르쳐 주신다고 하셨소!"

장내의 의군들은 왕염의 말에 서로 눈길을 주고받으면서 수군거렸다. 그다지 믿어지지 않는다는 눈치였다. 그러더니 모두 젊은 '성사'聖使가 어떤 행동을 할지 말없이 지켜보기만 했다.

장작이 시뻘겋게 타오르면서 화광火光이 충천했다. 그런 가운데 왕염이 겉옷을 훌훌 벗어 던졌다. 그는 안에 석류 빛깔의 홍의장포紅衣長袍를 입고 있었다. 또 허리에는 녹색 띠와 함께 칠성보검七星寶劍을 차고 있었다. 유랑극단 여인의 옷차림을 방불케 하는 차림새였다. 어딘가 날렵해 보이기도 하고 괴이한 느낌도 들었다. 그래서였을까, 두루마기에 수놓아져 있는 태극도太極圖가 별로 이상하게 보이지 않았다. 그 그림에는 앞면과 뒷면에 활활 타오르는 두 개의 횃불이 그려져 있었다.

장내는 쥐 죽은 듯 고요했다. 왕염은 보검을 빼들고 장작더미를 빙빙 돌면서 입으로 뭐라고 끊임없이 중얼거렸다.

알아들을 수 없는 천어天語가 길게 이어졌다. 그 사이 빨갛게 달아올랐던 장작불이 조금씩 사그라지기 시작했다. 그러나 그가 중얼거림을 멈추는 순간 흰 재로 변해가던 장작은 갑자기 기름을 뿌린 것처럼 시커 먼 연기를 피워 올리면서 활활 타오르기 시작했다. 연무煙霧도 갈수록 짙어지더니 옥황묘의 문마저 잘 보이지 않을 정도가 됐다. 이어 무수한 화설火舌이 장작이 타들어가는 소리와 함께 빨갛게 혀를 날름대면서 하늘로 치솟아 올랐다.

왕염은 순간 갑자기 신들린 듯 보검을 휘두르며 연무 속에서 빙글빙 글 돌기 시작했다. 때를 같이 해서 갑자기 "쾅!" 하는 폭발음과 함께 거 대한 화구火球가 하늘로 치솟아 올랐다. 무섭게 타오르는 화염 속에서 왕염이 큰 소리로 외쳤다.

"감사하옵니다! 홍양노조紅陽老祖께서 속세에 내려오시니, 제자들은 꿇어 앉아 삼가 성부聖符를 받겠사옵니다!"

장내의 병사들 중 누군가가 먼저 무릎을 꿇었다. 그러자 다른 병사들 도 따라서 엎드렸다. 그러나 흔히 보는 단체 축도祝禱는 아니었다. 그럼 에도 모두들 왼손을 위로 올려 화염이 치솟는 시늉을 하고는 오른손은 굽힌 자세로 '나무홍양노조'南無紅陽老祖와 '나무무생노모'南無無生老母를 열심히 중얼거렸다…….

장내 사람들의 눈빛은 정상이 아니었다. 그래도 모두들 왕염의 보검 을 따라 경건한 표정으로 춤추듯 동작을 계속 했다. 마치 죽음의 변두 리에서 가까스로 구원된 듯한 감격스러운 모습을 보이고 있었다. 곧이 어 집단 최면은 절정에 달했다. 사람들의 눈앞에 황건黃巾을 두른 대역 사大力士가 나타났다. 그는 거대하고 둥근 항아리를 들고 연무 속에서 무리들과 어울려 춤을 추고 있었다. 그동안에도 왕염의 염주念呪는 끊 이지 않았다.

"개심보권재전개開心寶卷才展開, 보청제불입회래普請諸佛入會來, 천룡팔부 제옹호天龍八部齊擁護, 보우제자영무재保佑弟子永無災……. 항아리를 받아라, 부적符籍을 받아라, 옥주玉酒에 사은謝恩하라……."

시간이 얼마나 흘렀을까, 왕염은 드디어 보검 휘두르는 동작을 멈췄다. 주문도 끝냈다. 그러자 마치 아무 일도 없었던 듯 모든 것은 원래대로 돌아왔다. 한두 번 겪은 것도 아니었지만 공삼과 몇몇 부하들은 멍한 표정을 지었다. 어느새 네 무더기의 장작은 다 타버리고 잿더미만 덩그러니 남아 있었다. 연기도 말끔히 사라져버렸다. 마치 아무 일도 발생하지 않았던 것처럼 평온한 분위기였다. 변한 것이라고는 잿더미 옆에 술이 담긴 거대한 항아리가 놓여 있다는 사실이었다. 아까는 분명히 없던 것이었다.

"이게 바로 성부聖符를 태운 술이오."

왕염이 항아리를 가리켰다. 이어 다시 입을 열었다.

"이 술을 마시면 우리는 물과 불에도 안전하고 창에 찔려도 괜찮을 경지에 이르게 될 것이오. 생사의 위기가 닥쳤을 때 성모聖母의 성호聖號를 외우면 목숨을 구할 수 있을 거요! 누가 시험해 볼 사람 없소?"

장내의 사람들은 서로를 번갈아만 볼 뿐 아무도 선뜻 나서지 못했다. 그러자 왕염이 웃으면서 항아리 옆으로 다가갔다. 안에는 바가지가 둥둥 떠 있었다. 그가 물을 조금 떠서 입술을 적실만큼만 먹고는 몇 걸음 앞으로 나서면서 다시 큰 소리로 말했다.

"감히 시험해 볼 사람이 없다고 하니 내가 직접 여러분의 시험용이 돼주겠소. 누가 나와서 칼질을 하든 총질을 하든 창으로 찌르든 마음대로 해 보시오!"

이번에도 장내 병사들은 쭈뼛거리면서 감히 나설 엄두를 못 냈다. 왕염이 다시 한 번 재촉한 후에야 겨우 뒤에서 떠밀리듯 젊은이 한 명이 나왔다. 그가 멋쩍게 뒤통수를 긁적이더니 입을 열었다.

"제가 한번 해보겠습니다!"

"자네는 용감한 사내야!"

왕염이 젊은이의 어깨를 두드려줬다. 이어 바가지에 술을 떠줬다. 젊은이는 추호의 망설임도 없이 꿀꺽꿀꺽 반 이상 마셔버렸다. 그러고는 벌겋게 달아오른 얼굴을 한 채 가슴팍을 툭툭 치면서 큰 소리로 말했다.

"제가 시험용이 되겠습니다. 저에게 해보십시오!"

왕염이 젊은이의 말이 끝나기 무섭게 말없이 그에게 다가갔다. 이어 손에 들고 있던 칠성보검으로 젊은이를 힘껏 찔렀다. 사방에서 비명소리가 터져 나왔다. 검은 젊은이의 가슴팍을 관통한 다음 등 뒤로 한 뼘 가량 삐져나왔다!

그 순간 놀라운 일이 벌어졌다. 비명을 지르면서 죽어가야 할 젊은이가 넘어지기는커녕 고통 하나 없는 표정으로 자신의 가슴팍을 내려다보고 있는 게 아닌가! 심지어 자신도 믿어지지 않는다는 듯 손으로 칼 손잡이를 만져보고 등 뒤로 팔을 돌려 비죽 나온 칼끝을 확인해 보면서 무척이나 신기해했다.

"진짜 칼과 창에도 안전하다는 말이 실감이 나네요! 와아, 너무 신기합니다!"

젊은이는 광희狂喜에 가까운 환성을 내질렀다. 왕염은 젊은이의 가슴에 박힌 검을 확 잡아 빼서 땅바닥에 내던졌다. 그러고는 부하의 손에서 총을 넘겨받아 젊은이를 겨냥했다.

"용감한 사나이! 이번에는 총 맛이 어떤가 한 방 먹어보게!"

젊은이가 미처 반응하기도전에 "탕!" 하는 소리와 함께 심지에 불을 붙인 총이 발사됐다. 그러나 이번에도 젊은이는 얼굴과 몸이 숯검정투성이가 됐을 뿐 상처 하나 없이 멀쩡했다.

장내의 사람들은 환호성을 지르면서 열광했다. 이어 너도나도 두 주먹을 불끈 쥐고 환호작약하면서 "도창불입"刀槍不入을 연발했다. 떠나갈

듯한 환호성 속에서 공삼 역시 흐뭇한 미소를 지은 채 바가지에 술을
떠서 목을 축였다. 항아리 네 개에 담겨 있는 술은 이후 의군들이 차
례로 나눠 마셨다. 모두 '무생성모'無生聖母가 내린 그 성주聖酒를 마시고
는 한껏 감격에 겨운 표정도 지었다. 왕염이 웃으면서 공삼에게 말했다.

"자, 하산 명령을 내리시오! 우리는 더 이상 두려울 게 없는 사람들
이오!"

얼굴이 벌겋게 달아오른 공삼은 허리띠를 힘껏 조이면서 대도大刀를
번쩍 치켜들었다. 이어 부하들을 향해 외쳤다.

"돌격!"

3장
관군과 의군의 혈전

그날 밤 복강안은 잠을 한숨도 자지 못했다. 묘시卯時를 기해 공격을 개시하고 그 이후 어떤 군사조치를 취할 것인지에 대해 밤새도록 고민했다. 그래서였는지 옥황전에 임시로 가져다 놓은 나무지도는 구태여 보지 않아도 눈앞에 훤할 지경이 됐다.

그는 몇 번이나 잠자리에 들려고 누웠다. 그러나 잠은 좀체 오지 않았다. 급기야 벌떡벌떡 일어나 앉기를 반복하다가 아예 자리를 박차고 일어나 버렸다.

어슴푸레하게 새벽이 밝아오고 있었다. 묘시가 가까워질수록 흥분과 기대, 불안과 초조는 더해만 갔다. 삼로三路의 대군이 포위하고자 하는 것은 누가 뭐래도 자그마한 산모퉁이가 아닌 사방 200리의 귀몽정인 탓이었다.

그는 군중의 휘하 지휘관들과 횃불을 통해 서로 연락을 취하기로 했

다. 뭐니뭐니해도 횃불이 가장 빠르고도 편리한 수단이었다. 단점이라
면 의외의 변고를 상세히 보고할 수 없다는 것이었다. 게다가 낮에는 불
빛이 제대로 보일지도 의문이었다. 어쩔 수 없이 오후부터는 현지 지리
에 익숙한 병사들을 파견해 수시로 정탐을 한 다음 일각一刻에 한 번 꼴
로 군정을 보고하도록 했다. 따라서 유용과 갈효화葛孝化 쪽뿐만 아니라
귀몽정, 양풍구, 악호촌, 성수욕 등지에서도 수시로 정탐꾼들이 감시의
눈을 번뜩이고 있었다.

피곤한 기색이 역력한 주인을 옆에서 시중드는 길보는 속이 바짝바
짝 타들어가는 것 같았다. 그러나 달리 방법이 없었다. 그저 하품을 쩍
쩍 해대는 복강안에게 물수건을 건네주기만 할 뿐이었다. 얼마 후 그가
참다못해 입을 열었다.

"아직 묘시가 되려면 세 시간이나 남아 있습니다. 잠깐이라도 좋으니
눈을 좀 붙이십시오. 사소한 일은 소인이 알아서 처리하고 중대사가 있
으면 깨워드리겠습니다."

"네가 군무에 대해 뭘 안다고 그래?"

복강안이 퉁명스럽게 쏘아붙였다. 그러나 피곤하고 지친 탓에 죄 없
는 옆 사람에게 화를 냈다는 생각이 들었는지 곧 누그러든 목소리로 말
하며 한숨을 내쉬었다.

"아마阿瑪(만주어로 아버지에 대한 존칭)께서는 금천에 계실 때 비둘기
를 이용해 군정을 주고받으셨다고 하네. 역시 그 방법이 최고야! 이래저
래 정신이 없는데 열다섯째마마는 뜬금없이 여기는 웬일이래? 잠자코
맡은 일이나 잘할 것이지. 그러다 변란이 일어나 열다섯째마마의 신변에
탈이라도 생기는 날에는 누가 그 책임을 진다는 말인가?"

"그렇군요. 그런데 진짜 열다섯째마마께서는 어인 이유로 오신답니
까? 신변의 위험까지 감수하면서 말입니다. 병영으로 오시라고 해도 안

오시겠다, 어디에 처소를 정하셨느냐고 여쭤 봐도 알려줄 수 없다……
그렇게만 말씀하신다니, 참으로 난감하고 답답합니다."

복강안은 그렇다고 아랫것 앞에서 옹염에 대한 사사로운 의견을 드
러낼 수는 없었다. 그저 연신 터져 나오는 하품을 손바닥으로 가리면
서 대충 얼버무렸다.

"나를 위해서 그러는 거겠지. 내가 그분을 위해 병력을 따로 배치한다
면 미안해지지 않겠어?"

사실 복강안도 길보에게 의례적인 말을 하기는 했지만 옹염의 호의
가 달갑지 않았다. 그보다는 오히려 숟가락을 들고 덤비는 그의 저의를
더욱 의심했다.

하지만 그런 말은 입 밖에 낼 수 없었다. 더구나 그로서는 부씨 일가
와 옹염의 생모 위가씨의 관계가 대단히 깊다는 사실까지 생각해야 했
다. 솔직히 옹염이 자신의 공로를 탐내더라도 얼마간 '나눠줄' 각오를 하
고 있어야 한다고 해도 좋았다.

두 사람이 잠시 침묵을 지키는 사이 바깥 자갈길에서 다급한 발소리
가 들려왔다. 길보가 누구냐고 소리쳐 물으려고 할 때였다. 병사 한 명이
문을 밀고 들어왔다. 순간 바깥바람에 촛불이 꺼질 듯 흔들거렸다. 병사
는 손가락으로 창밖을 가리키면서 복강안에게 아뢰었다.

"내려왔습니다! 전부 귀신처럼 흰 띠를 두르고 있습니다!"

군정에 이변이 생겼다! 불길한 예감이 든 복강안은 "탁!"하고 책상
을 내리치면서 일갈을 했다.

"뭐가 어쨌다는 말이야? 똑똑히 말해봐!"

"예! 공삼의 무리들이 하산하고 있습니다!"

"모두 얼마나 되는 것 같던가? 그리고 어느 방향으로 내려와서 어디
로 가고 있는가?"

"총출동한 것 같습니다! 사방에 쫙 깔렸습니다! 하얀 개미가 줄지어 나무를 타고 내려오는 것 같습니다. 선두는 벌써 산 아래로 내려왔습니다. 꽁지는 아직 중턱에 걸려 있습니다."

왕염이 감히 산채를 버리고 먼저 공격을 시도하다니! 복강안은 그동안 수없이 많은 생각을 한 바 있었다. 그럼에도 이런 경우는 미처 생각지 못했었다! 왕염의 담력이 이 정도로 클 줄은 미처 몰랐던 것이다. 복강안의 입장에서는 창졸간에 벌어진 비상사태가 아닐 수 없었다. 이렇게 해서 삼면으로 포위해 협공하려던 계획은 수포로 돌아갔다고 할 수 있었다. 그렇다면 이제는 혼자서 반란군들과 대적해야 했다!

적군의 꼬리 부분이 아직 산중턱에 있다는 것이 그나마 다행이라면 다행이었다. 그렇지 않았더라면 큰 변을 당할 뻔했다. 복강안은 빠르게 머리를 굴렸다. 지금 맞불을 놓자니 왕염이 귀몽정으로 후퇴해 산채를 사수하는 날에는 지구전이 될 소지가 컸다. 공격이 더욱 어려워질 수도 있었다. 그렇다고 가만히 지켜보고만 있자니 적군이 갑자기 어느 방향으로 방향을 틀지 알 수 없는 노릇이었다. 산길에서 힘겨루기를 한다면 아무래도 관군은 이곳 지리에 익숙한 무리들의 적수가 못될 터였다……

순간적으로 수많은 생각이 복강안의 뇌리를 스치고 지나갔다. 단 하나 확실한 것은 처음부터 새로 작전을 짜야 한다는 사실이었다. 그는 마음을 애써 진정하면서 마당을 쓸어봤다. 이어 대충 병력을 계산해보고는 명령을 내렸다.

"당장 뇌봉안에게 전하라. 오백 명을 파견해 성 동쪽의 하도河道를 차단하라고 이르거라. 왕염이 성을 공격하면 맞불을 놓는 척하면서 성 남쪽으로 퇴각하라. 일부러 패해줘야 한다. 절대 이겨서는 아니 된다. 뇌봉안이 동, 남 두 방향을 사수하면서 적들의 퇴로를 차단시킨다면 큰 공을 세우는 것이다. 만약 적들이 강공을 택해 퇴로를 뚫으려고 하면 적당히 후퇴하는 척하면서 그자들을 하도의 빙판길에 가둬버려!"

복강안의 말이 끝나기 무섭게 전령傳令이 대답과 함께 밖으로 뛰쳐나
갔다. 이어 득달같이 하육이 들어왔다. 그러고는 적정敵情에 이변이 생긴
것을 눈치채고 큰 소리로 청했다.

"지금 저자들이 사방의 병력을 끌어 모으고 있는 것 같습니다. 한바
탕 갈겨 흩어지게 만드시죠!"

복강안이 즉각 입을 열었다.

"안 돼, 총성을 내서는 절대 안 돼! 병사들은 다 기상했나?"

"예! 통수 대인의 명을 기다리고 있습니다!"

"자네가 일천오백 명을 거느리고……."

복강안이 말을 하다 말고 이를 악물었다. 그러고는 소름끼치는 웃음
을 지으며 덧붙였다.

"뇌봉안 대영의 서쪽으로 움직이게. 하산한 적들은 세 방향 중 하나
를 택할 것이네. 하나는 원래 아갈합의 대영이야. 다른 하나는 평읍성,
또 하나는 우리가 있는 옥황묘야. 어느 방향으로 공격을 해오든 자네는
잠시 움직이지 말게. 적들이 산으로 돌아갈 때 반드시 경과해야 할 도
로와 합수合水로 향하는 역도驛道를 차단시키게. 그리 하면 임무를 충실
히 완수하는 셈이네. 힘껏 때려주게!"

"예, 그리 하겠습니다!"

"갈봉양!"

복강안이 이번에는 갈봉양을 불렀다.

"예!"

입구에 지키고 서 있던 갈봉양이 한발 앞으로 나섰다. 복강안은 말없
이 오래도록 그를 뜯어봤다. 그러고는 가벼운 탄식을 내뱉었다.

"자네는 삼백 명을 데리고 성 서북쪽으로 가서 역적들의 동정을 살피

도록 하게. 그자들이 성을 공략하거나 옥황묘로 방향을 틀면 신경 쓰지 말고 그 자리에서 군령을 기다리게. 만약 적들이 원래 아갈합의 대영을 치면 총성을 내서 적을 자네 쪽으로 유인하도록 하게. 가장 좋은 것은 서문西門 밖 우리의 포위망까지 유인해 섬멸시키는 것이네. 평읍은 지대가 낮아 공격이 쉽고 수비가 어려운 곳이네. 그자들이 이천 명도 채 안 되는 병력으로 겁 없이 성 안으로 쳐들어간다면 그것은 곧 스스로 함정에 빠져 들어가는 셈이니 신경 쓸 필요 없다 이 말이네. 무슨 말인지 알겠는가?"

"예, 알겠습니다!"

갈봉양이 큰 소리로 대답했다. 그러나 곧 망설이면서 물었다.

"그리 되면…… 통수께서 계시는 이곳에는 이백 명밖에 남지 않습니다. 만에 하나 그자들이 갑자기 옥황묘 쪽으로 방향을 트는 날에는……, 그리 되는 날에는……"

복강안이 고개를 끄덕이면서 웃었다. 이어 옥황대전 문 앞을 바라봤다. 그곳에는 갓 풀려난 도사들과 향도들이 당혹스러운 표정을 한 채 복강안을 바라보고 있었다. 복강안이 그들을 향해 웃으면서 말했다.

"두려워하지 말게. 여러분은 이 대장을 따라가게. 화창대가 보호해줄 것이니 신변은 걱정하지 말게. 군사軍事로 인해 절의 재산이 손해를 입게 된다면 우리가 전적으로 물어줄 테니 그리 알게!"

갈봉양이 말을 받았다.

"저는 적들을 유인하러 가는 몸입니다. 화창대까지 동원할 필요는 없을 것 같습니다. 총만 두어 자루 있으면 충분하다고 생각합니다!"

복강안이 다시 말했다.

"자네는 적을 유인하는 미끼이네. 고기는 미끼를 물게 돼 있어. 나는 미끼를 탐스럽게 만들 거네. 왕염이 한입에 먹어버리기에는 아까워할 정도로 말이네. 내 뜻을 충분히 알겠지? 내 걱정은 말게. 화총 열 자루와 길보, 내가 데려온 가정家丁들, 그리고 하육의 친병 백 명만 있으면 충분하네. 자네의 우려대로 그자가 혹시라도 옥황묘를 공격하면 자네는 사방에 흩어져 있는 우리 병마들을 집결시켜 뒤에서 협공을 하게. 유용공도 산채를 공략했다가 비어 있는 것을 발견하면 바로 우리를 지원하러 올 거네!"

한차례 경미한 소동이 지나간 후에 절 안에는 다시 정적이 깃들었다. 커다란 옥황묘는 마치 어두컴컴한 동굴처럼 음산한 느낌을 줬다. 가끔씩 새들만이 괴성을 지르면서 푸드덕거리고 날아갈 뿐이었다. 그러나 그 순간의 날갯짓 뒤에는 더 공포스러운 정적이 찾아왔다.

옥황묘는 지세가 높았다. 북쪽은 귀몽정의 산줄기에 기대어 있었다. 또 서쪽에는 산사태로 인해 생겨난 깎아지른 절벽이 있었다. 때문에 산문山門 입구에 서서 서쪽을 바라보면 평읍 현성의 반 이상이 한눈에 들어왔다. 그러니 지휘 현장을 들키지 않으려면 마음대로 나가 탐색할 수도 없었다.

사태는 이변을 맞아 긴박하게 돌아가는데 친히 밖으로 나가 관망을 할 수도 없었다. 난감한 처지에 놓인 복강안은 아무리 진정하려고 해도 이마에 식은땀이 송골송골 배어나는 것을 어쩌지 못했다. 병력이 사방으로 분산돼 호위대가 200명밖에 남지 않은 상태였으므로 길보의 불안 역시 갈수록 커져만 갔다.

만약에 적들이 냄새를 맡고 벌떼처럼 옥황묘 쪽으로 공격을 가해온다면 큰일이 아닐 수 없었다. 주변에 관군이 아무리 많이 널려 있다고 해도 멀리 있는 물이 당장의 해갈에 도움이 안 되는 것처럼 아무 소용이 없는 법이었다. 만에 하나 복강안이 털끝 하나라도 다치는 날에는 측근 친병은 골백번 죽어도 죄를 씻기 어려웠다.

길보는 그런 생각을 하고는 복강안이 물을 마시는 사이 애써 웃으면서 말했다.

"도련님, 낮에 제가 눈여겨본 바로는 적들이 서쪽에서 하산해 옥황묘를 덮치려면 정문으로 들이닥치는 수밖에 없습니다⋯⋯."

"오오⋯⋯!"

다른 생각에 잠겨 있던 복강안이 길보를 향해 고개를 돌리면서 물었다.

"그래서?"

길보가 대답했다.

"소인의 어리석은 생각으로는 그자들이 먼저 현성을 공격한다면 그 목적은 옥황묘를 근거지로 삼기 위한 것입니다. 그자들은 이천 명이고, 모두 귀신을 업어 신들린 자들입니다. 그런데 우리는 이백 명밖에 안 되니 자칫 변을 당할 수도 있습니다."

길보가 손가락으로 절 뒤편을 가리키면서 말을 이었다.

"신고神庫 뒤에 관성대觀星臺가 있습니다. 도사들이 수행 정진할 때 쓰는 곳으로 알고 있습니다. 지세가 높기로는 거기가 최고죠. 절 안의 나무들이 모두 발밑에 있으니까요. 제 생각에 도련님께서는 친병 오십 명을 거느리고 신고로 가 계시는 것이 좋을 것 같습니다. 적들이 쳐들어오지 않을 경우에는 천리안千里眼(망원경)으로 관전하면서 지휘하시기에 편하실 겁니다. 만약 예상이 적중해 적들이 공격을 해온다면 소인이 나머지 백오십 명을 거느리고 정면대응을 하겠습니다. 그 사이에 도련님께서는 동쪽으로 강을 따라 내려가 성 북쪽에서 병력을 모아 뒤에서 협공을 하시면 됩니다. 그리 되면 그자들은 손오공 할애비라 할지라도 용빼는 수가 없을 것입니다. 아니 그렇습니까?"

복강안의 까다로운 성정을 잘 아는 길보는 일부러 '도주'라는 단어 대신 '동쪽으로 강을 따라 내려가라!'라고 표현했다. 그렇게 말해놓고도 걱정스러워 복강안의 낯빛을 조심스레 살폈다. 다행히 복강안은 복잡하게 생각하지 않고 흔쾌히 수긍했다.

"자식, 밥 먹여 키운 보람이 있군! 이런 전투는 사실상 머리싸움이거든. 생각 한번 잘했어! 그자들이 미리 하산하는 바람에 내 계획이 무산되기는 했지만 다행히 우리가 먼저 평읍에 도착했어. 지금 그자들은 우리를 볼 수 없으나 우리는 그자들의 행적을 지켜볼 수 있지 않은가!"

복강안이 길보의 권유대로 자리를 뜨면서 명령을 내렸다.

"자네가 오십 명을 골라주게. 나는 관성대로 올라갈 테니까 불은 전부 꺼버리게!"

관성대는 바로 신고 뒤에 있었다. 역시 산세를 따라 돌로 기초를 높이 쌓은 토대土臺로, 모두 3층이었다. 복강안은 꼭대기까지 다 올라가기도 전에 길보의 발상이 뛰어나다면서 속으로 연신 칭찬을 했다.

날이 뿌옇게 밝아오기 시작했다. 어둠이 완전히 가시지는 않았지만 산천의 풍경이 희미하게 한눈에 들어오는 데는 별 무리가 없었다. 토대의 아래위층에는 쑥과 잡초가 무성했다. 덕분에 자연스럽게 은폐된 곳이라 작전을 지휘하기에는 안성맞춤이었다. 게다가 창졸간에 적들이 공격을 가해온다고 해도 한동안은 무난히 버텨낼 수 있을 것 같은 곳이었다.

빠른 걸음으로 그곳의 꼭대기까지 올라가자 의자 대용으로 쓴 듯한 동그란 모양의 돌 몇 개가 보였다. 앉아서 다리를 쭉 편 채 쉴 수도 있게 됐으니 복강안은 기분도 좋았다. 곧 서둘러 망원경을 들어 주변을 살폈다.

그러나 하늘은 아직 너무 어두웠다. 아무리 망원경을 돌려가면서 초점을 맞춰 봐도 주변은 여전히 흐릿했다. 햇볕이 잘 들지 않는 산자락에 남아있는 잔설과 가로세로 줄무늬처럼 이어진 산학석구山壑石溝가 기괴

한 그림처럼 보일 뿐 그 속에 있는 도로와 집채들은 잘 보이지 않았다.

복강안이 서쪽 방향에 망원경을 고정시키고 눈에 힘을 주면서 유심히 살피고 있을 때였다. 갑자기 서남쪽에서 "탕!"하는 총소리가 들려왔다. 복강안은 황급히 망원경의 각도를 돌렸다. 그러나 안타깝게도 아무것도 보이지 않았다. 잠시 동안 귀를 기울였으나 총성은 더 이상 들리지 않았다.

그가 무슨 영문인지 몰라 답답해하고 있을 때였다. 길보가 전령 한 명을 데리고 헐레벌떡 관성대로 뛰어 올라왔다. 이어 흰 입김을 토해내면서 서둘러 아뢰었다.

"통수, 붙…… 붙었습니다!"

"그게 무슨 말인가? 숨을 돌리고 천천히 얘기해보게."

복강안이 망원경을 내려놓았다. 그의 말투는 의외로 담담했다.

"갈봉양과 뇌봉안 둘 중 누구인가? 방금 총소리가 들린 것 같은데 누가 쏜 거지?"

전령이 그제야 겨우 숨을 고르면서 대답했다.

"갈봉양 대장입니다. 갈 대장이 파견한 병사의 말에 따르면 비적들은 이천 명이 채 못 된다고 합니다. 산골짜기에서 대오를 정돈해 아직 어두운 틈을 타 아갈합의 텅 빈 대영을 덮치려는 것 같다고 합니다. 갈 대장이 총을 발사한 건 적들을 유인하기 위함이라고 합니다. 수시로 상황보고를 할 것이니 염려놓으시라고 전했습니다. 그리고 비적들도 우리처럼 흰 두건을 두르고 흰옷을 입었다고 하더군요. 어둠 속에서 적군과 아군을 구별하기가 어려울 것이니 유의하시는 게 좋겠다고도 합니다."

갈봉양은 어느새 적들의 인원을 파악하고 있었다. 또 행색이 비슷해 적들을 우리 편으로 오인할 염려가 있다는 사실까지 간파하고 있었다. 복강안은 갈봉양의 그런 세심함에 크게 기뻐했다. 급기야 주먹으로 힘껏 손바닥을 치면서 말했다.

"좋았어, 갈봉양! 사람을 파견해 갈봉양에게 내 말을 전하라. 적들을 날 밝을 때까지만 끌고 다니라고. 그것이야말로 큰 공을 세우는 거라고 이르게!"

복강안이 말하는 사이 길보가 귀몽정의 동남쪽 산허리를 가리켰다. 이어 큰 소리로 외쳤다.

"도련님, 저기 좀 보세요! 유용 대인의 부대가 움직이고 있습니다!"

복강안이 고개를 돌려보니 과연 남백림 일대의 산허리에서 불꽃이 피어오르기 시작했다. 횃불이 수백 개는 되는 것 같았다. 불꽃이 오르락내리락하는 광경이 마치 선녀가 장미 꽃잎을 지상으로 한 움큼 던진 것처럼 화려했다. 멀리서는 대포소리도 은은하게 들려오는 것 같았다.

복강안이 흥분한 듯 눈빛을 번쩍이면서 말했다.

"사람을 평읍현 북문으로 파견하거라. 가서 장작 세 무더기를 쌓고 불을 지피라고 하라. 불길이 세면 셀수록 좋으니 기름도 많이 뿌리고 장작도 많이 얹으라고 하거라! 유용 공은 산채로 들어갔다가 이상한 낌새를 눈치채면 곧 증원을 서두를 것이야!"

복강안이 말을 마치고는 한 발을 돌 의자에 올려놓고 하늘을 쳐다봤다. 이어 손을 뒤로 내밀었다.

"길보! 너무 춥다, 술 한 모금만 줘!"

왕염과 공삼은 귀몽정 산채의 뒤쪽에서 대포소리가 울리고 동남쪽에서 횃불이 기염을 토해내자 놀라움을 금치 못했다. 그들은 산 아래에서 병력을 집결시키는 데에만 한 시간이 넘게 걸렸다. 이어 2000명에 육박하는 병력을 가까스로 다 모아 아갈합의 병영으로 쳐들어가던 중이었다. 아갈합의 병영을 재빠르게 점령하고 난 다음에는 여유 있게 현성으로 들어가 백성들을 위로하려고도 했다. 그러나 선두 부대가 막 대영에 접근해 동정을 살피고 있을 때 성 서쪽의 숲속에서 느닷없이 한 발의 총성이 들렸던 것이다. 사람을 급파해 까닭을 살폈으나 갈봉양이 얼마나 교묘하게 은신해 있었는지 돌아온 척후병들은 귀신 그림자도 볼 수 없었다고 했다.

새벽의 찬 공기를 가르는 총성에 웬만하면 대영에서도 기척이 있으련만 아무리 기다려도 안에서는 아무런 동정이 없었다. 시커멓고 음산한 군막들은 마치 굶주린 맹수가 토끼를 삼키고도 성에 차지 않아 다음 목표물을 노려보고 있는 것처럼 보였다.

왕염과 공삼은 갑자기 불길한 예감이 드는 것을 어쩌지 못했다. 심상찮은 총성 한 발에 그들의 기세은 완전히 꺾여버렸다. 단숨에 아갈합의 대영을 들어내리라고 한껏 자신감에 차 있던 왕염과 공삼은 슬슬 겁이 나기까지 했다. 둘의 얼굴에 망설이는 듯한 표정이 떠올랐다. 공삼이 이마의 땀을 훔치면서 천천히 입을 열었다.

"복강안이 북쪽에서 마수를 뻗치기 시작했나 보오. 우리가 한 발 빨리 나오기를 잘한 것 같소. 역시 대장의 안목이 뛰어나오! 그자들은 우리 빈집을 들이쳐 헛물을 켜고는 우리를 추격할 거요. 그러면 우리는 하도河道를 통해 산채로 되돌아가 등 뒤에서 그자들을 일거에 섬멸해버리는 거요!"

왕염은 그러나 말이 없었다. 그러고는 아갈합의 병영에서 눈길을 뗄 줄 몰랐다. 불빛 한 점 없이 어둡고 인기척도 전혀 들리지 않는 것이 이상하다고 생각하는 것 같았다.

"우리가 헛물을 켠 유용을 고소하게 여기듯 이자들도 혹시 공성계空城計를 쓰는 건 아니겠지?"

왕염은 그러나 그렇게 추측만 하고 있을 시간이 없었다. 기왕 왔으니 마냥 성 밖에서 지켜만 보고 있을 수도 없는 일이었다. 그가 잠시 생각하고 나서 말했다.

"여기서 시간을 끌고 있을 때가 아니오. 먼저 소부대를 풀어봅시다!"

왕염의 말이 떨어지기 무섭게 공삼이 명령을 내렸다.

"서쪽 산채의 형제들은 안으로 돌격하라!"

300명의 병사들은 곧 떠나갈 듯한 함성을 지르면서 병영의 동쪽 문으로 쳐들어갔다. 나머지 1000여 명 역시 그 자리에서 왕염을 따라 고함을 지르면서 선두부대의 사기를 진작시켰다.

"산동성을 평정하자! 탐관오리들을 숙청하자!"

"오랑캐를 몰아내고 한가漢家의 옷으로 고쳐 입자!"

"빈부를 균등하게 하고 악의 무리를 처단하자!"

천지를 뒤흔드는 외침소리는 광야에서 메아리가 돼 널리널리 울려 퍼졌다. 그러나 300명의 선두부대가 미처 대영으로 쳐들어가기도 전에 어디선가 또다시 총성이 울렸다. 이번에는 한 발이 아니고 여러 발이었다.

선두부대는 잠시 공격을 멈췄다. 총소리는 이번에도 남백림의 숲속에서 들려왔다. 그러나 지척에 있는 대영에서는 여전히 아무런 동정도 없었다. 야전경험이 없는 병사들은 당황해 어찌할 바를 몰라 했다. 느닷없는 총성에 겁을 잔뜩 집어먹은 것이었다. 그때 누군가 다급히 외쳤다.

"공 채주, 왕 성사聖使! 관군들이 남쪽에서 공격을 해오고 있습니다!"

과연 숲속 남쪽에서 대부대의 인마가 벌레처럼 꿈틀대면서 조금씩 접근해오는 광경이 보였다. 불시에 "탕!" "탕!" 소리를 내면서 공중을 향해 총도 쏘고 있었다. 도대체 무슨 수작을 꾸미는지 종잡을 수가 없었다.

순간 간 큰 병사 몇몇이 달려가 산채의 문을 힘껏 걷어찼다. 그러자 삐걱대면서 힘없이 신음하던 대문이 쿵! 하고 뒤로 넘어가 버리고 말았다. 희뿌연 먼지가 풀썩 피어올랐다. 먼저 쳐들어갔던 병사들은 먼지를 뒤집어 쓰고 캑캑거리면서 도로 뛰쳐나왔다. 그러고는 발을 구르면서 외쳤다.

"공 채주, 개자식들이 우리를 헛물켜게 했어요! 쥐새끼 한 마리도 안 보입니다!"

"공영空營이라……."

왕염과 공삼은 어렴풋이 예상은 했었다. 그러나 막상 그것이 사실임이 밝혀지자 두 사람은 모두 흠칫 놀라고 말았다. 그러나 남쪽에서 관군이 점점 가까이 다가오고 목표도 없는 총성이 심심찮게 들려오는 상황에서 마냥 병영 밖에서 머뭇거리고 있을 수만은 없었다.

공삼은 대부대를 텅텅 빈 아갈합의 병영으로 몰고 들어갔다. 왕염이 그 뒤를 따랐다. 곧이어 두 사람은 썰렁한 의사청에서 황급히 머리를 맞댔다. 공삼이 먼저 말했다.

"내가 알기로 아갈합 이 자식은 별 볼 일 없기로 둘째가라면 서러워할 위인이야. 꾀도 없고, 담력도 없고, 그저 계집 품고 술 처먹는 재주밖에 없어. 그런데 기특하게도 공성계空城計를 쓴 걸 보면 복강안의 명령을 받은 것이 틀림없소. 우리는 일단 여기에 머물러 있는 것이 좋겠소. 그런 다음 병력의 반을 투입시켜 평읍 현성을 탈환해야 할 것 같소. 이어 쇠뿔 모양으로 배수진을 친 다음 사태를 관망하면서 다음 행보를 결정하는 게 좋겠소!"

"그런데 방금 전에는 누가 총을 쐈소?"

왕염이 알 수 없다는 듯 물었다. 그러고는 한숨을 내쉬면서 말했다.

"우리가 창졸간에 기의起義의 깃발을 올리다 보니 책략이 주도면밀하지 못했던 것 같소. 척후병들도 정보 입수에 능하지 못했고……. 게다가 아직 적정敵情이 불명확하오. 허나 한 가지 분명한 건 복강안이 우리를 서쪽이나 남쪽으로 밀어 넣으려고 하고 있다는 사실이오. 그런 연후에 우리를 한입에 먹어버리겠다는 수작인데……"

왕염과 공삼 두 사람은 뇌에 쥐가 날 정도로 생각을 짜내며 고민에 고민을 거듭했다. 그도 그럴 수밖에 없는 것이 둘은 지금까지 허수아비 같은 아갈합의 병력만을 염두에 두고 전략을 구사해왔던 것이다. 그런데 복강안이 직접 2000 정예병을 이끌고 평읍 주변에 철통같은 동망철진銅網鐵陣을 치고 있을 줄은 꿈에도 생각지 못했다.

잠시 넋을 놓고 있던 두 사람은 날이 뿌옇게 밝아서야 위기감에 자리를 박차고 일어났다. 귀몽정이 이미 관군에게 넘어간 상황에서 관군이 언제든 벌떼처럼 몰려올 수 있다는 생각이 든 것이다. 어떻게든 아갈합을 격파해야 귀몽정의 지원병을 막을 수 있다는 생각 역시 들었다. 포위망을 뚫어야 하도河道를 통해 계패진으로 나갈 수 있다는 생각이 든 것은 더 말할 나위 없었다.

어쨌든 둘은 그런 위기상황에서도 의견을 모아 지체하지 않고 즉각 현성縣城으로 쳐들어간다는 데 합의를 봤다. 이어 밖으로 나와 대오를 정돈했다. 날은 어느새 훤히 밝아 있었다. 그러나 태양은 아직 떠오르지 않은 상태였다.

평읍 현성은 동쪽에 북고남저北高南低의 지세로 엎드려 있었다. 성 서쪽에서 남쪽으로 흐르는 호성하護城河와 산골짜기에서 내려온 냇물이 만나는 곳에는 빙판이 옥띠를 두른 것처럼 길게 깔려 있었다. 북으로 갈수록 성벽은 낮았다. 남쪽의 성벽은 최소한 2, 3장丈 높이는 족히 되는 것 같았다. 게다가 성문이 굳게 봉해져 있어서 폭발물과 사다리가 없이는 도무지 공략이 불가능해 보였다.

공삼이 아갈합의 '공영'空營 입구에 서 있다 말고 갑자기 칼을 잡은 손으로 옥황묘를 가리켰다.

"저곳을 우리의 중군 지휘소로 삼는 게 좋겠소!"

왕염이 그러자 즉각 소리쳤다.

"이 놈의 재수 없는 대영을 불살라버려!"

왕염의 말이 떨어지기 무섭게 1600명의 의군은 사납게 치솟는 불기둥을 뒤로 하고 곧바로 옥황묘를 향해 방향을 틀었다. 헛물을 켜고 잔뜩 독이 오른 300명의 선두부대는 성의 서북쪽 모퉁이를 돌아서자마자 미친 듯이 포효하면서 장검을 휘둘렀다. 이어 옥황묘로 돌진했다.

꽁꽁 닫혀 있던 산문山門은 갈기 세운 무리들이 발로 차고 돌로 부수는 바람에 눈 깜짝할 사이에 문짝이 떨어져나갔다. 동시에 의군들이 벌떼처럼 밀려들었다. 절 안에서는 곧 뜸하기는 했으나 "탕!" "탕!" 하는 총소리가 들려왔다.

동시에 남백림 일대에서도 다시 총소리가 울리기 시작했다. 절 안에서 나는 것보다 훨씬 소리가 컸다. 그 수효가 상당히 많을 것으로 예상되는 총소리는 점점 가까이 다가왔다.

그때 먼저 절 안으로 쳐들어갔던 10여 명의 병사들이 쫓기듯 달려 나오면서 고함을 질렀다.

"절 안에 관군들이 죽치고 있습니다! 관, 관군들이!"

왕염은 깜짝 놀랐다. 뭔가 크게 잘못돼 가고 있다는 불길한 예감이 가슴속으로 파고들었다. 그가 황급히 물었다.

"얼마나 되는 것 같던가?"

"잘 모르겠습니다. 묘루廟樓와 대전大殿에 숨어서 화살과 총을 쏘는 통에 도무지 쳐들어갈 수 없었습니다."

"그래도 밀고 들어가! 오백 명 더 추가해!"

공삼이 고함을 질렀다. 추가 투입된 500명의 병사들은 묘문廟門을 밀고 쳐들어갔다. 복강안의 호위대는 위험에 고스란히 노출되고 말았다. 더구나 대거 몰려온 의군들은 횃불을 들고 방화를 시도하기까지 했다.

다급해진 길보는 황급히 대전의 복도를 지키고 있던 병사들에게 절 북쪽에 있는 후문으로 퇴각하라는 명령을 내렸다. 이어 조수처럼 몰려드는 무리들을 향해 화살세례를 퍼붓도록 했다. 조총수鳥銃手들 역시 다섯 명을 한 조씩 두 줄로 세우고는 한쪽에서 탄약을 장전하고 다른 한쪽에서 끊임없이 총을 발사하도록 했다.

이렇게 해서 총알과 화살이 그야말로 장대비처럼 쏟아졌다. 그러나 절 안으로 쳐들어온 의군들은 옥황묘 안에 주둔군이 얼마 되지 않는다는 걸 눈치챈 것 같았다. 추가 증원된 병사들은 급기야 산문 내에서 대오를 정돈했다. 먼저 쳐들어온 자들 역시 기세등등하게 관군들과 대치했다. 사태는 험악하기 이를 데 없었다.

"신고神庫로 퇴각해 통수 대인을 호위하라!"

길보가 큰 소리로 명령을 내렸다. 이어 관성대를 향해 죽기 살기로 줄달음쳤다. 복강안은 여전히 돌 의자 위에서 망원경을 들고 먼 곳을 내다보고 있었다. 다급해진 길보는 미처 군례를 올릴 겨를도 없이 소리를 질렀다.

"도련님, 어서 이 자리를 피해야겠습니다!"

"어찌 그리 허둥대는 게냐? 적들이 쳐들어오기라도 했느냐?"

복강안이 망원경을 내리면서 물었다. 놀랍게도 얼굴 표정이 잔잔한 수면처럼 평온했다. 그가 평읍을 가리키면서 말을 이었다.

"역시 뇌봉안은 임기응변에 강하군. 벌써 대규모의 인마가 동문에서 진격해 들어가고 있네!"

"도련님, 적들이 우리가 하도河道로 내려가는 도로를 차단하고 있습니다!"

얼굴이 창백해진 길보는 발까지 동동 굴렀다. 이어 덧붙였다.

"더 이상 지체할 수 없습니다. 적들이 곧 우리를 포위하게 생겼습니다!"

복강안은 그러나 느긋하게 입을 열었다.

"우리가 그자들을 포위한 거지! 갈봉양이 끈질긴 고약처럼 그자들의 꽁무니에 들러붙었네. 하육의 부대도 포위망을 좁혀오고 있고. 이제부터 꽤 재미있을 거야!"

복강안이 말을 마친 다음 다시 북쪽 묘문을 가리키면서 덧붙였다.

"나는 여기에 좀 더 있을 거야. 비적 전군을 절 안으로 유인해 들일 때까지 말이야!"

복강안의 말이 끝나기도 전에 북쪽 묘문 안쪽에서 다시 몇 발의 총성이 울렸다. 동시에 칼과 창이 부딪치면서 접전을 벌이는 소리가 어지럽게 들려왔다. 이어 팔다리에 상처를 입은 10명의 화총수들이 복강안 쪽으로 퇴각하기 시작했다. 그런데 그들은 관성대 아래에서 대도大刀의 엄호를 받으면서 화총火銃에 장전만 하고 기다리고 있었다. 피아를 구분할 수 없을 정도로 혼전이 벌어지다 보니 화살을 쏠 수도, 화총을 발사할 수도 없었던 것이다.

"호위대는 전부 절 뒤편으로 철수하라!"

복강안이 어느새 뽑아든 장검을 휘두르면서 큰 소리로 명령했다. 양측의 접전은 점점 더 치열해졌다. 피비린내가 섬뜩하게 풍겨왔다. 곧이어 여기저기 상처를 입은 100여 명의 친병들이 신고 옆으로 퇴각해 열을 지어 섰다. 그들 중에는 팔다리가 떨어져나간 이들도 적지 않았다. 그래도 시체가 돼 질질 끌려오는 10여 명보다는 나았다.

"화총수들은 출입구를 겨냥해 들어오는 족족 쏴버려라!"

복강안이 다시 큰 소리로 명령을 내렸다. 친병 호위대들은 계속해서 토대 아래로 퇴각했다. 그렇게 퇴각을 거의 완료했을 때였다. 절 입구에서 갑자기 열댓 명의 적군 병사들이 한꺼번에 절 안을 향해 달려 들어왔다. 그러자 호시탐탐 기회를 노리고 있던 다섯 자루의 화총이 일제히 불을 뿜어댔다. 형제들이 죽어나가는 장면을 본 관군들이 이성을 잃고 무자비한 보복을 감행하기 시작한 것이다. 의군들은 그 자리에서 대여섯 명이 즉사하고 나머지는 오던 길로 도망가기 시작했다. 그중 한 명이 소리를 질렀다.

"왕 성사의 법술이 하나도 영험하지 않잖아! 우리는 성주聖酒를 마셔서 화총을 맞아도 안 죽는다면서?"

다른 한 명이 바로 지껄여댔다.

"법술이 영험하지 않은 게 아니라 어젯밤 우리가 계집 생각을 해서 부정을 타서 그런 거야! 자, 자, 다들 모여! 힘을 합쳐 담장을 무너뜨리고 쳐들어가자고! 하나, 둘, 셋!"

의군들은 천지를 울리는 기합을 질렀다. 그와 동시에 원래부터 부실해 보이던 담장은 맥없이 쿵! 하고 무너지고 말았다. 그들은 다시 창과 칼을 휘두르면서 일제히 고함을 질렀다.

"도창불입刀槍不入! 도, 창, 불, 입!"

고함소리와 함께 적들은 무서운 기세로 돌진해왔다. 의군을 호위하는 다섯 명의 조총수들의 총이 관성대를 향해 일제히 불을 뿜었다. 삽시간에 관성대 주변에서는 짙은 연기가 뭉게뭉게 피어오르기 시작했다. 매캐한 연기 속에서 탄환이 여기저기 툭툭 박히는 소리가 들렸다. 총소리가 울릴 때마다 관군이나 의군이 맥없이 픽픽 쓰러졌다. 쌍방 모두 정예병들이 투입됐는지라 절 앞마당에서 벌어진 접전은 이루 말할 수 없이 참혹하고 흉흉했다.

복강안도 더 이상 관망을 하고 있을 수만은 없었다. 게다가 설사 이제 와서 신고 동쪽을 통해 절을 빠져 나간다고 해도 무사하다는 보장도 없었다. 길보와 두 명의 조총수들은 10여 명의 호위들과 함께 관성대에 숨어 복강안을 보호하고 있었다.

숫자에서 밀린 관군들이 한 걸음씩 퇴각했다. 어느새 관성대 부근까지 밀려왔다. 의군들은 그들을 바짝 추격해 쫓아오더니 완전히 한 덩어리가 되어 피 튀기는 육박전을 벌였다. 200명 남짓하던 호위대의 수는 빠르게 줄어들었다. 그럴수록 의군들의 사기는 충천해지고 있었다.

다급해진 길보가 큰 소리로 외쳤다.

"통수 대인을 호위해 서쪽 골짜기로 뛰어 내려. 개자식들아, 뭘 꾸물거려? 지금은 내 말을 들어야 해!"

길보의 말이 떨어지기 무섭게 서너 명의 친병들이 다가와 어리둥절해하는 복강안을 에워쌌다. 이어 다짜고짜 서쪽으로 방향을 틀었다. 그때 갑자기 동북쪽에서 삑삑 하는 호각소리가 들려왔다. 길보가 찢어진 이마에서 눈 위로 흘러내리는 피를 손등으로 땀 훔치듯 닦아내면서 흥분한 목소리로 외쳤다.

"도련님, 도련님! 우리 지원병이 도착했습니다! 갈봉양! 여기야, 여기!"

길보의 말대로 동북쪽에서 까맣게 몰려오는 갈봉양의 군사는 300명은 족히 되는 것 같았다. 갈봉양의 진두지휘 아래 40자루의 조총이 일제히 불을 뿜었다. 그러자 의군 무리들은 바람에 눕는 풀처럼 픽픽 쓰러졌다. 신고 앞에는 순식간에 의군들의 시체가 산더미처럼 쌓였다.

방금 전까지 무기력한 관군 때문에 사기가 잔뜩 충천해 있던 의군들은 느닷없는 기습에 혼비백산하지 않을 수 없었다. 순간적으로 절 안으로 정신없이 밀고 들어가려 했다. 그러나 관군의 조총은 어느새 대문을 봉한 다음 그들을 정확하게 겨냥하고 있었다. 관군의 숫자는 점점 불어나 신고 동쪽에서 대오를 정돈했다.

그렇게 혼잡한 와중에도 갈봉양은 길보의 옆에 서 있는 복강안을 발견하고는 정신없이 달려왔다. 이어 한쪽 무릎을 꿇으며 군례를 올리고는 아무 말도 못했다. 그저 어깨를 들썩이면서 울기만 했다.

어쨌든 연신 '후퇴'를 외치면서 서쪽으로 도주하던 의군의 무리들에게는 쉴 새 없이 조총 세례가 가해졌다. 등에 총을 맞고 고꾸라지고 뒤통수를 가격 당해 뻣뻣하게 쓰러지는 자들이 부지기수였다. 의군 무리들은 반격할 엄두조차 못 낸 채 도망가기에 급급했다.

그러자 기사회생의 기쁨에 겨운 길보는 극도의 흥분으로 이성을 잃은 듯 연신 "발사! 발사!"를 외쳐댔다. 40명의 조총수들은 연신 장전을 하면서 신들린 듯 총을 쏘아댔다. 한데 엉켜 있던 100여 명의 의군들은 급기야 기진맥진한 나머지 반항 한번 제대로 못해본 채 싸늘한 주검이 돼 사방에 나뒹굴었다.

그 순간, 깡충깡충 뛰면서 사기를 북돋아주던 길보가 갑자기 가슴을 움켜쥐더니 길게 탄식을 터트렸다. 어디선가 날아든 눈 먼 총알에 가슴을 맞은 것이었다. 그는 그 자리에 바로 쓰러지고 말았다.

그 시각 복강안과 갈봉양은 눈물겨운 재회의 기쁨을 만끽하고 있었다. 갈봉양이 말했다.

"도련님, 왜 제 권유를 듣지 않고 그렇게 위험한 곳에 머물러 계셨습니까? 너무 놀라서 심장이 멎는 줄 알았습니다."

"괜찮아, 나는 괜찮네."

복강안이 눈물을 거두지 못하는 갈봉양을 애써 위로했다. 이어 다시 입을 열었다.

"공삼의 적군을 절 안으로 전부 유인해 들이려면 그 방법밖에 없었네. 비록 위험을 감수하기는 했으나 이렇게 무사히 살아 있지 않은가!"

복강안은 말을 마치고 주위를 둘러보다 쓰러진 길보를 발견하고는 놀라서 정신없이 달려갔다. 이어 즉각 명령을 내렸다.

"마당을 청소하고 부상병들을 돌보거라!"

복강안은 명령을 내린 다음 들것에 실려 가는 길보를 애타게 부르면서 혼들었다. 다행히 목숨이 위태로운 것 같지 않았다. 그가 눈물이 그렁그렁한 채 병사들에게 명령을 내렸다.

"뇌봉안에게 내 명령을 전하라. 평읍에 있는 의원을 전부 부르라. 그리고 약품을 모조리 구입하라. 무슨 수를 써서든 목숨이 붙어 있는 병사들은 다 살려내야 할 것이야!"

복강안이 성큼 성큼 앞으로 걸어가면서 덧붙여 지시했다.

"사방에 흩어져 있는 우리 군사들을 전부 이쪽으로 집결시켜라! 유용 대인이 하산하고 있다고 하니 평읍성 북문에서 나하고 만나자고 하거라!"

복강안은 절 동쪽을 돌아 남쪽으로 향했다. 이어 평읍성 북문 약속장소에 당도했다. 그는 그제야 비로소 안도의 한숨을 내쉬었다. 그러나 회중시계를 꺼내던 중 다시 한 번 흠칫 놀라고 말았다. 자기도 모르는 사이에 왼쪽 갈비뼈 근처에 화살을 맞았다는 것을 깨달은 것이다. 회중시계 유리는 완전히 박살이 나 있었다. 시침과 분침도 한데 엉켜 붙어 있었다. 그제야 왼쪽 가슴에서 통증이 느껴졌다.

그는 손으로 상처 부위를 만졌다. 다행히 출혈은 없었다. 건륭이 하사한 회중시계가 그의 목숨을 구해준 은인이 된 셈이었다. 그는 볼품없이 망가진 시계를 조심스레 손수건에 싸서 안주머니에 도로 집어넣었다.

놀라움도 잠시였다. 그는 다시 정신을 차리고 주위를 둘러봤다. 하육의 병력은 서쪽, 갈봉양의 병마는 동북쪽에서 이미 대세를 굳혀가고 있었다. 관군들은 산문 앞과 마당 곳곳에 쓰러져 있는 수십 구의 시체를 헌 짐짝처럼 질질 끌어내고 있었다. 서쪽에 진을 치고 있다가 아무런 전투를 치르지 않게 된 관군들 역시 옥황묘 쪽으로 움직이고 있었다.

옥황묘는 사방에서 몰려든 관군들에 의해 완전히 '병해'兵海가 돼 있었다. 복강안은 그 와중에도 길보의 부상 정도가 얼마나 심한지, 목숨이 위험하지는 않은지 걱정이 되었다. 마음이 괴롭고 불안해지면서 폭동을 일으킨 자들이 이가 갈릴 정도로 미워지기 시작했다. 그는 급기야 뿌드득 소리 나게 이를 갈면서 전령에게 명령했다.

"가서 내 명을 전하라. 적군 부상병들에게 귀한 약재를 낭비할 필요는 없다. 그 자리에서 참수하라! 성 안에서 구할 수 있는 모든 보신 재료들을 구입해 우리 군의 부상병들에게 먹이도록 하라!"

복강안의 말이 이어지고 있을 때였다. 갑자기 병사 한 명이 달려와 아뢰었다.

"유 대인께서 당도하셨습니다. 통수 대인을 만나 뵙기를 청합니다!"

"성루城樓로 모시거라!"

복강안은 말을 마치자마자 바로 성 안으로 들어가 성루에 올랐다. 잠시 후 힘찬 장화발소리와 함께 유용이 달려 올라왔다. 이어 별 탈 없이 성루에서 하늘빛을 살피고 있는 복강안을 보더니 긴장이 풀리는 듯 다리를 후들후들 떨었다. 하마터면 땅바닥에 주저앉을 뻔한 모습도 보였다. 그는 그러나 한 손으로 성벽을 잡고 겨우 지탱하면서 먼저 입을 열었다.

"복 도련님, 십년감수하는 줄 알았습니다!"

유용의 얼굴은 피로와 걱정 때문인지 누렇게 떠 있었다. 며칠 밤을 못 잤는지 눈 밑도 시커멓게 죽어 있었다. 복강안은 그런 유용의 지극한 자세에 적지 않게 감동을 받았다. 할 말도 많았다. 그러나 갑자기 엉뚱한 말이 먼저 튀어 나왔다.

"제기랄! 시계가 박살나고 말았소. 지금이 몇 시요?"

두 사람은 오래 전부터 서로 잘 아는 사이였다. 건륭이 1차 남순 길에 올랐을 때도 두 사람은 어지를 받고 관풍흠차觀風欽差의 신분으로 조장莊棗에서 일지화 일당인 채칠을 체포해 처리한 바 있었다. 그때부터 본격적으로 맺어진 인연이 지금까지 깊게 이어져온 것이었다. 한 사람은 공작公爵, 다른 한 사람은 군기대신軍機大臣의 신분이었다. 건륭이 아끼는 인재들이었으므로 두 사람 모두 본연의 업무에 대한 자부심이 대단했다. 그래서일까, 장상將相의 포부와 기상을 연마하는 데에 전혀 게으름을 부리지 않았다.

유용이 생각할 때는 희로喜怒와 친소親疎를 얼굴에 드러내지 않는 것이 장상의 기본 자세였다. 하지만 놀랍게도 복강안의 입에서는 시정잡배 같은 거친 소리가 튀어 나왔다.

유용은 처음에 그 말을 듣고는 잠시 어리둥절한 표정을 지을 수밖에 없었다. 그러나 이내 웃음을 터트리고 말았다. 그러고는 자신의 시계를 꺼내보면서 대답했다.

"사시巳時 초입니다."

방금 전의 악전고투가 불과 한 시간 사이에 일어난 사건이라니! 그 짧은 순간에 생과 사의 경계를 넘나들었다니! 복강안은 속으로 적이 놀라워하면서 한참 후에야 유용을 향해 말했다.

"보다시피 나는 운좋게도 무사하오. 전투라는 것은 칼끝에서 생사를 가르는 일인데, 어찌 조금의 위험도 감수하지 않을 수 있겠소. 위험이 없는 전투를 겪었다면 그것은 장사꾼의 투기보다도 못한 일이지. 비록 위험하기는 했으나 적들의 대부대를 절 안으로 유인했기에 당초 예상했던 것보다 훨씬 빨리 무찌를 수 있었던 것 같소. 오늘 낮까지 적들의 잔여 세력을 전부 소탕해야겠소!"

복강안이 그러고는 주변에 분부를 내렸다.

"차와 먹을 것을 좀 가져오고 장작불을 피우거라. 나는 유 대인과 함께 여기서 관전觀戰을 하겠다!"

곧 조촐한 다과상이 올라왔다. 복강안과 유용은 자리에 앉았다. 그러자 하육이 뇌봉안, 갈봉양과 함께 올라와 뵙기를 청했다. 복강안이 빙그레 웃으면서 말했다.

"뇌봉안, 이번에 자네 공로가 크네. 자네 병마가 동으로 움직여 주지 않았다면 저자들은 포위망을 뚫고 나갔을지도 모르네. 곤장 맞은 약발이 대단히 효험이 있는 것 같은데? 하육, 자네는 용맹을 발휘할 기회가 없었다고 속이 상해 있는 것 같군. 그러나 앞으로 자네가 용맹을 발휘할 기회는 얼마든지 있네!"

복강안은 그러나 이상하게 갈봉양에 대해서는 가타부타 칭찬의 말이 없었다. 자신이 직접 부리는 아랫것인지라 일부러 칭찬해줄 필요가 없다고 생각한 듯했다. 곧 그가 다시 입을 열었다.

"공삼이 지금은 잠잠하지? 필시 무슨 꿍꿍이를 꾸미고 있는 것 같은데?"

하육이 뭐라고 말하려고 할 때였다. 뇌봉안이 기다렸다는 듯 먼저 입을 열었다.

"방금 통수께서는 비적들과 단병접전 끝에 삼백 명을 쓸어내시는 쾌거를 이룩하셨습니다. 제 생각에는 겁에 질린 공삼이 왕염과 투항 방안을 상의하고 있지 않을까 싶습니다. 사방으로 물샐틈없이 포위당한 데다 지원병도 없으니 이제는 날개가 돋친다 하더라도 우리 수중을 벗어날 수 없을 것입니다!"

복강안은 뇌봉안의 말을 듣고 속으로 웃었다. 그가 말하는 투항이란 당치도 않다고 생각했던 것이다. 그러자 하육이 잠자코 있는 복강안을 향해 입을 열었다.

"저자들은 평범한 비적들이 아닙니다. 지모가 있고 뜻이 확고한 역적들입니다. 저자들은 평읍을 떠날 때 '절대 평민과 상인들을 해치지 않는다. 오로지 하늘의 부름을 받고 큰 뜻을 펴고자 한다'라는 내용의 고시문을 내붙였습니다. 저자들이 투항한다는 건 어불성설입니다. 제 생각에 저자들은 해가 떨어지기를 기다리고 있는 것 같습니다. 우리 군은 야전에 능하지 못합니다. 어둠을 틈타 포위망을 뚫고 난산亂山으로 숨어들어 샛길로 도망가면 찾을 길이 없을 것입니다!"

"난산에 숨어들고 샛길로 도망간다……?"

복강안이 하육의 말을 되뇌면서 고개를 끄덕였다. 이어 미간을 좁혀 남쪽을 바라봤다. 꽁꽁 언 빙판길이 종횡으로 뻗어 있는 모습이 눈에 들어왔다. 또 산봉우리들이 반쯤 덮인 운해雲海 속에서 멀리 끝을 모를 정도로 이어지는 풍경도 보였다. 복강안이 순간 갑자기 뭔가 생각나는 바가 있는 듯 유용에게 물었다.

"귀몽정 산채에 병마를 얼마나 주둔시키고 왔소?"

유용이 대답했다.

"천명 내외만 데리고 하산했습니다. 나머지는 산 위에서 대포를 지키고 있습니다."

복강안이 다시 물었다.

"화약만 숨겨버리면 대포는 고철덩어리나 마찬가지일 테니 일부러 지킬 필요는 없겠소. 즉각 귀몽정 산채로 전령을 파견하오. 귀몽정에서 남백림에 이르는 구간에 대한 순시를 강화하라고 말이오. 적들이 샛길로 귀몽정 산채로 돌아가 뒤통수 치는 걸 막아야 하오. 이 일대의 산천은 미로迷路가 따로 없소. 관군은 이곳 지형에 대해서 아무래도 그자들보다 익숙하지 못할 거요."

복강안이 말을 마치고는 바로 자리에서 일어났다. 이어 망원경을 들어 묘우廟宇를 둘러보더니 하육에게 지시했다.

"적진으로 돌격을 개시하라. 오백 명씩 번갈아 가면서 네 번 공격하고 마지막에는 이천 명이 총공격하라!"

"예!"

"명심해."

복강안이 얼굴에 독한 웃음기를 띠우면서 덧붙여 말했다.

"딱 네 시간이야! 그 사이 적진을 뒤집어엎지 못하면 살아서 돌아오지 말거라!"

"통수 대인, 두 시간이면 충분합니다!"

"아무튼 나는 네 시간밖에 안 줘. 두 시간이든 일각이든 그건 자네가 알아서 할 일이야!"

하육이 곧 호랑이의 포효를 방불케 하는 대답과 함께 성루를 내려갔다. 복강안이 다시 입을 열었다.

"갈봉양, 자네는 여기 남아 있게."

복강안은 그러고 나서 다시 뇌봉안에게도 엄명을 내렸다.

"사람을 파견해 크고 작은 도로 출입구를 전부 차단하라. 도주병을 한 놈이라도 놓쳐서는 안 된다."

말을 마친 복강안은 그제야 한결 여유 있는 자세로 의자로 돌아와 앉았다. 이어 손난로 하나를 가슴에 품어 안으면서 뇌봉안에게 물러가라는 손짓을 했다. 그러고는 유용을 향해 빙긋 웃어 보이면서 고개를 끄덕였다. 더 이상 다른 말은 없었다.

곧이어 성루 아래에서 하육이 대오를 집결시키는 급박한 발소리와 단조로운 구령소리가 들려왔다. 복강안이 한참 동안 귀를 기울여 그 소리를 듣고 있더니 입을 열었다.

"제남의 성문령城門領을 지냈던 사람인데, 지금은 나의 참장參將이오. 하육 말이오. 좀 과격하고 거칠어서 그렇지 싸움꾼으로는 그만이지."

유용이 웃음 띤 얼굴로 말했다.

"글쎄요, 칼질을 하는 데는 명수일지 모르나 화신에게 들은 바로는 우역간의 은자를 저자가 더러 맡아줬다는 혐의를 받고 있다는군요. 죄가 인정된 자를 기용하려면 사전에 화신에게 언질이라도 주는 것이 좋을 것 같습니다."

순간 복강안이 눈빛을 이상하게 번뜩였다. 곧이어 콧소리를 크게 내면서 언성을 높였다.

"괜한 염려는 하지 마시오! 화신 제까짓 놈이 '나도 이제부터 군기대신이다', 뭐 이런다는 거요? 폐하의 칙명을 받아 석암 그대까지도 이곳에 불렀는데, 참장 하나 내 마음대로 부리지 못한다는 말이오? 내가 화신 그자에게 군사들을 위로하기 위해 은자 삼십만 냥을 준비해 놓으라고 했는데, 어찌 됐는지 모르겠군."

"글쎄요, 잘은 모르겠고 썩 기분이 좋은 것 같지는 않았습니다. 그 많은 은자를 어디서 구하느냐고 묻기에 압수한 국태의 자산에서 좀 떼어내면 안 되겠느냐고 했죠. 그랬더니 '호부戶部에 보고를 올리려면 복강안 대인이 직접 증명서를 떼어줘야 할 텐데……'라면서 걱정을 하더군요."

"원래는 써주려고 했소. 그런데 그렇게 말했다니 써주지 않겠소! 차용증조차 써주지 않을 거요. 호부에 직접 갚아버리고 말지. 퉤! 더러운……."

복강안은 입안에서 맴돌던 '놈'자는 끝내 내뱉지 않았다. 유용을 의식했던 것이다. 그가 다시 어색하게 웃으면서 말을 이었다.

"이봐요, 석암 공. 나는 처음에 화신을 꽤 괜찮게 봤다오. 헌데 갈수록 꼴불견이오. 하는 짓마다 마음에 안 드오. 꼭 기생오라비 같고 더러운 데만 파고드는 이 같잖소!"

복강안이 화신에 대한 불만을 털어놓고 있을 때였다. 성루 아래에서 옥황묘를 둘러싸고 호각소리가 울려 퍼지기 시작했다. 복강안은 입을 다물고 자리에서 일어나 아래를 내려다봤다. 큰 마차 세 대에 커다란 북이 실려 있는 모습이 보였다.

"하육이 북까지 치면서 사기를 북돋울 모양이오! 연극에서 한 수 배운 게로군!"

곧 음산하고 처량한 호각소리와 함께 마른 하늘에 천둥이 치는 소리를 방불케 하는 북소리가 울려 퍼지기 시작했다. 북소리가 얼마나 요란한지 나무 위의 새들이 죄다 도망가고 딛고 선 땅이 진동할 정도였다. 때는 옅은 구름이 덮인 하늘에 맥 놓은 태양이 나른하게 걸려 있는 오시午時 무렵이었다. 성루 아래에서는 도광검영刀光劍影이 번뜩이면서 무시무시한 분위기를 만들었다.

"돌격!"

하육의 포효와 함께 드디어 500명의 군사들이 "돌격!"을 따라 외치면서 일제히 적진을 향해 돌진했다. 절의 담장을 따라 진을 치고 대치 상태에 있는 의군 쪽 병력은 300~400명 정도 되어 보였다. 그들도 저마다 눈을 부릅뜨고 사투를 벌일 태세를 취하고 있었다. 담장 위에서는 불꽃과 주작朱雀 등 열두 가지 문양이 새겨진 의군의 삼각기 열두 개가 바람에 나부끼고 있었다.

관군이 돌진하자 당연히 의군은 사정없이 화살세례를 퍼붓기 시작했다. 눈먼 화살이 자칫하면 성루에 있는 복강안과 유용을 다치게 할 수도 있는 위급한 상황이었다. 순간 갈봉양이 다급하게 명령을 내렸다.

"방패를 가져 오너라!"

다행히 절 담장에서 발사한 화살은 성루에까지는 미치지 못했다. 그것을 확인한 하육은 안심을 한 듯 돌계단 앞에서 장검을 휘두르면서 진두지휘를 했다. 기세가 맹렬했다. 그럼에도 돌진하던 선봉대 중에서 대여섯 명이 화살에 맞아 숨진 것은 당연할 수밖에 없었다. 순간 선봉대 몇 명이 그 모습을 보고는 두려운 나머지 화살이 꽂힌 몸으로 뒷걸음치기 시작했다. 그러자 하육이 버럭 화를 내면서 고함을 질렀다.

"조총수들은 정면에 나서서 불을 뿜으라! 대가리 못 내밀게 저격하라!"

복강안이 가지고 온 50자루의 조총이 요긴하게 쓰이는 순간이었다. 조준과 장전에 귀신이라고 알려진 50명의 조총수들은 일자로 늘어서서 하육의 명이 떨어질 때마다 일제히 총을 발사했다. 그렇게 몇 번을 쏘고 가자 담장 위에는 더 이상 화살을 쏘려고 고개를 내미는 자들이 없었다.

500명의 군사들은 더 이상 주저할 필요가 없다는 듯 집어삼킬 것 같은 기세로 쳐들어갔다. 곧 절 안에서 병기들끼리 부딪치는 아찔한 쇳소리가 터져 나왔다. 잔뜩 독이 오른 관군들의 살성殺聲은 하늘과 땅을 뒤흔들면서 아수라장을 연출했다.

"다들 내가 대포라면 오금을 못 쓴다고들 하지만, 이럴 때는 대포 한 방이면 끝나는 건데!"

성루에 있던 복강안이 치열한 접전이 벌어지는 아래를 굽어보면서 말했다. 한눈에 척 봐도 전황은 일방적으로 의군들에게 불리하게 돌아가고 있었다. 선두부대를 거느리고 쳐들어간 하육이 부하들을 시켜 10여 구의 시신을 밖으로 끌어내는 모습도 보였다. 곧 하육이 성루에 있는 복강안을 향해 큰 소리로 아뢰었다.

"적들이 옥황전으로 퇴각해 투항을 청하고 있습니다!"

복강안이 냉소를 터트리면서 비웃듯 말했다.

"투항? 내가 제남에 도착했다는 소식을 접했을 때 서둘렀어야지. 이제 와서 몰살당하게 생겼으니 투항하겠다는 거야?"

복강안이 이어 추호의 망설임도 없이 단호하게 명령했다.

"죽여 버려!"

500명의 군사가 두 번째로 투입됐다. 더 이상의 저항은 없었다. 관군은 무사히 옥황전 주위를 포위했다. 여전히 살기는 충천했으나 적들의 그림자는 보이지 않았다.

하육의 지휘하에 세 번째, 네 번째로 투입된 관군들도 밀물처럼 옥황묘 안으로 밀려들었다. 대세는 이미 기울어진 것 같았다. 복강안과 유용 두 사람이 안도의 한숨을 내쉬고 있을 때였다. 공삼이 스무 명 안팎밖에 남지 않은 무리들을 데리고 옥황전 안에서 걸어 나왔다.

공삼 일행은 모두 마치 혈우血雨를 맞은 사람들처럼 머리부터 발끝까지 온통 피투성이였다. 형체조차 알아볼 수 없을 정도였다. 저희들끼리 부축하고 기댄 채 겨우 밖으로 나온 그들은 복강안이 내려다보고 있는 관성대 밑으로 절뚝거리면서 다가왔다. 모두 외발에 외팔이거나 몸의 한쪽이 뭉텅뭉텅 잘려나간 부상병들이었다.

복강안이 몇 계단 내려와 가까이에서 내려다보면서 물었다.

"뭘……, 뭘 어쩌겠다는 거야?"

"나는 복 장군을 만나봐야겠소."

의군 패잔병들의 가운데에 선 공삼이 손등으로 얼굴의 핏물을 닦아내면서 말했다. 이어 몇 마디를 더 덧붙였다.

"나는 공삼이라는 사람이오. 복 장군을 만나 드릴 말씀이 있소!"

복강안이 공삼의 말에 천천히 숨을 들이마셨다. 이어 한결 차분해진 어투로 말했다.

"내가 바로 복강안이네. 왕염이라는 자도 있을 텐데 할 말이 있으면 같이 나오지!"

복강안의 말이 끝나자마자 공삼의 옆에서 상대적으로 왜소해 보이는 사내가 한 걸음 앞으로 나섰다.

"내가 왕염이오."

복강안이 말했다.

"이 지경에 이르러 무슨 할 말이 있다는 건가?"

공삼이 냉소를 터트렸다.

"자고로 '성공하면 왕후장상이요, 패배하면 도적이다'成則王侯, 敗則賊라고 했소. 그리 말해도 대꾸할 말은 없소. 아무튼 지금 상황에서 우리는 그쪽의 상대가 못 되는 것 같소."

"도에 맞으면 도와주는 사람이 많고, 도에 어긋나면 도움을 얻기 힘들다'得道多助, 失道寡助라는 말도 있지. 당연히 우리의 상대가 못 되겠지."

복강안의 냉소에 공삼이 대꾸했다.

"일 년에 석 달밖에 못 사는 메뚜기가 버둥대봤자 얼마나 더 버틸 수 있을까? 군주가 어리석고 신하가 몽매한 대청大淸은 결코 오래가지 못할 것이오. 지금 탐관오리가 지천에 널렸소. 또 가렴주구 때문에 백성들의 원성은 하늘을 찌르고 있소. 대란이 코앞에 닥쳤다는 걸 명심하오. 나는 비록 패했으나 홍양교와 천리교는 사라지지 않았소. 아직도 앞날이 구만팔천 리이니 이십 년 후에는 어찌 될지 두고 보자고!"

"나에게 하고 싶다는 말이 고작 그거였나? 어쩌나, 나는 워낙 다망한 사람이라 그런 개소리를 들어줄 시간이 없는데!"

"우리 형제들은 대부분 죽고 베이고 포로가 되고 다쳤소. 겨우 목숨을 건진 자들이 투항을 원하고 있으니 목숨만은 살려줬으면 하오. 자고로 투항한 자를 죽이는 장군은 불행해진다고 했소. 이게 첫 번째 하고 싶은 말이오."

복강안이 잠시 생각하더니 말했다.

"아직도 더 할 말이 남았나? 있으면 해봐!"

"우리 가족들은 오래 전에 관군에게 잡혀갔소. 그들은 죄가 없으니 풀어주오. 죽어도 내가 죽고 무릎을 꿇어도 내가 꿇을 것이니!"

공삼이 복강안을 똑바로 노려보면서 덧붙였다.

"복 장군의 대명은 귀에 못이 박히도록 들어왔소. 의리의 사내라고 알고 있소!"

복강안이 절에서 몰려나와 안팎으로 겹겹이 진을 치는 군사들을 보면서 천천히 말했다.

"그렇게 사내다운 자가 어찌 감히 조정과 대적할 생각을 했다는 말인가? 실로 몽매하고 무지한 자로군. 국법이 엄연하니 내 마음대로 할 수는 없네. 가족들은 살려줄 수 있어! 허나 지엄한 《대청률》에 따라 멀리 유배를 가야 할 거야. 평생 노예로 살아가게 될 것이야. 그리고 자네를 따른 무리는 엄연히 '종역죄'從逆罪가 성립되니 죽음을 면치 못할 것이고!"

공삼이 조용히 미소를 지었다. 그러고는 결심한 듯 쏘아붙였다.

"그 말도 맞는 말이기는 하오. 내 청을 들어줄 수 없다 하니 나도 복 장군에게 다 줄 수는 없겠지!"

공삼이 말을 마치더니 홱 돌아섰다. 이어 서슬 푸른 장검을 뽑아 들었다. 그러고는 푸른빛이 번뜩이는 칼로 사정없이 왕염의 목을 베어버리고 말았다. 그야말로 순식간에 벌어진 일이었다. 왕염은 짧은 비명소리와 함께 그 자리에 쓰러지고 말았다.

순간 20여 명의 패잔병들이 미리 약속이나 한 듯 서로 찌르고 베기 시작했다. 자결하는 이들도 더러 있었다. 그렇게 광풍에 묘목이 쓰러지듯 하나둘씩 죽어가는 광경은 참혹하기 이를 데 없었다.

실로 눈 깜짝할 새에 발생한 사건 앞에서 복강안은 넋을 놓고 말았다. 갑자기 머리가 어지러워졌다. 시야마저 흐릿해지는 것 같았다. 마지막 숨을 거두느라 꿈틀대는 시체들의 모습이 눈앞에 가물거렸다. 그는 마치 칼에 맞은 사람처럼 휘청거렸다. 이어 창백한 얼굴을 들어 병사들에게 말했다.

"이자들의 심행心行은 따를 바가 못 되나 용기만은 실로 가상하구나.
절 안팎을 청소하고 나머지 인원을 파악하라. 왕염과 공삼의 신원을 확
실하게 조사하라……."

4장
살인으로 입을 막다

공상과 왕염은 비참하게 죽어갔다. 둘은 그런 다음에도 역도의 수괴라는 오명을 오명을 씻지 못했다. 그러나 대청의 조정에는 그런 그들을 자신의 은인처럼 생각하는 사람이 없지 않았다. 그는 다름 아닌 화신이었다. 그럴 만한 이유도 있었다. 어지를 받고 '국태 사건'을 수사하러 내려 왔던 유용이 "복강안에게 협조해 역적들을 소탕하라!"는 건륭의 명령을 받고 제남을 떠났기 때문이었다. 화신의 입장에서는 그야말로 살인멸구殺人滅口(사람을 죽임으로써 입을 막음)를 할 수 있는 절호의 기회가 아닐 수 없었던 것이다. 그는 속으로 연신 쾌재를 불렀다.

그런 의미에서 평읍의 폭동은 화신에게 가뭄에 단비처럼 고마운 사건이라고 해야 옳았다. 그렇지 않았다면 흠차 유용은 전풍의 도움을 받아 국태 사건의 해부에 열을 올렸을 터였다. 옹염 역시 가만히 앉아서 사태의 추이를 지켜보기만 할 것이 분명했다. 그랬을 경우 국태는 화신을 물고 늘어질 가능성이 다분했다. 궁지에 몰린 쥐가 고양이를 무는 격으로 말이다. 실제로 조정에서 국태와 우역간의 죄를 용서해주지 않는 한 그리 될 수밖에 없을 것이었다. 물론 그런 일이 있을 리는 만무했다.

아니나 다를까, 조정에서는 큰 죄를 짓고 인심마저 잃어버린 국태를 용서해줄 생각이 눈곱만큼도 없는 것 같았다. 하기야 횡령한 액수가 워낙 많은 데다 섬서陝西의 왕단망王亶望보다 죄질이 훨씬 무거웠으니 그럴 만도 했다. 게다가 원로 대신들이 부의部議에서 수염을 쓰다듬으면서 책상까지 내리쳤다고 했다. 그런 괘씸죄에 이어 건륭의 마음까지 폭발 직전이었으니 그의 목이 붙어 있을 이유가 없었다. 그랬으니 화신은 국태가 혹시라도 "네놈이 받은 칠십만 냥을 도로 토해내라"고 바로 눈앞에서 큰소리를 치지 않을까 은근히 걱정이 될 수밖에 없었다. 설사 그런 일이 생기지 않더라도 국태가 사형장에 끌려가면서 울분을 누르지 못해 모든 것을 다 불어 버리지 말라는 법도 없었다. 그렇게 된다면 화신은 당장 양봉협도養蜂夾道의 감옥에 들어갈 터였다.

그래서 그는 겉으로는 태연한 척 하고 있었으나 속은 날마다 새까맣게 타들어가고 있었다. 밤마다 깊은 잠을 이루지 못하고 하루에도 세 번씩 놀라는 일일삼경一日三驚의 나날을 보냈다. 그렇게 그는 매일같이 말 못할 고민에 바싹바싹 야위어갔다. 아무리 간과 쓸개를 다 빼놓고 다니면서 남의 입안의 혀처럼 돌아가는 화신이라고 하나 이번 사건 만큼은 힘이 들었다. 건륭의 서슬 때문에 더 이상 버티는 걸 포기한 채 그대로 무너져버리고 싶은 생각도 불쑥불쑥 치밀었다.

그러던 중 "유용은 복강안이 머물고 있는 곳으로 가서 적극 협조하라"라는 건륭의 어지가 내려졌다. 화신은 꽉 막혀 질식할 것 같던 숨통이 갑자기 확 트이는 느낌을 받지 않을 수 없었다. 소식을 듣자마자 천근만근이나 되는 등짐을 내려놓은 것 같은 안도감에 허물어지듯 의자에 털썩 주저앉았다. 가슴 가득한 기쁨을 주체할 수가 없었던 것이다.

화신은 이후 복강안에게 필요한 군수물자 조달에 팔을 걷어붙이고 나섰다. '공사가 다망한' 와중에도 유용을 멀리까지 배웅해줬다. 그러고는 황급히 산동성 각 부府에 서찰을 띄워 "뭐니 뭐니 해도 군사軍事가 우선이니 모든 정력을 군무에 집중시키도록 하라"는 명령을 내렸다. 이어 말미에는 자신이 '종군從軍을 통해 살적입공殺敵立功'을 할 수 없는 아쉬움까지 덧붙이는 치밀함마저 보였다. 유용과 전풍의 군자 같은 심성心性으로 그런 화신의 간사하고 교활한 '구곡간장'九曲肝腸을 짚어낸다는 것은 불가능할 수밖에 없었다.

이제 남은 일은 쥐도 새도 모르게 국태를 없애버리는 일이었다. 그러나 유용이 자리를 비운 마당에 어지를 청하지도 않고 국태를 주살한다는 것은 당치도 않은 발상이었다. 국태가 '자살'한 것처럼 일을 꾸미려고 해도 전풍이 그림자처럼 꽁무니를 쫓아다니니 그리 쉽지 않을 것 같았다…….

화신은 그날 밤도 잠을 청하지 못했다. 밤새도록 엎치락뒤치락 하면서 고민한 끝에 드디어 방법이 생각난 듯 날이 채 밝기도 전에 일어나 불을 켰다.

옆방의 유전이 그 기척을 듣고는 대충 겉옷만 걸친 채 나타났다. 이어 잠이 덜 깬 탓에 몽롱한 눈을 비비면서 말했다.

"어제도 밤늦게까지 뒤척이시는 것 같던데 눈을 좀 붙이시지 그래요. 날이 밝으려면 아직 멀었는데……."

"잠이 오지 않아서 그래."

화신이 요강에 오줌 줄기를 뿜어대면서 덧붙였다.

"얼굴을 좀 닦게 물수건이나 가져 와. 그리고 먹을 갈고 종이를 펴놔. 폐하께 올릴 상주문을 쓸 거야."

유전이 연신 대답하면서 아랫것을 불러 요강을 비우게 했다. 그러고는 더운물에 수건을 적셔 힘을 줘 짰다. 이어 그걸 두 손으로 화신에게 건네면서 말했다.

"소인은 이제 나리의 심사를 다 알 것 같습니다. 유 대인이 갔으니 이제는 나리가 '제남왕'濟南王이지 않습니까! 골칫덩어리 하나쯤 슬쩍 해버리는 건 일도 아니다 이거죠? 그래서 폐하의 의중이 어떠하신지 더듬어 보시려는 거죠?"

화신은 짐짓 대수롭지 않은 표정을 지으면서 물수건을 들어 얼굴을 닦았다. 그러나 속으로는 유전의 여전한 행태에 대해 화가 부글부글 끓고 있었다. 유전은 그동안 변한 것이 하나도 없었다. 여전히 '먹은 대로 싸고' 속에 있는 말을 감추지 못하는 '곧은 창자'였다. 비록 수년 동안 고락을 같이해온 빈천지교貧賤之交라고는 하나 너무 스스럼없는 것도 도를 넘으면 불쾌해질 수밖에 없지 않은가. 그래서 화신은 소매를 걷어붙이고 먹을 갈고 있는 유전에게 퉁명스럽게 말했다.

"이봐, 유전! 내가 몇 번을 말해야 알아듣겠어? 자네는 지금 엄연히 공명과 신분이 있는 조정의 관리야. 저잣거리의 장돌뱅이가 아니라는 말이야. 아무리 일자무식이라고 해도 그동안 어깨 너머로 보고 귀동냥해온 것만 해도 적지 않을 텐데 아직도 말 한마디 가려서 못해? 길바닥 위에 쫓겨나지 못해 환장했어?"

"예, 예! 무슨 말씀인지 잘 알겠습니다!"

유전은 그제야 태도를 공손히 하면서 연신 굽실거렸다. 사실 그가 울타리 없는 주둥아리로 인해 지적을 당한 것은 한두 번이 아니었다. 때문에 평소에는 상당히 조심하노라고 했다. 그러나 오늘은 기분이 좋은 김에 그만 긴장의 고삐를 늦추고 말았다. 유전이 화신의 수족, 눈, 코, 입이 돼 한솥밥을 먹은 세월도 장장 10년이 다 돼 가는데도 그랬다. '서당

개 3년이면 풍월을 읊을' 때도 됐으나 다시 실수를 한 것이다.

유전은 그동안 속이 깊고 꿍꿍이가 많은 주인을 섬겨오면서 관리들을 수없이 많이 만나 봤다. 그때마다 드는 생각은 '먹은 대로 싸는 단순세포'인 자신에 비해 이쪽 사람들은 대단히 고달프게 산다는 사실이었다. 그래서 속에는 오물이 가득 들어차 있어도 얼굴에는 항상 근엄한 표정을 짓거나 안은 숯검정처럼 검으면서도 겉으로는 깨끗한 척, 우아한 척하는 그들이 그로서는 그저 신기하고 재미있기만 했다.

유전은 주인으로부터 따끔한 지적을 당하자 마른침을 꿀꺽 삼키면서 조심스럽게 화선지를 폈다. 이어 붓에 먹을 골고루 묻혀 화신에게 쥐어 주면서 한풀 꺾인 목소리로 입을 열었다.

"국태는 왕법을 비켜갈 수 없을 것 같습니다. 또 뒈지게 욕을 얻어먹을지 모르겠으나 제 생각에는 이참에 그자를 원문轅門 밖으로 끌어내 칼질을 해버리는 것이 좋을 것 같습니다. 그리 되면 백성들은 나리를 '청천'靑天이라고 칭송할 것입니다. 폐하께서도 나리의 풍골을 높이 치하하실 것 같습니다. 서두르셔야지 만약 유 대인이 돌아오면 고깃덩이를 냉큼 빼앗아 먹을 것입니다. 제가 또 주책없이 주둥이를 놀렸다면 훈책해 주십시오."

화신은 점잖게 말하느라 애써봤자 거친 본 모습을 숨기지 못하는 유전을 향해 어이없다는 듯 히죽 웃었다. 이어 고개를 끄덕이면서 말했다.

"자기가 섬기는 주인이 폐하와 백성들에게 점수 따기를 바라는 자네의 뜻은 나쁘다고 할 수 없네. 허나 이런 일은 내 마음대로 할 수가 없으니 골치 아픈 게 아닌가? 유 대인이 없는 틈에 일을 저질렀다고 수군대는 소리는 듣고 싶지 않거든."

화신은 말을 마치고는 붓을 고쳐 쥐었다. 사실 그는 이번 상주문의 전체 뼈대를 밤새도록 연구했다. 새벽녘에야 겨우 붓을 들었으니 고민의 시간이 길고도 길었다. 그러나 정작 쓰기 시작하자 일사천리였다. 그는 먼저 성안聖安을 물었다. 이어 유용이 이미 제남을 떠나 평읍으로 갔다는 사실을 아뢰었다. 그러고는 '왕염과 공삼 등 역적들은 수일 내에 소탕'될 것이라는 강력한 자신감을 피력했다. 이어서 국태의 죄행을 나열했다. 그가 지목한 국태의 죄목에는 기군죄欺君罪, 해민죄害民罪 두 가지 대죄大罪 외에 '양옹'養癰이라는 새로운 죄가 추가됐다. 즉 병病을 키운 죄였다. 그가 밤샘의 산고産苦를 거친 끝에 써낸 상주문의 내용은 장황할 수밖에 없었다.

산동은 명明의 형왕衡王이 봉번封藩한 곳이옵니다. 성현聖賢 공부孔府가 자리한 인걸지령人傑地靈의 고장으로도 유명하옵니다. 반면 도적이 들끓고 전명前明의 유령을 안고 사는 유민遺民들이 불씨를 퍼뜨리는 위태로운 고장이기도 하옵니다. 이곳의 불순한 무리들은 성조聖祖 때부터 뿌리 깊은 역사가 있사옵니다. 자고로 큰 변란은 항상 산동에서 불씨가 생겨났사옵니다. 근자에 왕륜王倫, 왕염王炎, 공삼龔三의 무리들은 공공연히 '복명멸청'復明滅淸의 깃발을 들고 우매한 무리들을 끌어들이고 있사옵니다. 군부君父를 원수 취급하고 치화治化를 분식粉飾이라 매도하면서 불순한 저의를 노골적으로 드러내고 있사오니 이는 결코 "일방의 치안이 어지럽다"는 식으로 가볍게 치부해버릴 일이 아니라 사료되옵니다. 이는 실로 조정 심복心腹의 우환일 뿐 아니라 사직社稷 근간의 시름이 아닐 수 없사옵니다. 신은 국태나 우역간과 같은 조정 대신들이 이들 세력들을 비호하고 방치했기에 사태가 갈수록 악화일로를 치달았다고 생각하옵니다.

예상치 못한 대규모의 용병用兵과 재정 낭비를 초래한 국태의 오국지죄誤國之罪는 결코 용서받을 수 없을 것이옵니다. 민간에서는 대거 출동한 관군에 대해 곱지 않은 시선을 보내고 있사옵니다. "관군이 지나간 자리에는 풀 한 포기 남아나지 않는다", "탐관오리에 대한 조정의 태도가 애매한 것이 그들을 비호하려 드는 게 아니냐"는 등 일각에서 불만의 목소리도 터져 나오고 있사옵니다. 폐하, 국태와 우역간의 죄는 하늘에 사무친다는 백성들의 원성에 귀를 기울여 주시옵소서.

폐하, 신은 이 죄악이 하늘을 찌르는 두 죄인을 이치 쇄신의 이름으로 현지에서 처형할 것을 주청 올리는 바이옵니다.

화신은 붓을 내려놓고 나서 상주문을 다시 한 번 꼼꼼히 읽어봤다. 이어 만족스러운 표정을 지은 채 조심스레 밀주함에 넣고 열쇠를 잠갔다. 그러고는 유전에게 분부했다.

"즉각 육백리 긴급 서찰 편으로 발송하게. 그리고 전풍 대인이 일어나셨나 알아보게. 일어났으면 조찬을 같이하자고 전하게."

유전이 대답했다.

"전 대인께서는 항상 일찍 주무시고 일찍 기상하시는 것 같았습니다. 매일 새벽같이 일어나 아문 뒷산에서 한바탕 태극검을 휘두르고 내려오시고는 합니다. 아마 이 시간이면 벌써 내려와 아침을 드셨을 겁니다!"

화신은 기거起居가 일정치 않은 사람이었다. 어떨 때는 새벽같이 일어나지만 또 어떨 때는 해가 정수리를 비출 때까지 잠을 자는 경우도 있었다. 그가 유전의 말을 듣더니 다시 지시를 내렸다.

"내일부터는 내가 밤에 몇 시에 자든 상관없이 아침 인시寅時에는 무조건 깨워주게."

화신은 결국 혼자 아침상을 받았다. 콩국과 만두, 짠지 몇 가지가 고작인 조촐한 밥상이었다. 그는 콩국을 후루룩 마시고 만두를 볼이 불룩하게 맛있게 베어 먹었다. 이어 바로 상을 물렸다.

그가 잠시 숨을 돌리고 있을 때였다. 월동문 앞을 지나는 전풍의 모습이 보였다. 그는 황급히 입을 훔치고는 손을 닦은 다음 밖으로 달려나갔다. 그러고는 반갑게 불렀다.

"남원南園(전풍의 호) 선생, 일찍 나오셨군요. 아침마다 뒷산에서 검술을 연마하시는 분이 있다고 들었는데, 동주東注(전풍의 자) 대인이셨습니까?"

"아, 화 대인!"

전풍이 자신을 부르는 소리에 고개를 돌리더니 황급히 돌아서서 읍을 해 보였다.

"호號에 이어 자字까지 다 불러주시니 고맙소! 헌데 어젯밤 잠을 설쳤소? 안색이 어째 안 좋아 보여서 말이오."

화신이 웃으면서 전풍과 나란히 걸었다. 이어 길게 한숨을 내쉬고는 대답했다.

"다 화림和琳 그 녀석 때문 아니겠소? 전 대인이 그렇게 위해주는데도 별로 만족해하는 눈치가 아니라서 말이오! 내무부 사무관이 별 볼 일 없는 자리라고 투덜대서 낭중郞中 직에 앉혀줬소. 그리고 나중에는 시위까지 시켜줬소. 그런데 이제는 호광湖廣 포정사布政使 자리까지 탐내는 거 아니겠소? 누울 자리를 보고 다리를 펴라고 했는데도 자기 꼴이 어떤지는 통 모른다니까!"

"그게 바로 높은 자리에 있는 형의 고초가 아니겠소?"

전풍이 히죽 웃었다. 흔한 경우가 아니냐는 듯 말은 담담했다. 그러나 화신을 바라보는 눈빛에는 그의 말뜻을 짐작하고도 남는다는 기색이 역력했다. 전풍이 곧 다시 덧붙였다.

"나무가 크면 그늘이 크오. 그늘이 있으면 더운 사람들이 모여들기 마련이오. 영제令弟(남의 동생에 대한 존칭)를 보니 개천에서 놀 사람은 아닌 것 같던데, 기회가 되면 큰물에 넣어보지 그러오."

화신이 너털웃음을 터트렸다.

"우리 두 형제의 학문을 다 합쳐도 동주 대인의 새끼손가락 하나에도 못 미칠 텐데 큰물은 무슨! 우리는 둘 다 기인旗人 출신이라는 덕을 입었을 뿐이오. 아계 중당과 부항 중당께서 밀어주셨기에 그나마 높은 가지에 앉은 것이오. 폐하께서 진정 중히 여기시는 사람은 전 대인 같은 분이 아니겠소?"

화신과 전풍은 마치 산책하듯 천천히 걸음을 떼어놓으면서 도란도란 얘기를 주고받았다. 한참 후 화신이 은근슬쩍 떠보듯 입을 열었다.

"전 대인은 국태 사건을 어찌 처리하는 것이 마땅하다고 생각하오?"

전풍이 화신의 말에 잠깐 걸음을 멈췄다. 이어 자갈이 깔린 좁은 길에 시선을 주면서 조심스레 대답했다.

"폐하께서는 이번 사건을 계기로 산동성 관리들이 개과천선하고 환골탈태하기를 바라시는 것 같소. 그도 그럴 것이 '탐관'이라는 이유로 다 주살한다면 살아남을 사람이 얼마나 되겠소? 그러니 쉬이 주살하라는 명령을 내리기 어려우실 거요. 허나 '필교'弼教(교화를 도움)도 '필교' 나름이고, '명형'明刑도 '명형' 나름이라고 생각하오. 아무리 성심이 자비로워 교화와 훈육을 원하시더라도 불순한 무리들은 새로 태어나기는커녕 더욱 기어오르려고 하오. 국태와 우역간 등이 바로 그런 부류에 속한다고 생각하오. 나는 그자들을 절대 교화의 이름으로 용서해서는 안 된다고 생각하오. 그러니 이 일은 유 대인이 돌아온 뒤에 우리가 모두 뜻을 모아 폐하께 청을 올리는 것이 바람직할 거요."

화신이 웃음과 탄식을 거듭하면서 말을 받았다.

"나도 전 대인의 뜻에 공감하오. 허나 한 가지 간과할 수 없는 것이 있소. 비적들을 섬멸만 하면 그걸로 모든 것이 끝나는 게 아니라는 거요. 출전했던 군인들을 위로해야 할 뿐 아니라 사망했거나 부상당한 군인가족들도 무휼撫恤해야 하오. 비적들의 난으로 인해 조정에서는 막대한 경제적 손실을 감내해야 한다 이 말이오. 이번 같은 경우에는 평읍현의 마비된 행정 기능을 재건해야 하고 때 아닌 봉변으로 전쟁터로 변해버린 옥황전도 새로 수리해야 하오. 비적들의 가족을 유배 보내고 기존의 이재민들도 구휼해야 하오. 열다섯째마마께서 산동 서부 지역의 염지鹽地를 개간하고자 큰 뜻을 품고 계시는데, 그 일도 막대한 은자를 필요로 하는 작업이오. 조정으로서는 돈이 들어갈 데가 한두 곳이 아니오."

화신이 입술을 빨고는 바로 눈꺼풀을 내린 채 마른 침을 꿀꺽 삼켰다. 조정에 돈이 궁하니 국태에게서 의죄은議罪銀의 명목으로 '왕창' 뜯어내고 그 죄를 무마해주자는 적나라한 제안도 함께 삼켜버렸다. 그러나 고지식한 전풍은 화신의 말이 국태와 우역간 사건과 무슨 관련이 있는지 몰라 고개를 갸웃거렸다. 이어 무척 궁금한 어투로 물었다.

"그럼…… 화 대인이 뜻하는 바는 뭐라는 말이오?"

"나는 의죄은자에 손이 근질근질한 사람이오."

마침내 화신이 정색을 하면서 얘기를 꺼냈다.

"조정에는 돈이 들어갈 데가 너무 많소. 당장 조혜와 해란찰이 돈 먹는 하마 아니오? 서부 용병用兵에 은자를 자루째 처넣어도 모자란다는 건 삼척동자도 다 아는 일이오. 게다가 원명원을 조성하는 작업에도 어마어마한 돈이 필요하오. 솔직한 얘기로 성조께서 영불가부永不加賦(영원히 부세賦稅를 부과하지 않음) 정책을 제정하시고 폐하께서 해마다 천하의 전량錢糧을 면제해주시는 마당에 조정에서 땅을 파서 돈을 만들어 내지 않는 이상 돈 나올 구멍이 어디 있겠소? 관세와 의죄은자, 이 두 가지 재원이 없다면 호부의 금고는 진작에 바닥을 드러냈을 거요!"

전풍은 그쯤에서야 어렴풋이 화신이 뜻하는 바를 알 것 같았다. 곧이어 뒷짐을 진 채 화신의 말에 귀를 기울였다.

"나는 전 대인이 무슨 생각을 하고 있는지 아오."

화신이 전풍을 비스듬히 등진 채 덧붙였다.

"알다마다요!"

"나는 그저 화 대인의 말을 열심히 경청하고 있을 뿐이오. 생각은 무슨!"

화신이 말했다.

"전 대인은 아마 이런 생각을 했을 거요. 화신 이 미꾸라지가 혹시 의죄은자를 받고 국태를 풀어주려는 것은 아닐까? 뭐 이런 거 아니겠소?"

전풍이 담담하게 대답했다.

"그런 것은 아니오. 의죄은자도, 연공捐貢(벼슬을 팔거나 공품을 받는 것)도 물론 경제의 정도正道는 아니지만 조정의 국고가 텅 비었다는 데야 무슨 용빼는 수가 있겠소? 나는 이의가 없소."

화신이 전풍의 말에 소리를 내서 웃었다. 급기야 사례가 들리는 듯하더니 손수건으로 입을 막고 기침을 했다.

"나는 이 시대의 날고 긴다는 사람들을 거의 다 만나봤소. 품행? 재능? 학식? 아무튼 단연 으뜸이라 자부하는 그런 사람들 말이오. 두광내, 사이직처럼 명실공히 명신名臣이라고 엄지를 내두르는 사람들까지도 만나봤지만 저마다 재주를 과시하면서 거드름을 피우는 소인배의 한계를 넘지 못했던 것 같소. 그런데 오늘 보니 전 대인은 남다른 데가 있는 것 같소. 내 개인적인 생각이지만 전 대인은 지금 일취월장을 위해 계단을 뛰어오르는 단계에 있소. 성의聖意를 점쳐봤을 때 전 대인은 머지않아 운귀雲貴 총독에 제수될 것이오. 물론 그 역시 또 하나의 조금 더 높은 사다리에 불과할 테지만 말이오. 대학사大學士를 군기처로 들이신 걸 보면 성심을 어느 정도 엿볼 수 있지 않겠소?"

전풍이 즉각 대답했다.

"폐하께서 중히 여기시는 건 알겠으나 그럴수록 나는 더욱 근신하는 수밖에 없소. 화 대인의 말에도 감히 뭐라고 맞장구치지 못하겠소.《홍범》洪範에서 팔정八政을 논한 걸 보면 '식화'食貨(음식과 재물)는 두 번째에 속해 있소. 인간세상에서는 염철鹽鐵(한무제 때 재정 확충을 위해 소금과 철의 전매를 두고 '염철논쟁'鹽鐵論爭이 벌어진 이후 소금과 철은 국가 재정의 생명줄로 여겨졌음)의 중요성이 치안이나 다른 그 무엇보다도 더 앞선다고 했소. 주린 배를 끌어안고 고통으로 신음하는 백성들에게 다가가 금수錦繡의 화려한 문장을 읊어댄들 무슨 소용이 있겠소? 나같이 경제의 도道를 모르는 학자들은 크게 반성해야 할 바라고 생각하오. 그래서 나는 화 대인의 말을 경청하고 가르침을 구하고자 한 거요."

화신이 미소를 지었다.

"전 대인의 뜻을 알겠소. 한마디로 조정은 백성들의 입에 거미줄 치게 해서는 안 된다는 논리 아니겠소?"

그러나 화신은 이내 웃음기를 거두면서 정색을 했다.

"국태는 삼백만 냥의 재정적자를 냈소. 그러나 그에게서 압수한 재산은 고작 은자 백만 냥뿐이오. 다른 부府와 현縣에서도 조금씩 해먹었겠지만 내 생각에는 국태가 어딘가에 은닉한 재산이 더 있을 것 같소. 목은 언제든지 칠 수 있소. 허나 당사자의 목을 쳐버린 후에는 은닉한 재산을 찾아낼 수 없소. 민간에서 유행하는 말 중에 '탐관오리가 죽은 뒤에도 그의 자손들은 대대로 금의옥식錦衣玉食한다'고 했소. 어쩌다 보니 말이 길어졌는데 아무튼 내 생각에는 국태의 사건을 잠시 보류해두고 일단 그의 은닉재산부터 찾아내는 것이 급선무인 것 같소."

나와 함께 산책길에 오른 이유가 바로 이 때문이라는 말인가? 전풍은 자신도 모르게 냉소를 흘릴 수밖에 없었다.

"의죄은자에 대한 부분은 폐하께서 이미 화 대인의 제안을 받아들이신 걸로 알고 있소. 오래 전부터 '의죄은' 제도를 시행해왔으나 아직 온 천하에 공개하지 못한 실정이라는 것도 알고 있소. 화 대인은 국태 사건을 계기로 의죄은 제도를 공식화하고 폐하께서 명조明詔를 내려 주십사 주청 올리려는 생각인 것 같소. 하지만 '그 지위에 있지 않으면, 그 지위의 정사를 논하지 않는다'不在其位, 不謀其政라는 말처럼 솔직히 나는 그 부분에 대해 얘기하고 싶지 않소. 아는 바도 별로 없고. 유 대인이 제남으로 돌아온 연후에 다시 의논해보는 게 어떻겠소?"

화신이 고개를 끄덕였다.

"나는 전 대인을 아랫사람이 아닌 벗으로 생각하오. 우리는 지금 벗들끼리 마음을 나누고 있는 중이오. 그런데 부재기위不在其位니 하는 말이 왜 필요하겠소? 국태와 우역간이 작당을 해서 백성들을 수심화열水深火熱의 심연으로 밀어 넣지 않았다면 어찌 왕염과 공삼 같은 무리들이 산동성 전체를 농락할 수 있었겠소? 나는 이것만 생각하면 분노를 주체할 수 없소. 생각 같아서는 두 놈을 당장 만두소로 만들어 버리고 싶으나 은닉한 장물을 한 푼이라도 찾아내고픈 욕심에……. 그러니 내 속이 속이겠소?"

화신의 욕금고종欲擒故縱(붙잡기 위해서 일부러 풀어주는 척함. 소설《삼국연의》에서 제갈량이 맹획을 사로잡을 때 쓴 전략을 빗댄 말)의 전술은 실로 흠잡을 데 없었다. 눈치 빠르고 명민한 전풍도 화신의 진의를 간파하지 못할 정도였으니 말이다. 사실 여태껏 화신은 국태 사건에 대해 줄곧 애매한 태도로 일관했다. 전면에 나서기를 한사코 꺼렸다. 때문에 전풍이 유용에게 재수사를 요청하지 않았더라면 사건은 아마 "충분히 의심은 가지만 조사 결과 증거가 불충분하다"라는 이유로 흐지부지되었을 터였다. 그런데 그러던 화신이 이번에는 사건을 "잠시 보류하자"고 주장하지 않는가. 전풍은 화신이 도대체 무슨 생각을 하고 있는지 감이 잡히지 않았다. 그가 잠시 생각하고 나더니 담담하게 웃으면서 대답했다.

"나는 대인의 의견에 공감할 수 없소. 벗으로 허물없이 대해준다고 하니 나도 벗으로서 진심으로 충고하고 싶은 말이 있소. 국태와 우역간은 결코 호락호락한 족속이 아니라는 점을 명심했으면 좋겠소. 두 사람의 사이는 알고 보면 그리 끈끈한 것도 아니오. 우정이든 애정이든 기초가 부실하면 쉽게 무너지는 법이오. 그래서 나는 이 둘이 반목을 해서 서로를 물고 늘어질 줄 알았소. 그런데 둘의 '우정'은 생각보다 '돈독'하더군. 나의 졸렬함을 비웃듯 서로에 대한 나쁜 말은 한마디도 하지 않고 있소! 은닉한 재산이 따로 있다는 말에는 나도 공감하오. 허나, 그 돈이 조정의 어느 대신에게 흘러 들어가지 않았다는 보장도 없소. 나는 이 문제를 꼭 짚고 넘어가야겠소. 국태를 수사하라는 폐하의 어지는 밀유密諭였소. 우리도 기밀을 지키느라 대단히 조심했는데, 국태는 벌써 칼잡이들이 내려온다는 걸 알고 있었다니 섬뜩하지 않소? 그리고 엄청난 죄를 저지른 자치고는 반응이 지나치게 담담했던 것으로 기억하오. 배 째라는 식이었소. 조마조마하고 좌불안석이어도 모자랄 판에 분단장하고 무대 위로 올라가 헤헤 웃는 것도 그렇고! 아무튼 겁나는 게 없으니 그러는 게 아니겠소? 나도 처음에는 내 눈을 의심했소."

전풍은 한참이나 자기 할 말을 하더니 입을 꾹 다물어버렸다. 더 얘기하고 싶은 게 있지만 참는 것 같았다. 하지만 그 정도 얘기라도 들은 화신으로서는 한겨울에 얼음물 벼락을 맞은 듯 머리부터 발끝까지 오싹해지지 않을 수 없었다. 전풍이 무슨 낌새를 채고 하는 소리인지 아니면 무심코 던진 말인지 알기도 어려웠다. 생각 같아서는 전풍의 가슴을 가르고 심장을 꺼내 확인이라도 하고 싶었다. 그러나 행여 그런 속내를 들킬세라 황급히 고개를 숙였다. 전풍은 묘한 여운을 남긴 채 말을 뚝 멈춘 다음에도 한참 동안 멍하니 먼 곳을 바라보고 있었다. 화신은 그런 전풍의 태도에 약이 오르고 궁금해서 죽을 지경이었다.

한참 후 화신이 입을 열었다.

"동주, 그럼 그대 생각에는 어찌하는 게 좋겠소?"

"일단 유 대인이 돌아올 때까지 기다려 봅시다. 석암 공께서는 공개처형의 뜻을 비추셨소."

"공개처형이라고 했소?"

"그렇소. 유 공은 형명刑名의 달인이오. 아무리 입을 철문처럼 굳게 다물고 있던 자들이라 해도 서시西市(사형장)로 끌려갈 때는 친아버지라도 물어버린다고 하오."

"그게……?"

화신은 머릿속이 검불처럼 헝클어져 도무지 정신을 차릴 수 없었다. 유용이 마지막 수까지 고려하고 있을 줄은 정녕 생각지 못했다. 국태가 진짜 형장의 이슬로 사라질 순간이 닥친다면 '칠십만 냥을 뇌물로 받은' 화신을 과연 가만히 놔둘까? 이를 어쩐다? 화신은 속이 타서 재가 되는 것 같았다. 다행히 그 와중에도 한 가지 안도할 수 있는 것은 있었다. 건륭이 봉강대리와 같은 중신들을 처형할 때는 대부분 그 자리에서 사약을 내리고 '떠들' 여지를 주지 않는다는 것이었다. 게다가 국태 역시 노작盧焯처럼 형장으로 끌려갔다가 기적적으로 살아 돌아올지 누가 또 알겠는가? 화신은 그렇게 자위하면서 애써 진정을 취했다.

화신은 입술을 실룩거리면서 "조정의 체면상 공개처형은 재고해봐야 한다"라고 말하고 싶었다. 그러나 도로 삼켜버리고 말았다. 결코 만만치 않은 상대 앞에서는 입조심을 하는 수밖에 없었던 것이다.

"덕분에 많은 걸 배운 산책이었소."

전풍은 그 한마디를 남기고 바로 멀어져갔다. 화신은 전풍의 그런 뒷모습을 착잡한 눈길로 바라보고 나서 곧 자신의 공문결재처로 돌아왔다. 이어 서둘러 팔을 걷어붙이고는 방금 전에 쓰고 남은 먹물을 찍어 아계에게 편지를 썼다.

언사言辭에 대단히 공을 들인 서찰이었다. 무조건 겸손하고 자세를 한껏 낮췄다. 우선 자신이 덕망이 부족해 사람들의 마음을 잡지 못하는 데 대한 안타까움과 '군주의 성총이 과분'한 데 대한 '좌불안석'으로부터 운을 뗐다. 이어 "유일한 참 스승은 영원히 아계 중당뿐이고, 아계 공을 인생의 본보기로 삼아 거듭 정진할 테니 잘 지켜봐 달라"라는 아부를 했다. 그러고는 손이 근질거려 못 견디겠다는 듯 자연스럽게 국태의 세 가지 죄를 강조하면서 "이런 족속이 대신의 반열에 올랐다는 것은 조정의 수치이자 사직의 유감이다"라고 못 박았다. 마지막으로 "유용, 전풍 대인과 상의한 결과 공개처형만이 인신人神의 공분을 푸는 유일한 방법이다"라고 끝을 맺었다. 화신이 자신의 글을 한번 읽어보고 나더니 만족스러운 미소를 얼굴에 띠웠다.

'그래, 너희들은 나를 항상 고깝게 봤으니 내 말을 뜬 구름 잡는 소리로 치부할 테지? 이번에도 내 뜻과 배치되는 방향으로 나가겠지. 제발 그렇게 생각해줘!'

화신이 그렇게 생각하면서 득의양양해 하고 있을 때였다. 유전이 들어서고 있었다. 화신이 즉각 그에게 지시했다.

"이 서찰부터 발송하고, 국태에게 가서 그를 한 번 더 만나보고 오게."

"예, 그리 하겠습니다!"

대답과 함께 물러가던 유전이 다시 돌아와 물었다.

"국태에게 하실 말씀이 계십니까?"

유전의 말에 화신이 바로 손을 저었다.

"먼저 편지와 주장奏章이나 발송하고 오게."

화신은 유전을 보내놓고 나서 책상 위에 쌓인 문서를 정리했다. 잠시 후 유전이 다시 돌아왔다. 그가 그제야 천천히 입을 열었다.

"사무관 둘을 데리고 가서 국태와 우역간을 따로따로 만나보게. 재산을 어디에 은닉했는지 물어보게. 재정 적자와 압수해낸 재산의 차이가 워낙 커서 조정에서 쌍심지를 돋우고 있으니 어떻게 무마해줄 방법이 없다고 하게. 그리고 이번에 유 대인과 복 도련님이 귀몽정을 소탕할 때 압수한 그의 자산에서 삼십만 냥을 썼으니 그리 알라고 하게. 셋째, 어떻게든 의죄은 제도의 덕을 볼 수 있도록 노력해볼 테지만 그자의 '의죄'를 폐하께서 윤허하실지 여부는 하늘의 뜻에 달렸다고 하게. 이 세 가지만 전달하고 오게. 그들이 누군가를 고발하고 싶다거나 억울함을 호소하고 싶어 한다면 어서 상주문을 작성하라고 하게. 내가 중간에서 어람을 청할 수 있도록 다리를 놔줄 테니. 며칠 내에 내가 혹시 그 둘을 부를 수도 있다고 하게."

유전이 연신 알았노라고 대답했다. 이어 조심스레 물었다.

"지난번 면회 갔을 때 우역간은 북경으로 압송해 수사해 주십사 주청 올리고 싶다고 했습니다. 우민중 중당에게 서찰을 띄우고 싶다는 뜻도 밝혔고요. 이번에도 물어보면 뭐라 답하죠?"

화신이 파리가 미끄러질 것처럼 반질반질한 턱을 만지작거리면서 대답했다.

"우 중당은 이번 사건에서 한발 물러서 있을 수밖에 없는 사람이네. 우역간에게 이르게. 우 중당이 이번 사건에 개입돼 있다면 문제가 달라지겠으나 그렇지 않고 사적인 대화라면 지금은 형을 위해서라도 때가 아니라고 하게. 울며불며 하소연하지 않아도 형 입장에서 나설 만한 자리라고 생각되면 우리보다 더 적극적으로 나설 것이라고 달래주고 오게. 알겠는가?"

"예!"

유전이 물러갔다. 화신은 우민중을 떠올렸다. 그러자 마음이 정말 착잡해졌다. 아우인 우역간이 이처럼 큰 위기에 직면해 있는데 어떻게 우민중은 그렇듯 평소와 다름없이 태연하고 담담할 수 있을까? 그런 성격은 어떻게 길러낸 것일까? 솔직히 우민중은 한발 비껴서 있는 정도가 아니었다. 아예 등을 돌리고 있는 상태였다. 우역간의 생사에 대해 나 몰라라 하는 태도라고 해도 좋았다. 그렇다면 이제는 어찌해야 하는가? 화신은 씁쓸한 미소를 지은 채 책꽂이에서 《자치통감》을 꺼내 들었다…….

국태와 우역간은 유전과의 '독대' 이후 이제나저제나 화신이 불러주기만을 고대했다. 둘은 순무아문에 감금돼 있었으나 따로 격리돼 있었다. 국태는 상국정賞菊亭, 우역간은 매화서옥梅花書屋에 갇혀 있었다. 수감 생활을 한다고는 했으나 '먹고, 자고, 싸는' 등의 일상은 바깥에 있을 때와 크게 다름이 없었다. 다만 일거수일투족에 감시의 눈이 번뜩이는 것이 불편하고 어색할 따름이었다. 두 사람을 지키는 이들 중에는 흠차행원에서 나온 사람들이 꽤나 있었다. 또 순무아문의 호위들도 있었다. 그래서 국태는 옹염이 연주, 복강안이 제남에 있다는 소식을 어렵지 않게 접할 수 있었다.

이처럼 두 사람은 다 '바깥소식'에는 밝은 편이었다. 그래서 자신들의 관할 경내에서 역적들의 폭동이 일어났다는 소식을 들었다. 그래서 은근히 두려웠으나 나름 기쁘기도 했다. 두려운 것은 봉강대리로서의 책임 소재 때문이라고 할 수 있었다. 그렇지 않아도 향후 어떻게 될지 모르는 지경에 놓인 상황에서 설상가상이 아닐 수 없었던 것이다. 그 와중에도 기쁜 것은 자신들의 사건보다 더 큰 사달이 일어났다는 사실이었다. 당연히 조정의 관심이 그쪽으로 쏠릴 터였으니 자신들을 향한 시선도 분산될 수밖에 없을 것이었다. 그렇게 흙탕물 속에서 고기를 더듬 다보면 장어 대신 미꾸라지가 잡히는 수도 있을 것이었다. 뿐만 아니라 고기가 어디론가 종적을 감춰버리는 수도 있고 흐지부지해지는 경우도 없지 않을 터였다.

그러나 초조하고 불안한 나날이 사흘이 지나고 닷새가 지나도 화신 에게서는 아무런 연락도 없었다. 그리고 9일째 되던 날이었다. 두 사람 은 점심을 먹고 각자 마당을 거닐고 있었다. 둘 모두 가까이 다가가 몇 마디라도 나누고 싶었으나 그럴 때마다 어김없이 '훼방꾼'이 나타나고는 했다. 둘의 행동을 감시하는 호위들이었다. 둘은 어쩔 수 없이 적당한 거리를 두고 떨어진 채 걷지 않을 수 없었다.

바로 그때였다. 시위로 늙어온 형건업邢建業이 두 명의 친병을 거느리 고 들어왔다. 이어 두 사람을 향해 말했다.

"두 분 대인이 누구를 기다리고 있는지 잘 압니다. 화 대인이시죠? 지 금 와 계십니다. 서화청에서 기다리고 계십니다!"

국태와 우역간 두 사람은 깜짝 놀랐다. 정신도 번쩍 들었다. 동시에 황 급히 시선을 교환하고는 허둥지둥 형건업을 따라 서화청으로 들어갔다.

과연 화신이 웃으면서 맞아줬다. 동행한 유전도 두 사람을 향해 예 를 갖추었다.

"두 분 대인, 화 중당께서 두 분을 위로하는 뜻에서 조촐한 주안상을 마련했습니다. 한잔씩 나누시면서 얘기하시죠!"

주안상을 마련했다? 국태와 우역간 두 사람은 흠칫 놀라면서 의아스 러운 눈빛으로 화신을 바라봤다. 점심 먹은 지 얼마나 됐다고 주안상이 라는 말인가? 화신이 어리둥절해하는 두 사람을 향해 설명했다.

"아, 달리 생각할 것은 없소. 설날 때도 못 봤을 뿐 아니라 오늘이 정 월 십팔 일이니까 대보름도 지났잖소. 이제 석암 대인이 평읍에서 돌아오고 나면 더 바빠질 것 같아 오늘 모처럼 여유가 생긴 김에 겸사겸사 한잔 나누자는 것뿐이오. 사내가 일을 저질렀으면 당당하게 감내해야지 어찌 그리 풀이 죽어 있소? 자, 자, 이리와 앉으시오! 제남은 명색이 천성泉城이라는 곳이지만 물맛은 별로인 것 같소. 술도 그저 그렇고……."

국태와 우역간 두 사람은 경계 어린 눈빛을 한 채 앞서 걷는 화신의 뒤통수를 뚫어지게 노려봤다. 그러고는 주안상이 마련돼 있다는 서재로 들어갔다. 과연 네 가지 육류 요리와 네 가지 채소 요리, 일명 팔보석八寶席이라는 주안상이 마련돼 있었다. 하얀 김이 모락모락 피어오르고 구수한 냄새도 풍겼다.

화신이 두 사람의 의자를 자신의 가까이로 당겨놓으면서 앉으라는 시늉을 했다. 이어 직접 술을 한 잔씩 따라줬다.

"초면도 아닌데 편하게 대했으면 하오. 할 말이 있으면 하고, 먹고 싶으면 먹고 편한 대로 하시오."

국태가 화신의 표정을 유심히 살피면서 걸터앉듯 의자에 엉덩이를 붙였다. 이어 조심스레 물었다.

"동주 대인은 같이 오지 않았소?"

"전풍 말이오? 제양濟陽에 갔소. 내일이나 돼야 올 거요!"

화신이 이것저것 음식을 집어 두 사람의 접시에 놓아주면서 말을 이었다.

"노견증의 일 때문에 갔소. 그쪽에 장원莊園을 사 둔 게 있다고 하는데, 그것이 갈효화의 소유라는 설도 있어서 아계 중당이 조사해보라는 서찰을 보내와서 말이오."

화신이 한숨을 지으면서 다시 덧붙였다.

"자칫 잘못 걸리면 이번에는 기효람 대인까지 큰코다치는 수가 있을 것 같소!"

국태와 우역간은 화신이 얘기 보따리를 풀어놓기만을 이제나저제나 하고 초조하게 기다렸다. 하지만 화신은 사돈의 팔촌 인연도 닿지 않는 기윤을 걱정하고 있었다. 심지어 이시요에 대한 험담도 중간중간 끼워 넣으면서 시간만 잡아먹고 있었다.

두 사람은 그렇다고 아무 미끼나 덥석 물어버릴 것처럼 초조함을 드러낼 수도 없는 입장이었다. 결국 울며 겨자 먹기로 화신의 고담준론에 한마디씩 끼어들면서 관심을 보이는 척했다.

화신이 정양문 관등觀燈 행사 때 있었던 얘기를 시시콜콜 꺼내놓았을 때였다. 국태가 허벅지까지 두드리면서 개탄했다.

"야, 놈들이 간덩이가 부었구먼! 어찌 감히 북경을 범할 생각을 다 했을까! 그러니 소인배들의 마음은 도무지 예상을 못한다는 거요. 아무튼 이시요 공이 발 빠르게 대처를 잘한 것 같소. 아계 대인도 마침 북경에 잘 당도했고…… '비아류족, 기심필이'非我類族, 其心必異라고, 그러니까…… 나하고 같은 무리가 아니면 생각이 다르게 마련이다, 뭐 이런 뜻인데……, 그것 참!"

국태는 자신의 입에서 무슨 말이 나오는지도 모른 채 계속 떠들어댔다. 마치 누군가에게 쫓기는 사람처럼 여유가 없어 보였다. 우역간도 잔뜩 미간을 좁힌 채 입을 열었다.

"삼번의 난 이래로 북경에서 그와 같은 난동이 일어난 건 아마 처음인 것 같소. 세상이 갈수록 흉흉해진다는 말이 있기는 하나 세상이 어찌되려고 이러는 건지 원! 어가도 어지간히 놀라지 않았겠는데? 태후마마께서도 놀라셨을 테고! 얼마나 자비롭고 연민의 정이 많으신 분인데……."

우역간 역시 무슨 말을 어떻게 해야 할지 모르기는 국태와 마찬가지인 것 같았다. 말이 마구 꼬이고 있었다. 화신은 연신 두 사람에게 음식을 집어주면서 많이 먹으라고 권하고는 웃음 띤 얼굴로 말했다.

"다행히 폐하와 태후마마 두 분 다 크게 놀라지는 않으셨소. 그러나 대가리들은 전부 도망가고 몇몇 나부랭이들밖에 붙잡지 못했소. 폐하께서 진노하신 건 당연한 일이지. 아계, 기윤, 이시요는 그 때문에 올해 인사 평가에서 흠을 잡히고 말았지 뭐요! 북경뿐만 아니라 남경 등지에서도 등절燈節을 무사히 치르지 못했다고 하오. 어떤 자들이 부자묘夫子廟에 지뢰를 파묻고 현무호玄武湖 주위의 무슨 절인가를 급습해 난동을 부리고 달아났다오. 그자들이 버리고 간 전단지를 보니 '팔월대보름에 오랑캐들을 엎어버리고 새로운 시대를 맞이하자!'라는 따위의 대역부도한 글귀들이 적혀 있었다고 하오."

화신이 우역간의 수심에 잠긴 표정을 살피고는 다시 말을 이었다.

"영형슈兄(남의 형에 대한 존칭)은 군기처에 입직한 지 얼마 안 되는 사람이라 괜찮다고 하오. 그러니 염려할 거 없소. 실은 그 정도 처벌을 받는 것은 아무것도 아니오. 내가 손꼽아보니 대신부터 외성外省의 총독과 순무에 이르기까지 그 정도의 처벌도 받지 않은 사람은 하나도 없었소. 성총이 남달랐던 유통훈 중당도 군기처 햇병아리일 때 적잖이 훈계를 받았던 모양이오. 폐하께서야 남을 처벌하시는 권한을 타고 나셨으니 예외지만!"

화신이 말을 마치고는 두 사람에게 연신 술을 권했다.

"자, 자. 그러지 말고 한 잔씩 쭉쭉 드시오."

그러나 애가 타는 상황인 국태와 우역간은 술을 '쭉쭉' 들이마실 기분이 전혀 아니었다. 핵심을 피해가면서 허튼소리만 늘어놓는 화신이 괘씸하고 가슴이 답답하기도 했으나 어찌할 방법이 없었다. 얼마 후 우역간이 화신의 말을 경청하다 말고 슬며시 끼어들었다.

"조정에 이래저래 예산이 많이 필요한 때일 텐데 나도 힘을 좀 보태고 싶소. 처남에게 은자 일만 냥을 받을 게 있는데 화 대인께서 대신 받아 조정에 공납해 주셨으면 하오."

국태가 그 말을 듣더니 짐짓 통쾌한 척하면서 들고 있던 술잔을 단숨에 비웠다. 그러고는 손등으로 입을 쓱 닦더니 말했다.

"내 재산도 어지를 받고 수색은 했으나 아직 몰수는 하지 않은 걸로 알고 있소. 그중에 솔직히 외관들에게 받은 돈도 적지 않소. 일방의 봉강대리로서 재정 파탄의 책임을 피할 생각은 없소. 그러나 분명한 것은 전임자들이 남겨 놓은 적자도 상당 부분 있소. 아무튼 나는 압수당한 재산 전부를 조정에 내놓을 생각이오. 폐하께서 이 사람의 진심을 헤아려 주셨으면 하는 마음뿐이오! 청컨대 화 대인께서 대신 상주해주시오. 이 못난 사람이 폐하를 직접 뵙고 죄를 청할 수 있도록 다리를 놓아주신다면 죽어도 여한이 없겠소!"

"이제는 다 소용없소. 폐하를 직접 뵙는 게 그리 쉬운 일인 줄 아오?"

국태의 말이 끝나기 무섭게 화신의 얼굴에서 웃음기가 사라졌다. 어조 역시 냉랭했다.

"왕단망 사건이 터졌을 때 폐하께서는 누누이 조서를 내리시어 경종을 울리셨소. 그때는 다들 눈과 귀를 틀어막고 있었소? 폐하께서는 이치 쇄신에 유난히 민감하시오. 탐관오리들이 횡행하고 백성들의 원성이 날로 커져가는 데다 물가까지 천정부지로 치솟고 있소!"

화신의 낯빛이 다시 무섭게 굳어졌다. 말투는 서릿발처럼 차가웠다. 국태와 우역간은 아연실색한 표정을 한 채 젓가락을 내려놓지 않을 수 없었다. 두 눈이 휘둥그레지며 할 말을 잃은 듯했다. 기가 죽은 채 그저 마디마디 쇠망치 같은 화신의 말을 듣고 있는 것이 고작이었다.

"이치 쇄신은 분초를 다투는 일이오. 조정에서 강도 높은 정돈을 할 수밖에 없소. 두 사람뿐만 아니라 성경盛京 장군 색낙목책령索諾木策零과 신임 광동 총독 손사의도 도마 위에 올랐소. 노견증을 북경으로 압송하라는 명령도 내려졌소. 솔직히 기윤 대인이나 이시요 공을 비롯한 조정 대원들도 책임을 피해갈 수 없을 것이오. 이 마당에 두 사람은 어찌 폐하의 사면을 받을 요행을 바란다는 말이오?"

화신의 말에 국태와 우역간의 안색이 백지장처럼 창백해졌다. 충격이 워낙 컸는지 시야마저 뿌옇게 흐려지는 듯했다. 나중에는 태감처럼 반질반질한 화신의 수염 없는 턱만 바라볼 뿐 무슨 말을 하는지 들리지도 않는 것 같았다. 한참 후에야 국태가 중얼거리듯 한마디를 토했다.

"어찌 이럴 수가……?"

"느닷없는 주안상이 부담스러웠다고 했소? 나도 지의旨意를 받은 몸이니 어찌할 도리가 없소. 두 분은 잠시 자리에서 나오시오. 무릎을 꿇고 지의를 받아야겠소."

화신이 의자 등받이를 잡고 천천히 일어섰다. 그러고는 큰 소리로 명령을 내렸다.

"유전, 두 분 대인 앞에 책상을 설치하거라. 지의가 계신다!"

느닷없이 '지의'라니? 국태와 우역간은 순간적으로 온몸이 석고상처럼 굳어지고 말았다. 이어 죽은 시체처럼 기계적으로 책상 앞에 털썩 무릎을 꿇었다. 그러자 의관을 정제한 화신이 건륭의 조유詔諭를 낭독하기 시작했다.

짐은 전풍이 탄핵안을 올렸을 때만 해도 국태, 우역간의 죄질이 이 정도로 무거울 줄 정녕 몰랐노라. 유용과 화신의 수사 결과 이 둘은 은자를 삼키는 하마였다는 사실이 백일하에 드러났다. 백성들에게 기생한 탐욕스러운 기생충이라는 사실 역시 다르지 않았다. 경내에 왕염, 공삼과 같은 비적들이 들끓고 양민들이 타락의 심연으로 추락하기까지 이 둘의 추악한 짓거리가 원인을 제공했으니 짐은 결코 용서할 수 없다! 국태와 우역간에게 자결할 것을 명하노라. 그리해서 경내 백성들에게 사죄하고 진정으로 용서를 빌어야 마땅할 것이다! 경들의 죄명은 천하에 고시할 만한 가치조차 없다. 지금 천하의 백성들은 식육침피食肉枕皮의 한을 품고 있다. 이런 상황임에도 짐은 경들이 마지막 가는 길이라도 무사히 갈 수 있도록 배려하는 차원에서 죽음을 내리기로 한 것이다!

화신의 표정과 목소리는 무척 담담했다. 그러나 국태와 우역간은 벌써 반쯤 혼수상태에 빠진 뒤였다.

"정신을 차리시오! 폐하께 사은謝恩을 표하지도 않을 거요?"

화신이 물었다.

"망극…… 하옵니다……."

"여봐라! 두 분 대인을 부축해 일으키거라!"

화신이 한숨을 내쉬면서 덧붙였다.

"성의聖意가 워낙 단호하시니 나도 마음뿐이지 어찌할 도리가 없소. 자, 자네들은 두 분 대인이 승천昇天하시는 걸 시중들게. 필요한 물건들을 가져다 선택하시게 하라!"

화신의 말에 따라 '물건'이 등장했다. 시커먼 쟁반에 놓인 주전자와 술잔 두 개, 그리고 기다란 흰 띠 두 개 등이었다. 방 안팎에서는 20여 명이 사색이 된 채 두 사람을 지켜보고 있었다. 벽 앞에 우두커니 서 있는 유전의 두 다리 역시 주체할 수 없이 떨렸다. 순간 친병 한 명이 혼비백산한 두 사람의 앞으로 '물건'을 옮겨 놓으면서 떨리는 목소리로 말했다.

"선택하시죠."

국태와 우역간은 쟁반에 시선이 닿는 순간 몸을 사시나무 떨듯 떨었다. 순간 둘의 퀭한 두 눈에 죽음을 앞둔 자의 비애와 절망의 그림자가 스쳐 지나갔다. 두 사람이 갑자기 한 발 뒤로 물러서면서 화신을 노려본 것은 바로 그때였다.

"왜? 지의를 무시하겠다는 뜻이오?"

화신이 둘의 눈빛을 노려보면서 냉랭하고 소름 끼치는 웃음을 지었다. 이어 덧붙였다.

"봉강대리씩이나 해먹었다는 사람들이 뇌정우로雷霆雨露가 모두 군은君恩이라는 사실도 모른다는 말인가? 군주가 죽으라고 할 때 죽지 않는 것은 신하된 자의 불충이라는 것, 그것도 모른다는 말인가?"

국태가 그러자 피식 냉소를 터트렸다. 죽는 마당에 두려울 게 뭐가 있느냐는 듯 순식간에 담대하고 거칠어진 모습을 보인 것이다. 그는 화신을 노려보고 손가락질하면서 소리쳤다.

"나는 폐하께 차라리 능지처참의 형벌을 하사해달라고 주청 올릴 것이오. 이렇게 어영부영 죽는 것은 싫소!"

우역간도 악을 썼다.

"유 대인을 만나게 해주시오! 죽으라면 못 죽을 것도 없으나 당치도 않은 죄명까지 뒤집어쓰고 갈 수는 없소!"

화신이 코웃음을 쳤다.

"당치도 않은 죄명이라니? 폐하께서는 분노가 극에 다다라 계시오. 누가 감히 대신 아뢰어 줄 수 있겠소? 그리고 유용 대인은 현재 제남에 없소!"

"그럼 전풍이라도 만나게 해주오! 제양에 갔다면서? 쾌마快馬로 두 시간이면 도착할 수 있는 거리요!"

우역간이 외쳤다. 화신 역시 큰 소리로 우역간을 다그쳤다.

"중요한 업무가 있어서 간 사람이오! 그리고, 그가 돌아온들 달라질 게 뭐가 있다고 이러오?"

국태가 고함을 질렀다.

"나는 폐하께 아뢸 말씀이 있소! 이건 음모야! 누군가 폐하의 조서를 위조하여 살인멸구殺人滅口를 시도하는 것이 분명해!"

"누가?"

"바로 너, 화신!"

국태가 발악하듯 소리를 질렀다. 이어 다시 화신에게 저주에 가까운 욕을 퍼부었다.

"천벌을 받아 마땅한 놈 같으니라고! 버젓이 산동의 고은庫銀에서 칠십만 냥이나 뇌물로 받아 챙기고도 증거 인멸을 시도한다는 말이냐? 네놈이 그러고도 사람이냐? 내가 심부름을 보낸 자도 네놈이 죽였지?"

화신이 무섭게 탁자를 내리치면서 윽박질렀다.

"미친놈! 이제 보니 구제불능의 미친개로군! 나 화신은 당당하게 하늘을 이고 사는 사내대장부야. 청렴하고 공정한 호관好官이라고! 정 스스로 자결을 못하겠다면 내가 도와주지. 여봐라!"

친병들이 우르르 달려왔다. 화신이 큰 소리로 명령했다.

"주전자째로 쏟아 부어!"

화신의 명령이 떨어지자마자 대여섯 명의 친병이 다짜고짜 달려들었다. 그들의 행동은 신속했다. 또한 한 치의 망설임도 없었다. 하기야 화신이 국태의 눈 밖에 나 곤장을 맞고 쫓겨났던 자들 중에서 특히 원한이 깊은 몇몇을 골라왔으니 그럴 만도 했다. 친병들은 사정없이 두 사람을 포박하고 코를 비틀어 잡은 다음 버둥대는 둘의 입을 억지로 벌렸다. 이어 독주를 마구 쏟아 부었다. 꿀꺽! 꿀꺽! 두 사람은 꼼짝없이 독주를 마시고 말았다. 국태와 우역간은 괴롭게 몸을 뒤틀다가 힘없이 죽고 말았다.

"은자 스무 냥씩 추가로 상을 내린다."

화신은 두 사람의 풀린 동공을 확인하고 나서야 비로소 안도의 미소를 지었다. 극도의 긴장이 풀리면서 머리가 어지러웠다. 그는 순간적으로 몸이 나른해져 손가락 하나 까딱할 힘조차 없었다. 물론 기분만은 날아갈 것처럼 홀가분했다. 얼마 후 그가 어떻게 보면 억울하게 죽어간 두 사람의 시체를 다시 한 번 확인하면서 분부를 내렸다.

"유전, 자네는 내일 두 집에 부고를 전하고 시체를 거둬가라고 하게. 부의금은 각각 은자 이백사십 냥씩 내주게."

화신이 뒷짐을 지고 한숨을 내쉬면서 화청을 나섰다. 유전은 뒤따라 나오다 으스스한 느낌이 드는지 몸을 부르르 떨었다. 어느새 등골이 후줄근히 젖어 있었던 것이다. 그는 몇 번이고 화신을 훔쳐봤다. 그러나 화신은 마치 아무런 일도 없었던 듯 담담하기만 했다. 유전은 온몸에 한기가 스며들며 섬뜩한 느낌을 받지 않을 수 없었다. 자신이 이토록 음험하고 악독한 자를 그동안 주인으로 모셔왔다는 사실이 새삼 무섭게 느껴졌다.

곧이어 화신이 그의 속내를 꿰뚫어 보기라도 한 듯 땅이 꺼지게 한숨을 내쉬면서 입을 열었다.

"죄질이 너무 무거웠어. 나로서도 어찌할 수 없었네!"

그날 밤 화신은 날아갈 듯한 홀가분함과 더불어 뭐라 형언할 수 없는 불안 때문에 침대에 드러누웠으나 잠을 이룰 수가 없었다. 아니 눈이 갈수록 초롱초롱해지기만 했다. 그는 유전을 부르고 싶었다. 그러나 마땅히 할 말도 없었다.

급기야 그는 요리 몇 가지를 시켜놓고 혼자서 술을 홀짝거리기 시작했다. 몇 잔 마시자 가슴속에 남아 있던 불안감이 어느새 싹 사라지는 것 같았다. 주량이 약한 데다 빈속에 마셨으니 한잔 술에 이미 술상이 빙글빙글 돌아가는 느낌이 들었다. 그는 쓸쓸한 웃음을 지은 채 길게 탄식을 내뱉었다. 그러고는 혼잣말처럼 중얼거렸다.

"돈이라는 게 뭔지……, 좋기는 좋다……."

"돈이 좋기는 뭐가 좋다는 거요?"

화신이 술을 깨기 위해 혼미한 머리를 몇 차례 흔들 때였다. 뒤에서 누군가의 말소리가 들려왔다. 그는 취기가 올라 게슴츠레해진 눈빛을 한 채 뒤를 돌아봤다. 어느새 전풍이 들어와 있었다. 화신은 웃으면서 맞은편의 의자를 권했다.

"잘 왔소, 이리 와 앉으시오! 날 때부터 돈을 안고 나온 사람이 없고, 갈 때 가지고 갈 수도 없소. 개도 안 먹는 것을 무엇 때문에 사람들마다 그리 좋아할 수밖에 없는지 너무나 궁금하오. 가진 자는 그 맛을 알아 더 가지고 싶어 하고, 없는 자는 한이 맺혀 불나방 신세를 자초하면서 까지 긁어모으고……. 동주 대인, 돈이라는 게 도대체 무엇이오? 도대체 무엇이기에 세상 모든 분쟁과 반목, 갈등의 불씨가 되는지 모르겠소!"

전풍이 술잔을 들었다. 그러나 냄새만 맡고 인상을 찡그릴 뿐 마시 는 않았다.

"천고에 남을 좋은 질문이오. 그러나 이 질문은 국태와 우역간에게 했 어야 했소. 나는 돈이라는 것은 필요한 만큼만 있으면 된다고 생각하는 사람이오. 넘쳐나는 부분은 그것이 몇 백 냥이 됐든 몇 천 냥이 됐든 죄 다 무용지물이라고 생각하오!"

화신이 바로 맞장구를 쳤다.

"맞는 말이오! 황금 침대에서 잔다고 황금 꿈을 꾸는 것도 아니고, 장醬에 인삼 찍어먹는다고 해도 과하게 먹으면 목숨을 잃는 수가 있소. 그런데도 사람들은 어째서 돈만 보면 그렇게들 오금을 못 펴는 건지!"

화신의 말이 떨어지기 무섭게 갑자기 바깥 숲속에서 섬뜩한 괴성이 들려왔다. 느닷없이 한 무리의 귀신들이 팔을 내뻗으면서 화신을 향해 덮쳐왔다. 그 속에는 국태와 우역간도 들어 있었다.

"잘못 했어……. 잘못 했어……. 살려줘……. 내 말 좀 들어봐……."

화신은 자신도 모르게 살려달라고 비명을 질렀다. 그러고는 손이 발이 되게 빌었다.

"나리, 화 나리!"

그때 옆방에 있던 유전이 달려 나왔다. 화신은 두 다리를 번쩍 들었다 놓고는 괴롭게 몸을 뒤틀면서 허공을 향해 계속 헛손질을 하고 있었다. 유전은 황급히 화신을 흔들어 깨웠다. 악몽에서 깨어난 화신은 실눈을 뜨고 주위를 두리번거렸다. 촛불 밝은 방안은 아늑하고 조용했다. 귀신도 없고 국태와 우역간도 없었다. 그러나 화신의 입에서는 한동안 신음소리가 계속 이어졌다. 유전이 그를 보면서 천천히 입을 열었다.

"연주부에서 급한 문서를 보내왔습니다. 방금 전 대인이 다녀갔습니다. 염려하지 마십시오. 희소식이라고 합니다. 좀 더 누워 계시다 일어나세요."

5장
복강안과 화신

화신은 벌떡 자리를 박차고 일어났다. 이어 대충 신발을 꿰어 신고 공문결재처로 달려갔다. 과연 책상 위에 통봉서간通封書簡 한 통이 놓여 있었다. 화칠火漆로 밀봉하고도 모자라 압선壓線(바느질로 밀봉함)까지 한 편지였다. 겉봉에는 단정한 필체로 '화 대인 휘신'和大人諱珅(화 대인께서 직접 열어보십시오)이라고 적혀 있었다. 아래쪽 모퉁이에는 '가안돈수'柯安頓首라는 글자도 있었다. 연주부兗州府가 아닌, 연주부 산하의 제진提鎭 아문衙門에서 발송한 서찰이었다.

가안柯安은 화신이 친히 '키워' 지방의 관리로 내보낸 문생이었다. 사람 좋고 유능한 사람이었다. 그러나 화신은 그가 이렇게 달필인 줄은 미처 몰랐다. 아무려나 그가 가위로 편지 입구를 자르고 속지를 꺼내보자 제일 먼저 복강안의 평읍 대첩 소식이 한눈에 들어왔다.

이천 명 남짓한 적을 섬멸했습니다. 평읍성 북쪽 옥황묘 일대에 시체가 산처럼 쌓였습니다. 골짜기와 강마다 혈하血河가 얼어붙었습니다. 비적 두목 왕염과 공삼은 끝내 항복하지 않아 처단했다고 합니다……

편지는 계속 이어졌다.

빨리 진군해 협공을 하라는 명령을 받고 악호촌惡虎村에 이르러 보니 벌써 승전보가 들려왔습니다. 아쉬운 마음에 평읍으로 달려갔으나 참전 기회는 더 이상 없었습니다. 보국입공報國立功해서 중당의 위상을 드높여 드리지 못한 점 심히 유감스럽게 생각합니다!

확실히 며칠 동안 심심찮게 들려오던 첩보 소식은 소문이 아닌 사실이었다! 화신의 얼굴에 일순 실망스러운 빛이 스쳐 지나갔다. 저자들은 나 화신을 우습게 보는 거야! 내가 바로 코앞 제남에서 군무를 책임지고 있는데, 나에게 제일 먼저 첩보를 보내지 않았다니? 당사자들은 손목이 부러져 직접 편지를 보내지 않았다는 말인가? 가안이 개인적으로 서찰을 보내와서야 겨우 소식을 알게 되다니? 순간 그는 국태를 주살하라는 성유聖諭가 때마침 도착해 만고의 우환을 제거한 홀가분함을 만끽하기도 전에 무어라 형언할 수 없는 소외감을 느끼지 않을 수 없었다.

그동안 그는 관군이 수세에 몰려 빼도 박도 못하는 진퇴양난의 처지에 이르기를 속으로 수없이 기도했었다. 그러고는 자신이 참전해 국면을 반전시키고 대승을 거두는 꿈을 꿨다. 그런데 복강안이 이미 대승을 거뒀다니! 워낙 콧대 높은 복강안은 이제 더 안하무인이 될 것이 틀림없었다. 그 꼴을 눈꼴시어 어떻게 본다?

화신은 한참 동안 멍하니 앉아 있다 다시 서찰을 집어 들었다. 옹염이 군대를 위로하기 위해 입성했다가 전쟁의 참혹함을 목격하고 참담한 눈물을 흘렸다는 구절이 있었다. 그 밖에 부근의 각 산채 채주들이 모두 산채를 버리고 투항을 간청해오고 있다는 내용도 있었다. 이에 대한 건륭의 주비는 "황천패는 그중에서 재목을 분별해 수하에 받아들이라. 복강안은 곧 몽음蒙陰을 통해 제남濟南으로 돌아가라. 병사들은 개선가를 울리면서 북경으로 귀환하라"는 것이었다.

화신은 더 이상 읽고 싶은 생각이 없었다. 서찰을 팽개치듯 내려놓고는 잠시 생각에 잠겨 있다 심드렁하니 세수를 했다. 이어 아침을 먹는 둥 마는 둥 하고 상을 물렸다. 마침 유전이 전풍을 안내해 들어서고 있었다.

화신이 전풍을 보자마자 입을 열었다.

"잘 왔소, 안 그래도 청하려던 참이었소. 연주부에서 보낸 서찰을 받았는데 관군이 완승을 거두었다고 하오. 이천 명이나 섬멸했다는군! 우리는 복 도련님을 영접할 준비를 서둘러야겠소. 위로금도 내주고 사후 처리에도 박차를 가해야겠소!"

화신이 웃음 띤 얼굴로 가안의 편지를 가리키면서 말을 이었다.

"희소식이니 동주 공도 읽어보오!"

"오, 개인적인 편지였소?"

전풍이 의외라는 반응을 보이면서 편지를 집어 들었다. 간밤을 뜬눈으로 새운 듯 그의 얼굴에는 피곤한 기색이 역력했다. 눈자위는 움푹 꺼져 들어가고 눈 밑은 검푸르렀다. 그러나 편지를 읽으면서 차츰 미간이 펴졌다. 입가에는 웃음도 번졌다. 이어 그가 한 손으로 책상 모퉁이를 잡고 감격에 젖은 목소리로 말했다.

"복강안 도련님은 실로 명장의 후예답소. 속전속결로 화끈하게 갈아엎어버리는 걸 좀 보오. 하늘에 계신 부항 공이 이를 알면 얼마나 흐뭇해하시겠소? 사실 나는 어젯밤에도 걱정을 했었소. 불승불패不勝不敗의 지구전에 돌입하는 날에는 그보다 더한 시름거리가 어디 있겠소! 군량미는 군량미대로 낭비되고 말이오!"

"그러게 말이오. 나도 실은 쭉 그 걱정을 해왔소."

화신이 잠깐 침묵한 다음 한숨을 섞어 말을 이었다.

"그 밖에도 나는 역적들이 바다 건너로 도주할까봐 염려했었소. 폐하께서는 실로 성려聖慮가 고원高遠하신 분이오. 단호하게 국태를 주살하라고 명하신 것도 내가 보기에는 민심을 가라앉히기 위한 뜻이 내포돼 있는 것 같소."

전풍은 편지를 내려놓고 시선을 화신에게 돌렸다. 마치 그가 내뱉은 말의 진의를 가늠하는 것 같았다. 그러나 화신은 태연자약泰然自若했다. 어떤 질문도 두렵지 않다는 표정이었다. 전풍이 할 수 없다는 듯 먼저 입을 열었다.

"어지가 이렇게 빨리 내려질 줄은 몰랐소. 어젯밤에도 생각해봤지만 화 대인의 처사는 물론 한 치도 그릇됨이 없었소. 그러나 유용 공이 돌아온 연후에 처리했더라면 더 좋지 않았을까 하는 생각도 해봤소. 민심을 가라앉히기 위한 것이라면 만민이 보는 앞에서 공개적으로 처형하는 것이 더 낫지 않았겠소?"

화신은 조용히 웃기만 할 뿐 즉시 대답을 하지 않았다. 사실 그는 여태껏 솜뭉치에 바늘을 숨기거나 웃음 속에 칼을 품은 사람들을 많이 만난 바 있었다. 때문에 비록 아직 깊은 사이는 아니었으나 전풍이 예사내기가 아니라는 것쯤은 잘 알고 있었다. 그가 잠시 침묵한 다음 천천히 입을 열었다.

"공개처형을 하면 이를 갈던 사람들이 박수를 칠 것이오. 이치 쇄신에 대한 조정의 확고한 의지를 십분 반영할 수도 있을 것이오. 그러나 폐하께서는 '조정의 체면'을 고려하지 않을 수 없었을 것이오."

"사람은 이미 죽었소. 더 이상 논해봤자 무슨 의미가 있겠소."

전풍은 더 이상 말다툼을 하는 듯 슬쩍 말머리를 돌렸다. 이어 덧붙였다.

"복 도련님이 개선하셨으니 적지 않은 은자가 필요할 거요! 열다섯째 마마께서는 감금해뒀던 비적 가족들을 멀리 유배보내기로 했던 당초의 생각을 달리 해서 현지에서 '도호'^{盜戶}로 간주해 처벌하기로 했다고 하오. 민심을 안정시키기 위한 고육지책이기도 하겠으나 경비가 부담스러웠던 것 같소. 뇌봉안의 녹영을 다른 부대에 편입시킨 것도 돈을 아끼기 위한 것이 아닌가 싶소!"

화신은 전풍이 도대체 무슨 얘기를 하는지 알아들을 수가 없었다. 한참이나 멍한 표정으로 있던 그는 자신이 편지를 끝까지 읽지 않았다는 사실을 깨달았다. 그러나 내색은 하지 않고 말을 받았다.

"고은^{庫銀}에 손을 댈 필요는 없을 것 같소. 국태와 우역간의 가산을 압수한 것만 해도 충분할 테니 말이오. 유전, 이리 와 봐! 대충 얼마나 들지 우리 계산 좀 해보자고. 전 대인께서는 옆에서 잘 살펴주시오."

화신이 말이 끝나기 무섭게 당장 예산이 필요한 여덟 개 항목을 손가락으로 꼽았다. 이어 논공행상, 노군^{勞軍}, 전투 뒤처리, 진재^{賑災}, 휼황^{恤荒}, 황하^{黃河}의 조운^{漕運}, 수리^{水利}, 춘경^{春耕} 준비 등의 항목에 은자가 각각 얼마씩 필요할 것인지를 꼼꼼하게 계산했다. 더불어 어느 황무지를 개간해 뽕나무를 재배하고 어디에 전답을 일궈 예산을 뽑아낼 것인지에 대해서도 의논을 했다……

전풍은 원래 은자를 만들어내는 이재의 기술에는 완전 문외한이었다. 당연히 자신이 미처 생각하지 못한 부분까지 시원스럽게 짚어내는 화신의 이재술^{理財術}에 내심 탄복하면서 연신 고개를 끄덕였다. 화신이 '

덕이 부족한 팔방미인', '교언영색의 달인'이라는 혹평도 있으나 건륭의
총애를 받을 자격이 충분하다는 생각도 했다.

전풍이 이런저런 생각에 잠겨 있을 때였다. 화신이 웃음 띤 어조로
말했다.

"대강 이렇소. 그중 학전澗田과 염지鹽地를 다루는 데 나머지 십칠만
냥을 전부 쏟아 부어야겠소. 열다섯째마마께서 특별히 유의하시고 관
심을 갖는 분야라오. 국태 그자가 얼마나 무능하고 무지하기에 풍요의
대명사인 산동성을 글쎄 이 정도로 빈궁하게 만들어 버렸다는 말이오?
신임 총독은 아직 부임 전이니 우리가 군무, 정무, 재무 등 제반 분야에
관심을 기울여야 할 것이오. 수지타산을 잘 맞춰 양체재의量體裁衣(몸에
맞춰 옷을 재단함)해야 하오. 나중에라도 폐하께서 너희들은 산동에 죽
치고 있으면서 대체 해놓은 일이 뭐냐고 질타해오는 일이 없도록 해야
하지 않겠소? 물론 이는 나 혼자만의 생각이오. 모든 건 석암(유용) 대
인의 뜻에 따를 거요."

화신의 말에 전풍이 자신도 모르게 연신 감탄사를 토했다.

"정말 많은 걸 배웠소! 실로 감복해마지 않소. 내가 소문대로 운남이
나 광동으로 발령이 난다면 정무를 보는 데 크게 도움이 될 것 같소!
나는 화 대인의 말에 달리 이의가 없소. 아마 유 대인도 마찬가지일 거
라 생각하오."

두 사람의 의논이 이어지고 있을 때였다. 시위 형건업이 화칠을 한 문
서 한 통을 받쳐 들고 들어왔다. 두 사람은 복강안으로부터 정식 보첩報
捷 문서가 당도했다는 걸 알아차렸다. 둘은 약속이나 한 듯 자리에서 일
어났다. 화신이 겉봉을 뜯어 문서를 꺼냈다. 이어 먼저 읽어보고는 웃으
면서 말했다.

"유 대인은 모레 돌아오는가 보오. 복 도련님은 일주일 후 중군을 인

솔해 제남으로 왔다가 사흘 동안 머무른 후 귀경할 거라고 하오. 우리도 준비를 서둘러야겠소!"

전풍이 물었다.

"열다섯째마마 얘기는 없소?"

"열다섯째마마께서는 그곳에서 직접 귀경길에 오르신다고 하시오. 춘위春闈 전에 출발하실 것 같소."

화신이 알 듯 말 듯한 미소를 지은 채 다시 덧붙였다.

"열다섯째마마께서는 갈효화를 산동 안찰사로 임명하고 순무아문을 서리署理하게 해 주십사 하고 이미 주청을 올렸다오."

천하를 떠들썩하게 만든 부패횡령 사건과 반적 소탕전은 그렇게 성공적으로 마무리됐다. 화신은 여러 흠차들 중에서도 가장 마지막까지 남았다. 그러고는 자신이 언급한 여덟 가지 정무를 확실하게 다시 살폈다. 그러면서 덕주德州에서 써먹었던 방법을 또 한 번 써먹었다. 박돌천趵突泉, 흑호천黑虎泉 일대와 소청하小淸河 언덕께의 부지를 시중가보다 조금 싼 관가官價로 조장棗莊 일대의 광산 개발업자들과 강남의 갑부들에게 판 것이다. 이어 남경南京 진회하秦淮河의 사례를 본떠서 대대적인 토목공사를 벌였다. 그의 말을 빌리자면 "꽃을 심어 벌을 유인해야 꿀을 먹을 수 있지 않겠느냐"라는 식이었다. 한마디로 돈이 되는 것이라면 진루秦樓, 초관楚館, 극장 등 이것저것 가리지 않고 마구 건설했다.

'제남왕'濟南王이 '대도'大刀를 휘두르는데 감히 팔꿈치를 잡는 이는 당연히 없었다. 더구나 신임 안찰사 갈효화는 시키는 대로 고분고분 말을 잘 듣는 심부름꾼에 불과했다. 곁에서 가끔 수군거리는 소리가 들려도 그는 깨끗이 무시해버렸다. 화신은 갈효화가 잘 따라주고 제반 공사가 제 궤도에 진입하는 걸 보고 나서 비로소 귀경할 것을 주청 올렸다.

때는 봄기운이 완연한 춘삼월이었다. 냇가에서는 오리들이 신나게 물놀이를 하고 있었다. 붉은 복숭아꽃과 푸른 버드나무들은 앞을 다퉈 싱그러움을 자랑하고 있었다. 화신은 귀경길에서 아우 화림의 서찰을 받았다. 편지는 "조정에서 관리들에 대해 대대적인 물갈이를 할 것이라는 소문이 돌고 있으나 진위는 아직 알 수 없다"라는 말을 필두로 "형수님의 건강이 근자에 더욱 좋지 않다. 순간적으로 헛것을 보는 경우도 있어 심히 염려스럽다"라는 말로 매듭을 지었다.

아우의 편지는 화신의 기분을 망쳐버리기에 충분했다. 양춘가절陽春佳節의 경물을 감상하면서 일로一路에 춘풍을 타고 귀경하려던 생각은 다 빛 좋은 개살구가 되고 말았다. 그는 조급한 마음에 쾌마에 채찍질을 가하며 달렸다. 그러다 보니 어느새 북경 근교의 노하역에 당도했다. 3월 13일이었다.

어지를 받은 예부 사관은 이미 영접을 나와 있었다. 화림도 가인들을 데리고 반갑게 화신을 맞이했다. 귀경한 관리는 관례에 따라 군주를 알현하기 전에 먼저 귀가할 수 없었다. 그래서 화신은 노하역에서 인사치레로 간단하게 술 한 잔씩을 나누고는 "폐하께 뵙기를 대신 청해 달라"라는 부탁과 함께 예부 관리들을 보내버렸다. 그러고는 아우 화림을 불러들였다.

이제 막 신시申時를 넘긴 시각이라 그런지 서쪽에서는 제법 따뜻한 햇살이 비쳐 들어오고 있었다. 우중충한 겨울옷을 막 벗어 던지기 시작한 나뭇가지들은 동쪽 별채의 창문에 긴 그림자를 드리우고 있었다. 방안은 밖의 완연한 봄기운과 더불어 대단히 아늑하고 오붓했다.

곧이어 공작 보복孔雀補服을 입고 관모에 눈부신 정자를 단 화림이 들어왔다. 화신은 동생이 가례家禮에 이어 정참례庭參禮까지 올리려고 하자 손을 저으면서 말렸다.

"됐다, 그만 하거라. 저치들에게 인사를 받느라 지겨워서 혼났는데 너마저 이런 허례허식을 다 갖춰야겠냐? 그 개가죽부터 벗어서 내치거라. 편하게 앉아 얘기를 나누자꾸나."

화신은 적당히 욕설을 섞은 농담을 하면서 먼저 관포官袍를 벗었다. 그러고는 말을 이었다.

"개가죽을 벗어보는 게 얼마만이냐? 무거워서 죽을 뻔했어. 좌우지간 내일은 폐하를 알현하고 오매불망 그리던 집으로 가게 됐으니 기분은 좋구나. 헌데 취병翠屏이와 다른 하녀들이 보이던데, 걔들은 뭐하러 데리고 왔어? 민망스럽게! 우리 아들은 잘 있느냐?"

"고놈 참, 이제는 제법 컸노라고 샐쭉샐쭉 웃고 그래요. 어제는 고기를 다져 넣고 만든 죽을 몇 순가락이나 떠먹었다고 유모 입이 함지박만해져 있던데요. 형님을 닮아 다리 힘이 엄청 좋답니다. 아마 머지않아 걸음마를 뗄 것 같습니다."

화림이 밝은 표정으로 덧붙였다.

"그리고 쟤들은 형수님이 보냈습니다. 밖에서 제대로 시중드는 사람도 없이 옷이나 제대로 빨아 입었겠느냐면서 형수님께서 걱정이 태산 같습니다. 이불이니 갈아입을 옷가지들도 챙겨왔습니다. 내일 폐하를 알현할 때 기왕이면 깨끗한 모습을 보이는 것이 좋지 않겠습니까!"

화신은 안락의자에 반쯤 몸을 기댔다. 이어 미소를 지으면서 아우 화림을 아래위로 훑어봤다. 두 형제는 체구가 비슷했다. 얼굴형이나 이목구비 역시 서로 닮아 있었다. 다만 화림은 수염을 기르고 있기 때문에 화신보다 나이가 더 들어 보였다. 말투와 눈빛이 한동안 못 본 사이에 훨씬 더 노련해진 것 같았다. 화신이 화림의 말에 끼어들지 않고 한참 들어주고 나서 웃으면서 말했다.

"네 말을 들어보니 일단 안심이 되는구나. 네 형수가 크게 위태롭지는

않은 것 같아서 말이야. 해녕海寧이 웅담을 좀 구해놨다고 서찰을 보내
왔더구나. 원인 모를 열을 잡는 데는 그저 그만이라는데 아마 며칠 내
에 전해 받을 수 있을 거야. 좋다니까 먹여나 보지, 뭐! 그런데, 네가 이
형이 오기를 애타게 기다린 이유가 형수 때문만은 아니겠지?"

"조정에 인사이동이 있을 것 같습니다."

화림이 웃음기를 거두면서 말을 이었다.

"내정內廷의 조씨가 그러는데, 광동 쪽에서 이시요를 고소하는 밀주
문이 빗발치고 있다고 합니다. 구문제독 자리가 며칠 못 갈 것 같다는
군요. 그리고 왕이열이 《사고전서》 편수작업 부책임자에 위촉될 거라고
합니다. 또 노견증과 노종주盧從周 형제는 어제 북경으로 연행됐다는군
요. 군기처 장경 왕씨가 그러는데, 이번에는 기윤 중당도 무사하지 못할
거라고 합니다. 둘째마님이 스물넷째황숙 댁에 갔다가 들은 소리라는데,
누군가 노견증에게 재산을 압수할 거라는 기밀을 흘리는 바람에 그자
가 수많은 금은보화를 전부 어딘가에 감춰버렸다고 합니다. 그래서 노
견증의 부패, 횡령 사건보다도 기밀을 누설한 자를 색출하는 데 더 주
력하고 있답니다. 또 기윤 공이 부항 공의 문생이라는 이유만으로 그분
댁에도 비상이 걸렸다고 합니다. 오늘 입궐했다가 자녕궁慈寧宮에서 나
오는 공작부인公爵夫人(당아)을 누가 만났는데 안색이 많이 안 좋았다고
합니다. 복 도련님은 평읍에서 투항을 요청한 포로들을 무참하게 죽였
다는 소문도 나돌고 있습니다. 비적 두목 왕염도 죽은 게 아니라 대만
으로 도주했다는 소문이 있고요……. 아무튼 조정은 겉으로 보기에 잔
잔한 것 같지만 밑에서 광랑狂浪이 소용돌이치는 강물에 비유해도 과언
이 아닐 것입니다."

"잔잔하게 보이나 광랑이 소용돌이친다……?"

화신이 화림의 말을 곱씹으면서 덧붙였다.

"그럼 육부六部는 상대적으로 조용하다는 얘기인가?"

"예! 육부에는 제가 자주 드나드는 편인데요. 사관司官이나 당관堂官들은 아무것도 모르고 있습니다. 사람들의 대화를 들어봐도 달리 '음미'할 만한 내용은 없었어요. 상서들의 움직임이 어떤지는 잘 모르겠습니다."

화신은 앉은 채로 허리를 쭉 폈다. 사실 기윤이 무사하지 못하리라는 건 이미 전부터 알고 있던 바였다. 이시요에게도 '올가미'를 던졌으니 슬슬 걸려들 때도 된 것 같았다. 그러나 기윤과 이시요 둘은 건륭의 성총을 받는 데 있어 타의 추종을 불허하는 사람들이었다. 게다가 부항과도 인연이 깊었다. 섣불리 판단하지 말고 조금 더 지켜볼 필요가 있었다. 어찌 됐건 워낙 흙탕물이 짙고 깊어 아직 모든 것을 장담하기에는 일렀다.

화신이 그렇게 생각하고 난 다음 입을 열었다.

"명심하거라, 이 세상에서 가장 점치기 힘든 것이 관가의 부침이라는 걸! 그러니 무턱대고 요언妖言을 전하지 말고 남의 등을 떠밀어 물웅덩이에 처넣는 일도 하지 마라. 남의 불행에 박수를 치면서 좋아하지도 말거라. 이럴 때일수록 침착하게 지켜봐야 한다, 알겠냐? 그리고, 우민중에 대해서는 들은 바가 없어?"

화림이 즉각 대답했다.

"글쎄요. 워낙 고집불통이고 독불장군이니 말입니다. 아계가 군기처에서 우역간에 대해 조심스레 언급하자 그는 '골백번 죽어도 싸다'라고 한마디 퉁명스럽게 내뱉었을 뿐 다른 말은 일절 없었다고 합니다. 워낙 속이 깊은 사람이라 잘은 모르겠으나 속으로야 동생을 무척 증오할 테죠? 두말하면 잔소리 아니겠습니까?"

화신은 가타부타 아무런 말이 없었다. 잠시 침묵하던 그가 얼마 후 천천히 입을 열었다.

"먼저 가 보거라! 너의 형수와 오씨 누님께 거창하게 판을 벌이지 말

라고 전하거라. 집안 식구끼리 조촐하게 한 끼 먹으면 돼. 외부 사람들이
오면 모레 다시 오라고 해서 보내거라."

"벌써 엄청나게 다녀갔어요. 내일 또 올 겁니다."

화림이 자리에서 일어나려고 하자 화신이 당부했다.

"내가 몸이 안 좋아서 손님을 맞을 수 없다고 하거라."

"그러면 날고 긴다 하는 명의들을 다 불러올 위인들입니다."

"그럼 공무가 다망해 틈을 낼 여유가 없다고 하던가!"

"그중에는 정말 부탁을 거절하기 어려운 지인知人들도 있습니다."

"글쎄? 형의 말을 들으면 낭패가 없어!"

화림은 곧 가인들을 데리고 방을 나갔다. 화신은 그제야 비로소 안
방 침실이 있는 쪽에서 물소리가 나는 것을 들었다. 그는 자리에서 일어
나 그쪽으로 다가가 봤다. 하녀 취병이 거품이 잔뜩 인 대야에 손을 담
근 채 빨래를 하고 있었다. 그녀가 화신을 발견하고는 황급히 일어섰다.

"벌써 끝나셨어요? 제가 빨랫감을 가져왔어요. 그쪽 빨래방에서 빨았
다는 옷가지에도 땀 냄새가 그대로 배어 있어 다시 빨고 있어요."

화신이 빙긋 웃으면서 온돌 모서리에 슬쩍 걸터앉았다. 그러고는 한
마디 했다.

"유전의 솜씨가 그렇지 뭘!"

화신은 능글맞게 웃고 나서는 눈을 게슴츠레하게 뜬 채 취병의 몸을
샅샅이 훑었다. 원래 그녀는 정실부인 풍馮씨의 안방에서 바느질을 맡은
하녀였다. 화신은 그러나 워낙 일거에 하늘로 올라간 탓에 미처 '상부'相
府의 법도를 세우지 못한 상태였다. 화신의 집에서 부리는 하녀들이 주
인을 그다지 어려워하는 법이 없는 것은 바로 그 때문이라고 할 수 있
었다. 게다가 화신은 평소에 능글맞고 편하게 사람을 대했다. 상하 구분
없이 농담도 잘했다. 그런 그를 가인들은 하나같이 허물없이 잘 따랐다.

그러나 화신은 하녀들을 지금까지 여자로 본 적은 한 번도 없었다. 그런데 오늘따라 이상했다. 몇 개월 만에 보는 취병이 성숙한 여자로 보인 것이다. 더구나 바지를 무릎 밑까지 걷어 올려 드러난 종아리가 새하얗고 매끈한 것이 상당히 매력적이었다. 크지도 작지도 않은 맨발은 깨물어 주고 싶도록 앙증맞기까지 했다. 그새 다리도 더 길어진 것 같았다. 어디 그뿐인가. 적삼자락이 건뜻 들린 걸로 볼 때 가슴도 더 이상 '팥알'이 아닐 가능성이 높았다. 결정적인 것은 그녀의 갸름한 얼굴에 볼우물이 패어 전체적으로 청순하고 귀엽게 변했다는 사실이었다. 밖에서 풍진風塵에 나뒹굴면서 남자들 틈에서만 생활해오다시피 한 화신으로서는 풋풋한 아기오리 같기도 하고 막 익어 가는 분홍빛 복숭아 같기도 한 취병을 보자 가슴이 뜨거워지지 않을 수 없었다.

그러나 취병은 주인이 자신을 보면서 그런 음흉한 생각을 하고 있는 줄은 꿈에도 몰랐다. 화신의 눈길이 자신의 몸을 아래위로 훑어보기를 거듭하자 급기야 눈을 동그랗게 뜨고 물었다.

"나리, 어찌 그리 뚫어지게 보십니까?"

"어? 아……, 아니야"

화신은 음탕한 마음을 들킬세라 황급히 시선을 창밖으로 던졌다. 해는 이미 처마 밑까지 달려와 있었다. 천정天井 복도에 몇몇 친병들이 멍하니 서 있는 외에는 오가는 사람들도 없었다. 화신이 가볍게 미소를 지으면서 취병에게 지시했다.

"옷 좀 갈아입어야겠구나. 들어와서 잠깐 시중을 들거라. 쪽창을 내리거라. 바람이 아직은 차구나."

취병이 가볍게 한숨을 내쉬며 대답했다.

"그 부탁을 하시려고 사람을 그리 무안하게 쳐다보셨어요? 저는 또 뭐가 잘못 된 줄 알고 괜히 가슴을 졸였잖아요!"

취병이 까르르 웃으면서 쪽창을 닫고는 재빠르게 온돌로 올라갔다. 그러고는 무릎을 꿇은 채로 보퉁이를 풀었다. 화신은 바로 코앞에서 보퉁이 매듭을 푸는 취병의 하얀 옥수玉手를 뚫어지게 바라봤다. 처녀 특유의 체취가 취할 것처럼 코끝을 간지럽히고 있었다. 순간 그는 갑자기 온몸에 열이 나고 숨이 가빠오면서 점점 참기 힘들어지는 몸의 변화를 느꼈다. 급기야 취병이 겉옷 하나를 건네주자 그걸 받을 생각은 않고 그녀의 손을 와락 움켜잡았다. 그러고는 소리를 한껏 낮춰 말했다.

"취병아……, 뭘 보느냐고 물었지? 이걸 봤어."

화신은 어쩔 줄 몰라 하는 취병의 솜털이 보송보송한 얼굴을 살짝 꼬집고는 발가락을 만지작거리면서 덧붙였다.

"헌데 여기에는 뭐가 들었기에 이리 불룩하냐? 어디 보자……."

화신의 손이 급기야 하려 취병의 젖가슴을 범하기 시작했다. 그녀의 얼굴은 어느새 홍당무가 돼버렸다. 그러고는 우악스레 움켜잡힌 가슴을 내려다볼 엄두도 못 낸 채 그저 몸을 뒤틀기만 했다. 그러나 그럴수록 젖가슴은 더 아플 수밖에 없었다.

화신의 두 눈은 금방 불기둥이라도 치솟을 것처럼 욕정으로 번들거렸다. 취병은 어찌할 바를 몰라 가쁜 숨만 몰아쉬었다. 그러나 비명을 질러 도움을 청할 수도 없었다. 화신을 마구 쥐어뜯으면서 반항할 수는 더욱 없었다. 화신의 손은 그예 그녀의 젖가슴을 마구 주무르고 입술을 사정없이 유린했다.

"나리……, 아직…… 어둡지도 않은데…… 누가 보면 어쩌려고…… 이러시옵니까……."

하지만 화신은 더욱 힘을 줘서 취병을 끌어안았다. 이어 그녀의 귀에 바람을 불어넣었다.

"괜찮아! 감히 내 허락 없이 들어올 놈은 없어. 저것들은 다 내 발밑에 있다는 거 아니냐. 내 한마디에 인생이 달라지는 놈들이 얼마나 많은데 별 걱정을 다한다. 전에는 마님 곁에 있는 채병彩屛이가 괜찮아 보였는데, 오늘 보니 네가 훨씬 낫구나! 자……, 너도 심심할 텐데 이 막대기라도 잡고 놀거라."

화신은 더욱 노골적으로 변해갔다. 손은 벌써 하녀의 은밀한 곳으로 향하고 있었다.

"오늘부터 너는 내 거야! 머리 올려줄 테니 가만히 좀 있어. 아녀자는 뭐니 뭐니 해도 잠자리 시중만 잘 들면 되느니라. 동직문 밖에 마당 세 개짜리 사합원 한 채가 있거든? 그걸 너한테 줄게. 거기 가서 있어. 스물넷째복진 알지? 세상에 둘도 없는 멋쟁이잖아? 그보다 훨씬 멋있게 만들어 줄 테니……, 잘 만져……."

사실 취병도 화신이 싫은 것은 아니었다. 다만 감히 범접 못할 주인이라 그쪽으로는 전혀 생각을 해본 적이 없었을 뿐이었다. 하기야 자상하고 농담도 잘하면서 씀씀이도 큰 젊은 사내를 싫어할 여자가 세상에 어디 있으랴. 심지어 은근히 화신 앞에서 꼬리를 치는 하녀들도 적지 않았다. 그중에서도 연비燕比와 앵투鶯妬는 서로 화신의 총애를 받으려고 아슬아슬한 신경전을 벌이기까지 했다.

취병은 집안의 모든 여자들이 가슴을 두근거리면서 춘심春心을 불태우는 상대가 뜻밖에 자신에게 관심이 있다고 하니 기쁘기도 하고 두렵기도 했다. 그러나 이내 소녀의 쑥스러움과 민망함을 저 멀리 구중천에 날려버리고는 자신도 놀랄 정도로 고분고분하고 나긋나긋하게 화신에게 감겨들었다. 그 사이 화신의 바지춤은 점점 내려갔다. 사타구니에 매달린 시커먼 '막대기' 역시 취병의 은밀한 곳을 찾아 헤매기 시작했다.

취병의 입에서는 자신도 모르게 흥분과 두려움, 기대에 찬 가벼운 신음이 흘러나왔다. 바로 그때였다. 밖에서 느닷없이 발소리가 들려왔다.

유전이었다.

"나리, 기윤 대인께서 걸음 하셨습니다!"

순간 한데 엉겨 있던 두 사람은 기절초풍할 듯 놀랐다. 화신은 무릎까지 내려간 바지를 부랴부랴 끌어올리면서 벌떡 일어났다. 그러고는 황급히 대답했다.

"옷을 갈아입는 중이야! 곧 나간다고 기 중당께 이르거라!"

화신이 말을 마치고는 쑥스러워 몸을 웅크리고 있는 취병에게 다가갔다. 이어 못내 아쉬운 표정으로 취병의 발그레한 뺨에 쪽 입을 맞춘 다음 말했다.

"괜찮아. 옷 입어. 오늘밤……, 알았지?"

화신은 취병이 부랴부랴 옷을 주워 입는 사이 히죽 웃으면서 안방에서 나왔다. 기윤은 이미 문지방을 넘고 있었다. 화신은 황급히 한 걸음 앞으로 다가서면서 길게 읍을 해 보였다.

"오랜만입니다, 효람 공! 안 그래도 내일 폐하를 알현하고 나서 찾아뵈려고 했어요. 방금 눈꺼풀이 뛰기에 혹시 기윤 공이 오시는 건 아닌가 했는데, 역시나 저의 예감이 적중했습니다!"

화신은 마음에도 없는 소리를 하면서 서둘러 기윤을 자리로 안내했다.

"차를 가져오너라!"

"아니, 됐소."

기윤이 손사래를 쳤다. 이어 말을 이었다.

"방금 폐하를 뵈었소. 폐하께서는 '화신이 돌아왔다고 하는데 가보게. 괜찮으면 같이 사이관四夷館으로 오게. 여독이 심한 것 같으면 내버려두고!'라고 말씀하셨소."

화신은 기윤이 건륭의 어지를 전하는 대목에서 두 손을 앞에 모으며 공손한 자세를 취했다.

"말과 수레를 타고 앉아만 다니다 보니 엉덩이에 뿔이 나게 생겼는데 여독이라는 게 있을 리 있겠습니까? 사이관이라면 서직문西直門 안에 있지 않습니까? 같이 갑시다!"

화신이 말을 마치고는 곧 주위에 분부를 내렸다.

"말을 대기시켜 놓거라!"

화신은 그제야 뭔가 잊은 듯한 느낌이 들었는지 서둘러 기윤에게 아부를 했다.

"효람 공, 뭐 좋은 걸 혼자 숨겨놓고 드시기에 갈수록 젊어 보이시는 겁니까? 그동안 못 뵈었더니 적어도 이 년 반은 더 젊어지신 것 같습니다!"

"이 년이면 이 년이지 이 년 반은 또 뭐요?"

기윤이 하하하 크게 소리 내어 웃었다. 그러고는 손가락으로 화신을 가리키면서 덧붙였다.

"아무튼 아부의 귀재임에는 틀림없다니까! 약이 없어……."

기윤이 얼굴이 조금 붉어진 화신을 유심히 뜯어보더니 말을 이었다.

"화 공이야말로 춘풍이 만면하고 혈색이 대단히 좋아 보이네, 뭘! 혼자서 몰래 낮술이라도 한잔 한 거요?"

기윤은 말을 마치기 무섭게 발을 드리운 안방을 기웃거리는 시늉을 했다. 뜨끔해진 화신이 황급히 웃으면서 대답했다.

"역시 효람 공은 귀신이십니다! 좋은 술이 있어 혼자 몰래 홀짝거리던 중이었습니다. 나중에 근사한 자리를 만들어놓고 정중히 초대하겠습니다. 안 그래도 문득 기윤 공 생각이 나서 한 병 몰래 숨겨뒀다는 거 아닙니까!"

취병은 화신의 방문 뒤에 숨은 채 옷을 입고 머리를 매만지고 있었다. 그러다 바깥의 말에 가슴이 벌렁거렸다. 건넌방에서는 화신의 거짓말이 이어지고 있었다.

"밖에서는 술을 입에 대지도 않았었는데 집에 오니 갑자기 못 견디게 술 생각이 나서 말이에요. 주량도 약하면서 대낮부터 웬 청승인지! 그런데 효람 공, 사이관에 무슨 일이라도 있습니까?"

"아, 그게 말이오."

기윤이 화신과 함께 방에서 나와 천천히 뜰로 걸음을 떼어놓으면서 말을 이었다.

"영국에서 특사를 파견해 왔소. 마이클이라는 이가 공품貢品을 한 배 가득 싣고 온 모양인데, 폐하께 뵙기를 청하였다고 하오. 폐하께서는 아계 공과 복강안 도련님에게 연회를 베풀어 환대하라고 명하신 모양이오. 외국 사절단들이 번번이 오가지만 폐하께서도 이번에는 특별한 관심을 보이시는 것 같소. 우리도 가서 만나보라고 하셨소."

마이클이라? 화신에게는 귀에 익은 이름이었다. 만만찮은 상대라는 것도 알고 있었다. 그가 말없이 고개를 끄덕였다. 사실 그동안 그도 많이 변했다. 촐싹대면서 입안의 혀처럼 구는 얄미운 모습은 여전했으나 어딘가 모르게 노련미가 늘어나 보였다. 기윤은 내심 화신을 '대단한 친구'라고 평가하지 않을 수 없었다. 그가 다시 천천히 말을 이었다.

"그러나 도무지 우리의 예법을 받아들이려 하지 않고 있소. 폐하께 무릎을 꿇지 못하겠다니 돌아버릴 일이 아니고 뭐요? 대국 황제의 용안을 경앙敬仰하고자 수만리 해역을 헤치고 찾아왔다는 사절이 우리 대청의 예법에 순순히 따라주면 조정의 체면도 서고 참 좋을 텐데……. 일본, 조선, 부탄처럼 가까운 외번外藩들도 아니고 한 번 오기도 쉽지 않은 자들이 고집은! 세상의 희한하고 진귀한 보물들을 한 배 가득 실어왔다고 하는데, 대신 요구사항도 얼마나 많은지 모르오. 천주교를 전파하게 해

달라, 내지內地에서 장사를 하게 해 달라, 심지어 북경에 사절들이 머물 공관을 세우고 싶다……, 이러고 있소. 아무튼 준만큼 받아가겠다 이건데, 무서운 작자들임에는 틀림없소! 이런 선례는 조종가법祖宗家法에도 없고 공맹사서孔孟四書에도 없는데 이를 어찌하면 좋다는 말이오? 폐하를 알현해 한쪽 무릎만 꿇겠다고 부득부득 고집을 피우고 있다는 거 아니오! 하나는 꿇을 수 있는데, 둘은 왜 안 된다는 건지!"

잠자코 기윤의 말을 듣고 있던 화신이 숨을 들이마시면서 물었다.

"영국이라는 나라……, 여기에서 얼마나 멀죠?"

"그건 나도 잘 모르겠소. 우리의 군함으로는 몇 년은 가야 한다고 들었소."

"그럼 천애지각天涯之角에 있다는 말입니까? 인구는 얼마나 되고 땅덩어리는 얼마나 큰지……?"

"……"

기윤이 여전히 고개를 가로 저었다.

"부처님도 안 믿고 공맹孔孟도 모르고, 오로지 장사밖에 모르는 상인들이라고 들었을 뿐이오."

화신이 그러자 웃음을 터트렸다.

"간사한 자들치고 장사에 능하지 않은 자는 없습니다. 또 장사치들치고 간교하지 않은 자가 없다고 했습니다. 오죽하면 사농공상士農工商이라고 했겠습니까. 그러나 특별히 문제될 건 없다고 생각합니다. 모두 그놈의 돈 때문이 아니겠습니까?"

기윤이 차츰 짙어가는 저녁노을을 바라보면서 말을 받았다.

"처음 군기처에 들어왔을 때는 나도 그렇게 생각했소. 헌데 지금은 생각이 조금 바뀌고 있소. 우리 대청大淸이 곧 천하이고 세계라고 생각했는데, 우리와 많이 다른 삶을 살고 있는 또 다른 바깥세상이 있는 것 같소."

　두 사람이 말을 달려 서직문 내에 있는 사이관에 도착했을 때 날은 완전히 어두워져 있었다. 연회석이 파한 정청正廳에는 여덟 개의 용봉龍鳳 촛불이 방안을 환히 비추고 있었다. 아계는 중간 자리에 앉아 있었다. 또 복강안은 뒷짐을 지고 서서 동쪽 벽에 걸려 있는 자화字畵를 감상하면서 마이클의 말을 경청하고 있었다.

　두 사람이 나란히 들어서자 복강안이 뒤를 돌아보면서 고개를 끄덕였다. 아계와 마이클은 함께 자리에서 일어났다. 아계가 마이클을 향해 두 사람을 소개했다.

　"마이클 선생, 이쪽은 기윤, 저쪽은 화신, 둘 다 군기대신들이오."

　"마이클이라고 하오."

　마이클이 팔목에 검은 우산을 건 채 둘을 향해 가볍게 허리를 숙여 보였다. 그러고는 덧붙였다.

　"존귀하신 두 분 재상을 만나 뵐 수 있어서 영광이오. 방금 복강안 공작으로부터 두 분에 대해 소개받고 있었소. 기 대인은 대청제국의 으뜸가는 재학가이고, 화 대인은 유능하고 걸출한 인재라고 들었소. 거기다 젊고 준수하기까지 하다니, 실로 의외요."

　기윤과 화신은 흠칫 놀랐다. 마이클의 한어漢語 실력이 이렇게나 뛰어날 줄은 미처 몰랐던 것이다. 기윤이 호기심 어린 눈빛으로 마이클을 훑어봤다. 우선 좁은 바지를 착 달라붙게 입은 다리는 수숫대처럼 가늘고 길었다. 위에는 앞이 열리고 뒤가 벌어진 연미복燕尾服이라는 복장을 하고 있었다. 또 안에는 손이 베일 것처럼 빳빳하게 깃을 세운 흰 적삼(셔츠)을 입고 있었다. 키는 천장에 닿을 것처럼 싱겁게 컸을 뿐 아니라 얼굴도 매우 길었다. 움푹하게 꺼져 들어간 두 눈은 마치 고양이의 그것을 닮은 듯 시퍼런 빛을 발하고 있었다. 입술 위에는 노란 수염이 위로 말려 올라가 있었다. 무척 이색적인 생김새였다. 긴 얼굴, 긴 다리에 긴 몸, 한마디로 '길고 마르고 흰' 별난 '종자'였다. 기윤은 자신도 모르게 속으로 이자가 어느 극장에 들어가면 장내가 즉시 아수라장이 될 것이라는 생각을 했다.

그럼에도 복강안은 여전히 벽에 가득 걸린, 외이外夷들이 보내온 서화書畵에만 정신이 팔려 있는 것 같았다.

"지나支那(중국)의 풍광은 너무 황홀합니다. 저는 볼 때마다 도취되고는 한답니다."

마이클이 복강안을 힐끗 바라보고는 눈가에 주름을 잡으며 미소를 지은 채 계속 말을 이었다.

"나는 문명과 우의를 위해 먼 길을 온 사람이오. 북경까지 오는 길에 만난 각 성의 총독과 행정 장관들은 나에게 큰 배려를 베풀어 주셨소. 실로 고마웠소. 제일 좋은 방에 묵게 하고 맛있는 진수성찬을 대접하고 아름다운 경관들을 구경시켜줬소. 그러나 존귀하신 장관 여러분, 나는 도무지 이해할 수 없소. 그렇게 더할 나위 없이 잘해줬으면서 별일도 아닌 예의범절에 왜 그다지도 연연해하는지 모르겠소. 우리 영국에서는 위대한 여왕의 접견을 받을 때도 한쪽 무릎만 꿇고 여왕의 손에 입을 맞추는 것으로 최대의 경의와 애정을 표하고 있소. 나는 귀국의 번잡한 예의를 이해할 수 없소!"

아계가 옅은 미소를 지은 채 마이클의 말을 다 듣고 나더니 천천히 입을 열었다.

"오면서 여기 저기 들러 많이 구경했다니 하는 말인데, 당신이 보기에 우리에게 뭐 부족한 게 있는 것 같았소?"

"아니죠. 귀국은 대단히 부유하죠. 부유하다 못해 전체 구라파歐羅巴

(유럽)가 질투하고 눈독들일 정도요! 내가 보기에는 부족한 게 하나도 없는 것 같소."

"그래서 하는 얘기인데 우리는 그쪽과 무역 관계를 맺고 싶은 마음이 눈곱만큼도 없소."

아계가 여전히 웃음을 머금은 채 덧붙였다.

"하늘이라는 이불을 덮고 자는 세상 모든 생령生靈들이 모두 우리 대청의 천자께 삼궤구고三跪九叩의 대례를 올리거늘 당신은 어찌해서 무릎을 꿇을 수 없다고 고집하는 거요?"

마이클이 의자에 앉은 채 그저 고개만 조금 까딱거리면서 대답했다.

"건륭황제를 존경하고 우러러보는 건 사실이오. 그러나 예의는 우리나라의 예의에 따르고 싶소. 물론 그대들도 우리나라에 와서 여왕의 접견을 받게 되면 과분하게 두 무릎을 꿇을 것 없이 한쪽만 꿇어주면 되겠소."

복강안이 드디어 마이클의 말을 더 듣고 있을 수 없다는 듯 차가운 얼굴을 돌렸다. 이어 오만하게 턱을 치켜들고 일갈했다.

"어찌 그리 허튼소리만 하고 있는 거요? 당신들이 뭘 안다고 예법을 운운하는 거요? 우리는 그쪽 여왕을 만날 때 한쪽 무릎도 꿇을 필요 없소. 그러나 그쪽은 우리 폐하를 알현할 때 반드시 두 무릎을 꿇어야 하오. 팔월 십삼일은 대청의 천자이신 건륭황제의 성탄이시오. 운 좋게 그때의 성회盛會에 참가하게 됐으니 똑똑히 보아두오. 어느 나라의 국왕과 사절들이 두 무릎을 안 꿇는지 말이오!"

눈치 빠른 마이클은 젊은 '공작'이 자신을 극도로 멸시한다는 것을 진작부터 알고 있었다. 그러나 전혀 아랑곳하지 않은 채 껄껄 웃음을 터트렸다.

"우리는 평등한 사이인 줄 알았는데, 그렇지 않은가 보오? 만약 당신들에게 우리처럼 빠르고 힘센 철갑鐵甲의 화륜선火輪船이 있었다면 아마 만리 광도狂濤를 가르고 우리나라에 열두 번은 더 쳐들어왔을 것 같소. 분명히 알려주고 싶은 게 있소. 그건 바로 우리 모두가 평등하다는 사실이오. 오만과 무지, 편견은 당신들의 시야를 흐리게 할 수밖에 없소. 당신들이 더 멀리, 더 넓은 세계를 보는 데 방해가 될 뿐이지. 복강안 각하, 방금 시계를 들여다보던데, 그 시계가 과연 귀국에서 만든 거요?"

복강안이 분노에 찬 눈빛으로 마이클을 쏘아봤다. 성질대로라면 당장 시계를 땅바닥에 내던져 박살을 내고 싶은 눈치였다! 그러나 어사품御賜品을 감히 그렇게 할 수는 없는 일이었다. 그가 다시 냉소를 터트렸다.

"철갑선이 있으면 뭘 하오? 우리가 허락하지 않으면 철갑선이 아니라 철갑선 할아비라도 우리 해역에 들어올 수 없는 걸! 그리고 이까짓 시계가 없어도 태양은 매일 새롭게 떠오르고 우리는 아쉬운 게 하나도 없소!"

복강안이 쇠가죽으로 만든 장화소리를 크게 내면서 마이클에게 다가섰다. 동시에 집어 삼킬 듯 시뻘겋게 충혈된 눈으로 마이클을 노려봤다. 좌중의 사람들은 복강안이 자신보다 머리 하나는 더 큰 키다리 외국인에게 주먹질을 할까봐 걱정스럽게 쳐다봤다. 마이클이 그런 복강안을 한참이나 마주 보더니 슬그머니 그의 시선을 피했다. 이어 도움을 청하듯 아계를 향해 두 팔을 내밀면서 어깨를 으쓱했다. 그러고는 말했다.

"아시다시피 나는 우호사절이오. 나는 복강안 각하의 태도가 대단히 유감스럽소."

"두려워하지 마시오. 그렇다고 내가 주먹을 날리는 일은 없을 테니."

복강안이 피식 웃더니 곧 웃음을 거두고는 정색을 했다. 이어 덧붙였다.

"이 좋은 우피화牛皮靴를 신고 일부러 개똥을 밟을 일이 있소? 분명히 경고하는데, 당신들은 괜히 영악한 척하면서 꿍꿍이를 꾸미지 말라 이거야! 사람을 서장西藏에 보내 반선班禪 활불活佛에게 뭐라고 했소? 그리고 동인도공사東印度公司가 광동에서 무슨 짓거리들을 하고 다니는지 모르지 않겠지? 당신들은 힘으로 부탄을 집어삼켰어. 그 부탄이 우리의 속국이라는 사실을 몰랐다는 말이오? 또, 우리가 아편 무역을 금지시키고 아편과의 전쟁을 선언했는데 어째서 자꾸만 아편을 실어 나르는 거요?"

마이클이 허리를 곧게 펴고 숨을 길게 들이마셨다. 이어 고개를 저으면서 씁쓸하게 웃었다.

"생각보다 오해가 깊구먼! 우리는 그런 뜻이 아니었는데!"

이대로라면 협상다운 협상이 이뤄질 리 만무했다. 옆에서 지켜보던 아계가 급기야 무겁게 입을 열었다.

"오늘은 이만 하고 다음날 다시 마주 앉읍시다. 마이클 선생은 방으로 돌아가 쉬시오. 선교니, 장사니 하는 부탁은 지금으로서는 폐하께 대신 상주해드릴 수 없소. 우리 천조天朝의 제도상 모든 일은 군주의 윤허를 전제로 하고 있소. 당신이 이렇게 예법을 가지고 시시콜콜 따지고 드는 마당에 군주를 알현할 수 있을지도 의문이오. 군주를 알현하지 못하면 당신의 부탁은 전부 헛소리가 될 수밖에 없을 거요. 가서 쉬시오. 그리고 너희들도 명심하거라. 이분 마이클은 멀리서 온 손님이야. 절대 무례를 범해서는 아니 될 것이야!"

"예……!"

좌중에 서 있던 병사들이 아계의 말에 일제히 대답을 했다. 이어 마이클을 호위하면서 밖으로 나갔다.

아계를 비롯한 넷은 마이클이 물러가는 뒷모습을 보면서 어이가 없다는 듯 마주보고 웃었다. 방안에 외국 사람이 없으니 분위기도 다소 풀린 것 같았다. 기윤은 별 생각 없이 시선을 돌렸다. 서쪽 벽 아래 책상 위에 자명종 몇 개와 회중시계 한 무더기가 놓여 있는 것이 보였다. 그 옆에는 이름을 알 수 없는 구슬과 금목걸이도 수북히 쌓여 불빛 아래 에서 반짝반짝 빛을 발하고 있었다. 그가 말했다.

"따끔하게 잘 혼내줬소. 저런 자들은 우리 대청을 무서워하는 구석이 있어야 하오, 복 공자!"

기윤이 말을 마치고는 벽 쪽으로 다가갔다. 시계를 구경하던 그의 입 에서 놀라움에 찬 감탄사가 터져 나왔다.

"어쩌면 물건을 이렇게도 잘 만들었을까? 우리 장인匠人들은 신발을 벗어 들고 쫓아가도 못 따라 잡겠네!"

아계와 화신도 기윤의 말이 끝나기 무섭게 다가갔다. 그러나 복강안 은 안락의자에 반쯤 드러누운 채 천장을 올려다보면서 조롱 어린 말투 로 비꼬았다.

"다 도금이죠! 얼마나 쫀쫀한 것들인데요."

화신이 웃으면서 말을 받았다.

"조금 전에는 도련님께서 쇠주먹이라도 날릴 태세여서 적이 불안했 습니다!"

복강안은 그러나 화신은 거들떠보지도 않았다. 대신 앞에서 했던 말 을 계속 이어 나갔다.

"뭘 먹으라고 가져다주는 것도 잘 검사해보고 먹어야겠어요. 독이 들 어 있는지도 모르니까요! 저자들이 서장에서 불순분자들을 책동해 반 란을 꾸며온 세월이 한두 해가 아닙니다. 달라이 라마와 반선 활불이 떡 하니 버티고 있지 않았다면 벌써 무슨 일이 나도 열두 번은 났을 겁니 다! 우리는 저들에게 비단이니 자기瓷器, 대황大黃 등 쓸 만한 물건만 주 는데, 저자들은 우리와 할 거라고는 아편장사밖에 없다잖아요. 그게 장사를 빙자한 다른 목적이 있는 게 아니고 무엇입니까? 젠장!"

복강안이 또다시 홍분했다. 그러자 아계가 도금이 된 자명종을 만져 보면서 말했다.

"이럴 때일수록 진정해야 하오. 조금 전에 따끔하게 일침을 놓았으면 됐소. 이 자명종은 한쪽 귀퉁이에 세워놓으면 제법 볼만하겠는데? 우민 중의 것까지 챙겨온 걸 보면 자기 딴에는 꽤 신경을 쓴 것 같소. 폐하께 서는 이 특사를 예사롭게 생각하지 마시오. 몇 번 겪어보니 러시아보 다 더 상대하기 힘든 자들이오. 감히 어디라고 천축국天竺國(인도)에 마 수를 뻗치고, 그것도 모자라서 부탄국을 점령한다는 말이오. 여타 속국 들과 달리 욕심도 무지하게 많은 자들인 것 같소. 꼭 두 무릎을 꿇게 만 들려고 승강이를 벌일 필요가 없을 것 같소. 공정公庭에서 납공納貢을 하 고 표表를 받들어 칭신稱臣하는 것 정도라도 대단한 거라고 생각하오."

화신은 그순간 선배 군기대신들과 복강안이 자리한 마당인 만큼 말 조심을 해야겠다는 생각을 하고 있었다. 왜 그런지는 모르겠으나 복강 안이 그에게 좋은 낯빛을 보이지 않는 상황에서는 더욱 조심해야 할 것 같았다. 아무려나 그는 징소리에 맞춰 북을 두드리듯 적당히 응수했다.

"조급해할 건 없을 것 같습니다. 자기 나라를 떠나 만리 길을 온 자가 어떤 가능성인들 미리 생각해보지 않았겠습니까? 시간을 끌어봤자 그 가 똥줄이 타면 탔지 우리가 초조해 할 건 없을 것 같습니다."

화신은 말을 마치고는 손을 내밀어 자명종의 추를 살짝 건드려봤다. 어느 곳을 건드렸는지 아니면 마침 시간을 알릴 때가 됐는지 어디선가 갑자기 상쾌한 음악소리가 들려왔다. 그 소리는 새들이 지저귀는 것 같 기도 하고 심산유곡의 샘물이 재잘대면서 흘러가는 것 같기도 했다. 얼 마 후 자명종의 좌우 양측에서 청동으로 만든 두 개의 꼬마 인형이 미 끄럼틀을 타듯 쪼르르 내려왔다. 그러고는 목각 인형처럼 사람들을 향해 깍듯이 읍까지 해 보이고는 돌아서서 다시 문 안으로 들어가 버렸다. 마치 약속이라도 한 듯 다른 자명종에서도 똑같은 현상이 벌어졌다. 방안에는 삽시간에 새소리와 물소리가 가득 찼다.

무슨 시계가 이리도 요란스러울까? 군기대신들은 처음 보는 물건이 너무 신기하고 재미있고 놀라웠다. 그들의 연이은 경탄에 자리에서 반쯤 일어난 복강안 역시 신기해하는 듯했다. 그러나 이내 콧방귀를 뀌면서 말했다.

"순 기기음교奇技淫巧로 누구를 현혹해 보겠다는 거야? 내가 보기에는 저들의 여왕도 망국을 초래하기 십상이네요!"

복강안의 말에 한껏 들떠 있던 군기대신들은 냉수를 한 바가지를 뒤집어쓴 듯 침묵을 지켰다. 삽시간에 흥이 깨지고 만 것 같았다. 그런 어색한 분위기를 깨려는 듯 아계가 힘껏 기지개를 켜면서 말했다.

"목록을 작성해서 올려 보내야겠소. 나는 오늘 저녁 군기처 당직이오. 치재致齋(화신)도 오느라 힘들었을 테니 일찌감치 역관으로 돌아가서 쉬시오."

화신이 아계의 말에 자명종을 쳐다봤다. 아니나 다를까, 시침이 벌써 해시亥時 정각을 가리키고 있었다. 곧 그가 아계를 쳐다보면서 입을 열었다.

"문화전文華殿에 보다 만 책이 있어서 가지러 가야 됩니다. 같은 방향인 가목佳木(아계) 공께서 저를 좀 태워주셔야겠습니다. 가마가 고장이 나서 수리하러 보냈거든요!"

화신은 이어 내내 자신에게 말 한마디 걸어오지 않고 눈길도 주지 않는 복강안에게 다가가 인사를 했다.

"그럼 저도 가보겠습니다. 댁에 돌아가시면 태부인(당아)께 제가 금명간 꼭 문후 올리러 찾아뵙겠다고 전해주십시오. 돌아가신 큰 공작 어르신의 묘소에도 다녀올 생각입니다."

복강안은 여전히 앉은 그대로 움직이지 않았다. 말도 짤막하게 했다.

"가목 공, 효람 공. 두 분은 먼저 가세요. 저는 치재하고 잠깐 할 얘기가 있어 조금 있다 가겠습니다."

기윤과 아계는 복강안의 말에 바로 자리를 떴다. 화신은 기윤과 아계를 뜰까지 배웅하고 돌아와서는 복강안에게 물었다.

"요림瑤林 공, 하실 말씀이……?"

그러나 복강안은 여전히 앉은 자세 그대로 움직이지 않고 있었다. 얼굴 표정도 딱딱하게 굳어 있었다. 화신이 어색한 분위기를 깨고자 웃음을 띠우며 다시 말했다.

"큰 공을 세우셨으니 구천에 계시는 부상(부항)께서 얼마나 기뻐하시겠습니까? 헌데 정작 당사자이신 공작 대인께서는 안색이 그리 밝아 보이지 않습니다?"

"물러가 있어!"

복강안이 화신의 아부에 반응을 보이는 대신 주위의 친병들에게 명령을 내렸다. 이어 자리에서 일어나 화신에게 다가갔다. 화신이 두근두근 떨리는 가슴을 달래면서 억지웃음을 지었다.

"제가 마이클도 아닌데 어찌 그런 눈빛으로 보십니까? 잘못이 있으면 따끔하게 지적해 주십시오. 제발 주먹만은 날리지 마십시오. 제 가슴뼈는 닭갈비이거든요!"

복강안은 화신의 농담에도 아랑곳하지 않고 여전히 굳은 표정을 풀지 않았다. 이어 화신을 뚫어지게 바라보면서 말했다.

"까불지 마! 아무리 창자가 십만 팔천 리이고 위장술이 뛰어나다고 해도 내 대나무 꼬챙이는 당해내지 못할 걸?"

"도련님!"

화신이 눈을 휘둥그레 뜨고는 연신 뒷걸음질을 쳤다. 이어 공포와 황당함을 감추지 못하면서 물었다.

"지금 무슨 말씀을 하시는 겁니까? 뭔가 오해가 단단히 있는 것 같은데, 저는 도무지 영문을 모르겠습니다."

"몰라? 이시요 공의 일은 어찌된 건가? 누가 눈먼 돌을 던졌지? 그리고 기윤 공에게도 말이야!"

복강안이 이를 빠드득 갈았다. 이어 다시 덧붙였다.

"대체 머리통을 몇 개나 이고 다니는 거야? 어쩌자고 그리 겁대가리 없이 구느냐고!"

아아, 그것 때문에 저리 포악을 떨었구나! 화신은 그제야 속으로 한숨을 돌리면서 대답했다.

"이시요 대인의 일은 저도 잘 모릅니다. 기윤 대인에게도 결코 돌을 던진 적이 없습니다! 어떤 간신배들이 도련님께 무슨 말을 했는지는 모르겠습니다만 저 화신은 목에 칼이 들어와도 아닌 건 아닌 당당한 사내대장부입니다!"

화신이 말을 마치고는 분노로 일그러진 얼굴을 문께로 홱 돌려버렸다. 복강안의 시선을 외면한 것이다.

"우리 대청에 대체 기윤 대인 같은 사람이 몇 명이나 있다고 감히 그분에게 마수를 뻗쳐?"

"도련님, 맹세코 저는 아닙니다. 그런 사람이 있다면 바로 도련님 자신입니다!"

복강안이 화신의 엉뚱한 말에 손가락으로 자신의 코를 가리키면서 물었다.

"나라고? 지금 나라고 했어?"

화신은 노기가 가득한 복강안을 향해 또박또박 대꾸하기 시작했다.

"예, 그렇습니다. 북경을 떠나오기 전에 기윤 대인과 국태 사건에 대해 언급하니 도련님께서 뭐라고 하셨습니까? '단단히 혼을 내주라'라고 말씀하시지 않았습니까? 기억나시죠?"

복강안은 그만 말문이 막혀버리고 말았다. 기억력이 뛰어난 그가 몇 년 전의 일도 아니고 바로 몇 개월 전의 일을 기억 못할 리 만무했던 것이다. 그때 당시 그는 분명히 이를 갈면서 그렇게 말한 바 있었다.

"그리고 제남에서 비적 소탕 작전을 펴면서 매일 같이 있을 때도 도련님께서는 그 뜻을 바꾸지 않으셨습니다!"

복강안의 낯빛이 차츰 흔들리기 시작했다. 화신이 몰래 한숨을 지으면서 말을 이었다.

"제가 기윤 대인과 노견증 공의 뒤를 캐도록 지시한 건 사실입니다. 허나, 저는 공사公私 모두 당당하고 부끄러움이 없는 사람입니다. 공의公義만 따져도 그렇습니다. 기윤 대인은 다년간 국가의 중추기관에 몸을 담고 있는 보정대신輔政大臣이기는 하나 가인들을 종용해 가산家産을 불렸습니다. 그 와중에 무고한 인명피해까지 나게 했습니다. 이는 명백한 증거가 있는 사실이죠? 노견증 공은 염운사鹽運使로 있는 동안 엄청난 재정 손실을 발생시켜 놓고도 본인은 뒷구멍으로 온갖 실리를 다 챙겼습니다. 참으로 후안무치하고 탐욕스러운 자입니다. 그런 노견증 공은 기윤 대인의 사돈이고요! 아직 기윤 대인이 노견증 공을 비호했다는 확증은 없으나 언젠가 모든 것이 백일하에 밝혀질 날이 올 겁니다. 기윤 대인이 청렴결백하다면 저는 제 눈알을 파서 도련님께 바치겠습니다!"

화신이 복강안의 표정 변화를 살피면서 말을 이었다.

"그때 당시 저는 기윤 대인에 대해 칼을 뽑아들 의사를 밝히신 도련님에 대해 탄복해마지 않았습니다. 기윤 대인과 부가傅家의 수십 년 교분을 알기에 더욱 그러했습니다!"

화신은 어인 일인지 눈물까지 보이고 있었다.

"저는 비록…… 돌아가신 공작 대인께서 손수 키워주신 문생은 아니나 부씨 댁에 대한 정이 남다른 사람입니다. 도련님에 대한 충성과 경의도 가슴속에 차고 넘칩니다. 저는 결코 도련님과 공작 대인께 악감정을 품고 애꿎은 이시요 공과 기윤 대인에게 분풀이를 할 못난 놈이 아닙니다. 하늘이 알고 땅이 압니다! 제가 그들과 척을 진 일도 없고 원수를 진 일도 없는데 굳이 매장시킬 일이 뭐가 있겠습니까? 오늘 저는 도련님을 비롯한 여러 군기대신들의 냉대에 가슴이 미어지는 것 같았습니다. 돌이켜보면 한낱 별 볼 일 없는 말단이 낙하산을 타서 이 자리까지 올랐으니 우습고 하찮게 여기는 시선도 어느 정도는 감내해야 한다고 생각했습니다……. 도련님, 산다는 것이 무엇이고 승관발재昇官發財가 무엇인지 저는 괴롭기만 합니다."

화신이 말을 마치고는 손등으로 비 오듯 흐르는 눈물을 닦아냈다. 워낙에 그럴 듯해서 그 모습만 보면 일부러 연기를 하는 건 아닌 듯했다.

사실 복강안은 안주머니에 화신에 대한 탄핵의 글을 품고 있었다. 실제로 그의 명성과 위망, 그리고 변함없는 성총으로 미뤄볼 때 화신 같은 사람 한 명을 매장시키는 것은 식은 죽 먹기였다. 그러나 그는 화신의 언변에 마음이 흔들리기 시작했다. 미움이 썰물같이 물러가는가 싶더니 그 자리에 감동도 밀려오고 있었다. 복강안의 눈빛은 한결 부드러워졌다. 그러나 쉽게 잘못을 인정하고 싶지는 않은 듯했다.

"사내대장부라면서 무슨 눈물이 그리 헤프오? 군기처에서 누군가 그대 뒤통수를 쳤을 거라는 오해는 하지 마오. 그런 일은 절대 없으니까. 고참 군기대신들이 정력이 남아돌아 별 볼 일 없는 새내기에게 싸움을 걸겠소?"

"도련님께서 제 마음을 풀어주시니 더 이상 바랄 게 없습니다. 염려놓으세요. 도련님께서 걱정하시는 일은 없을 것입니다."

복강안이 다시 입을 열었다.

"아계 대인과 기윤 대인은 그대가 제남에 있을 때 주루酒樓와 기방妓房을 잔뜩 지어놓고 기생들을 무리로 끌어들여 미풍양속을 해친다 해서 못마땅해 할 뿐 다른 불만은 없었소. 허나 나는 그걸 문제 삼을 생각이 없소. 선조 때의 이위李衛도 남경 관리들이 저질러놓은 재정적자를 진회하 강변의 주루와 기방에서 만회했잖소! 기윤 대인은 공맹의 문생이오. 아계 대인 역시 군중에서 돌아온 뒤 쓸데없이 공자 왈, 맹자 왈만 외우고 다니는 도학파가 다 됐으니 어쩌겠소? 그분들의 입장에서야 기절할 소리지! 아니 그렇소?"

복강안은 아계와 기윤을 은근히 감싸고돌았다. 총명한 화신이 그걸 모를 리 없었다. 그는 대범하게 웃어넘겼다.

"검은 고양이든 흰 고양이든 쥐만 잘 잡으면 좋은 고양이 아니겠습니까. 모로 가도 북경에만 당도하면 된다고 했습니다. 기생들의 주머니를 털어 공장工匠들을 구제하고 기방에 출입하는 멋에 사는 족속들이 환락의 대가를 조금씩 지불해 이재민들을 돕는 것은 자랑까지는 아니어도 나쁠 건 없다고 생각합니다. 내일 폐하를 알현해서도 이렇게 말씀드릴 겁니다. 워낙 먹물이 부족하니 어쩌겠습니까!"

복강안이 화신의 말에 하하하! 하고 소리 내어 웃었다. 그 순간 화신이 혼잣말처럼 중얼거렸다.

"그런데 대체 누가 이시요 공의 뒤통수에 방망이를 휘둘렀다는 말입니까?"

"원래 그런 법이오. 일을 하다 보면 어찌 까다로운 입맛들을 백이면 백 다 맞출 수 있겠소? 가끔씩 본의 아니게 불씨를 심는 경우가 있소. 내가 하는 일에 찬성하는 사람이 있는가 하면 눈꼴시어 하는 자도 있을 거라는 말이지. 마치 그대가 국태와 우역간을 죽인 데 대해 모든 이들이 박수를 치는 게 아닌 것처럼 말이오. 기윤 대인과 이시요 공은 관직에 몸담은 기간이 워낙 기니 적당한 자극을 받는 것도 나쁘지 않소. 그래야 해이해지는 걸 예방할 수도 있고 말이오."

화신은 미소를 머금은 채 복강안의 말속에 숨어 있는 진의를 곰곰이 더듬어봤다. 국태와 우역간을 처단한 일에 대해 박수를 치지 않았다는 사람은 우민중을 두고 한 말인 것 같았다. 아무리 내색을 하지 않는다고는 하나 우역간은 누가 뭐래도 우민중의 아우였으니 그의 심기가 편할 리 없었다. 그러니 이제 우민중과 평화롭게 '공사共事하기는 다 글러먹었다고 해도 좋았다. 그러나 '적당히 자극을 받은' 기윤과 이시요와는 아직 잘해 볼 가능성이 남아 있었다. 그는 그렇게 복강안의 말을 이해했다.

화신은 복강안이 가볍게 내뱉은 말을 곰곰이 음미하고 나서 대답했다.

"부상께서 안 계신 뒤로 군기처는 인사가 얽히고설킨 것이 통 정신을 못 차리겠습니다. 자신의 위치에서 진력하는 수밖에요. 도련님께서 군기처로 입직하시면 참 좋을 텐데!"

"나는 들어갈 수 없소. 세습할 게 따로 있지 군기대신을 세습하면 국가와 개인 모두에게 좋을 게 없소."

복강안이 건륭의 훈육의 말을 떠올리면서 덧붙였다.

"나는 대시위大侍衛요. '화재'를 진압하는 구조대일 뿐이오! 대청大淸 어느 구석에서든 문제가 생기면 즉시 두 주먹을 불끈 쥐고 달려가는 구조대 말이오."

6장

옹염, 춘위 시험에 합격하다

　건륭은 이튿날 이른 아침 양심전에서 화신을 접견했다. 건륭의 기분
은 좋을 수밖에 없을 것 같았다. 우선 국태와 우역간이 모든 죄를 인정
한 덕에 한시름 덜었다. 더구나 복강안이 평읍에서 비적들을 멋지게 소
탕해 심복心腹의 우환도 사라진 상태였다. 육부六部의 대신들은 그 때문
에 모두 명절을 맞은 기분으로 들떠 있었다. 산동성에서는 열다섯째황
자 옹염의 명성까지 하늘을 찌를 듯 자자했다. 평읍의 사후 처리 역시
착착 정해진 수순을 밟아가고 있었다. 각 지역의 천리교, 백련교, 홍양
교 등 사교邪敎 신도들도 웬일인지 말썽을 부리지 않았다. 정월보름날에
잠깐 소란을 피우고는 어디로 잠적했는지 잠잠하기만 했다. 그러니 화신
의 생각대로라면 건륭의 얼굴에는 광채가 만면해야 마땅했다.

　그러나 의외로 건륭은 초췌하고 기운이 없어 보였다. 얼굴 근육이 턱
아래로 처졌을 뿐 아니라 눈언저리가 시커멓게 꺼져 들어가 있었다. 그

뿐이 아니었다. 봄기운이 완연하고 화창한 바람이 부는 따뜻한 3월 중순임에도 불구하고 여전히 두툼한 양털조끼를 입고 온돌 위에 앉아 있었다.

아무려나 화신은 난각의 칸막이 병풍 앞에 있는 작은 걸상에 앉아 자신의 주사본奏事本을 들여다보면서 미리 연습했던 대로 거침없이 상주해 나갔다. 건륭의 주의를 환기시켜야 한다고 생각되는 부분에서는 일부러 어투에 힘을 줘가면서 아뢰었다. 그는 가끔씩 용안을 훔쳐보면서 그렇게 한 시간 남짓 보고를 올렸다.

입이 마르고 목이 아파왔다. 그러나 끝까지 흐트러짐 없이 상주할 내용을 다 아뢰었다. 그러자 안도감이 밀려왔다. 그는 몰래 숨을 몰아쉬면서 두 손으로 공손히 주사본을 왕렴에게 건네줬다. 이어 덧붙여 아뢰었다.

"이는 그동안 신이 제남에 있으면서 틈나는 대로 적어뒀던 찰기札記이옵니다. 외차外差를 나가 여왕벌을 잃은 일벌처럼 마구 쏘다니다 보니 폐하께서 읽어보시라고 한 책도 미처 다 읽지 못했사옵니다. 대충 끄적인 걸로 폐하께 부연 설명하려고 하오니 불안하기 짝이 없사옵니다."

"잘 썼네! 필체도 발전이 있는 것 같군."

건륭이 왕렴에게서 주사본을 받아 대충 몇 장 넘겨보고는 내려놓았다. 이어 말을 이었다.

"우리 만주족들은 조상을 잘 둔 덕분에 고생을 모르고 살아온 게 문제네. 음풍농월의 달인이라는 소리는 심심찮게 들으면서도 경제나 민생에 대해서는 문외한이니 걱정이네!"

건륭의 말을 뒤집어보면 "화신은 이재에 특출한 수완이 있다"라는 식으로 이해해도 좋을 것 같았다. 화신은 기분이 좋은 나머지 건륭의 말에 조심스레 웃어 보이면서 아뢰었다.

"지당하신 말씀이옵니다. 화림이 산동 포정사布政使 자리를 탐내기에 신이 한바탕 꾸지람을 해서 보냈사옵니다. 포정사의 직책이 뭔 줄이나 알고 겁 없이 덤비느냐고 따끔하게 훈계했사옵니다. 군, 관, 민을 두루 아우르면서 이끌어 나가야 하는 것이 포정사의 직책이거늘 너는 백번 죽었다 깨어나도 그런 능력이 없다고 기를 팍 죽여 버렸사옵니다. 폐하께서 말씀을 꺼내신 김에 신이 아뢰올 말씀이 있사옵니다. 신은 지난번 덕주부에서 대대적인 토목공사를 추진했던 경험을 살려 이번에 제남에서도 크게 공사를 벌였사옵니다. 이에 대해 일각에서는 신을 '언리지신' 言利之臣이라고 비난하고 있사옵니다. 심지어는 '민적'民賊이라고 매도하는 자들도 있사옵니다!"

건륭이 화신의 불평을 듣고는 빙그레 웃었다.

"남이 하면 '민적'이고 자기가 하면 '공신'이라고 착각하는 무리들이 의외로 많네. 그런 걸 일일이 신경 쓰고 마음에 담아두면 병이 나니 적당히 무시해버리게!"

화신은 건륭의 한마디에 천근이나 되는 등짐을 내려놓은 느낌을 받았다. 기분이 그럴 수 없이 좋아졌다. 사실 그는 내심 유용과 복강안이 뭐라 고자질을 한 게 아닐까 걱정을 했던 차였다. 또 전풍이 국태, 우역간 사건과 관련해 '해묵은 장부'를 들추지나 않았는지 가슴을 졸여온 것도 사실이었다. 그러나 건륭의 반응을 보니 그런 우려는 모두 부질없는 생각인 것 같았다. 다행히 성총은 여전하다고 해도 괜찮았다. 그는 속으로 안도의 숨을 내쉬면서 이럴 때일수록 얼음 위를 걷는 조심성을 잃어서는 안 된다고 굳게 다짐을 했다.

그가 그런 생각을 뒤로 한 채 다시 입을 열었다.

"폐하께서 못난 신을 두둔해주시니 몸 둘 바를 모르겠사옵니다. 천고에 길이 빛날 영웅적인 제왕을 섬기게 됐음을 삼생三生의 광영으로 여기고 맡은 바 업무에 진력할 것을 약속드리옵니다. 신의 계산에 따르면 제남과 덕주 두 곳에서 시장을 만들어 은자를 거둬들일 경우 해마다 적어도 칠십만 냥의 고은庫銀을 절약할 수 있을 것 같사옵니다. 한 개 성의 수입으로는 엄청난 액수가 아닐 수 없사옵니다. 공맹孔孟의 가르침대로라면 '중농억상'重農抑商이 마땅하겠사오나 산동은 끊임없이 이어지는 천재인화天災人禍로 인해 백성들이 아사 직전에 이른 상태이옵니다. 달리 자구책이 없는 상황에서 고지식한 우愚를 범하느니 당장 활로를 마련해주는 것이 좋다는 생각이 들었사옵니다. 그래서 임시방편으로 대대적인 토목공사와 시장을 만들어 은자를 거둬들이는 방법을 시도해 본 것이옵니다. 공맹의 가르침에 어긋나는 짓을 해서 물의를 일으킨 점을 대단히 죄송스럽게 생각하옵니다. 신을 공격하는 사람들의 입장도 역지사지해서 충분히 이해할 수 있사옵니다. 다만 신은 사정이 다르고 환경이 천차만별인 여타 성들에서 무작정 모방해 낭패를 볼까봐 심히 우려스럽사옵니다. 폐하께서 신의 마음을 헤아려주시어 온 천하에 어지를 내려주셨으면 하옵니다. 신이 산동에서 시행한 방법은 결코 타의 본보기가 될 수 없다는 내용으로 말이옵니다."

"과연 마음이 모발처럼 섬세하군."

건륭이 웃으면서 덧붙였다.

"짐이 경의 깊은 뜻을 알았으면 됐네. 특별히 어지라고 내리면 되레 예기치 않은 물의를 빚는 수가 있으니 긁어 부스럼을 만들 필요는 없네. 지금도 원명원圓明園 공사를 두고 노민상재勞民傷財(백성을 고달프게 하고 재물을 낭비한다)라면서 비난하는 자들이 있지 않은가! 마음에 두지 말게."

화신이 그러자 허리를 굽히면서 아뢰었다.

"'노민상재'라니요? 그건 실로 어불성설이옵니다. 폐하와 조정의 궁극적인 뜻이 '창명치화'彰明治化라는 걸 모르는 사람들이 뒤에서 왈가왈부하는 것이옵니다. 현실적으로만 봐도 원명원 공사현장에서 굶어죽는 위기를 모면하고 새로운 꿈을 키워 가는 사람들이 얼마나 많사옵니까? '노민'勞民없이 어찌 호구糊口를 유지할 수 있겠사옵니까? 국고가 넘쳐나 오래된 제전制錢은 묶었던 줄이 다 썩었다고 하옵니다. 거대한 공정을 통해 백성들에게 '노민'의 대가를 지불해주고 이들이 당당하게 살아갈 수 있도록 도와주는데 이보다 더 큰 인정仁政이 어디 있겠사옵니까."

건륭은 사실 여느 흠차를 대하듯 화신을 간단히 접견하고 물리칠 예정이었다. 그러나 화신의 논리 정연하고 이치가 뚜렷한 발언은 그를 감화시키기에 충분했다. 단순히 재정적인 분야에만 일가견이 있는 것이 아니라 인仁을 치국治國의 근본으로 여기는 공맹의 이론에 대해서도 나름 뚜렷한 견해를 펼치는 것이 예사롭지 않게 느껴졌다. 건륭은 흡족하고 대견스런 눈길로 화신을 응시했다. 보면 볼수록 옛날에 어딘가에서 비슷한 얼굴을 본 것 같다는 생각이 들었다. 순간 화신의 목 아래에 빨간 줄이 길게 나 있는 것이 건륭의 눈에 보였다. 건륭이 궁금한 듯 물었다.

"귀밑에서 목 아래까지 붉은 흔적이 남아 있는데, 혹시 관대冠帶가 조여 생긴 자국인가?"

"여기 말씀이옵니까?"

화신이 느닷없는 건륭의 질문에 손으로 턱 아래를 더듬어 만졌다. 그러고는 대답했다.

"……이건 태기胎記이옵니다. 태어날 때부터 있었다고 하옵니다. 다들 관대가 조인 흔적인 줄로 알고 있사옵니다. 전에 기윤 중당과 담소하는 자리에서 그분이 이런 얘기를 했사옵니다. 제가 전생에 틀림없이 대들보에 목을 매 자살한 원부怨婦(한을 품은 여인)였을 거라고 말이옵니다. 그러나 신은 갓을 쓰고 논에서 일하다 죽은 어느 농부가 아니었을까 생각하옵니다."

건륭이 웃음 띤 얼굴로 말을 받았다.

"다른 가능성도 배제할 수 없지 않은가! 예컨대 투구를 쓰고 전쟁터를 종횡무진 누비던 장군이었다든가……."

건륭이 눈을 끔벅이면서 기억 속에서 뭔가 더듬어내려고 애를 썼다. 그러나 마땅하게 떠오르는 것은 없었다. 그래서 다시 화제를 정무로 끌어왔다.

"부항이 아직 한창의 나이에 서둘러 간 건 조정으로서 대단히 큰 손실이 아닐 수 없네. 그와 같이 문무를 두루 겸비한 인물은 선대에도 드물었을 뿐 아니라 앞으로도 장담할 수 없는 일이네. 이제 자네와 전풍이 올라왔으니 두 사람이 힘을 합쳐 그의 빈자리를 메워보도록 하게. 짐이 안심하고 다음 세대까지 맡길 수 있도록 부단히 정진하고 거듭 태어나는 신료가 되어주기를 바라네. 전풍은 이제 곧 운남 총독으로 발령이 날 것이네. 이 년 후 다시 군기처로 돌아와 그동안 갈고 닦은 기량을 발휘하게 될 것이네. 그래야 그때 중용을 하더라도 목마를 태웠네 어쩌네 하는 소리를 듣지 않을 수 있지 않겠나. 차근차근 정상적인 단계를 밟고 왔으니 말일세."

화신이 즉각 아뢰었다.

"신도 숭문문 관세 업무를 담당하다가 하루아침에 군기처 장경이 되고 다시 얼마 안 지나 군기대신으로 승격했사옵니다. 그래서 밖에서 신에 대한 거북한 소리들이 많이 들리는 것 같사옵니다. 감히 주청 올리옵건대 신을 어느 성의 순무로 보내주시면 안 되겠사옵니까? 이삼 년 정도 지방에서 정치적 치적을 쌓고 다시 돌아오면 그런 소문들도 불식될 것이고, 신도 군기처에서 더욱 잘 일할 수 있을 것 같사옵니다."

화신이 잠시 생각을 하더니 다시 말을 이었다.

"군기처에는 아계 대인을 비롯해 기윤, 우민중, 유용, 이시요 공 등의 거물들이 많이 있사오니 한 사람쯤 빠진다고 해서 업무에 지장이 초래되지는 않을 것 같사옵니다."

건륭이 천천히 몸을 움직여 온돌을 내려섰다. 앉아 있는 시간이 길어 다리가 저린 모양이었다. 그는 찻잔을 들고 천천히 방안을 거닐면서 팔다리를 움직였다. 그때 태감 왕렴이 들어왔다. 건륭이 찻물을 바꿔 따르겠노라고 아뢰는 그에게 대뜸 훈계를 했다.

"일품 오룡차烏龍茶를 가지고 어찌 제맛을 내지 못하는 게냐? 왕팔치는 죄를 지어 쫓겨나기는 했어도 일은 너보다 훨씬 잘했어! 모르면 밖에 나가 어느 다관茶館에서 한 수 배워오든가 했어야지! 왕汪씨, 진陳씨한테 묻든가, 아니면 부상(부항)네 공작부인에게 가르침을 받든가 하거라. 너무 뜨거운 물에 끓여내면 향이 지나치게 짙어 은은한 맛을 느낄 수 없어!"

건륭이 말은 그렇게 하면서도 순순히 왕렴에게 찻잔을 건넸다. 왕렴이 들고 온 은병에서 찻물을 따라 올리면서 아뢰었다.

"이놈이 무식해 폐하의 심기를 불편하게 해드렸사옵니다. 지금 당장 가서 배워오도록 하겠사옵니다. 다음에도 차 맛이 시원치 않을 때는 이놈의 귀싸대기를 갈겨주시옵소서. 실은 지난번 폐하께서 용주容主(용비 화탁씨)의 처소를 다녀오시면서 그쪽의 차 맛이 좋다고 하시기에 이놈이 그대로 재현해본다는 것이 그만 이렇게 되고 말았사옵니다."

"화탁씨는 짐의 만년 손님이니라. 그곳에서 냉수를 마시고 와도 짐은 맛있다고 했을 것이야! 네놈은 머리를 무겁게 왜 달고 다니는 게냐? 아둔한 것 같으니라고. 됐다, 물러가거라!"

건륭이 왕렴을 내보내고는 차를 홀짝거렸다. 이어 빙그레 웃으면서 화신에게 말했다.

"인재를 어찌 천편일률적으로 논할 수 있겠나? 제齊나라 환공桓公에게 관중管仲이 없었다면 어찌 변방을 안정시킬 수 있었겠나? 그리고 양구거梁丘據가 없었다면 몸이 즐거울 수 없었을 것이고, 역아易牙가 없었다면 입이 즐거웠을 리가 없었겠지. 포숙아鮑叔牙가 없었다면 간신을 축출해낼 수도 없었을 테고! 보다시피 왕팔치가 없으니 짐은 좋은 차를 못 마시고 있다네. 짐도 자네를 산동에 남겨 순무 직을 겸하게 하든가, 아니면 총독아문에 들이고 싶었네. 허나 어쩌겠나, 군기처에 자네를 능가할 만한 살림꾼이 없는 걸! 국고가 차고 넘친다고 하나 내정內廷은 그리 넉넉하지 못한 게 현실이네. 의죄은자도 청렴하고 이재에 능한 사람이 관리해야 할 게 아닌가! 자네가 군기처에 남아 있으면 호부와 공부, 내무부 등 여러 부문의 업무도 겸해줄 수 있지 않은가. 그리고 우민중이 이부, 유용이 형부, 아계가 총책임을 맡으면 아귀가 얼마나 잘 맞물려 돌아가겠나."

건륭이 한참 열성적으로 말하고 있을 때였다. 왕렴이 다시 들어오더니 아뢰었다.

"아계, 기윤, 우민중 대인 등이 수화문 밖에서 패찰을 건네고 뵙기를 청하옵니다."

"화신, 자네는 그만 물러가게. 집에서 며칠 푹 쉬면서 여독을 풀고 다시 나오게."

건륭이 화신이 물러가기를 기다렸다가 물었다.

"기윤도 왔다고 했나?"

"예, 그렇사옵니다."

건륭이 흥! 하고 가볍게 콧소리를 냈다.

"들라 하라."

건륭이 말을 마치고는 다시 온돌로 올라가 자리에 앉았다. 그러고는 통유리창 너머로 눈길을 줬다. 화신이 조벽照壁 앞에서 세 사람을 만나 몇 마디 인사를 나누고 길을 비켜주는 광경이 보였다. 건륭은 천천히 찻잔을 집어 들었다. 이어 입안에 남은 찻잎을 잘근잘근 씹으면서 세 신하가 들어서기를 기다렸다.

잠시 후 주렴이 걷히는 소리와 함께 아계가 앞장서서 들어왔다. 우민중이 아계의 뒤를 따르고 기윤은 맨 마지막으로 들어왔다. 얼마 후 셋이 일제히 무릎을 꿇은 채 예를 갖췄다. 기윤은 그동안 마음고생이 심했던지 낯빛이 어둡고 걸음이 느릿느릿했다. 게다가 등마저 둥그렇게 휘어져 있었다. 건륭은 그런 기윤을 보자 일순 안쓰러운 마음이 들었다. 그러나 겉으로는 전혀 내색하지 않고 담담한 음성으로 말했다.

"다들 앉게!"

아계 등 세 대신은 마이클을 접견한 결과를 아뢰러 온 터였다. 보고는 주로 아계가 맡았다. 기윤은 간간이 끼어들어 보충설명을 할 뿐이었다. 우민중은 그 자리에 없었기 때문에 잠자코 듣기만 했다. 건륭도 조용히 앉아 아계와 기윤의 말을 끝까지 들어줬다.

건륭은 아계가 마이클이 가져온 예단禮單 목록을 올리고 나자 비로소 가벼운 기침소리를 내면서 입을 열었다.

"그렇다면 마이클은 어투가 공손하기는 한데 끝까지 짐에게 예를 갖추기를 거부했다 이 말인가?"

아계가 오늘 따라 유난히 침울해 보이는 건륭의 안색을 살피면서 더욱 조심스럽게 아뢰었다.

"폐하! 필경 외이外夷인지라 우리 중화中華의 예법에 대해 전혀 모르고 있었사옵니다. 이번에 북경에 온 건 자기네들이 내지內地로 들어와 상업활동을 할 수 있게 윤허해 주십사 청을 드리기 위함인 것 같사옵니다. 대화를 나눠보니 의견 차이를 좁힐 여지는 아직 남아 있사옵니다. 오로지 이익만 추구하고 돈밖에 모르는 자들이오니 상대하기 그리 어려울 것 같지는 않사옵니다."

아계가 급기야 복강안이 마이클의 기선을 제압하면서 입씨름을 벌였던 얘기까지 화제로 올렸다. 이어 덧붙였다.

"그래도 복강안을 두려워하는 것 같기는 했사옵니다."

건륭이 이번에는 우민중에게 물었다.

"경은 이 문제를 어찌 생각하나?"

"영국인들은 득롱망촉得隴望蜀(농서隴西 지방을 얻으니 촉蜀나라가 탐이 난다는 말. 사람의 욕심이 끝이 없음을 가리키는 말)하는 자들이옵니다. 간사하고 교활한 부분은 러시아인들에 비해 더하면 더했지 못하지 않사옵니다."

우민중이 심각한 표정을 한 채 다시 말을 이었다.

"군주를 알현한다는 것이 얼마나 큰 광영인지를 모르고 머리통에 온통 '장사'와 '선교'뿐인 자들이옵니다. 그자들은 서장西藏과 관계를 트려고 시도했사오나 달라이 라마와 반선 활불에게 거절을 당했사옵니다. 그러자 대뜸 파병을 해서 부탄을 친 다음 위협했던 것이옵니다. 음흉하고 간교한 자들이오니 절대 양보해서는 아니 되옵니다. 턱만 조금 내려도 기어오르려고 할 자들이옵니다. 우리의 예법에 따르기를 거부한다면 즉시 쫓아내는 수밖에는 없사옵니다!"

기윤이 즉각 말을 받았다.

"우민중 공의 말이 지당하다고 생각하옵니다. 신은 근자에 《성조실록》聖祖實錄을 읽었사옵니다. 실록에 따르면 우리 대청大淸은 강희康熙 이십사 년에 해금海禁을 풀고 해관海關을 설치했다가 오십육 년에 다시 해금을 실시했사옵니다. 해외무역으로 인한 흑자는 큰 유혹이 아닐 수 없었사오나 화이華夷의 구분이 모호해지고 양인洋人들이 정신적인 침투를 해온 탓에 그럴 수밖에 없었다고 하옵니다. 영국인들은 결코 호락호락한 자들이 아닌 것 같사옵니다. 동인도공사라는 작자들은 우리 양민들과 군사를 무기력하게 만들고자 대대적인 아편무역을 꾀하고 있사옵니다. 심지어 호시탐탐 서장까지 노리고 있사옵니다. 마이클이라는 자만 봐도 그렇사옵니다. 겉으로는 굽실거리면서 겸손하고 공손한 척 하면서도 우리의 예의에 따르기를 한사코 거부하지 않사옵니까. 곳곳에서 양면성이 드러나는 자들이옵니다. 우리에게도 삼교三敎가 있사온데 저들까지 나서서 양화상洋和尙(신부)들을 동원시켜 천주교인지 뭔지, 예수인지 과수인지를 전파하고자 하옵니다. 폐하, 우리 국고의 은자는 그자들과 거래를 하지 않아도 충분히 쓸 만큼 있사옵니다. 우리 중화는 땅이 넓고 물산이 풍부하옵니다. 몇몇 부호들이 우쭐대면서 가져다 겉치레를 하는 박래품舶來品을 빼고는 우리에게 정작 필요한 것은 자급자족할 수 있사옵니다. 하오나 선교는 말처럼 간단한 것이 아니옵니다. 성조 때의 색액도가 천주교에 빠져 성현의 가르침을 멀리 하더니 결국에는 큰 사달을 자초하지 않았사옵니까! 마이클이 삼궤구고의 예를 갖추지 않는 걸 받아줘서는 안 된다고 사료되옵니다. 그리 하면 백성들의 '예'禮에 대한 개념이 모호해질 뿐 아니라 다른 속국들이 모방이라도 하는 날에는 일대 혼란을 겪게 될 것이옵니다."

건륭 등은 후세의 사람들이 들으면 유치하게 느껴질 법도 한 토론에 제법 열을 올렸다. 그중 기윤의 말은 들을수록 건륭의 귀에 착착 감겨들었다. 그러나 건륭은 전혀 공감하는 내색을 보이지 않았다. 며칠 동안의 고민 끝에 오늘은 어지를 내려 기윤을 조정에서 축출하고자 마음을 완전히 굳힌 상태인 탓이었다. 건륭이 그예 심드렁한 표정을 지으면서 내뱉듯 말했다.

"자네는 해도 그만, 안 해도 그만인 말을 아끼는 게 어떻겠나? 말끝마다 '예'를 강조하고 나서는데, 그런 자네는 얼마나 예의바른 사람인가? 그렇게 예의바른 사람이 어째서 순수하고 정갈한 마음으로 국가와 군주를 위해 일하지 못했다는 말인가?"

좌중의 사람들은 건륭의 말에 모두 놀라 굳어지고 말았다. 의정이 한참 진행되도록 전혀 내색하지 않다가 갑자기 기윤을 꼬집는 말이 나왔으니 그럴 만도 했다. 궁전 안팎의 태감과 시위들 역시 잔뜩 숨을 죽였다.

"신이 어찌 감히 나라와 군주를 섬기는 일에 불충할 수 있겠사옵니까?"

기윤은 당초 어느 정도 마음의 각오를 한 바 있었다. 진작부터 불길한 예감이 들었기 때문이었다. 하지만 막상 당하고 보니 대경실색하지 않을 수 없었다. 팔다리가 주체할 수 없이 떨리기 시작했다. 무릎을 꿇고 연신 머리를 조아리는 안색은 시퍼렇게 질려 있었다. 차마 쳐다보기 민망할 지경이었다. 그가 곧 떨리는 소리로 아뢰었다.

"필히 어느 간악한 소인배가 시비를 전도해 이간질을 했을 줄로 아옵니다. 신은 우매하고 못난 일개 선비이옵니다. 폐하를 가까이에서 섬겨온 수십 년 세월동안 추호도 불경과 불충을 저지른 적이 없사옵니다. 부디 통촉해주시옵소서!"

기윤의 목소리는 잔뜩 겁에 질려 있었다. 눈물이 고인 두 눈은 시뻘겋게 충혈이 되어 있었다. 건륭은 말이 없었다. 그저 부채 손잡이에 달린 옥 장식물을 만지작거리면서 신하들에게는 시선 한 번 주지 않은 채 말했다.

"짐은 이미 자네를 오랫동안 지켜보면서도 참아왔네! 경을 아끼는 마음이 유난해 번갯불에 콩 볶듯 극품대원極品大員의 자리에 앉혀줬지. 상을 내릴 때도 항상 맨 처음으로 자네를 생각했었네. 문신임에도 불구하고 관례를 깨고 시위들과 마찬가지로 먹고 싶을 때 언제든 배불리 먹도록 고기도 충분하게 하사했네. 하늘을 우러러 한 점 부끄럼 없이 경을 위하고 고굉股肱의 대우를 해줬지. 허나 자네는 짐의 성은에 어찌 보답했는가? 가인들을 종용해 관부官府와 내통해 가산을 챙기게 하지 않았는가. 하찮은 일로 인명 사고까지 내도록 하지 않았는가? 자네, 하간河間 지부에게 서찰을 보낸 적이 있지? 토는 달지 말게. 짐이 주택 네 채에 장원莊園 네 개를 상으로 내렸거늘 그것도 부족해 외지에서 전답을 사들였다는 말인가? 그리고 경은 노견증의 사건에 멀찌감치 물러나 있었나? 잘 봐주라고 호부와 이부에 청탁을 넣은 적이 정녕 없었다는 말인가?"

건륭이 흥분이 되는지 손바닥으로 연신 책상을 내리치면서 물었다.

"노견증의 은닉 재산을 색출하려고 하는데 누가 미리 정보를 흘렸는가? 부항이 와병중일 때 자네는 '부상이 죽으면 대청은 많은 어려움을 겪게 될 것'이라고 떠들고 다녔다면서? 또 '군기처는 인재는 많은데 정작 우두머리가 없는 아수라장이 될 것'이라고 예언도 했었다면서? 심지어는 궁액宮掖의 가무家務에 대해서도 고론高論이 있었더군! 뭐 '용비容妃에 대한 성총이 양귀비楊貴妃를 능가한다'고? 자네는 짐을 대체 어떤 경지로 몰아넣고 싶은 것인가?"

기윤은 눈앞이 가물가물해졌다. 가슴속이 솜뭉치로 틀어막은 듯 답답해졌다. 평소에 가인이나 문생들과 가볍게 술 한 잔 나누면서 '망가졌을' 때 한 말이 어찌 토씨 하나 빠지지 않은 채 건륭의 귀에 들어갔다는 말인가? 속사포 같은 건륭의 질문에 그는 자신이 이미 예측하기 어려운 상황에 빠졌다는 사실을 직감했다.

그는 그러나 누가 뭐래도 거듭되는 관가의 부침 속에서 산전수전을 다 겪어온 사람이었다. 더구나 호랑이에게 물려가도 정신만 차리면 산다고 했다. 곧 죽는 한이 있더라도 할 말은 해야 했다. 그렇게 생각한 그는 깊숙이 머리를 조아린 채 입을 열었다.

"신은 하늘을 거스르는 죄를 지었사옵니다. 신의 몸을 토막 내 이리의 먹이로 던져줘도 폐하의 분이 풀리지 않으실 줄로 아옵니다. 하오나 폐하, 부디 신의 진심을 헤아려 주시옵소서. 불민하고 우매해 허튼소리를 하고 다녔사오나 진심으로 폐하를 저 하늘의 밝은 해를 대하듯 경앙해마지 않았사옵니다. 천고불우千古不遇의 영명한 성주聖主께 신은 단 한 번도 불순한 마음을 먹어 본 적이 없사옵니다……."

기윤은 변명을 하다 말고 놀라움과 억울함, 분노와 서러움에 겨웠는지 끝내 엎드린 채 눈물을 쏟고 말았다. 그러나 건륭은 여전히 냉혹한 어조로 그를 힐책했다.

"유용에게 자네 재산 상황을 조사하라고 하려고 했네. 헌데 자네가 때마침 와줬으니 이 자리에서 말해두지. 오늘부터 군기처와 《사고전서》를 편찬하는 자리에 나올 필요가 없네. 집에서 문 걸어 닫고 생각할 시간을 갖도록 하게. 물론 자네의 직급을 파면시키는 건 아니네. 할 말이 있으면 유용에게 말해서 대신 아뢰라고 하게. 두 사람은 개인적인 교우交友가 깊은 걸로 알고 있네. 그 친구라면 믿어도 될 것이네."

건륭이 잠시 멈췄다가 차갑게 쏘아붙였다.

"물러가게!"

"망극하옵니다, 폐하……."

기윤이 깊이 꺾은 머리를 무겁게 들었다. 이어 힘겹게 바닥을 짚고 일어나 눈물이 그렁그렁한 눈길로 건륭을 바라봤다. 그러고는 목뼈가 꺾인 사람처럼 무겁게 머리를 드리운 채 비틀거리면서 물러났다.

"그리고 이시요, 이시요에게도 유용을 시켜 어지를 전할 것이네."

기윤이 물러가자마자 건륭이 이시요도 입에 올렸다. 이어 찻잔을 들어 조금 마시더니 이내 미간을 찌푸린 채 화가 난 목소리로 고함을 질렀다.

"이게 무슨 차야?"

건륭은 소리를 지르기 무섭게 찻잔을 들어 던져버렸다. 태감들이 미처 반응하기도 전이었다. 찻잔은 난각에 날아가 박히면서 산산조각이 났다. 혼비백산한 태감들은 무릎걸음으로 다가가 사기 조각을 치우고는 찻잎과 물을 조심스레 닦아냈다. 건륭이 다시 말을 이었다.

"이시요는 기윤 쪽이 아니고 국태와 비슷한 짓을 저질렀네! 광주의 십삼행을 하루빨리 폐쇄시켜야 한다면서 청을 올린 것이 이시요였네. 짐은 그것을 윤허했었지. 그러나 이시요는 양무洋務에 전혀 관심을 둔 적이 없었어. 그로 인해 십삼행은 양지에서 음지로 들어갔을 뿐 여전히 활동을 계속 해왔네. 짐은 그를 선제 때의 이위李衛처럼 신임하고 부려왔네. 허나 그는 줄곧 짐을 기만해왔지! 북경으로 발령을 받고 자신의 치부가 신임 광동 총독에 의해 밝혀질 것이 두려우니 떠나기에 앞서 꼼수를 부렸네. 십삼행을 다시 복구해야 할 필요성을 피력한 구구절절한 만언서萬言書를 올렸지 뭔가. 십삼행의 존재를 눈감아주는 대가로 받은 돈이 은자 십만 냥이라고 하네! 생일날에는 자그마치 황금 삼백 냥씩을 하례로 받은 적도 있다고 들었네. 아무리 재주와 학문이 아까워도 어찌 이런 몰염치하고 부도덕한 자를 곁에 두고 있겠나! 일단 부의部議에 넘기고 사람은 옥신묘獄神廟에 처넣을 것이네. 부의에서 중형을 판결 받는다고 해도 짐은 달리 구해줄 방법이 없네!"

건륭이 말을 마치고는 갑자기 서슬 푸른 시선을 아계에게 보냈다. 이어 차분하게 입을 열었다.

"경의 생각은 어떤가?"

드디어 올 것이 왔구나! 아계는 온몸에 섬뜩한 소름이 쫙 끼치는 것을 느꼈다. 북경에 돌아온 이후 군기처의 분위기가 심상찮게 돌아가고 있다는 걸 느끼기는 했었다. 기윤과 이시요를 둘러싼 온갖 소문이 난무했을 뿐 아니라 부항의 '부재'不在와 관련해서 '인사파동'이니 뭐니 하면서 귓전이 어지러웠던 것도 사실이었다.

그러나 복강안이 상중喪中임에도 청영請纓(적을 물리칠 임무를 스스로 청함)을 주청 올리고 건륭이 이를 윤허하자 내심 안도했었다. 기윤과 이시요가 둘 다 부가傅家의 문생이니 그 둘에게 미운 털이 박혔으면 복강안에 대한 성총이 그렇게 각별할 리가 없다고 생각했던 것이다. 더구나 그 와중에 복강안이 평읍에서 큰 승리를 거두고 의젓하게 개선했다. 복강안에 대한 건륭의 성총은 부항을 능가하는 것 같았다. 그래서 아계는 더이상 걱정할 필요가 없다고 완전히 마음을 놓은 터였다.

하지만, 고름은 언젠가는 터지기 마련이었다. 그리고 오늘 이 자리에서 건륭의 추상같은 하문을 받으니 도대체 어찌 대답해야 할지 도무지 방책이 떠오르지 않았다. 사전에 아무런 언질도 없이 갑작스럽게 두 명의 중추대신에게 벼락을 내리다니! 아계는 앉아서 대답하는 것이 부담스러운 듯 황급히 무릎을 꿇었다. 이어 머리를 조아리면서 아뢰었다.

"부디 뇌정雷霆의 분노를 거두어 주시옵소서, 폐하. 신은 하도 경황이 없고 불안해 아직 생각에 두서가 없사옵니다. 이 둘에 대해서는 조금 풍문이 있었사오나 이 정도로 심각할 줄은 몰랐사옵니다."

"기윤은 군기대신이고, 이시요는 경이 천거한 사람이네. 원칙대로라면 이 자리는 경이 회피했어야 할 자리이지."

건륭이 싸늘한 표정으로 말을 이었다.

"짐이 성심을 굳힌 일에 대해 굳이 경들의 뜻을 물어야 할 이유가 없네. 우민중도 사전에 짐이 이런 결정을 내릴 줄 몰랐을 테지! 당초에 이시요를 북경으로 발령 낼 때 우민중도 이에 적극 찬성했었지. 경들의 책임도 묻지 않을 수 없네."

그러지 않아도 좌불안석이던 우민중 역시 황급히 무릎을 꿇었다. 이어 아계와 나란히 머리를 조아린 채 죄를 청했다.

"부디 엄히 벌해 주시옵소서!"

"공功은 공, 과過는 과이네. 탁한 것도, 깨끗한 것도 자기가 하기 나름이라고 했네. 이 일은 나중에 다시 논하세."

건륭이 무겁게 말을 이었다.

"경들은 맡은 바 일에나 진력하게. 사라분莎羅奔의 아들과 조카들이 또 들썩이는 모양이네. 이는 서장의 정세와 무관하지 않네. 서장에서는 현재 황교黃教와 장왕藏王 간의 내분이 심화되고 있는 실정이라네. 설상가상으로 영국의 동인도공사까지 끼어들어 난장판을 벌이고 있지. 이모든 것이 군기처의 업무범주에 속한다는 걸 명심하게. 동인도공사 이자들은 준갈이準噶爾 부部와 몽고蒙古를 향해서도 치근대고 있는 걸로 알려졌네. 그 저의가 불 보듯 뻔하지 않은가. 자칫 서쪽에서 또 다른 대란이 야기될 수가 있으니 군기처에서 각별히 촉각을 곤두세워야 할 것이네. 설마 짐이 환갑을 훨씬 넘긴 예순 다섯의 나이에 총대 메고 친정親征하게 만들지야 않겠지? 경들은 그 죄가 얼마나 무거운지 너무도 잘 알테니 말일세. 짐이 마이클을 접견하고자 하는 것도 그자들의 속셈을 간파해 견제하려는 심산에서네. 적을 알고 나를 알아야 결판을 보든가 말든가 할 게 아닌가? 경들도 유용, 화신 등과 함께 방책을 생각해보게. 복강안이 또 금천으로 출병할 의사를 밝혀왔네. 이미 삼천 기병騎兵을 타전로打箭爐(서부의 지명)에 주둔시켰네. 사라분의 이세二世가 서장 내부의 반동세력들과 내통하지 못하도록 미연에 차단하고 영국인과 인도인들이 부탄에서 알아서 철병하도록 압력을 넣겠다는 생각이더군. 짐이보기에는 바람직한 생각인 것 같네. 경들은 복강안을 만나 도움이 필요한 급무가 없는지 파악하고 적극 협조해주게. 추호도 소홀히 해서는 아니 되겠네! 알겠는가?"

"예! 어지를 받들어 모시겠사옵니다!"

아계와 우민중 두 사람은 사은을 표하고 일어섰다. 이어 물러가려고 뒷걸음질을 했다. 그때 건륭이 잠시 남으라는 손짓을 했다. 그러고는 말했다.

"기윤이 그러더군. 이번 춘위春闈 시험에 합격한 공생貢生들 중에 이름이 황보염黃甫琰이라는 자가 십이 등에 들었다고 말이네. 경들만 알고 있게. 그 사람은 바로 열다섯째황자 옹염이네. 짐이 몰래 들여보내 응시하도록 했지."

"예?"

아계와 우민중은 무척이나 놀란 듯 두 눈을 화등잔처럼 크게 떴다. 이어 약속이나 한 듯 동시에 입을 열었다.

"하오나 열다섯째마마께서는 아직 산동에 계시옵고 귀경하지 않았지 않사옵니까?"

건륭이 놀라움을 금치 못하는 아계와 우민중 두 신하를 보면서 얼굴에 득의양양한 기색을 머금었다.

"경들에게 미리 알릴 수 없었네. 짐의 아들이지만 솔직히 자신이 없었거든!"

건륭의 얼굴에서는 어느덧 노기가 사라지고 희색이 만면했다. 건륭이 다시 덧붙였다.

"솔직히 별로 기대하지도 않았었는데……, 가르친 보람이 있다 이거지! 색다른 기분이 드는군. 그놈이 참. 허허……."

놀라움도 잠시였다. 아계와 우민중 두 신하는 적이 마음이 놓였다. 건륭이 아들에게서 위로를 받고 모처럼 얼굴에 웃음이 가득하니 그들 역시 기분이 좋았던 것이다. 아계가 즉각 얼굴 가득 웃음을 바르면서 아뢰었다.

"폐하께도 이런 면이 있을 줄은 정말 몰랐사옵니다. 실로 뜻밖이옵니다! 초야草野의 소호小戶들이라면 경사가 났다고 빚을 내서라도 떡을 하고 고깃국 끓여 동네방네 잔치를 벌였을 것이옵니다!"

우민중도 나서지 않을 수 없었다.

"폐하께서는 그렇다고 쳐도 왕이열 역시 감쪽같이 몰랐다는 게 놀랍사옵니다. 통 믿어지지 않사옵니다!"

"못 믿겠으면 가서 옹염의 방사房師인 기윤에게 물어보면 될 게 아닌가!"

건륭이 환하게 웃으면서 덧붙였다.

"태후마마께서는 옹염이 고사장에 들어갔다는 소식을 듣고 저러다 미역국이라도 먹으면 어떻게 하느냐면서 얼마나 노심초사하셨는지 모른다네. 짐은 다만 황자들의 실력이 어느 정도인지 공식적으로 검증하고 싶었네. 옹염은 황자들 중에서 재학이 중간인 편이지. 그러니 더불어 다른 황자들의 실력도 가늠할 수 있지 않겠나? 그리고 황자들이 고사장에 직접 들어가 봐야 선비들의 고초도 알 것 아닌가? 거인擧人들이 십년 한창寒窓을 묵묵히 감내하는 이유 역시 조금이나마 알게 될 테고. 좌우지간 좋은 점이 있으면 있었지 나쁜 점은 없을 것이네."

건륭은 노련했다. 그쯤에서 신하들에게 주의를 주는 것도 잊지 않았다.

"아무리 좋은 일이라도 소문이 나면 물의를 일으키게 마련이니 다들 입조심을 하게. 이력이 불분명한 황보염이 누군지 몰라 예부에서 조사에 착수했다는데, 가서 뒤를 캐지 말라고 하게."

아계와 우민중 두 사람은 황급히 알겠노라고 대답했다. 이어 우민중이 말했다.

"열다섯째마마께서는 어차피 전시殿試에도 참가하지 않으실 분이온데 구태여 신들이 예부를 찾을 필요는 없을 것 같사옵니다. 회시會試 합격자들은 전시에 응시하지 않을 경우 절로 자격이 박탈되옵니다. 찾다가 못 찾아내는 건 문제될 것이 없겠사오나 신들이 일부러 가서 캐지 말 것을 권유하면 오히려 의혹이 증폭될 수가 있사옵니다. 도대체 누구기에 군기대신들이 저리 관심을 가지는 걸까 하고 이상하게 생각하지 않겠사옵니까?"

건륭은 우민중의 말에 충분히 일리가 있다고 생각하고 가만히 고개를 끄덕였다.

기윤은 혼비백산한 채 양심전을 나섰다. 다리가 천근만근처럼 무겁게 느껴졌다. 그는 힘없이 두 다리를 질질 끌면서 터벅터벅 걸어갔다. 창백한 얼굴만큼이나 머릿속도 허옇게 탈색된 듯했다. 아무 생각도 나지 않는 표정이었다. 두 다리는 마치 술을 두어 양동이나 마신 것처럼 휘청거렸다. 자칫하면 돌부리에 걸려 앞으로 고꾸라질 것 같은 모습이었다.

기윤은 가까스로 영항永巷을 나섰다. 천가天街에서 불어온 따뜻한 바람이 얼굴을 비단처럼 휘감고 지나갔다. 그는 겨우 정신을 차렸다. 주위를 둘러보니 군기처에서 멀지 않은 곳이었다. 이어 그는 중풍을 맞은 것처럼 부들부들 떨리는 손으로 시계를 꺼냈다. 그러나 눈높이까지 들어 올리지도 못하고 두 팔이 맥없이 툭 떨어지고 말았다.

눈부신 태양은 삼대전三大殿과 건청문乾淸門을 휘황찬란한 빛으로 감싸고 있었다. 그러나 기윤은 따뜻한 느낌을 전혀 받지 못했다. 오히려 땀으로 흠뻑 젖은 뒷덜미에 바람이 들어가자 훈풍임에도 불구하고 오싹하고 소름이 돋았다. 그는 어쨌거나 애써 정신을 가다듬으면서 나름의 방책을 강구하기 시작했다.

부상이 살아 있었다면 당장 달려갔을 텐데……. 아계와 우민중을 기다려본다? 우민중은 자기 아우도 나 몰라라 하는 인정머리 없는 자이니 애당초 기대할 바가 못 됐다. 아계는 이시요를 천거한 죄로 자기 코가 석자일 텐데, 남을 도와줄 여유가 있을까? 윤계선과 화친왕 홍주도 죽고 없었다. 어디 그뿐인가. 화신은 '철천지원수'가 아닌가. 그나마 믿을 사람인 유용은 기윤의 재산에 대한 압수수색을 명받은 몸이니 찾아간다는 것이 말이 안 될 터였다.

열 손가락을 다 꼽아 봐도 마땅히 선처를 부탁할 만한 사람이 떠오르지 않았다. 집에 돌아가자니 유용이 벌써 가서 기다리고 있을까봐 더럭 겁이 났다. 하지만 이대로 양봉협도에 끌려가 처박히기는 싫었다. 오늘부로 군기처에 얼씬하지 말라고 했으니 군기처에 들어갈 수도 없고…….

더 이상 흘릴 눈물도, 나올 한숨도 없었다. 기윤은 무거운 머리를 들어 서럽도록 푸른 하늘을 바라봤다. 갑자기 "천라지망天羅地網(도저히 벗어날 수 없는 경계나 곤경을 의미함)이 무언지, 세상은 넓어도 내 한 몸 뉘일 데가 없구나"라던 누군가의 절규가 절실하게 가슴에 와 닿았다.

"에이 될 대로 되라지!"

기윤은 자포자기 상태로 발걸음을 돌렸다. 이어 경운문景運門을 향해 저벅저벅 걸어갔다. 어차피 맞아야 할 볼기짝이라면 미리 맞는 것도 나쁘지 않다는 생각이 갑자기 들었다. 그는 일단 집으로 가기로 했다. '열미초당'閱微草堂에 정리하다 만 원고가 있을 뿐 아니라 《사고전서》를 편수하느라 빌려온 책들 중에는 금서禁書도 있었다. 또한 평소에 지인들과 주고받은 서찰 역시 그대로 있었다. 물론 일상을 묻고 답한 내용들로 특별히 문제될 것은 없었다. 하지만 달걀에서 뼈를 고르는 어사들의 손에 넘어가면 어떻게 변질될지 아무도 모를 일이었다.

기윤은 그러다 사촌 처남이 이번 춘위 시험에 합격한 사실이 떠올랐다. 점심때 집에서 만나기로 했으니 지금쯤 문생들로 초만원을 이루고 있을 거야. 그러니 어서 빨리 책상을 정리해야 한다! 그는 그렇게 생각하면서 가랑이에 바람을 일으키며 걸음을 재촉했다. 가끔 문무 관리들이 허리를 굽실거리면서 다가와 알은체를 했으나 아랑곳할 상황이 아니었으므로 고개를 숙인 채 걷기만 했다.

새로 이사한 그의 부저府邸는 자금성 남서쪽 앵도사가櫻桃斜街에 위치해 있었다. 서화문에서 3리도 채 되지 않는 곳이었다. 그가 가마에서 내렸을 때는 정오 무렵이었다. 햇볕이 화창한 길에는 봄나들이를 나온 사람들로 붐비고 있었다.

북경 사람들은 원래 다른 지방 사람들에 비해 낮잠을 자는 경우가 극히 드물었다. 그래서일까, 문을 활짝 열어젖힌 골목길의 다관茶館으로 꽤 많은 사람들이 몰려들고 있었다. 그들은 아무 시름도 없는 듯 삼삼오오 떼를 지어 차를 마시면서 얘기꽃을 피우고 있었다. 연날리기에 열을 올리는 아이들은 골목을 벗어나 저만치 대로에서 깔깔대면서 즐거워하고 있었다.

골목 남쪽에는 유명한 팔대八大 골목이 있었다. 때문에 대낮임에도 불구하고 거문고를 타고 가야금을 뜯는 소리와 함께 꾀꼬리 같은 노랫소리가 은은하게 들려왔다. 기윤은 집이 저만치 바라보이는 골목길 어귀에서 일단 걸음을 멈췄다. 갑자기 점괘를 봐주는 곳이 눈길을 끌었던 것이다. 어제까지만 해도 무심히 지나쳤던 곳인데 오늘은 어쩐지 발걸음이 자꾸 그리로 향하고 있었다. 어쩔 수 없다는 생각도 들었다. 기윤은 가마꾼들을 먼저 보내면서 자신이 점집에 들렀다는 사실을 가족들에게 알려서는 안 된다고 신신당부했다.

손바닥만 한 단칸방에는 자그마한 탁자가 놓여 있었다. 또 탁자 위에는 지필紙筆, 향로, 서첩, 댓가지를 꽂은 대나무 통이 놓여 있었다. 담청

색 벽지로 도배된 방 한가운데에는 〈공자문례도〉孔子問禮圖가 걸려 있었다. 〈태극팔괘도〉太極八卦圖 역시 그 밑에 나란히 붙어 있었다. 그 외에 다른 특별한 것은 없었다.

마흔 살 중반쯤 돼 보이는 사내가 등나무의자에 반쯤 기대앉은 채 눈을 감고 한 손으로 염주를 돌리고 있었다. 그러다 기윤이 발을 걷어 올리는 인기척을 듣고는 벌떡 일어나 앉았다. 이어 자리를 권하면서 기윤의 낯빛을 유심히 살폈다.

"용색容色이 참담하고 미간에 시름이 잔뜩 서려 있습니다. 마음속의 울분을 잠재우고 앞날을 알고 싶으시다면 파자괘破字卦를 보시는 게 어떨는지요?"

기윤이 미소를 지은 채 말했다.

"누군가 했던 이 말이 생각나오. '생면부지인 사람의 영고사榮枯事를 묻지 마라. 그의 용안에 모두 쓰여 있거늘!' 솔직히 하도 우려가 깊고 시름이 무거워 길을 가다 들렀으니 가르침을 주시오. 급한 일이 있어 장시간 머물 수는 없으니 간단하게 봐주시오. 많지 않지만 이걸로 고기라도 한 근 사서 드시오."

기윤이 소매 속에서 한 냥짜리 은자를 꺼내 책상 위에 올려놓았다. 그러고는 덧붙였다.

"솔직히 말하면 나는 이 골목에 사는 기 학사學士요. 순간의 불찰로 죄를 지은 몸이니 선생의 고론을 오랫동안 귀담아 들을 시간이 없소. 그러니 핵심만 짚어주면 고맙겠소."

점쟁이가 놀라는 법도 없이 고개를 끄덕였다.

"아까 대교大轎에서 내리시는 걸 봤습니다. 조화朝靴도 신고 계시고. 말씀하지 않으셔도 나리의 신분을 어느 정도 점치고 있었습니다. 용무가 급하시다니 어서 한 글자 내리시죠."

기윤이 말했다.

"이런 경우를 들어 '평소에는 부처님 전에 얼씬도 않다가 급한 일이 생기면 달려와 부처님 다리를 껴안는다'라고 하는가 보오. 부끄러운 마음을 금할 길 없소. 혹시 선생의 존성대명尊姓大名을 알 수 없겠소?"

"말씀을 낮추십시오. 무슨 존성대명씩이나요. 저는 성이 동董씨, 이름이 초超입니다."

"외람된 말이오만 그 함자로 내 길흉을 점쳐주시오."

기윤은 말을 마치자마자 바로 붓을 들었다. 이어 단정한 해서체로 '동초'董超 두 글자를 썼다. 그러나 손이 떨려 필체가 반듯하지 않았다. 동초가 종이를 들더니 글을 자세히 들여다봤다. 그러고는 한참 후에야 웃으면서 말했다.

"염려놓으셔도 되겠습니다. 목숨에 지장이 있을 정도로 위태로운 건 아닌 것 같습니다. '초'超자부터 봅시다. '초'자는 '소'召자와 '주'走자를 합친 것이죠. '동'董자는 '천리초'千里草 세 글자로 분리할 수 있고요. 기 대인께서는 멀리 원정길에 오르실 것입니다. '소'召 자에 말씀 '언'言 변邊이 없으니 필히 구전조유口傳詔諭가 내릴 것입니다. 행선지는 천리 밖의 풀이 무성한 곳임에 틀림없습니다."

천리 밖의 풀이 무성한 곳이라? 그렇다면 흑룡강黑龍江일 수도, 온도이한溫都爾汗 초원일 가능성도 있었다. 또 운남이나 귀주 쪽일 수도 있었다. 기윤이 멍하니 생각에 잠겨 있다 말고 다시 붓을 들었다. 이어 한 글자를 더 적으면서 부탁했다.

"좀 더 상세히 말해주시오."

"'명'名자군요."

동초가 한 손으로 턱을 잡고 잠시 생각에 잠겼다. 그러고는 천천히 풀이를 했다.

"이 글자는 아래가 '구'口자이고 윗부분이 '외'外자의 부수인 '석'夕자입니다. 이걸 보면 대인께서 원정 가실 행선지는 구외口外입니다. 일석日夕이 서쪽에 있으니 필히 서역西域일 것입니다."

"동초 선생, 실로 고명하오. 하나 더 궁금한 건 내가 그러면 다시 돌아올 수 있을 것인가 하는 거요."

"'명'名자의 형태로 볼 때 '군'君자와도 비슷하고 얼핏 보면 '소'召자로 착각할 수도 있습니다. 나중에 반드시 북경으로 돌아오게 될 것입니다."

"무리한 질문인지는 모르겠으나 그게 언제쯤 될 것 같소?"

"'구'口자는 '사'四자에서 두 획이 빠진 것이니, 아마도 사 년이 채 안 걸려 성은을 입어 다시 돌아올 것입니다."

동초가 확신에 찬 표정으로 말했다. 기윤은 묵묵히 고개를 끄덕이고는 사은을 표한 다음 점집을 나섰다.

4년! 결코 짧은 시간이 아니었다. 그것도 멀리 서역이면 만리 길인데……. 생각할수록 아득하고 끔찍했다. 그러나 지금의 상황에서는 어쩌면 그것이 최선이라는 생각이 들었다.

기윤은 천천히 고개를 돌려 주변을 둘러봤다. 마치 자신이 광대무변한 황야에 홀로 서 있는 것 같았다. 머리 위에는 시커먼 먹구름이 낮게 깔리고 간담이 서늘한 천둥소리가 당장이라도 들려올 것만 같았다. 화조금사花鳥金蛇를 연상케 하는 번개가 당장이라도 자신을 내리쳐 한 줌의 재로 만들어버릴 것 같은 공포였다. 이 번개는 국태와 우역간을 쳤어. 그런데 이제는 이시요와 나를 차례로 공격하는가?

당시 기윤은 아계가 국태를 주살할 것을 주청 올리는 자리에 함께 있었다. 당시 건륭은 바둑을 두고 있었다. 바둑알을 들어 어딘가에 힘껏 놓으면서 지나가는 말처럼 대수롭지 않게 한마디 했었다.

"자결하라고 하게. 바둑도 한 수 잘못 두면 자살이거늘!"

그렇게 해서 국태와 우역간에게 자살을 명하는 어지는 눈 깜짝할 사이에 내려졌다. 백마지白麻紙에 먹물을 두어 방울 떨어뜨리는 사이에 두 대신에게 죽음이 결정된 셈이었다.

그러니 한 치 앞을 가늠할 수 없는 상황에서 원정 4년이 뭐가 대수라는 말인가? 천만다행일 뿐 아니라 눈물을 흩뿌리면서 감사해야 할 일이지…….

기윤은 생기 없는 눈빛으로 자신의 집을 멍하니 바라봤다. 그러다 갑자기 번쩍 정신을 차렸다.

'곧 죽어도 '기 중당'인데, 나만을 믿고 따르는 저 안의 가인들을 위해서라도 정신을 차려야 한다! 죽을 때 죽고 떠날 때 떠나더라도 당당해야 한다! 가인들은 벌써 소식을 접했기 때문에 초상난 집이 따로 없을 것이다. 그런데 나마저 된서리 맞은 가지 모양을 하고 나타나면 가인들은 더욱 불안해할 것이 아닌가!'

기윤은 그렇게 생각하면서 짐짓 의연한 자세로 집으로 다가갔다. 이어 가벼운 기침소리를 내자 문지기가 뛰어나오며 반가이 맞았다. 자그마한 백구 한 마리도 반갑게 달려 나왔다. 백구는 앞발을 치켜들고 옷섶에 매달리는가 하면 동그랗게 말려 올라간 꼬리를 살랑거리면서 엉덩이춤까지 춰대고 있었다. 그 사이 노복들 역시 주인을 맞으러 나왔다.

아나나 다를까, 가인들의 표정은 하나같이 어둡고 불안해 보였다. 뜰에 들어서자 처마 밑에 가인들이 전부 나와 모여 있었다. 때가 때인지라 햇볕이 워낙 강렬해 열려 있는 대청 안은 잘 보이지 않았다. 그러나 식탁마다 음식이 그대로 있고 수저가 정연하게 배열돼 있는 걸 보니 미처 연회가 시작되기도 전에 안 좋은 소식을 접한 것 같았다. 그 때문에 사촌처남의 공생貢生 합격을 축하하러 왔던 손님들도 전부 돌아가 버린 것 같았다.

좌중의 모인 사람들 중에는 유보기劉保琪, 갈화장葛華章 등과 이번 춘위에 합격한 서너 명의 공생貢生들 모습이 보였다. 기윤은 일부러 감격 어린 미소를 지으면서 고개를 끄덕여 인사를 했다. 그러고는 쭈그리고 앉은 채 오늘 따라 유난히 '예쁜 짓'을 하는 백구를 쓰다듬어주면서 물었다.

"뭐 좀 먹었느냐? 아, 아파! 핥아줘야지 물어버리면 어떡하냐!"

백구가 주인의 팔에 감기고 등에 업히면서 반가워했다.

"오늘 헛걸음을 시켜 안 됐네."

기윤이 그제야 손님들에게 말을 걸었다. 표정과 말투는 담담했다. 이어 마치 낮잠을 잘 자고 일어난 사람처럼 평온한 표정으로 말을 이었다.

"안 그래도 정리할 문서도 있고, 황사성皇史宬에서 빌려온 책들도 반환해야겠다 싶어서 유보기 자네를 부르려던 참이었는데, 잘 됐네. 좀 있으면 유용 공이 올 거네. 그가 온 뒤에는 종이 한 장도 그의 허락을 받아야 들고 나갈 수 있어. 잠깐 기다려봐."

기윤이 고개를 돌려 주위에 분부를 했다.

"누가 들어가서 마님께 내가 귀가했다고 아뢰거라. 그리고 훼천卉倩, 명헌明軒 두 사람은 마님의 불당을 깨끗이 청소하고 마님의 거처를 그리로 옮기거라. 집에 은자가 얼마나 남아 있는지 모르지만 전부 챙겨놓게. 좀 있다 흠차의 수사에 협조해야 할 테니 말이네."

가인들은 들어오자마자 백구를 데리고 놀아주는 기윤을 보고는 일말의 기대를 품는 눈치를 보였다. 상황이 그리 험악하지 않을지도 모른다고 생각한 것이다. 그러나 급기야 그의 입에서 우려했던 말이 떨어지자 실망과 긴장이 교차하는 표정을 짓더니 어찌할 바를 몰라 했다.

어쨌거나 곧이어 가인들이 기윤의 명을 받고 흩어졌다. 그러자 자리에는 몇몇 새내기 공생들만 남았다. 기윤은 얼굴에 난감한 기색이 역력한 그들을 보면서 가볍게 웃음을 터트렸다.

"자네들은 용문龍門에 들기 바쁘게 호혈虎穴에 빠지고 말았군! 세상 험한 꼴을 좀 봐두는 것도 앞으로의 장구한 인생에서 나쁘지 않을 것이네. 이제 전시殿試가 남았네. 재학도 중요하나 각자의 운에 달렸네. 나도 처지가 처지이니 만큼 무슨 '교회'教誨를 줄 수 없을 것 같네. 뇌정우로雷霆雨露 모두 군은君恩임을 명심하고 분배받은 차사가 마음에 들든 들지 않든 최선을 다하도록 하게. 보다시피 이 바닥의 부침과 영욕은 뜻대로 안 된다네. 때로는 전혀 예상치 못한 사태가 닥치는 수도 있으니 개인의 영달을 너무 추구하지는 말게."

기윤이 말을 마치고는 일일이 공생들의 손을 잡아주면서 이름을 물었다. 그러자 갈화장이 옆에서 소개를 했다.

"왼쪽부터 차례대로 마상조馬祥祖, 조석보曹錫寶, 방령성方令誠입니다."

기윤은 공생들의 어깨를 두드려주면서 격려의 말을 한마디씩 해줬다. 그러고는 웃으면서 갈화장에게 물었다.

"혜동제惠同濟와 오성흠吳省欽이라는 친구도 있다면서? 그들은 안 왔나?"

"왔다가 집에 일이 있다면서 방금 전에 돌아갔습니다."

갈효장이 덧붙였다.

"진반강陳半江, 진학문陳學文 형제와 갈승선葛承先, 진헌충陳獻忠 등은 부部에서 찾을까봐 서둘러 돌아갔습니다. 내일 다시 찾아뵙겠다고 했습니다."

유보기가 그러자 기다렸다는 듯 끼어들었다.

"진헌충 그자는 잘난 척은 혼자 다 하면서 정작 일이 닥치면 줄행랑 놓는 데 일등입니다. 나리께서는 제 말을 안 믿으셨죠? 보세요, 그 인간들! 승냥이 온다는 소리에 벌써 기겁을 해서는 도망가 버렸잖습니까!"

기윤은 묵묵히 듣기만 했다. 그러고는 빙그레 웃으면서 말했다.

"말은 그렇게 하는 게 아니네! 그 사람의 입장이 돼보지 않고 함부로 입을 놀려서는 안 되지."

기윤이 애써 웃음을 머금더니 조석보 등 여러 공생들에게도 한마디씩 당부의 말을 했다. 그들은 마당에 선 채로 그의 훈육을 들었다. 다행히 기윤의 얼굴에는 시종일관 미소가 걸려 있었다. 그러나 낯빛은 여전히 암담했다. "그만 돌아가라"고 말은 했으나 눈빛에는 아쉬움이 가득 묻어나고 있었다. 도덕과 문장의 대가로 불리는 이 시대 최고의 학자가 하루아침에 뇌정의 화를 입다니? 수십 년 동안 수많은 사람들이 그의 문장을 읽으면서 내적인 풍요를 쌓아가지 않았던가? 온 천하 학자들의 본보기이자 '닮고 싶어 하는 인물 1위'였던 사람이 이렇게 예측할 수 없는 경지에 빠지다니! 좌중의 가인과 문생들은 모두 고개를 숙였다. 그들의 눈자위도 축축하게 젖어들고 있었다. 그때 갈화장이 분통을 터트렸다.

"요즘 세상에는 호인好人이 없습니다! 호인 노릇을 하기가 하늘의 별을 따는 것보다 어려운 걸요! 사부님께서는 그 많은 주옥같은 문장을 쓰시고 수없이 많은 인재들을 양성하신 걸 크게 자부하셨죠. 저희들도 그렇게 위대한 사부님을 둔 것을 늘 영광스럽게 생각해왔습니다. 그러나 오늘 사부님께서 이렇게 당하시는 모습을 보니 마음이 복잡합니다. 그동안 사부님께서도 학문에만 전념하시지 말고 폐하의 면전에서 쳇바퀴 돌면서 재주넘는 자들처럼 아부하는 법도 적당히 배우셨더라면 이런 일이 없지 않았을까 하는 생각이 불현듯 듭니다!"

"가서 일들이나 보게. 허튼소리 하지 말고!"

기윤이 억지로 문생들의 등을 떠밀어 보냈다. 이어 유보기만 따로 불렀다.

"서재로 오게, 할 말이 있네."

유보기가 따라가면서 물었다.

"유 대인이 아직 안 오는 걸 보니 그새 성심聖心에 변화가 생긴 건 아 닐까요?"

기윤이 유보기의 말에 당치도 않다는 듯 웃으면서 대답했다.

"당치 않네! 이는 석암(유용)이 나를 배려하는 거야."

기윤이 서재 마당에 들어서자 담장 하나를 사이에 둔 내원內院에서 여 인들의 울음소리가 들려왔다. 그의 안색이 대뜸 흐려졌다. 급기야 그가 서재에서 시중드는 하인에게 말했다.

"가서 이르거라. 초상난 집도 아니고 대낮부터 어인 곡이냐! 썩 눈물 을 거두지 못하겠느냐고 내가 불호령을 내렸다고 하거라!"

서재로 들어가 앉은 기윤은 유보기에게 몇 마디 당부의 말을 했다. 그 러나 흠차가 아직 오지 않은 상황에서 유보기도 딱히 할 일이 없었다. 물건도 밖으로 가지고 나갈 수 없었다. 그저 뭐라 위로의 말을 해야 할 지 몰라 길고 짧은 한숨만 내쉴 뿐이었다. 둘은 그렇게 오래도록 말없 이 앉아 있었다.

지지리도 무거운 침묵이 이어지고 있을 때였다. 갑자기 멀리서 징 소 리가 은은히 들려오기 시작했다.

"챙, 챙, 챙, 챙, 챙챙챙, 챙챙챙챙!"

모두 열한 번이었다.

"문무백관, 군인과 민간인들은 모두 피하라!"는 말을 대신하는 징소 리였다! 기윤은 유용이 오고 있다는 걸 짐작하고는 천천히 자리에서 일 어났다. 이어 잔뜩 풀이 죽어 있는 가인들에게 말했다.

"정당正堂에 책상을 설치하거라. 유보기만 남고 나머지는 전부 들어 가 있거라."

기윤이 말을 마치고는 밖으로 한 발 내디뎠다. 그 사이 유용은 벌써 깨끗하게 비질을 한 앞마당 입구에 당도해 있었다. 구부정한 등, 느리고 힘겨워 보이는 걸음걸이는 여전했다. 그동안 마음고생이 심했던 듯 얼굴에는 피곤한 기색이 역력했다. 그는 마당 모퉁이에 모습을 드러낸 기윤을 보는 순간 코끝이 찡해지면서 눈물이 핑 돌았다. 이어 빠른 걸음으로 기윤을 향해 다가갔다.

기윤이 무릎을 꿇어 예를 행하려고 했다. 그러자 유용이 다급히 앞으로 다가와 두 팔을 잡으면서 말렸다.

"효람 공, 어찌 이러십니까? 아무리 세월이 흘러도 저는 영원히 효람 공의 제자입니다! 어지를 어길 수 없어 무거운 걸음을 한 저의 마음을 이해하시죠? 방금 아계 대인을 만나 상황을 쭉 들었습니다. 절대 마음 약하게 먹지 마시고 힘을 내십시오."

"이해하고말고."

기윤이 애써 담담한 표정을 지으려고 노력했다.

"어지를 전하시오. 방금 서재에서 유보기에게 몇 가지 일을 맡겼소이다."

기윤이 덧붙였다.

"이번 사건과 별개인 문서와 개인적인 책들이 좀 있어서 들려 보내고자 하니 공께서 검열해 보시고 보내주셨으면 하오."

유용이 고개를 끄덕였다.

"물론이죠."

유용이 말을 마치고는 뒤를 향해 소리쳤다.

"형무위邢無爲!"

서른 살 가량의 아역이 유용의 말에 즉각 앞으로 나왔다. 유용이 그에게 분부를 내렸다.

"절대 기 대인의 가인들에게 무례를 범해서는 아니 된다. 그리고 마침 방문을 한 손님들이 있으면 억지로 붙잡아두지 말고 밖으로 잘 모시거라!"

유용이 무거운 한숨을 쏟아내면서 방안으로 들어갔다. 그러고는 책상 뒤에서 남쪽을 향해 돌아섰다. 조서詔書는 없는 듯했다. 하지만 구두로 된 어지는 있었다.

"기윤은 무릎을 꿇고 어지를 받들라!"

7장

기윤의 몰락

기윤의 집 마당에는 흠차를 호종扈從한 친병과 가인들이 가득했다. 200명은 족히 될 것 같았다. 그야말로 기세가 등등했다. 그랬으니 공기마저 숨죽인 듯 장내에는 묘지를 방불케 하는 깊은 적막이 흘렀다. 좌중의 사람들은 모두들 잔뜩 숨을 죽이고 있었다. 기윤은 그 와중에도 의관을 정제한 다음 관포官袍 자락을 잡고 무릎을 꿇었다. 그러고는 머리를 조아리면서 가늘게 떨리는 음성으로 말했다.

"죄신罪臣 기윤이옵니다."

"묻겠다."

어지를 전하는 유용의 태도는 근엄하기 이를 데 없었다. 목소리는 끓여서 식힌 물처럼 무미건조했다.

"헌현獻縣 후릉촌侯陵村의 이대李戴라는 자의 노새가 자네 소유의 논에 들어가 벼를 몇 가닥 뜯어먹은 일이 있었다고 했다. 양가의 싸움이 소송으로 번져 이대는 억울하게 옥살이를 하다가 죽었다는데, 자네는 이 사실을 알고 있었나?"

기윤이 대답했다.

"아뢰옵니다, 폐하. 죄신은 사전에 집안에 그런 일이 있었는지 전혀 몰랐사옵니다. 가인 한 명이 헌현에 다녀오면서 여차여차해서 이대의 노새를 가둬버렸다고 했사옵니다. 이 아무개는 워낙 힘없는 백성들을 못 살게 굴어 평판이 좋지 않았던 자라고 했사옵니다. 그래서 저희 기가紀家의 몇몇 종친들이 이참에 따끔하게 '훈계'할 목적으로 노새를 붙잡아 놓았다고 했사옵니다. 이어 이대에게 고악대를 앞세우고 화홍채례花紅彩禮를 준비해 떠들썩하게 사죄하러 올 것을 요구했다고 하옵니다. 죄신은 그 소식을 접하고 크게 놀랐사옵니다. 급한 마음에 고향에 서찰도 보냈사옵니다. 노새를 조용히 돌려보내고 이웃 간에 좋게 처리해 화목하게 지낼 것 역시 부탁했사옵니다. 하오나 미처 서찰이 당도하기도 전에 일이 터져버리고 말았사옵니다. 평소에 가인들에 대한 훈계가 부족한 신의 불찰이옵니다. 부덕한 가인들이 향리에서 무례하게 횡포를 부려 양민을 괴롭히고 결국에는 죽게 만들었으니 이 모든 사달의 장본인은 신이옵니다. 폐하께서 신의 죄를 물으시오니 신은 오로지 머리 조아려 인정하는 수밖에 없사옵니다."

유용이 기윤의 대답을 듣고 나서 잠시 숨을 돌렸다. 이어 다시 물었다.

"이대는 소송 과정에서 현縣에서 부府로, 부에서 도道로, 도에서 성省으로 상소를 했다고 하네. 하지만 번번이 '아주 작은 사건이라 입안立案할 가치도 없다'는 이유로 도로 현으로 회부됐다고 하네. 이대가 공당公堂을 포효하고 현령에게 독설을 퍼부은 것도 관부와 기가가 내통해 사건을 일방적으로 자신에게 불리하게 몰고 간다는 이유 때문이었네. 또 그로 인해 원한을 안고 자결했다고 하네. 물론 이아무개의 좁디좁은 흉금을 탓할 수는 있네. 하지만 이 사건의 전말에 있어 자네 기윤은 과연 관계 부문에 청탁이나 압력을 넣은 적이 없는가?"

기윤이 다시 머리를 조아리면서 아뢰었다.

"그런 일이 있사옵니다. 처음에 죄신은 여러 차례 서찰을 보내 가인들에게 '좋은 게 좋은 것'임을 강조했사옵니다. 이대가 자존심 꺾이는 걸 원치 않는다면 조용히 마주앉아 적당한 선에서 합의를 보라고 했사옵니다. 그러나 한편으로 죄신은 천자天子의 측근에 몸담고 있사온데 순순히 그자의 비례非禮를 받아주고 너그럽게 처신하는 것만이 능사는 아니라는 생각도 했사옵니다. 일방의 관대함은 곧 무지한 상대의 발호를 종용하는 격이라고 사료됐사옵니다. 그래서 하간 지부 갈아무개에게 서찰을 보내 이치와 법에 어긋나지 않는 선에서 적당히 조율을 해달라고 부탁한 적이 있사옵니다. 하오나 이아무개가 그 일로 수모를 운운하면서 목숨을 버릴 줄은 정녕 몰랐사옵니다. 죄신의 의중과는 달리 사건이 크게 비화된 것에 대해 죄신은 그 책임을 회피할 수 없을 것이옵니다. 인명이 지극히 중하거늘 비례非禮와 불인不仁으로 폐하의 인정치국仁政治國에 막대한 누를 끼친 죄신을 엄히 처벌해주시옵소서!"

유용은 모든 것을 순순히 털어놓는 기윤의 용기에 놀랐다. 이어 목청을 가다듬고 다시 물었다.

"노견증이 자네의 친인척이라는 말이 사실인가?"

"예. 죄신의 소실 곽씨 소생 둘째딸의 시어른이옵니다."

"노견증이 양회兩淮, 무호蕪湖, 덕주德州 등지에서 염운사鹽運使를 역임하면서 고은庫銀을 고래 물 삼키듯 했다고 한다. 경은 이를 모르고 있었다는 말인가? 혹시 내통한 사실은 없는가?"

"폐하, 그 지역들의 염운사는 고항高恒, 주속장朱續章, 서융안舒隆安, 곽일유郭一裕, 오사작吳嗣爵 등이 맡아왔사옵니다. 노아무개가 부임했을 때는 이미 적자가 상당했던 걸로 알고 있사옵니다. 죄신은 노아무개에게 본인이 초래한 적자이든 해묵은 적자이든 모두 단계적으로 갚아나갈 것을 권한 적은 있사옵니다. 그러나 그가 전임들의 전철을 밟을 줄은 정녕 몰랐사옵니다. 아울러 신은 그자의 부정부패를 종용하거나 내통해 공금을 횡령한다는 것은 꿈에도 생각해본 적이 없사옵니다. 통촉해 주시옵소서!"

"노견증 사건이 표면화된 후 육부六部에 선처를 호소한 적은 없었는가?"

"맹세코 그런 적은 없사옵니다. 죄신과 노아무개의 관계를 아는 육부의 관리들이 간간이 사건과 관련해 궁금한 점을 물어온 적은 있사옵니다. 그러나 죄신은 그때마다 법 규정에 따라 엄히 처벌할 것을 강조했을 뿐 청탁을 넣은 일은 없사옵니다."

기윤이 연신 머리를 조아렸다. 사실 그는 고향에서 가인들의 불찰로 일어난 인명사고가 있었다는 것을 전해 들어 알고 있었다. 또 건륭이 이 사건에 대해 새삼스레 들춰낼 만큼 큰 관심을 가지고 있지 않다고 태감 왕팔치에게 들은 바 있었다. 뿐만이 아니었다. 노견증이 아무리 자신의 사돈이라고는 하나 추호도 '연관'이 없는 자신에게 큰 죄를 물을 리는 없다고도 자신했다. 솔직히 그가 진정 염려하는 것은 따로 있었다. 바로 그가 부항의 죽음 이후 군기처의 인사와 관련해 '술김'에 얼토당토않은 말들을 흘리고 다닌 것이었다. 건륭이 그 일 때문에 심기가 대단히 불편하다는 사실 역시 모르지 않았다. 그 생각만 하면 마음이 초조하고 불안하기 이를 데 없었다.

기윤은 이제는 그 일에 대한 추상같은 하문이 떨어질 때가 됐다고 생각했다. 동시에 제발 뇌정의 분노만 떨어지지 않기를 내심 빌고 또 빌었다. 그러나 아무리 기다려도 유용은 한참 동안 입을 열지 않고 있었다.

기윤은 그대로 엎드려 있는 수밖에 없었다. 유용 역시 긴장하고 불안한 표정이었다. 나아가 진정하고 숨을 고르는 시간이 필요했던지 한참 후에야 하문이 아닌 건륭의 어지를 전했다.

"명색이 조정의 대신이라는 자가 가인들의 전횡을 방치해 인명의 송사에 말려들었다. 친인척에 대한 훈육과 교화가 부실해 타의 본보기가 되기는커녕 사회적인 물의를 빚었으니 짐은 결코 이를 용서할 수 없다. 기윤의 군기대신 직위를 박탈하고 현재 겸하고 있는 모든 직무에서 파직시킨다. 유용은 즉시 기윤의 모든 재산을 압수수색하라. 기윤은 수사가 마무리돼 정죄定罪할 때까지 문을 걸어 잠그고 근신하라!"

"망극하옵니다……, 폐하!"

기윤은 길게 엎드려 머리를 조아렸다. 파직은 예상했던 바였다. 또 압수수색 역시 각오하고 있었다. 그러니 그것 때문에 충격을 받은 것은 아니었다. 오히려 그 반대였다. 조유詔諭의 언사가 의외로 날카롭지 않고 담담한 것이 놀라웠던 것이다. 솔직히 건륭이 양심전에서 큰 목소리로 혹독하게 질타한 것을 생각하면 이보다 훨씬 더 큰 벌을 받아야 마땅했다. 그런데 오장육부를 난도질하는 것처럼 각박하고 섬뜩한 언사는 전혀 없었다. '부의部議에 넘겨 의죄議罪'하거나 '감옥에 수감'한다는 내용도 없었다.

기윤은 갑자기 적잖은 짐을 덜어낸 듯한 홀가분함을 느꼈다. 그러나 그것도 잠시였다. 그는 건륭이 '아' 하면 '어' 할 정도로 군주의 성정을 훤히 꿰뚫고 있는 사람이었다. 건륭이 기침만 해도 이내 독감에 걸려버릴 정도로 가까이에서 시중을 들어왔다. 그래서 건륭이 변덕스러운 사람이라는 사실을 너무나도 잘 알고 있었다. 건륭은 어떨 때는 크게 욕설을 퍼붓거나 야단을 치다가도 막상 처벌을 내릴 때는 '높이 들었다 가볍게 내려놓는' 식으로 하는 사람이었다. 한마디로 당하는 사람을 순식간에 지옥과 천당으로 오가게 만드는 사람이었다. 그만큼 종잡을 수 없는 것이 성심^{聖心}이었다. 또 기분 좋게 담소를 나누다도 붓을 들어 '주홍글씨'를 써버릴 때도 있었으니 군주의 진정한 의중을 점치는 것은 하늘의 별따기라고 해도 과언이 아니었다. 기윤은 그렇게 잠시 생각하고 나서 입을 열었다.

"유 대인께서 대신 상주해 주시오. 죄신 기윤은 행실이 불건전해 이같은 잘못을 저질렀사옵니다. 크게 참회하고 회개하오나 모든 걸 돌리기에는 이미 너무 늦었사옵니다. 부디 엄히 벌해주시어 타의 경계로 삼게 해주시옵소서. 이 못난 죄신은 구천지하에서도 성은에 감격할 것이옵니다……."

기윤은 끝내 말을 끝맺지 못했다. 눈물을 비 오듯 쏟으면서 어깨까지 들썩였다.

어지를 전하고 난 유용은 곧 평소의 그다운 모습으로 돌아왔다. 두 손으로 기윤을 부축해 일으켜 세워주고는 한숨과 함께 소탈하게 웃으면서 위로를 했다.

"너무 상심하지 마십시오. 나중에 폐하께서 필히 은지^{恩旨}를 내리실 겁니다. 일은 부하들에게 맡기고 우리는 조용히 얘기나 나눕시다."

그런데 유용은 말을 마치기 무섭게 다시 물었다.

"헌데 기윤 공께서는 도대체 북경에 저택을 몇 채나 소유하고 계신 겁니까? 친인척들이 살고 있습니까?"

기윤이 눈물을 닦고는 적이 평온해진 어투로 대답했다.

"폐하께서 네 곳에 저택을 하사하셨소. 이참에 전부 반환해야겠소. 친인척들이 들어있는 곳은 없고 몇몇 가인들이 빈집을 지키고 있소. 유 대인께 말하고 싶은 건 폐하께서 네 곳의 저택 말고도 장원도 네 개나 장만해주셨다는 사실이오. 개인적으로는 헌현에 조상 때부터 물려받은 땅이 조금 있을 뿐 따로 전답을 사들이거나 재산을 불린 일은 없소. 은 닉한 재산이 있다면 나는 기군죄欺君罪를 범하는 것이오. 그러면 그때 가 서는 구차하게 목숨을 부지하려고 애쓰지도 않을 거요!"

유용이 다시 물었다.

"그럼 이 '열미초당'은 누구의 소유로 돼 있죠?"

기윤이 대답했다.

"집이 자금성에서 너무 멀고 군기처에서는 절대 기밀을 요하는 업무 를 보기가 불편할 때가 있어 이곳에 내가 장만한 거요. 폐하께서도 이 누추한 처소를 찾아주신 적이 있소. 이 사실을 알고 계시오."

유용이 기윤의 말이 끝나기 무섭게 바로 분부를 내렸다.

"이봐, 형무위! 가산에 대해 철저히 수색, 기록하고 어사물품御賜物品에 는 노란 딱지를 붙이거라. 가솔들은 절대 놀라게 하지 말고. 재물을 훔 치는 자에게는 가차 없이 엄벌을 내릴 것이니, 그리 전하거라. 서류와 자 화字畵는 헝클어뜨리지 말고 분류해 잘 보관하거라. 폐하께서 친히 어 람하실 것이야!"

"예!"

형무위가 황급히 대답하고 돌아서더니 바로 밖으로 나갔다. 그러고는 병사들을 여기저기에 풀어 압수수색에 착수하도록 했다. 곧이어 서재, 창고, 서쪽 별채에서 와장창 소리와 함께 물건을 뒤지거나 부르고, 받아 적고, 확인하는 목소리 등이 들려왔다.

기윤과 유용은 큰방의 대청에 마주 앉아 있었다. 기윤은 비스듬히 의 자에 등을 기대고 앉은 채 뻑뻑 곰방대만 힘껏 빨아댔다. 다른 화제를 꺼내 담소를 나눌 만한 분위기가 전혀 아니었다. 한참 동안 침묵한 끝 에 유용이 단도직입적으로 말했다.

"폐하께서 진노하신 이유는 방금 제가 대신 하문한 사안뿐만이 아닙니다. 천가天家는 궁위宮闈의 세지말엽細枝末葉에도 대단히 민감할 수밖에 없습니다. 헌데 기윤 공께서 사석에서 궁위에 대해 언급했다는 사실에 폐하께서는 크게 심기를 다치신 것 같습니다. 오늘 폐하를 알현한 자리에서 폐하께서 이미 이에 대해 불편한 심기를 비추셨다고 들었습니다."

기윤이 무겁게 고개를 끄덕였다.

"앞으로 어떤 타산을 하고 계신지요?"

유용이 물었다. 기윤이 목까지 꽉 채워 잠근 단추를 풀면서 길게 한숨을 내쉬었다.

"타산이라고 할 게 뭐 있소? 일이 이 지경에 이르렀으니 하늘의 뜻에 맡기는 수밖에. 과거에 급제해 벼슬길에 오른 이래 실로 춘풍득의春風得意한 나날을 보냈지."

기윤이 자조하듯 웃으면서 다시 말을 이었다.

"얼마나 교만하고 방자했으면 '춘범'春帆이라는 자字까지 만들어 으스댔었는가! 순풍에 돛단 듯 모든 일이 술술 풀리기를 바라는 뜻이었는데, 해와 달도 차면 기운다는 심오한 도리를 미처 깨닫지 못했소. 그것이 오늘날의 화근이 된 것 같소. 폐하의 면전에서 겁 없이 학문을 과시하고 동료들에게 안하무인의 나쁜 인상을 심어줬으니 어찌 보면 오늘날의 비극은 예고된 게 아니었던가 싶소. 그런 까닭으로 나는 나를 탄핵하고 질타한 사람들을 원망하지 않소. 오로지 나 자신을 원망하고 미워할 뿐이오."

"대신 폐하께 아뢰어 드리겠습니다. 자신의 착오를 인지하고 진심으로 회개하시는 모습이 바람직하다고 생각됩니다. 소 두어 마리 잃고 외양간을 고치는 것은 앞으로 열 마리를 잃지 않기 위한 현명한 처사가 아니겠습니까?"

유용이 기다렸다는 듯 간곡하게 기윤을 위로했다. 그러고는 다시 물었다.

"이번 춘위 시험문제는 기 대인께서 출제하셨죠? '공즉불모'恭則不侮라는 제목에 대해 어떤 호사가는 폐하께서 미신媚臣(아첨하는 신하)을 좋아하신다는 뜻으로 풀이했습니다. 그리고 '인생칠십고래희'人生七十古來稀라는 제목도 폐하에 대한 풍자를 담고 있다고 혀를 놀리고 있습니다. 폐하께서 그 얘기를 듣고 크게 노하시어 필묵을 내던져 박살냈다고 합니다. 기윤 대인에게 불똥이 튄 것도 이번 춘위 시험이 발단이 됐다고 합니다."

과연 그게 사실이라는 말인가! 듣고 보니 그것이 발단이 되려면 얼마든지 되고도 남을 것 같았다. 그런데 건륭의 면전에서 감히 춘위 시험의 제목을 들먹이면서 '호사가' 노릇을 할 수 있는 사람은 아무리 생각해봐도 우민중밖에 없었다. 화신은 설령 악의를 품었을지라도 그럴 만한 '재학'은 없는 사람이었다.

기윤은 불끈 치밀어 오르는 분노를 애써 삭이면서 일어나 붓을 들었다. 이어 먹을 힘껏 찍어 일필휘지로 써 내려갔다. 바로《사서》四書에 나오는 구절들이었다.

왕하필왈리王何必曰利(왕은 왜 이익을 입에 올리는가)

이오유부족二吾猶不足(나는 지금 십 분의 이의 세법을 쓰는데도 여전히 모자라다)

마루사서麻縷絲絮(삼과 삼실과 생사와 헌솜을 아울러 이름)

자남동일위子男同一位(자작과 남작은 똑같은 등급)

글을 다 쓰고 난 기윤이 말했다.

"이것 좀 보오, 석암. 건륭 삼십육 년에 우 중당이 과거시험에 출제했던 제목들이오.”

　유용은 그 글을 한번 훑어보고는 잘 모르겠다는 듯 어리둥절한 눈
빛으로 기윤을 바라봤다. 그러자 기윤이 말없이 다시 다른 글을 써내
려갔다.

　　　공즉불모恭則不侮(공손하면 수모를 당하지 않음)
　　　축타치종묘祝鮀治宗廟(축타가 종묘를 책임지다)
　　　천자일위天子一位(위정자의 등급을 나눌 때 천자가 가장 책임이 크다는 뜻)
　　　자복요지복子服堯之服(그대가 요 임금의 복장을 입다)
　　　만승지국萬乘之國(천자가 다스리는 나라)
　　　연이칠십의年已七十矣(그때 그의 나이는 이미 일흔이었다)

　기윤은 붓을 내려놓고 손을 털었다. 이어 글귀의 앞 글자를 하나씩 짚
어 보이면서 설명을 하기 시작했다.

　“자, 보오! 앞 글자를 하나씩 따 읽어보면 ‘공恭, 축祝, 천天, 자子, 만萬,
년年’이오. 작년에 폐하의 성수聖壽는 육십오 세였소. 내가 천자의 만년
을 공축하자는데 뭐가 문제라는 말이오? 자, 그러면 이제 우 중당이 건
륭 삼십육 년에 출제한 제목들을 보시오. 도학道學의 종사宗師임을 자
부해서 삼강오상三綱五常(삼강三綱은 군위신강君爲臣綱・부위자강父爲子綱・부
위부강夫爲婦綱을 말하고, 오상五常은 인仁・의義・예禮・지智・신信을 이름)을 입
에 달고 다닌다는 사람이 출제한 걸 좀 보오. 앞 글자들을 하나씩 붙여
보면 ‘왕이마자’王二麻子, 즉 ‘왕 곰보’라는 뜻이 아니냐 이 말이오! 굳이
문제를 삼자면 어느 쪽이 더 문제가 되겠소?”

　유용이 연신 고개를 끄덕였다. 대학자와 마주앉아 학문을 논할 자리
는 아니었으나 아무튼 기윤의 말은 신선하고 놀라웠다. 유용이 천천히

입을 열었다.

"제가 왈가왈부할 문제는 아닌 것 같고 대신 아뢰어 드리겠습니다. 폐하께서 직접 성재聖裁할 수 있도록 말입니다. 단 한 가지 부탁드리고 싶은 건 이럴 때일수록 바깥출입을 삼가시고 당분간 근신하시는 것이 바람직할 것 같다는 말입니다. 꼭 방정맞은 자들이 있어서 다리를 보고도 엉덩이를 봤다고 요상한 소문을 퍼뜨리게 돼 있으니까요."

기윤과 유용은 그 외에도 공무에 대해 많은 대화를 한참이나 더 나눴다. 해가 서쪽으로 기울 무렵에야 모든 수사는 끝이 났다. 바로 그때 형무위가 장부책을 한아름 안고 들어와 아뢰었다.

"기 대인의 장부는 명세기록이 잘 돼 있는 것 같습니다. 장부책을 가지고 갈까요, 아니면 남겨 놓을까요?"

"가져갈 필요는 없어. 나중에 재수사할 때 찾기 쉽게 잘 챙겨 놔."

유용이 덧붙였다.

"나머지 세 곳의 빈 저택을 지키고 있는 기가紀家 가인들을 전부 보내고 형부에서 사람을 보내 지키도록 하게. 이곳 '열미초당'은 아직 봉하지 말게. 기윤 공 일가도 편히 머무를 곳이 있어야 하지 않겠나? 일상기거는 예전과 다름없이 배려해 드려야 할 것이네."

기윤이 유용의 처사에 내심 감격한 듯 눈시울을 붉혔다. 그러다 일을 마친 유용이 떠나려고 하자 황급히 불렀다.

"하나만 물어보고 싶소."

유용이 멈춰 서자 기윤이 물었다.

"이시요는 어찌됐소?"

"부정부패와 횡령, 뇌물수수죄가 적용돼 양봉협도의 옥신묘에 수감됐습니다."

기윤이 기운 없이 중얼거리듯 대답했다.

"알았소. 죄를 지었으면 죗값은 치러야겠지……. 알았소, 그만 가보시오."

기윤은 유용이 물러가자 느릿느릿 내원內院으로 걸음을 옮겼다. 와병 중인 부인 마씨와 시첩侍妾, 가인들이 모두 내원에서 조마조마하게 소식을 기다리고 있을 터였다.

유용은 그날 저녁 귀가하지 않고 형부의 공문결재처에 남았다. 오후에 이시요를 양봉협도의 감옥으로 압송한 다음 기윤의 재산을 압수수색하는 등 두 가지 대사를 연이어 치른 탓에 마음이 울적했던 것이다. 게다가 아직 못 다한 일들도 적지 않았다.

사실 군기대신이 되고부터 여러 가지가 달라졌다. 무엇보다 여느 부원部院의 신하들처럼 제 할 일을 마치면 그만인 것이 아니었다. 이번이 그랬다. 기윤과 이시요의 사건을 정리해 기록을 남겨야 할 뿐만 아니라 건륭이 하문할 때를 대비해 조리 있게 보고하고 자신의 주장을 설득력 있게 피력하려면 나름 철저한 사전준비가 필요했던 것이다. 게다가 자신의 말 한마디가 군기처를 논란의 소용돌이에 몰아넣고 조정의 대국을 움직일 수도 있었으므로 더욱 신중을 기할 수밖에 없었다.

그는 특히 이 사건과 관련해 아계, 우민중과 화신 등이 어떤 견해를 보이고 있는지 궁금했다. 아계도 이시요를 천거한 죄를 물어 처벌을 받았다. 그렇다면 혹시 부항의 '부재'로 인한 군기처의 '인사변동' 유언비어가 진짜인 건 아닐까? 그러나 다시 생각을 고쳐서 해보니 그것도 아닌 것 같았다. 국태와 우역간은 부항의 측근이 아님에도 주살당한 걸 보면 꼭 부항의 '계보'에 손을 대려는 건 아닌 것 같았다. 부항은 평생 근신하고 공정한 삶을 산 사람이었다. 그의 아들들 역시 모두 반듯하게 자라 현재 중용되고 있었다. 건륭이 정말 '결당'結黨을 의심해 군기처를 '혼란의 정국'으로 몰아넣을 작정이었다면 절대 '당수'黨首를 내버려두고 곁가지들인 '당우'黨羽들만 징계할 리 만무했다.

그러나 그게 아니라면 도대체 왜 그런 것일까? 불세출의 학자와 흔치 않은 인재를 크게 처벌한다는 것이 도무지 이해가 가지 않았다. 한눈을 살짝 감아버리면 될 정도의 작은 착오 때문에 이렇듯 크게 죄를 묻는다는 것이 이해가 되지 않았다. 도대체 건륭의 의중은 무엇이라는 말인가?

갑자기 촛불이 "탁!" 하고 튀면서 불꽃이 커졌다. 순간 유용의 눈빛이 뭔가 계시를 받은 듯 번쩍 뜨였다. 겉보기에는 복잡하고 난해한 문제의 답이 의외로 간단명료할 수 있다는 생각이 들었던 것이다.

부항에 대한 성총이 예나 지금이나 별반 다름이 없다는 데 이의를 제기하는 사람은 없을 터였다. 그러나 20년 동안 군기처의 '살림'을 도맡아 하다시피 한 부항이었으므로 그의 영향력이 뿌리 깊게 박혀 있는 것 역시 사실이었다. 하지만 이제 옛 사람은 가고 없으니 새로운 사람들이 부항의 빈자리를 메워야 했다. 그러나 현실은 달랐다. 신인新人들이 대선배들 앞에서 움츠러들 수밖에 없었다. 본인의 기량을 마음껏 펼 수 없을 터였다. 이는 자명한 사실이었다. 특히 복강안을 군기처에 들이지 않은 걸 보면 알 수 있었다. 건륭은 우민중, 화신 등 군기처 신인들이 각자 재능을 마음껏 펼칠 수 있도록 독창적인 '새로운 활동무대'를 만들어주려는 생각임에 틀림없었다!

유용은 그제야 비로소 깊고도 높은 제왕帝王의 심술心術을 어느 정도 엿볼 수 있을 것 같았다. 물론 건륭은 본인의 뜻을 밝히지 않았다. 신하들로서는 그저 더듬어 추측하고 성의聖意를 헤아려나가는 수밖에 없었다.

유용은 쓰고 짙은 보이차普洱茶를 한 잔, 두 잔 연신 비워댔다. 기윤이 보내준 '관동홍'關東紅이라는 연엽煙葉을 한 줌씩 곰방대에 쑤셔 넣고는 뻑뻑 빨기도 했다. 그의 얼굴은 눈이 우묵하게 꺼진 데다 곰방대를 힘껏 빨아 볼까지 움푹하게 들어가 마치 무덤 속의 해골을 보는 것처럼 섬뜩해졌다.

유용은 창밖이 훤히 밝아올 때까지 책상 앞에 앉은 그대로 새벽을 맞았다. 이어 대충 고양이 세수를 하고는 구부정하게 허리를 구부린 채 약간 열이 느껴지는 이마를 쓸어 올리면서 주위에 분부를 내렸다.

"입궐할 채비를 하거라!"

과연 유용이 예측했던 바였다. 융종문에 들어서자 벌써 분위기가 평소와 사뭇 달라진 것이 느껴졌다. 군기처 각 방의 장경들은 일찍 나왔다고 해서 한가로이 담소하거나 차를 마시는 이들이 하나도 없었다. 아침부터 입천장이 훤히 들여다보일 정도로 하품을 하면서 무료하게 관보官報를 뒤적이는 이도 없었다. 모두가 헛총질에 겁먹은 산토끼처럼 분주히 움직이고 있었다. 먹을 간다, 화선지를 쓰기 좋게 잘라놓는다, 찻물을 끓여낸다, 서류를 한아름 안고 왔다 갔다 하면서 하나같이 대단히 분주해 보였다. 표정들은 석고처럼 굳어 있었다.

어제철패御製鐵牌 밖에는 명을 받고 업무보고를 하기 위해 달려온 열댓 명의 관리들이 역시 긴장된 표정으로 삼삼오오 모여 귀엣말을 나누고 있었다. 철패를 지키는 군기처의 시위와 태감들 역시 어둡고 심각한 표정들이기는 마찬가지였다. 유용이 들어서자 일제히 하던 일을 멈추고는 고개를 숙여 인사를 올렸다.

그 순간 유용은 전에 느껴보지 못했던 뿌듯함을 맛봤다. 물론 그는 전에도 나름대로 '대접'은 받아왔다. 그러나 그게 항상 부친의 후광 덕분이라는 생각을 떨쳐버릴 수가 없었다. 하지만 지금은 달랐다. 무엇보다 산동으로 내려가 백성들의 우환이었던 탐관오리들을 숙청했다. 그럼으로써 크게 이름도 날렸다. 게다가 복강안이 평읍의 난을 평정할 때도 군무를 잘 협조했다는 평을 받았다. 이 정도면 이제 완전히 아버지의 그늘에서 벗어났다고 해도 좋았다. 그는 일제히 자신에게 향하는 눈길을 의연하게 받으면서 군기처를 향해 두어 걸음 옮겼다. 그때 태감 한 명이 달려 나와 굽실거리면서 아뢰었다.

"우 중당은 예부, 화 대인은 호부로 갔습니다. 방금 폐하께서 유 대인께서 오시면 봉선전奉先殿으로 들어와 직접 아뢰라고 하시는 어지가 계셨습니다."

"봉선전?"

유용의 얼굴에 놀란 표정이 나타났다. 건륭이 여태껏 그곳에서 신하들을 접견한 적은 한 번도 없었던 것이다. 그가 잠시 생각하고 나서 물었다.

"아계 중당은 어디 계신가? 다른 군기대신들은 폐하를 알현했는가?"

"아계 중당께서는 회시會試 준비차 보화전保和殿으로 가셨습니다. 어제 아계 중당으로부터 지시를 받았습니다. 나머지 대인들은 아직 폐하를 알현하지 않았습니다."

유용은 아계가 의도적으로 건륭이 자신을 독대하도록 자리를 마련한 것이라고 생각했다. 그러나 하필이면 봉선전이냐 하는 의혹은 여전했다. 아무려나 그는 서둘러 건청문을 통해 동쪽의 경운문, 육경궁을 거쳐 어차방御茶房 북측에 이르렀다. 웅장한 궁궐이 눈앞에 모습을 드러내기 시작했다. 한백옥漢白玉 계단이 거울처럼 평평한 월대月臺를 받치고 있었다. 금와金瓦 역시 햇빛을 받아 눈부시게 빛나고 있었다. 이곳이 바로 청실淸室(청나라 황실) 열성조들의 신위神位를 모신 봉선전이었다.

왕렴이 궁문 앞에서 손짓을 하고 있었다. 유용은 빠른 걸음으로 계단을 올라 월대로 향했다. 왕렴이 소리 내지 말라는 시늉을 하면서 발끝을 들고 살금살금 대전 입구로 향했다. 스스로 이름을 말하고 들라고 했으니 유용은 바늘 떨어지는 소리까지 들릴 것 같은 조용한 문 앞에서 큰 소리로 아뢰었다.

"군기대신軍機大臣, 영시위내대신領侍衛內大臣, 태자태보太子太保, 문연각 대학사文淵閣大學士 겸 형부상서刑部尙書 신 유용이 대령했사옵니다!"

"들게."

안에서 건륭의 차분한 음성이 들려왔다.

"예!"

유용은 한 손에 두루마기 자락을 잡고 가벼운 걸음으로 궁전 안으로 들어갔다. 햇볕이 뜨거운 바깥과는 달리 궁전 안은 어둡고 차가운 기운이 감돌았다. 유난히 차갑게 느껴지는 금전金磚은 사람의 모습이 거꾸로 비칠 정도로 반질반질했다. 밖에서는 눈부시도록 찬란하게 보였던 유리창은 안에서 보니 어둡게 보였다. 강렬한 햇살에 적응된 눈이 방안의 어두운 빛에 익숙하지 않아 더욱 그런 것 같았다. 곧 향을 사른 냄새인지, 기름칠을 한 냄새인지 알 수 없는 은은한 향기가 용무늬가 선명한 기둥 주위를 감돌기 시작했다.

유용은 한참 동안 눈을 끔벅이면서 주위를 둘러봤다. 그제야 궁전 정중앙의 책상 앞 청동靑銅 사단정司丹鼎 옆에 서 있는 건륭의 모습이 보였다. 진주가 박힌 비단 관모에 노란 용포 차림이었다. 유용은 황급히 엎드려 머리를 조아렸다.

"신이 시력이 부실해 이제야 폐하를 알아봤사옵니다. 신의 불경을 용서해주시옵소서."

"일어나게!"

건륭의 목소리가 대전에서 메아리처럼 울렸다.

"짐을 따라 열성조들의 성용聖容을 경앙하세."

"망극하옵니다!"

유용은 조심스럽게 건륭 가까이로 다가갔다. 이어 힐끗 건륭의 눈치를 살피고는 곧 궁전 중앙의 벽에 높이 걸린 역대 대청 황제들의 존용尊容을 우러러보기 시작했다. 신위神位마다에는 이름이 적혀 있었다. 또 신상神像이 걸려 있었다. 첫 번째는 단연 청 태조 누르하치였다. 그리고 그 뒤에는 태종 황태극皇太極의 신상이 걸려 있었다.

건륭은 네 번째 신상 앞에서 걸음을 멈추고는 묵묵히 세 번 절을 올렸다. 유용 역시 황급히 무릎을 꿇고 엎드려 머리를 조아렸다. 건륭이 향을 사르기를 기다려 다시 일어나보니 네 번째 패위에는 길고도 긴 글이 새겨져 있었다.

聖祖合天弘運文武睿哲恭儉寬裕孝敬誠信功德大成仁皇帝
성조합천홍운문무예철공검관유효경성신공덕대성인황제

건륭은 유용이 글을 유심히 읽어보자 잠깐 기다려 줬다. 그러고는 다시 천천히 걸음을 옮겼다. 유용은 당연히 건륭이 5대 황제인 옹정의 신상을 향해서도 향을 사를 것이라 짐작하고 무릎 꿇을 준비를 했다. 그러나 건륭은 묵묵히 응시하기만 할 뿐 그대로 지나쳤다. 이어 궁전 서쪽 벽에 마련된 자그마한 수미좌須彌座에 올라가 앉았다.

유용도 따라 움직였다. 열성조들의 신상을 경앙한 다음 그 앞에서 물러나자 어쩐지 마음속을 누르고 있던 천근 바위를 들어낸 듯 홀가분해지는 느낌이 들었다. 그는 그 기분을 그대로 간직한 채 소리 없이 크게 숨을 몰아쉬고는 한쪽에 시립했다. 이어 건륭의 훈육이 이어지기를 기다렸다.

"빠르군! 빨라! 세월만큼 빠른 게 없는 것 같네."

건륭이 혼잣말처럼 말하면서 가만히 한숨을 내쉬었다.

"실로 눈 깜짝할 사이에 짐도 벌써 환갑을 훌쩍 넘겨버렸네. 소싯적에 성조(강희제)의 감독하에 글공부를 하던 때가 어제 같은데 말이야. 성조의 따뜻한 큰 손에 고사리 같은 손을 잡혀 서예 연습에 열을 올리던 그때가 참 그립군!"

유용이 허리를 낮추면서 또박또박 힘을 줘 아뢰었다.

"폐하께서는 조상들의 성상聖像을 알현하시니 감회가 북받치시는 모양이옵니다. 폐하께서는 아직 춘추가 한창이시옵니다. 열성조들의 풍범風範을 발양광대發揚光大하시어 선대의 위업을 잇고, 후세에 회자될 문무의 공적을 높이 쌓으셨사오니 열성조들께서도 얼마나 기뻐하시고 감격해하실지 모르옵니다. 세월의 유수 같음에 탄식하실 필요는 없을 듯하옵니다."

건륭이 얼굴에 한 가닥 미소를 머금었다.

"경의 말이 맞네. 근자에 태후마마께서도 기운이 딸려 힘들어하시고 여러 가지로 심사가 편치 못해. 그러던 중에 열성조들을 뵙고 나니 감개가 새로워져서 그러네."

건륭이 이내 정색하면서 말을 이었다.

"성조께서 언젠가 이런 얘기를 하신 적이 있었지. 당신께서 즉위하실 때 더도 말고 덜도 말고 삼십 년만 보좌에 앉아 천하를 다스리게 해 주십사 기원했었다고 말이네. 헌데 하늘이 어찌 잘 보셨기에 꿈에도 생각지 못했던 두 개의 갑자년甲子年을 선물하셨는지 신통하다고 하셨지. 짐은 이곳에서 즉위했어. 당시 절대 성조의 재위 기간을 넘지 않겠노라고 서약했네. 앞으로도 그럴 것이네. 하늘이 짐에게 천명을 내리신다고 한들 짐은 결코 즉위 육십 년을 넘기지 않을 것이네. 육십 년 되는 해에 짐은 쾌히 보위를 다음 주자에게 내줄 것이네. 아직 몇 해 더 남았으나 체력이 전에 비해 약해진 것 같아 걱정이네."

건륭이 자조 섞인 웃음을 지어보이면서 덧붙였다.

"육십 년을 맞기나 할는지!"

유용이 건륭의 말뜻을 음미하면서 더욱 조심스럽게 아뢰었다.

"어찌 그런 말씀을 하시옵니까? 폐하께서는 아직 강건하시고 기력이 왕성하시옵니다. 성수聖壽가 백년은 되실 기골이시온데, 어찌 그리 심약한 말씀을 하시는 것이옵니까? 폐하의 건재하심이 곧 천하 신민臣民들의 복이고 바람이옵니다."

"마음을 편히 갖게. 상주하는 자리가 아닌데 괜히 분위기를 딱딱하게 만들지 말고."

건륭이 수염을 쓸어내리면서 자상한 미소를 보였다.

"원수元首가 영명하고 고굉들이 양선良善함은 곧 천하가 대길하고 백성들이 태평할 일이지. 경의 말이 맞네."

건륭이 한결 부드러워진 말투로 말을 이었다.

"……부항과 윤계선은 보기 드문 양신良臣들이었지. 그러나 짐보다 젊은 나이에 갑자기 떠나버렸네. 화친왕도 구제불능의 '황당친왕'으로 불리기는 했으나 음으로 양으로 짐을 많이 보필해줬네. 너무 철딱서니 없이 굴어서 짐에게 한소리 듣더니 다음날부터 갑자기 너무 '철이 들어'버렸지 뭔가. 자네 부친 유통훈도 그렇게 보내기에는 너무 아까운 고굉대신이었지. 머리를 조아릴 필요는 없네. 짐이 괜찮다고 했으면 편하게 말하고 편하게 행동해도 되네. 건강 하나는 장담하던 사람 아니었던가. 오죽하면 짐이 다음 세대까지 맡기려 했겠나. 휴! 다들 거기에 꿀단지를 파묻어 놓았는지 어찌 그리 서두른 건지. 군기대신은 세습제도가 없네. 허나 제도는 때에 따라 적당히 바꿀 수도 있네. 현량賢良한 신하들에게 짐은 자승부업子承父業의 길을 열어줄 것이네. 자네와 복강안에게 짐은 큰 희망을 걸고 있네. 자네를 열성조들에게 인사시킨 것도 그 때문이네."

유용은 건륭이 유통훈에 대해 언급하자 황급히 무릎을 꿇었다. 갑자기 가슴이 뭉클해지면서 눈물이 핑 돌았다. 주름 사이의 행간을 확인할 수 있을 만큼 가까이에서 마치 자식을 대하듯, 아우를 대하듯 하는 건륭의 자상한 말에 저도 모르게 코끝이 찡해졌다. 그는 눈을 깜빡이면서 애써 참으려 했으나 얄궂은 눈물은 집요하게 계속 밀고 올라왔다. 유용은 그예 소맷자락으로 빠르게 눈물을 문질러 닦으면서 목이 멘 소리로 아뢰었다.

"폐하의 지우지은知遇之恩을 시시각각 명심하겠사옵니다. 마지막 피 한 방울까지 폐하와 종묘사직을 위해 바치겠사옵니다."

건륭이 일어나라는 손짓을 했다.

"그럼! 짐은 경을 믿네. 자네는 충신의 자제가 되기에 손색이 없네. 혹자는 짐을 의심이 많은 군주라고 쓴소리를 하나 짐은 결코 맹목적으로 사람을 의심하지 않네. 짐은 그저 상벌이 분명할 따름이네. 기윤과 이시요의 실각에 대해 자네 역시 토사호비兎死狐悲(토끼가 죽으니 여우가 슬퍼함. 동병상련同病相憐의 의미)하는 느낌이 있을 것이네. 밖에서도 의논이 분분할 테지만 그 요언들을 다는 믿지 말게. 이는 부항과 전혀 무관하네. 문생이 아니라 부항 본인이 살아생전에 그와 같은 착오를 범했다고 할지라도 짐은 똑같이 벌을 내렸을 것이네. 그 둘은 스스로 무덤을 팠거늘 부항과 무슨 상관이 있다는 말인가?"

"신은 감히 그런 생각을 해본 적이 없사옵니다."

유용은 밤새도록 고민했으면서도 애써 자신의 속내를 감추고는 다시 말을 이었다.

"신은 산동에서 돌아오자마자 기윤과 이시요 사건에 착수하면서 충격을 금할 수 없었사옵니다. 국태와 우역간도 앞뒤로 몇 차례씩이나 성은을 입어 포상을 받았음에도 불구하고 그렇게 많은 악행들을 저질렀다는 사실에 경악하지 않을 수 없었사옵니다. 신은 기윤과 이시요 대인이 중추中樞 부문에 몸담은 대신들로서 폐하를 보필하는 데 진력해도 부족할 판에 신하된 도의를 저버리고 화를 자초했다는 사실이 그저 놀랍고 애석할 따름이옵니다. 신은 이와 유사한 사건에 착수할 때마다 신하된 어려움이나, 영명한 군주가 되는 어려움보다 정직하고 한 점 부끄럼 없는 평범한 사람이 되는 것이 더 어렵다는 생각이 드옵니다!"

유용이 말을 마치고는 길게 숨을 들이마셨다. 건륭은 어좌에 앉은 채 상체를 이리저리 움직였다. 이어 일어나려다가 다시 앉기를 반복했다. 그러고는 무슨 생각에 잠긴 듯 궁전의 출입문을 뚫어지게 바라보면서 한참 동안 침묵을 지키더니 천천히 입을 열었다.

"철학적인 의미가 다분한 말이네. 대다수 사람들은 높은 자리에 오르면 자신이 범상치 않다고 생각하지. 그런 생각이 곧 모든 문제의 발단이 되네. 공자孔子와 맹자孟子의 가르침을 잊고 주자朱子도 누구였더라는 식으로 있는 대로 턱을 치켜들다 보니 근본을 잃는 것은 순간이지. 그리 되면 시비를 가리는 혜안에 콩깍지가 씌어 결국 난신적자亂臣賊子로 전락하게 되는 법이네!"

유용은 건륭이 특별히 '주자'에 대해 언급한 이유가 기윤에 대한 불만을 표출하기 위한 것이라고 생각했다. 건륭은 사실 예전부터 주자의 성리학性理學을 탐탁지 않게 여겨왔었다. 이학理學은 성명의리性命義理만을 표방하기에 각종 파벌과 문호의 '온상'이라고 비난하기도 했다. 또 강희와 옹정 연간의 대신도 성리학의 그릇된 이론에 편승했기 때문에 붕당을 우후죽순처럼 만들었다고 했었다. 심지어 부자간에 의심하고 형제간에 질투하거나 신하들끼리 공격하는 병폐가 모두 성리학 때문에 조성된 것이라고 강력하게 비난하기도 했다. 한마디로 건륭은 강희와 옹정 연간에 이어진 파벌과 붕당 그리고 천가의 각종 암투를 이학의 책임으로 돌렸다. 축취부악逐臭附惡(추악함을 뒤쫓음)의 무리들이 공맹의 도를 멀리 했기 때문이라고 단언했다. 건륭은 대신들과 같이한 자리에서도 공공연히 성리학의 창시자인 朱熹(남송南宋시대의 유학자. 1130~1200)를 비난하기도 했다. 유용 역시 그런 얘기를 여러 번 들은 바 있었다. 그랬으면서도 지금은 기윤이 '주자'를 공경하지 않는다는 식으로 몰아붙이고 있으니 유용은 씁쓸하기만 했다.

미운 털이 박히면 뒷모습조차 밉다는 말은 이런 경우를 두고 하는 것 같았다. 군주가 신하에게 죽음을 내리면 신하는 죽지 않을 수 없듯이 주희를 비난하던 건륭이 그에 적극 호응하던 기윤에게 "주자를 불경스럽게 했다"는 죄명을 덮어씌우는 것도 사실은 어찌 보면 그리 놀라운 것도 아니었다. 그렇다고 그런 사실을 따지고 들면서 용린龍鱗를 건드릴 수도 없는 노릇이었다. 유용은 몰래 한숨을 삼키면서 기윤과 이시요에 대한 건륭의 물음에 공손하게 대답했다.

건륭은 열심히 들었다. 기윤이 자신이 출제한 시제에 대해 '공축천자만년'恭祝天子萬年이라는 깊은 의미를 부여했다는 얘기를 듣고는 고개를 끄덕이면서 희미한 미소까지 지어보였다. 이어 유용의 말이 다 끝나자 자리에서 일어나 몇 걸음 떼어놓으면서 정벽正壁 서쪽의 빈자리를 가리켰다.

"여기는 짐의 자리가 되겠지. 짐이 '만년'萬年을 살고 나면 자네가 자주 찾아와 주게. 오늘처럼 군신 간에 장벽이 없는 대화를 나눴으면 좋겠네. 성조께서는 생전에 늘 이런 말씀을 하셨네. 천자도 마음대로 할 수 없는 일이 많다고 말일세. 그때 당시에는 천자가 마음대로 못하는 일이 대체 뭐가 있으랴 싶어서 쉬이 공감할 수 없었네. 지금에 와서 돌이켜보니 이제야 그 깊은 뜻을 알 수 있을 것 같네. 선제께서 연갱요年羹堯, 융과다隆

科多를 주살한 것이 과연 같은 하늘을 이고 살 수 없을 만큼 미워서였을까? 둘 다 태묘太廟, 자광각紫光閣에 족적을 남기게 하고 싶을 만큼 애중히 여기던 신하들이거늘! 사실 짐이 눌친訥親과 장광사張廣泗에게 죽음을 내릴 수밖에 없었던 것도 부득이한 경우에 어찌할 도리가 없었기 때문이네. 손뼉도 마주쳐야 울린다고, 어느 한쪽만 노력해서는 아무런 소용이 없다네. 지게도 양쪽의 무게가 적당해야 지고 갈 수 있는 법이네."

유용은 건륭의 말에 가슴속이 감격으로 벅차올랐다. 열성조들의 면전에서 군주와 독대한다는 것만 해도 황감하고 광영된 일인데 "나중에 자주 찾아와 달라"고 미리 당부까지 받았으니 어찌 그렇지 않겠는가. 더구나 건륭은 끝 부분에서 '고장난명'孤掌難鳴(손뼉도 마주쳐야 울림. 혼자 힘으로는 아무것도 하기 어려움)의 심오한 이치까지 상기시키면서 연아무개와 눌아무개 등의 전철을 밟지 말라고 넌지시 예방주사까지 놓고 있지 않은가. 유용은 다시 코끝이 찡해지면서 가슴이 뜨거워졌다.

"폐하의 훈육을 가슴 깊이 새기겠사옵니다. 신은 공로와 이익에 연연하지 않고 오로지 일심전력으로 폐하께 충성을 바치겠사옵니다."

유용이 말을 마치고는 잠시 숨을 돌렸다. 이어 다시 공손하게 물었다.

"광동 총독 손사의가 파직당해 광동 포정사가 총독서리를 맡게 됐사옵니다. 포정사의 빈자리에는 누구를 생각하고 계시옵니까?"

"광동은 지역 특성상 재정과 양무洋務에 능한 인재를 필요로 하네."

건륭이 잠시 침묵한 끝에 말을 이었다.

"서두르지 말고 좋은 인재를 물색해 보내는 것이 어떻겠나?"

건륭이 말을 마치고는 밖으로 나가자는 손짓을 했다. 유용이 자리에서 일어서면서 대답했다.

"지당하신 말씀이옵니다. 하오나 워낙 요직이니 만큼 눈독을 들이는 관리들이 많사옵니다. 장시간 비워두면 또 다른 폐단이 생겨날까 염려되옵니다."

"경은 천거할 만한 사람이 있는가?"

건륭이 문지방을 넘으면서 물었다. 유용이 즉각 대답했다.

"마땅한 자가 없사옵니다. 신은 형부에 몸담고 있사오니 폐하께서 치안에 능한 인재를 물색하신다면 얼사아문 등에서 한 자루라도 담아내올 수 있을 것이옵니다."

건륭은 무거운 걸음으로 궁전을 나왔다. 이어 월대에서 잠깐 거닐었다. 엷은 구름에 반쯤 가려진 태양이 마치 자다 깬 사람처럼 흐릿하게 보였다. 건륭이 잠시 생각을 하더니 입을 열었다.

"……그럼 화림을 보내보지. 군기처에서 화림에게 어지를 전하고 내일 아계에게 데리고 들어와 인견引見하라고 하게."

유용은 알겠노라고 대답했다. 그때 구룡벽九龍壁 저편에서 태감 작약芍藥(고봉오)이 다가오고 있는 모습이 보였다. 건륭이 그에게 물었다.

"화탁씨 몸에 아직도 열이 나나? 약은 누가 지었나?"

작약이 바로 대답했다.

"용주容主께서는 하賀 태의가 처방한 약을 조제해 드시고 벌써 쾌차하셨사옵니다. 그러나 어제 폐하로부터 보월루寶月樓에 대한 설명을 들으시고는 밤새 잠을 이루지 못하셨다고 하옵니다. 하 태의가 빙편氷片과 단삼丹蔘으로 차를 끓여 올리라고 해서 신이 차고茶庫에 다녀오는 길이옵니다."

건륭의 얼굴에 근심이 어렸다.

"빙편에 단삼, 찻잎을 함께 넣어 차를 끓이면 화탁이 그 향에 거부감을 느낄 수 있네. 그렇게 하지 말고 빙편과 단삼을 잘 빻아서 꿀을 조금 타 환약으로 만들어주게. 먹기에 더 나을 것이야. 그리고 보월루는 화탁을 위해 특별히 지은 궁전인 만큼 언제까지나 화탁의 소유이니 조급해 하지 말라고 하거라."

그사이 태감 진미미가 나타났다. 건륭이 물었다.

"무슨 일인가? 태후마마께서 원하시는 물건이라도 있는 게냐?"

"태후마마께서는 오늘 기분이 좋으시옵니다. 동백산桐柏山에서 채취한 차를 마시고 싶다고 하셨사옵니다. 노재奴才가 두 근을 받아 가는 길이옵니다."

진미미가 말을 마치고는 약간 내린 고개를 들어 유용을 힐끗 바라봤다. 이어 다시 말을 이었다.

"황후마마께서는 태의 맹헌하孟憲河가 처방한 약을 복용하시더니 두통과 어지럼증이 더한 것 같다고 하셨사옵니다. 다시는 맹헌하에게 진맥을 허락하지 않겠노라고 하셨사옵니다. 이에 태후마마께서는 늘 조심성 있게 진맥하고 언제 한번 착오를 범한 적이 없는 맹 태의가 어쩐 일이냐고 하시면서 한 달 동안의 월례를 벌봉罰俸하는 것으로 용서해주라는 의지를 내리셨사옵니다……."

진미미가 뭔가 망설이는 듯 다시금 유용을 힐끗 바라봤다. 그러다 입가에 맴돌던 말을 도로 삼켜버렸다.

유용은 솔직히 어제오늘의 일을 겪고 나서 경황이 하나도 없었다. 기윤과 이시요를 어찌 처벌할 것인지 주청 올릴 방법을 생각하느라 완전히 머리가 터질 지경이었다. 그러니 당연히 후궁에서 벌어진 미묘한 신경전을 눈치챌 수가 없었다. 그의 성격상 알고 싶은 생각도 없었다. 다만 그는 태후와 황후, 그리고 용비 모두 건강이 좋지 않다는 사실은 알고 있었다. 또 건륭이 국사國事와 가무家務로 인해 심경이 불쾌하다는 것 정도는 알고 있었다. 잠시 후 건륭의 말소리가 들려왔다.

"태후마마께서 동백산의 찻잎을 애용하시면 내무부…… 아니, 화신에게 일러 대량으로 구입하라고 하거라. 태후마마께 짐이 곧 문후 여쭈러들 것이라고 전하거라. 그리고 황후는 그 태의를 신임하지 못하겠다면 다른 태의를 들이라고 하거라!"

건륭의 마지막 한마디는 무척 화가 난 어투였다. 그래서일까, 건륭은 감정을 추스르는 데 시간이 필요한 듯 잠깐 침묵했다. 이어 다시 유용을 향해 말했다.

"곧 춘황春荒의 계절이 올 것이네. 청황불접青黃不接(보릿고개) 때는 진재賑災, 방역防疫, 치안治安 세 가지에 각별히 유의해야 하네. 치안은 자네가 챙겨야 할 부분이니 신중에 신중을 기해야겠네. 은자가 필요하면 과감히 지출하게. 부족하면 화신을 찾아가 봐. 액수가 큰 것은 짐에게 아뢰도록 하게. 기윤, 이시요, 손사의…… 이런 대신들의 처벌에 대해서는 너무 신경 쓰지 말게. 즉석에서 목을 친다고 해도 관가에서만 전전긍긍할 뿐 백성들은 한낱 구경거리로 생각할 뿐이네. 백성들에게 정작 중요한 것은 치안이네. 자네는 몇몇 몰지각한 대신들의 생사를 고민할 만큼 한가한 사람이 아니라는 걸 명심하게. 무슨 말인지 알겠는가?"

"예, 폐하! 치안은 신이 확실히 책임지겠사옵니다. 전혀 개과천선할 가능성이 없는 자들에게는 가차 없이 중형을 안기겠사옵니다. 수해지역의 인색한 부호들에 대해서도 엄히 문책해 백성들을 위로할 것이옵니다!"

"좋은 발상이네!"

건륭이 흡족한 표정으로 유용을 바라봤다. 이어 다시 격려의 말을 전하는 것을 잊지 않았다.

"여가를 내서 옹염과 왕이열을 만나보게. 이제 막 산동에서 귀경했네. 셋이 모이면 제갈량도 능가한다는데, 같이 좋은 방책을 강구해보게. 가서 일보게!"

유용이 곧 작별을 고하고 물러갔다. 건륭은 여전히 미련이 남는 듯 한참 동안 봉선전을 바라보다가 한숨을 내쉬었다. 그리고는 천천히 계단을 내려섰다. 왕렴과 작약이 기다렸다는 듯 수레꾼들을 불러 승여乘興를 대고 있었다. 그러자 건륭이 손사래를 쳤다.

"승여는 필요 없다! 멀지 않으니 걸어갈 것이야. 수레꾼들은 자녕궁 입구에 먼저 가서 기다리라고 하거라."

건륭은 무뚝뚝하게 말을 던지고 경운문 쪽으로 걸어갔다. 경운문景運門은 천가天街의 동대문이라고 할 수 있었다. 원래는 나름 꽤 규모 있는 문이었다. 그러나 옹정 연간에 천가 서쪽에 군기처를 설치하면서부터 작은 조회朝會는 모두 양심전에서 열리게 됐다. 그러다 보니 조정의 신료들은 황제에게 알현을 청할 때 대부분 서화문에서 패찰을 건넸다. 따라서 황실 자제들이 육경궁에서 글공부를 하기 위해 들락거리는 새벽 시간과 태후가 재계齋戒하고 황제가 제祭를 지내는 경우를 제외하면 경운문은 항상 정적이 감돌 정도로 조용했다. 건륭이 그런 곳에 갑자기 나타났으니 바로 눈에 띌 수밖에 없었다.

건청문에서 대기하고 있던 큰 태감 복인ᅡᅵ이 가장 먼저 건륭을 알아보고는 "폐하께서 납시었다!"라고 외치면서 무릎을 꿇었다. 영항 서쪽 입구에 있던 우민중과 화신 역시 건륭을 보자마자 황급히 그 자리에서 무릎을 꿇었다.

건륭은 넓은 천가로 나와서인지 침울하던 기분이 한결 가시는 것 같았다. 그는 얼굴에 미소도 지으면서 천천히 걸음을 옮겼다. 그러고는 건청문에서 두 눈을 부릅뜨고 이리저리 살피면서 경계를 하고 있는 대시위大侍衛 파특아巴特兒에게 다가갔다. 이어 그의 어깨를 가볍게 다독여주었다.

"성경盛京 장군으로 발령이 났는데, 떠날 채비는 하지 않고 여기서 뭘 하나? 열다섯째공주가 임지로 따라가서 잘해줄 테니 오순도순 깨가 쏟아지게 잘 살아보게. 필요한 것이 있으면 언제든 짐에게 상주하게."

파특아는 과거 건륭이 망원경과 호박琥珀을 주고 과이심 왕의 손에서 사온 죄노罪奴였다. 당시 겨우 열다섯 살밖에 안 됐던 용감하고 의젓한 몽고소년은 어느새 반백을 넘긴 나이의 노인이 되어 있었다. 그는 하지만 언제나 그렇듯 묵묵히 항상 그 자리에 서 있었다. 세월의 흔적은 감출 수 없었으나 몽고 사내답게 여전히 건장하고 튼튼했다.

돌기둥처럼 서 있던 파특아가 건륭의 말을 듣더니 공손하게 대답했다. 안타깝게도 그놈의 한어 실력은 수십 년이 지났는데도 별로 발전이 없었다.

"러시아 그놈들이 우리 동북을 노리지 못하도록 이번에 혼을 내주고 오겠사옵니다. 갈 때 가더라도 떠나는 순간까지 저는 폐하의 대시위이옵니다. 여기 서 있어야 용안龍顔을 한 번이라도 더 뵐 수 있을 것 같아서 나왔사옵니다!"

파특아는 궁전의 모든 시위와 대신들을 통틀어 스스로를 '신'이라 칭하지 않고 '저'라고 말하는 유일한 사람이었다. 처음부터 그래 왔기 때문에 아마 습관을 고치기 힘든 모양이었다. 건륭 역시 그런 습관을 묵인해 왔다. 이번에도 흡족한 미소를 지으면서 고개를 끄덕였다.

"짐이 해마다 한 번씩은 그리로 갈 것이야. 그러니 앞으로도 자주 만날 수 있어. 염려하지 말게. 갈 때는 과이심科爾沁(커얼친) 초원으로 돌아가게. 자네가 나서 자란 고향이 아닌가. 여러 가지로 좋든 싫든 추억이 많은 곳이잖은가. 이번에는 과이심 왕도 무릎을 꿇고 자네를 영송迎送해야 할 것이네!"

건륭은 뒤통수를 긁적이면서 수줍어하는 파특아와 몇 마디 담소를 나누고 나서 고개를 돌렸다. 순간 저만치에서 무릎을 꿇고 있는 우민중과 화신을 발견하고는 다소 빠른 걸음으로 그들에게 다가갔다. 이어 일어나라고 명하지도 않은 채 물었다.

"무슨 중요한 일이라도 있는가?"

우민중이 머리를 조아린 채 아뢰었다.

"방금 육백리 긴급 군보軍報를 받았사옵니다. 해란찰海蘭察이 이미 창 길昌吉을 점령하고 천산天山 장군 수혁덕隨赫德과 군사를 합쳐 오로목제烏 魯木齊(우루무치) 성의 북쪽 이십 리 지점에 주둔해 있다고 하옵니다."

화신도 바로 입을 열었다.

"신은 마이클과의 교섭 결과를 아뢰겠사옵니다. 끈질긴 설득 끝에 그 는 다른 외신外臣들과 함께 폐하의 접견을 받겠다고 했사옵니다. 두 무 릎을 꿇어서 예를 갖추기로 합의를 이끌어냈사옵니다. 결코 작은 일이 아니온지라 서둘러 폐하께 아뢰기로 했사옵니다."

"잘했네, 잘했어!"

건륭이 크게 기뻐하면서 연신 치하했다. 기분이 좋은 모양이었다. 그 는 갑자기 온몸이 가벼워지고 머리가 상쾌해지는 느낌을 받았다. 늘 보 는 주변의 경치가 이 순간만큼은 더욱 멋지고 아름답게 느껴지는 것 같 았다. 그가 손을 내밀어 우민중과 화신 두 대신에게 일어나라는 손짓을 하면서 즐겁게 웃었다.

"짐은 지금 태후마마께 문후 올리러 가는 중이니 조금 있다 양심전으 로 들게. 상세한 군무는 거기서 아뢰도록 하게. 화신, 태의들을 잘 알고 있는 자네가 태의원에 한번 갔다 오게. 하 태의의 아들에게 전하게. 태의 원 최고의 명의 두 사람을 입궐시켜 황후와 용비를 진맥하라고 말이네."

건륭은 문득 자신이 너무 기쁜 나머지 대신들 앞에서 실수를 했다는 것을 깨달았다. 그는 바로 웃음을 거두고 무릎을 꿇고 있는 한 무리의 관리들을 가리키면서 정색을 하고 물었다.

"저들은 품계가 낮은 관리들인 것 같은데, 어찌해서 저러고 있는 건 가?"

우민중이 재빨리 화신을 쓸어보면서 대답했다.

"저 사람들은 지방에서 올라온 공생들이옵니다. 시험에 합격한 것은 아니고 얼마간의 돈을 냈사옵니다. 아계 대인이 몇 사람씩 불러들여 접견한 연후에 일을 맡겨 지방으로 내려 보낸다고 하옵니다."

건륭이 무슨 얘기인지 못 알아들은 듯 잠시 침묵했다. 그러다 다시 입을 열었다.

"오, 오, 술직述職을 온 관리들인가 보네. 주현州縣으로 보내면 되겠지만 어디 자리가 그리 많겠는가."

"제후들이 천자天子를 알현하는 것을 '술직'이라 하옵니다. 술직은 이미 관직을 얻은 자가 자신의 직무에 대해 논하는 것이옵고 관직이 없는 자들은 술직이 무엇인지 모를 것이옵니다."

우민중이 이어 《맹자》의 한 구절을 인용하면서 덧붙였다.

"저들은 술직차 올라와 인견引見을 바라는 것이 아니옵고, 돈을 내고 관직을 사게 해 주십사 하고 인견을 청하는 것이옵니다."

화신은 최근 건륭의 책상 위에 《맹자》가 놓여 있는 걸 본 적이 있었다. 때문에 행여 뒤질세라 입을 열었다.

"물론 돈으로 관직을 사는 것이 정정당당한 일은 아니옵니다. 그러나 꾸준한 연마를 거치면 몰라보게 진보하는 것도 저들이옵니다. 맹자가 말하기를 '부자가 되기를 원하면서 십만 냥을 거부하고 만 냥을 받다니, 그게 진정 부자가 되겠다는 뜻인가?'라고 했사옵니다."

"자네는 뜬금없이 그게 무슨 자다가 봉창 두드리는 소리인가!"

건륭이 웃으면서 화신에게 말했다. 그러고는 두말없이 자리를 떴다. 이어 한 무리의 관리들이 등 뒤에서 머리를 조아리면서 뭐라고 떠들어댔으나 못 들은 척하고는 서둘러 자녕궁으로 들어갔다.

자녕궁으로 들어서자 왕렴과 진미미 등이 경쟁적으로 문 앞으로 뛰어나와 건륭을 맞았다. 조금 전 밖에 나가 산책을 하고 돌아온 태후는 안락의자에 앉아 있었다. 막 약을 먹고 난 듯 물로 입안을 행구고 있었다. 두 궁녀가 옆에서 시중을 들고 있다가 건륭이 들어서자 나지막하게 아뢰었다.

"폐하이시옵니다."

건륭이 빠른 걸음으로 태후 앞으로 다가갔다. 이어 궁녀의 손에서 물수건을 받아 직접 태후에게 받쳐 올렸다.

"어제는 안 와도 좋다는 모친의 명을 받고 그냥 있었습니다. 이 며칠 동안은 바빠서 경황이 없었습니다. 방금 유용을 데리고 봉선전을 다녀오는 길입니다. 지금도 아계 등이 기다리고 있습니다."

태후가 입을 닦고 애써 웃음을 지어보였다.

"물론 바쁘기도 할 테지요. 그러나 요즘 들어 폐하께서는 심신이 안녕치 못하신 것 같습니다. 옆에 가까이 와서 앉으세요. 너희들은 나가 보거라."

궁녀들은 태후의 명령이 떨어지기 무섭게 바로 물러갔다. 방안에는 두 모자만 오붓하게 남게 됐다. 백발이 성성한 태후의 눈에는 피곤이 짙게 서려 있었다. 건륭은 그런 모친의 안쓰러워하는 눈길을 받으면서 자신의 몸을 내려다봤다.

"어마마마, 보신 대로입니다. 소자도 이제는 나이가 들어 기력이 떨어지는 것 같습니다. 게다가 지난 겨울부터 교비敎匪들의 난동에 이어 곳곳에서 수해소식이 꼬리를 물고 있습니다. 기윤과 이시요, 손사의 등 다섯 명의 극품대원들도 줄지어 사달을 일으켰습니다. 그래서 아마 힘이 들었던 것 같습니다. 지난 원소절에는 비적들이 북경을 범하려 한 일도 있었죠. 그때는 억지로 대범한 척했사오나 속으로는 기절초풍할 일이 아닐 수 없었습니다. 설상가상으로 영국인들까지 대청의 내분을 재촉하고 있습니다. 사라분이 죽은 뒤 사라분 이세 때문에 조용하던 금천이 내분의 위험에 휘말려 있는 실정입니다. 어째 잠잠하다 싶었는데, 글쎄 러시아 놈들은 또 우리의 동북 변방을 위협하고 있다지 않습니까. 그쪽에는 파특아를 파견하기로 했습니다……"

건륭은 내친김에 평소 머릿속의 골칫덩어리 문제들을 하나씩 토로하기 시작했다. 어머니에게라도 하소연을 하고 나면 홀가분해질 것 같다고 생각했던 것이다.

"지금 천하가 먹고 살기 좋다고는 하나 빈부 차이는 오히려 극심해지고 있습니다. 토지겸병 역시 갈수록 심해지고 있는 실정입니다. 당연한 말이겠으나 빈부 격차가 커질수록 변란이 일어날 위험도 더 커집니다. 게다가 비적들까지 선동을 해대는 바람에 사달이 일어났다 하면 크게 번지는 수가 있습니다. 그래서 감히 고은庫銀을 낭비할 엄두를 못 내고 차곡차곡 모으고 있는 중입니다. 전쟁이 발발하면 엄청난 은자가 필요할 테니 말입니다. 복강안과 조혜, 해란찰 등은 모두 군사에 탁월한 재주를 보이는 만큼이나 씀씀이 역시 만만치 않습니다. 앞을 다퉈 은자를 펑펑 써대니 많이 비축해 두지 않을 수 없습니다. 수해 이재민들에게도 넉넉하게 내주고 싶으나 탐관오리들이 층층이 딴 주머니를 차는 바람에 감히 그리 할 수도 없는 실정입니다. 성세盛世이기는 하나 말 못할 우환거리도 많습니다! 어마마마께서는 연극을 좋아하시니 당唐나라의 명황明皇을 아시겠군요. 그의 묘호廟號가 '현종'玄宗이죠. '현'玄자는 밝았다 어두워지는 계명성啓明星의 또 다른 이름인 '현성'玄星의 현玄자가 아니옵니까? 그 많은 글자 가운데에서 하필이면 '현'玄자를 달고 다니더니 결국 그가 이뤄냈던 번화繁華와 부귀富貴의 극치인 개원지치開元之治가 천보天寶의 난亂으로 맥없이 끝나버리지 않았습니까! 우리도 이 고비를 잘 넘겨야 한다고 봅니다. 얼마 전 유용이 찾아와서 아뢰더군요. 치안을 잘 유지하고 난을 미연에 방지하려면 추결秋決만 가지고는 부족하다고 말입니다. 죄를 지은 자들은 봄, 여름, 가을, 겨울 상관없이 아무 때나 처형될 수 있다는 인식을 확산시킬 필요가 있다고 하기에 그리 하라고 윤허했습니다."

건륭이 말을 마치고는 숨을 길게 들이마셨다. 태후는 안쓰러운 눈길로 건륭을 바라보며 입을 열었다.

"마음고생이 이만저만 아니군요, 황제. 어미는 그런 소리를 들으면 조바심만 났지 달리 도움을 줄 수도 없고 속만 상합니다. 어제 다섯째숙모가 입궐해서 자기 손자 자랑을 늘어지게 하더군요. 어찌어찌 장래가 촉망되는 아이라면서 한바탕 자랑을 늘어놓더니 결국에는 어디 마땅한 자리 하나 없을까 해서 청을 하려는 게 아니겠습니까. 말을 들어보니 광동 쪽에 좋은 자리가 하나 생겼다면서요? 그래서 내가 폐하도 요즘 여러 가지 일이 겹쳐 노심초사하시는 것 같던데, 우리 노인네들은 가만히 있어주는 게 도와주는 거라고 말했죠. 그러자 못내 애석해하면서 돌아갔습니다."

광동에 '좋은 자리'가 난 것을 어찌 알고 벌써 청탁을 넣는 사람이 있다는 말인가? 건륭이 내심 놀라워하면서 말했다.

"역시 어마마마십니다! 그렇게 하시는 것이 바로 소자를 도와주시는 겁니다. 진짜 재주가 있는 사람들은 구차하게 그런 청탁을 넣지 않습니다. 물론 여러모로 '바로 이 사람이다' 싶으면 싫다고 해도 제가 눌러 앉히죠! 별 볼 일 없는 자들에게 황실의 자제라는 이유만으로 중요한 임무를 맡기는 것은 조정에도, 그 자신에게도 득이 되지 않는 위험천만한 발상입니다!"

태후가 고개를 끄덕였다. 그러고는 다시 물었다.

"아까 누가 공을 세웠다고 하는 것 같던데, 누굽니까?"

건륭이 바로 대답했다.

"해란찰이라는 장군입니다! 자주 문후 올리러 드는 고명부인들 중에 정아라고 있지 않습니까? 바로 그 여인의 남정입니다!"

태후가 건륭의 말에 바로 반색을 했다.

"아, 덕주德州에서 본때 있게 악당들의 목을 쳐버렸다던 그 장군이군요! 역시 멋있는 아이입니다……."

건륭이 웃으면서 말했다.

"아이요? 벌써 마흔을 넘기고 쉰을 바라보는 나이인 걸요!"

"상을 내리셔야 합니다!"

태후가 이어 덧붙였다.

"내 침실에 있는 진주 유리 병풍을 정아의 집으로 보내라고 해야겠네요!"

태후가 고개를 들어 잠시 뭔가를 생각하더니 다시 입을 열었다.

"황제, 그리고 유용에게 사람을 너무 많이 죽이지 말라고 하세요. 나중에 다시 붙일 수 있는 목도 아니고 쳐버리면 그만인데 불쌍하고 가여운 중생들이 아닙니까! 아녀자가 간여할 일이 아닌 줄 압니다만 여러가지로 우환이 끓을 때는 신중해서 나쁠 게 없는 법입니다. 사달이 나려면 어쭙잖은 일에서도 날 수 있답니다. 내가 불자佛子라서가 아니라 한 사람을 죽이면 가장을 잃은 부모형제와 자식들은 불문곡직하고 조정에 원한을 품을 게 아닙니까? 아무튼 이 어미가 노파심에서 하는 소리이니 잘 생각해보세요."

건륭은 태후의 말에 처음에는 웃고 있었으나 들을수록 일리가 있다고 생각하고는 웃음기를 거뒀다. 이어 정색을 하고는 일어나 예를 갖추었다.

"모친의 훈화는 실로 지당하십니다. 경각성은 높이되 살인은 신중히 하라고 유용에게 일러두겠습니다. 심려 놓으세요, 어머니."

"자식은 아무리 장성해도 항시 물가에 내놓은 어린애 같다고들 하지 않습니까? 이 어미도 그래서 그러는 겁니다."

태후가 웃음 띤 얼굴로 다시 덧붙였다.

"이 어미는 벌써 여든 해를 넘게 살았습니다. 애신각라愛新覺羅 가문에 들어온 지도 육십 년이 넘었고요. 지금까지 안에 들어앉아 귀동냥하고 눈요기한 것만 해도 장편소설을 쓰고도 남을 겁니다. 이제는 어디서 자그마한 화재가 났다는 소리만 들어도 가슴이 벌렁벌렁한 게 이 어미의 심정입니다. 하온데 황제, 황후전에 요즘 걸음이 뜸한 것 같습니다. 어인 까닭인지 물어봐도 되겠습니까?"

건륭이 그만 나가려고 일어서다 말고 다시 자리에 앉았다. 사실 그는 황후를 어떻게 처벌해야 할지에 대해 적지 않게 고민하고 있던 차였다. 불문곡직하고 죄를 추궁한다고 치면 능지처참을 해도 모자랐다. 그러나 국모를 능지처참할 수는 없는 법이었다. 급기야 그는 고심 끝에 솜이불로 덮어 '질식사'를 시켜버리는 것이 가장 좋을 것 같다고 생각했다. 황후가 그동안 행한 악행을 생각하면 차마 입 밖에 낼 수도 없이 추하고 악랄하고 징그러웠으나 어쩔 수 없었다. 대국大局을 위해서라도 가슴속에 참을 '인'忍자 셋을 새기면서 인내하고 넘기는 수밖에 없었다. 그런데 태후가 어찌 눈치를 챘다는 말인가? 모르기는 해도 나랍씨나 유호록씨가 등 뒤에서 입방아를 찧은 것이 틀림없을 터였다. 건륭은 거기까지 생각이 미치자 불끈 화가 치밀었다. 하지만 애써 내색하지 않고 웃으며 태후에게 반문했다.

"누가 어마마마께 뭐라고 했습니까?"

"그런 건 아닙니다. 어미가 그리 느꼈을 뿐입니다."

태후가 건륭을 쳐다보지도 않고 말을 이었다.

"이 어미는 늙고 기력은 떨어졌어도 판단이 흐려질 정도로 정신이 없는 건 아닙니다. 알고도 모른 척할 때가 많지요!"

건륭이 태후에게 따끈한 차를 한 잔 따라 올리면서 말했다.

"어마마마께서는 아직 정정하십니다. 정신이 없다니요! 황후뿐만 아니라 다른 후궁의 처소에도 요즘은 뜸할 수밖에 없습니다. 어마마마께서 마냥 '물가에 내놓은 코흘리개'처럼 생각하시는 소자도 이제는 육십 대 후반의 나이입니다. 낮에 아무리 정무에 시달렸어도 한숨 잘 자고 나면 기력이 샘솟고는 하던 청장년이 아니지 않습니까? 요즘은 기력이 갈수록 떨어지고 있습니다. 며칠 푹 쉬고 싶어도 워낙 어수선한 이때에 무슨 소문이라도 나돌까봐 이러지도 저러지도 못하고 있는 겁니다. 부찰 황후 때도 몇 개월씩 종수궁을 찾지 않은 적도 있었습니다. 그때마다 황후가 들어와 시중을 들었죠. 아마도 근자에 소자가 화탁씨의 처소를 자주 찾는다고 해서 다른 후궁들이 질투를 하는 것 같습니다. 사실 소자가 화탁씨의 처소를 자주 찾는 것은 사실입니다만 잠자리는 거의 안 하는 편입니다! 어마마마께서도 아시다시피 화탁씨의 오라버니와 숙부, 그리고 사촌오라버니는 조혜와 해란찰의 군중軍中에 합류해 조정의 향도로 얼마나 큰 공로를 세웠습니까? 앞으로 서역을 평정할 때도 그 일가의 전폭적인 지원이 필요한 실정입니다. 화탁씨는 멀리 수천리 밖에서 난병亂兵들의 포위망을 헤치면서 여기까지 어렵게 온 여인입니다. 여러 가지로 다른 후궁들보다 각별하게 대할 수밖에 없습니다. 보월루를 지어줬다고 질투를 하는 모양인데, 보월루 하나로 서역의 평화를 도모하고 수십만 생령生靈들을 지켜줄 수 있다면 그까짓 건물이 문제겠습니까?"

건륭의 변명은 과연 효과가 있었다. 어느새 태후의 표정이 풀리고 얼굴에 웃음꽃이 활짝 피어나고 있었다. 수긍이 간다는 듯 고개도 끄덕였다.

"화탁 그 아이는 볼수록 귀엽고 순진무구한 것이 정감이 갑니다. 한족 여식들처럼 영악하거나 간사하지 않고 솔직하고 당당한 모습이 보기 좋은 것 같습니다. 황제의 의중이 그리 깊으신 줄은 미처 몰랐습니다. 그 정도라면 보월루가 아니라 뭔들 못해주겠습니까! 그러나 후궁들이 질투를 하거나 수군대는 것은 아닙니다. 의심을 접으세요. 후궁의 일은 이 어미가 더 훤하지 않겠습니까? 아녀자들은 선천적으로 담력이 부족합니다. 자기네들이 입을 한번 잘못 놀려 큰 사달이 일어나는 수도 있다고 생각하면 감히 입방아를 찧지 못합니다. 황제가 바쁜 몸인 것은 이해합니다만 그래도 짬을 내서 후궁들을 찾아주세요. 황제의 기척만 고대하면서 외로운 심궁深宮에서 밤을 지새우는 불쌍한 여자들입니다. 그들이 바라는 게 뭐가 있겠습니까? 황제가 가끔씩 손을 잡아주고 웃어주면서 따뜻한 말 한마디 해주면 그걸로 만족하지 않겠습니까?"

8장
비정한 염량세태炎凉世態

잠깐 짬을 내서 문후를 올리러 자녕궁에 들었던 건륭은 태후가 말 보따리를 풀어놓는 바람에 그만 발이 묶이고 말았다. 그러나 기분이 나쁘지는 않았다. 아니 오히려 여태껏 마음을 무겁게 짓누르고 있던 일들과 다른 누구에게도 속내를 털어놓을 수 없었던 부분들을 모친 앞에서 다 쏟아내고 나니 속이 한결 홀가분해졌다. 그래서 들어올 때는 발걸음이 다소 무거웠으나 나갈 때는 가벼웠다. 건륭은 끝까지 앉아 모친의 '잔소리'를 즐겁게 들어주다 시간이 예상보다 많이 흐른 것을 보고는 황급히 자리에서 일어났다. 이어 밝은 표정을 지은 채 말했다.

"며칠 뒤 좀 안정이 되면 원명원으로 가보시죠. 경치가 가장 수려한 곳으로 어마마마를 모시겠습니다. 여러 가지 일들을 매듭짓고 나면 짬을 내 어마마마와 황후, 그리고 여러 후궁들에게 좀 더 마음을 쓸 것입니다. 어마마마께서 지정하신 곳에 무대를 만들어드리겠습니다. 밖에서 어느 연극단이 호평을 받는다는 소문이 들리면 그들을 불러 연극구경을 하십시오."

그러자 태후가 웃으면서 화답했다.

"연극은 별로 생각이 없습니다. 이 어미에게는 이제 조용한 불당佛堂 하나만 있으면 됩니다. 경經을 읽는 것으로 하루를 시작하고 하루를 마무리하는 사람이니 다른 건 필요 없습니다. 원명원에 가면 묘원廟院과 거리가 너무 멀어질 것 같아서 말입니다."

"당연하죠, 어머니. 불당은 반드시 만들어 드려야죠!"

건륭이 말을 이었다.

"소자도 유명한 '장춘거사'長春居士가 아닙니까! 원명원 근처에 청범사淸梵寺도 아직 그대로 있습니다. 먼저 거기서 예불을 올리십시오. 그리고 어디 수리할 데는 없는지 돌아오셔서 소자나 화신에게 말씀해주세요. 즉시 손을 봐 드리겠습니다."

건륭은 태후의 흡족해하는 표정을 보면서 물러났다. 올 때와는 달리 이번에는 십육인교十六人轎에 앉아 양심전으로 돌아갔다.

아계와 우민중은 양심전 바깥 정전에 무릎을 꿇고 있었다. 이제나저제나 건륭이 오기만을 기다리고 있던 둘은 건륭의 기척이 들리자 황급히 머리를 조아린 채 문후를 올렸다. 궁전에 들어선 건륭은 "난각으로 들라!"는 말과 함께 동난각으로 들어갔다. 이어 다리를 괴고 앉은 채 한 손으로 찻잔을 들어 마셨다. 다른 한 손으로는 책상 위에 쌓여 있는 상주문을 뒤적여 봤다. 곧 두 신하가 들어섰다. 건륭이 찻잔을 내려놓고 손으로 구석 쪽을 가리켰다.

"다들 걸상에 앉게. 차를 가져오너라!"

건륭이 말을 마치고는 아계를 힐끗 바라봤다.

"안색이 썩 좋아 보이지 않는 것 같군. 어디 불편한 데라도 있는가?"

아계가 앉은 채로 상체를 깊이 숙이면서 아뢰었다.

"황감하옵니다, 폐하. 신의 견체犬體는 아직 건강한 편이옵니다. 신은 사흘 동안 백여 명의 외관들을 접견했사옵니다. 보결補缺(공석인 관직을 메움)을 요청하는 이들이 너무 많아 이부吏部와 상의해 몇몇을 선발해 뒀사옵니다. 어떤 곳은 기근에다 전염병까지 덮쳐 보결이 급박한 실정이옵니다. 특히 안휘성 몇 개 주현州縣들의 상황은 매우 심각하옵니다. 기근을 참다못해 기어갈 기력이라도 남은 사람은 전부 강남江南 쪽으로 걸식을 떠났다고 하옵니다. 나머지는 초근목피로 연명을 하다가 지금은 그마저도 여의치 않아 죽기를 각오하고 관음토觀音土(기근이 들었을 때 굶주림을 이겨 내기 위해 먹던 백토白土)까지 먹고 있다 하옵니다. 신은 몇몇 사관司官들을 불러 긴급회의를 소집하고 대책 마련을 촉구했사옵니다. 어젯밤에는 열다섯째마마를 따라 공부工部로 갔사옵니다. 그곳에서 조운漕運의 문제점과 해결책을 밤늦도록 토의하고 있던 중 또 여덟째마마(옹선)의 왕명을 받고 예부禮部로 갔사옵니다. 이어 그곳 관리들과 함께 전시殿試 준비에 대해 의견을 주고받았사옵니다. 날이 밝을 무렵 군기처로 돌아오니 벌써 접견을 기다리는 사람들이 줄을 서 기다리고 있었사옵니다. 고작 이틀 밤을 샜다고 이 모양이옵니다. 신도 갈수록 부실해지는 것 같사옵니다!"

"짐의 인삼탕을 아계에게 내 주거라."

건륭은 군기처 앞을 지날 때 아계가 영접을 나오지 않은 것을 보고 내심 불쾌하게 생각하고 있던 참이었다. 그러나 이틀 밤을 새울 정도로 바빴던 자초지종을 알고 나자 가슴이 뭉클해졌다. 그는 볼품없이 초췌해진 아계를 바라보면서 한결 부드러워진 어투로 말했다.

"주현관들은 한 명씩 접견하지 말고 장경들에게 분류해 놓으라고 하게. 보결을 위해서 온 자, 인견引見을 기다리는 자, 수해복구 혹은 치안에 대해서 보고하기 위해 접견을 요청하는 자……, 이런 식으로 분류해 놓고 한 무리씩 불러들이면 훨씬 용이할 텐데 그러네! 그리 중요하지 않다고 생각되는 일들은 다음 기회로 미뤄버리든가. 무쇠 인간도 아닌데 그리 물레방아 돌듯 바쁘게 돌아가서야 어찌 버텨내겠나? 어제 전풍의 상주문을 받아봤네. 부세賦稅를 균등하게 징수해야 한다는 주장이었는데, 장장 오천 글자나 되는 글이 어느 한 구절 마음에 와 닿지 않는 부분이 없었네. 귀주 순무임에도 강남의 백성들을 위해 호소하는 걸 보니 과연 대신의 풍모를 엿볼 수 있었네. 소주蘇州, 송주松州, 태주太州 이 세 곳의 부세가 원元나라 때에 비해 세 배, 송宋나라 때에 비해 무려 일곱 배 증가했다고 했네. 횡적으로 비교하면 상주常州의 세 배, 진강鎭江의 다섯 배이고, 심지어 어떤 곳의 스무 배도 된다면서 정확한 조사결과를 첨부해 보냈더군. 아무리 풍작이 들어도 부세가 워낙 많으니 뼈 빠지게 일하는 백성들은 입에 거미줄 치게 생겼다 이거지. 그런데 자네가 방금 말했듯 안휘성이나 다른 수해 지역의 이재민들은 그저 무턱대고 '강남'으로만 밀려든다면서? 그러면 강남으로서는 설상가상 아니겠나? 경기京畿 지역으로 오는 조운 식량을 떼어내 강남을 지원하는 건 어떻겠는가?"

아계가 한참 침묵을 지키고 있다 입을 열려고 할 때였다. 갑자기 우민중이 가볍게 기침을 하면서 먼저 아뢰었다.

"정말 인자仁者의 말씀이시옵니다! 역대의 부세 징수 자료들을 보면 관전官田은 한 무畝당 닷 되 세 홉 오 작勺(1작은 10분의 1홉)을 징수하고, 민전民田은 세 되 세 홉 오 작, 중조전重租田은 여덟 되 오 합 오 작을 징수해 왔사옵니다. 원元나라 이래 사백 년 동안 불변했던 이 규정이 타파되기까지는 성조 때의 삼번三藩의 난이 계기가 됐던 걸로 알고 있사옵니다. 군량미가 턱없이 부족해지자 이를 확보하기 위해 부세를 올릴 수밖에 없었사옵니다. 하오나 신이 황사성皇史成에서 모천안慕天顔이라는 사람의 상주문을 읽어보니 '관부官府에서는 규정대로 징수해 본 예가 없고, 백성들은 정해진 양을 납부한 적이 없다. 해마다 사정은 같지 아니했다'라고 적혀 있었사옵니다. 강남 지역의 부세가 다소 높이 책정된 건 사실이오나 백 년 동안 이어진 태평성세에서 강남만큼 혜택을 본 곳도 드물기 때문이라고 생각하옵니다. 농사꾼들 중 거의 대부분은 어초魚樵와 과수果樹 혹은 뽕나무 재배 쪽으로 생산 품목을 바꿔 큰돈을 벌었다고 하옵니다. 지리적으로 천혜의 땅인 데다 해외무역까지 늘면서 해산물을 가공해 양인洋人들에게 수출하는 방식으로 세상 어느 지역보다 부유해졌다고 하옵니다. 이 점을 유의해 주셨으면 하옵니다."

말을 마친 우민중이 허리를 펴고 자세를 고쳐 앉았다. 정확한 숫자까지 동원해 자신의 주장을 피력했으니 사실상 전풍의 주의奏議를 전면적으로 부정한 셈이었다. 건륭의 시선은 아계에게 향했다. 아계는 우민중의 말은 무시해 버렸다.

"신은 아직 전풍의 상주문을 읽어보지 못했사옵니다. 구체적인 건의 내용과 주장하는 바를 잘 모르겠사오니 먼저 주장奏章을 읽어보고 나서 논의하는 것이 바람직할 것 같사옵니다."

건륭이 웃으면서 말했다.

"과연 재상의 생각답네! 시급한 일이 아니니 잘 알아보고 토의하도록 하지. 전풍은 《대학》大學의 이재지도理財之道를 예로 들고, 《주관》周官의 부세균등 이론을 제시하면서 '강남의 부세를 어느 고정된 틀에 맞추기보다는 그해 작황에 따라 융통성 있게 징수하는 것이 바람직하다'라는 뜻을 피력해왔네."

건륭의 말을 듣고 있던 우민중은 어찌된 영문인지 모르겠다는 듯 고개를 갸웃거렸다. 그도 그럴 수밖에 없는 것이 태감 고운종이 "폐하께서는 전풍의 주장을 읽으시고 불쾌한 기색이 역력하셨다"라고 그에게 귀떰해 주었기 때문이었다. 우민중은 그 말을 곧이곧대로 믿고는 전풍의 이론을 반박하고자 밤을 새워 사료史料를 뒤지면서 그럴듯한 답변을 찾아냈던 것이다. 그런데 고운종의 말과는 달리 건륭은 전풍의 상주문에 대해 대단히 만족해하고 있지 않은가. 우민중은 가슴이 답답해지면서 마음도 착잡해졌다. 반면 아계의 얼굴에는 희색이 만면했다.

"전풍의 건의는 중용지도中庸之道를 구현했다고 보여지옵니다. 역시 학문의 토대가 튼튼한 사람이 다르기는 다르옵니다. 전체적인 국면을 헤아려 백성들의 정서에 부합되는 대안을 내놓을 수 있으니 말이옵니다."

아계의 말이 이어지고 있을 때였다. 밖에서 화신이 아뢰는 소리가 들려왔다. 건륭은 화신을 들어오게 하고는 인사를 올리지 말고 그냥 자리에 앉게 하면서 말했다.

"방금 태후마마께서는 국정을 운영하는 것이나 뭇 중생들이 가정을 꾸려나가는 것이나 별반 다를 바가 없다고 하셨네. 어떤 때는 모든 일이 풍조우순風調雨順해서 술술 잘 풀리다가도 일이 터졌다 하면 온갖 불행이 한꺼번에 닥치는 것이 세상을 사는 이치라고 하셨네. 그런데 그 말씀이 참으로 지당하신 것 같았네."

화신은 건륭의 말을 통해 그의 심사가 다소 무거워 보이는 것을 바로 눈치챘다. 그러고는 재빨리 머리를 굴렸다. 비록 늦게 들어와 구체적으로 무엇을 논의하는 자리였는지 알 수는 없었으나 아무튼 분위기를 파악하는 데는 그 누구도 따라갈 수 없는 그다웠다. 그가 곧 생각을 정리하고는 입을 열었다.

"폐하께서는 수해 복구, 서부 전사와 원명원 공사에 아직도 예산이 많이 필요한 것 때문에 크게 염려하시는 것 같사옵니다. 하오나 심려를 거두시옵소서, 폐하. 관세 수입이 몇 백만 냥은 족히 되옵니다. 신이 수중에 가지고 있거나, 예부에 위탁해 관리하고 있는 의죄은자도 수십만 냥은 족히 되오니 필요할 때 적재적소에 요긴하게 쓸 수 있사옵니다. 안휘성의 몇몇 주현에 기근이 심각하다고 들었사옵니다. 신의 소견으로는 은자 삼십만 냥 정도만 풀어주면 춘궁기를 무사히 넘기고 가을의 풍작을 기대할 수 있다고 생각하옵니다."

그 말에 건륭의 안색이 비가 그친 뒤의 하늘처럼 빠르게 맑아졌다. 화신을 바라보는 눈길에는 신뢰와 감동이 묻어나고 있었다.

"돈과 먹을 것만 있으면 마음이 여유로워지고 모든 일이 잘 풀린다는 말이 실감이 나네. 해란찰이 창길昌吉을 점령했다고 하네. 조혜를 위해 화탁 부족의 배후로 쳐들어가는 길에 걸리적거리는 돌을 치워버린 셈이지. 해란찰은 역시 짐의 기대를 저버리지 않았어. 짐의 침울한 기분을 한 방에 날려버렸네. 군기처에서는 조혜에게 공격을 서두르라고 전하게. 파죽지세로 쳐들어갈 수 있도록 길을 틔워줬는데 뭉그적거리고 있을 이유가 없지 않은가? 짐도 어지를 내려 독촉을 할 것이네! 태후마마께서는 이미 해란찰의 가족에게 상을 내리셨네. 짐도 상을 내릴 것이네. 해란찰의 부인에게 동주 두 개를 하사하고, 그의 아들을 일등 거기교위車騎校尉에 진급시킨다는 어지를 전하게. 병부에서는 은자 삼십만 냥을 출자해 해란찰 부대의 병사 가족들을 위로해주게. 이 일은 아계 자네가 책임지고 처리하게. 화신의 협조하에 둘이 알아서 하고 일일이 짐에게 아뢸 것은 없네. 해란찰의 관품과 작위 문제에 대해서는 전사戰事가 완전히 끝난 연후에 상의하도록 하지."

말을 마친 건륭이 차 한 모금을 마셨다. 그러고는 찻잔을 내려놓으면서 화신에게 물었다.

"자네가 마이클을 설득했다고 했는데, 그 뻣뻣한 자가 어찌 그리 쉽게 수락을 했다는 말인가?"

"아, 예!"

뭔가 다른 생각에 잠겨 있던 화신이 건륭의 느닷없는 질문에 잠시 멍한 표정을 짓더니 황급히 대답했다.

"무릎은 하나만 꿇겠다, 둘은 죽어도 못 꿇겠다는 자에게 공맹을 논한들 무슨 소용이 있겠습니까? 또 삼강오륜을 가르친들 귀에 들어가겠사옵니까? 그래서 좀 더 현실적인 방법으로 접근하기로 했사옵니다. 그들은 명분보다는 실리를 추구하는 자들이라고 들었사옵니다. 알아보니 또 그 나라 사람들은 하나같이 도박꾼들이라고 하옵니다. 내기라면 오금을 못 편다고도 했사옵니다. 그래서 신이 알고 있는 여러 가지 놀이를 가르쳐주고 본국으로 돌아가 돈을 많이 딸 수 있도록 '슬쩍 꼼수를 부리는 방법'도 몇 수 일러줬사옵니다. 그랬더니 그 큰 입이 귀에까지 걸리더군요. 그리고 틈이 나는 대로 우리의 궁전과 성지城池, 제궐문물帝闕文物, 의장위의儀仗威儀를 구경시켰사옵니다. 그러면서 따끔하게 일침을 놓았죠. '솔직히 너희들 영국보다 못하다고 생각되면 무릎을 꿇을 필요가 없다. 그러나 낫다고 생각되면 누가 시키지 않아도 강자 앞에 무릎을 꿇는 건 당연하지 않겠느냐?' 이렇게 따졌사옵니다. 그랬더니 고개를 끄덕끄덕하더군요. 한번은 그자를 끌고 무작정 자금성을 한 바퀴 돌았사옵니다. 그 큰 눈이 튀어나올 듯이 휘둥그레지더군요. 다리에 쥐가 날 정도로 원명원을 구경하고 나서는 코뼈가 콱 꺾여버리는 걸 느꼈사옵니다. 거기에다 몽고의 왕공들이 오문午門 밖에서 대궐을 바라보면서 머리를 조아리는 모습을 두 눈으로 똑똑히 보여주면서 이렇게 말했사옵니다. '혈통의 고귀함을 따지자면 너희들은 상대조차 되지 않는 칭기즈칸의 자손들이다'라고요. 이렇게 음으로, 양으로 은근히 압력을 넣었더니 이틀 만에 백기를 들었사옵니다. 하오나 또 변명거리가 있더군요. 어렸을 때 무슨 병인가 앓아서 목을 굽힐 수 없다고 했사옵니다. 머리를 조아리면 엉덩이까지 곤두박질치기 십상이라고 했사옵니다. 그래서 신이 또 이렇게 말했사옵니다. '우리 폐하께서는 그 정도는 충분히 용서해주실 분이시오. 군기대신 중에 유용이라고 있는데, 등이 잔뜩 휘었소. 그래도 폐하께서는 곤장을 쳐서 곧게 펴라고 하시지는 않았소!'라고 말이옵니다."

좌중의 사람들은 잠시 화신의 말뜻을 못 알아들은 듯 서로 얼굴만 쳐다봤다. 그러다 뒤늦게 곤장을 쳐서 유용의 등허리를 펴게 하지 않았다는 말에 웃음을 금치 못했다. 건륭도 웃음을 터트렸다.

"부쇠 머리를 녹이느라 과연 노고가 많았네. 목뼈가 굳었으면 굳은 대로 절을 받는 거지, 그렇다고 부러뜨릴 일이 있나!"

아계는 화신의 말에 적잖이 부풀린 부분이 있다는 사실을 모르지 않았다. 기윤이 있었으면 즉석에서 화신의 요상한 거짓말을 까발려 놓았을 텐데, 기윤은 지금 무얼 하고 있을까? 아계는 기윤 생각을 하자 갑자기 마음이 무거워졌다. 그렇다고 해서 겨우 먹구름이 가시고 화창하게 갠 건륭의 면전에서 기윤에 대한 얘기를 꺼내기는 어려웠다. 그러나 이럴 때 짚고 넘어가지 않으면 언제 하랴 싶어 결국 조심스럽게 입을 열었다.

"기윤과 이시요가 혁직革職당해 대죄待罪하고 있는 것에 대해 밖에서는 반향이 대단히 큰 것 같사옵니다. 기윤은 워낙 해내海內에 문명文名을 떨친 대학자가 아니옵니까. 이시요 역시 잘 나가던 조정의 대원이었고요. 둘의 사건이 국태 사건과 맞물려 일파만파로 충격이 퍼지고 있는 것 같사옵니다. 특히 이시요의 부하들은 좌불안석이옵니다. 기윤의 문생들도 성문城門에 붙은 불이 연못까지 번져 물고기들이 수난 당하는 격이 되지 않을까 전전긍긍하고 있사옵니다. 대죄 기간이 길어지는 건 인심을 안정시키는 데 불리하다고 생각하옵니다."

"경들은 어찌 생각하는가? 그 둘에게 어떤 죄를 묻는 것이 마땅할 것 같은가?"

건륭이 물었다. 얼굴에서는 웃음기가 순식간에 사라져 있었다. 얼마 후 건륭의 눈길이 우민중에게 멈췄다.

"지금까지의 수사 결과를 보면 기윤에게 부정부패와 뇌물수수죄를 적용시킬 수는 없을 것 같사옵니다."

우민중이 덧붙였다.

"그의 재물은 대부분 폐하께서 하사하신 집이나 장원이었사옵니다. 그의 신분과 지위로 볼 때 현재 영위하고 있는 생활도 호화롭고 사치스러운 것과는 거리가 있었사옵니다. 그의 주요 죄목은 몇 년 전 고향인 헌현獻縣에서 발생했던 이대 사건을 제대로 처리하지 못한 것이옵니다. 여러모로 판단했을 때 신은 가벼운 죄를 물어야 마땅하다고 사료되옵니다. 솔직히 천하 학자들의 본보기로 추앙받아왔을 뿐 아니라 폐하의 신변에서 정무를 보좌하면서 적으나마 공로를 세운 사람이 아니옵니까? 신은 그의 공로를 인정해 줘야 한다고 생각하옵니다. 적어도 목숨만은 살려둬야 문인들을 비롯한 천하 백성들의 마음을 안정시킬 수 있다고 사료되옵니다."

우민중은 미리 연습이라도 한 듯 일사천리로 말을 쏟아냈다. 미간을 찌푸리면서 듣던 아계는 곧 우민중의 의중을 확실히 알 것 같았다. 그는 순간 화신을 바라봤다. 화신 역시 그에게 시선을 보내고 있었다. 둘은 그렇게 아주 잠깐 눈길을 마주치고는 이내 서로의 시선을 피했다. 그때 건륭이 심드렁하니 물었다.

"그럼 이시요는 어찌하는 것이 바람직할 것 같은가?"

"이시요도 적당히 충격을 주는 차원에서 가벼운 벌을 내리시는 것이 마땅하다고 생각하옵니다."

우민중이 단호한 어조로 덧붙였다.

"광주의 십삼행으로부터 은자 십만 냥을 받아 챙긴 것이 문제이옵니다. 더구나 그 은자를 관부에 바치지 않고 자기 주머니에 넣지도 않은 채 적당한 곳에 두면서 상황을 관망했다는 것이 당당하고 떳떳한 처사는 못 된다고 생각하옵니다. 하오나 어찌됐든 궁극적으로는 그 은자를 광동성 번고藩庫에 입고시켰사옵니다. 다년간 병마를 이끌어왔을 뿐 아니라 몇 년간 봉강대리封疆大吏까지 지냈다는 사람이 사재私財라고 해봤자 겨우 십 몇 만 냥밖에 모으지 못했사옵니다. 여느 장군이나 제독에 비하면 청렴하다고 봐야 할 것 같사옵니다."

우민중이 말을 마치고는 후련하다는 듯 자세를 고쳐 허리를 펴고 앉았다. 순간 화신은 고개를 살짝 들어 건륭을 힐끔 훔쳐봤다. 그러고는 다시 눈을 내리깔았다. 일순간에 수많은 생각들이 스쳐 지나갔다. 곧이어 마음을 굳힌 그가 힘주어 아뢰었다.

"신은 반대 의견이옵니다. 그 둘에게 중죄를 물어 일벌백계의 교훈으로 삼는 게 마땅하다고 생각하옵니다. 기윤 공의 주된 죄목은 이대 사건과 관련된 것이 아니옵니다. 바로 폐하의 면전에서 재학을 뽐내면서 군전무례君前無禮를 범한 적이 한두 번이 아니라는 것이옵니다. 군부君父를 손바닥에 올려놓고 희롱한 죄는 결코 용서할 수 없사옵니다! 또 함부로 궁위宮闈를 논하고 풍자했사옵니다. 망국을 초래한 선조先朝의 고사故事를 인용해 지금의 천자에 비유하는 크나큰 불경죄不敬罪를 지었사옵니다. 또 이시요 공은 위선과 간계로 군주를 기만하고 발호와 전횡으로 매사에 임해왔사옵니다. 그자가 영명한 군주를 만났으니 망정이지 난세에 태어났더라면 틀림없는 조조曹操의 이세二世가 됐을 것이옵니다!"

건륭의 미간이 좁혀졌다. 치밀어오르는 분노를 참느라 종이를 누르는 데 사용하는 청옥靑玉을 꽉 움켜쥐었다. 곧이어 아계에게 시선을 돌렸다.

"신은 화신의 주장에 전적으로 찬성하옵니다."

아계 역시 오래전부터 생각해왔던 바를 침착하게 아뢰기 시작했다. 그러나 그의 어투에는 비장함이 서려 있었다.

"신은 두 사람과 사적인 교류가 깊은 사이이옵니다. 신의 본심은 그들이 무사하기를 바라고 함께 힘을 모아 지금처럼 폐하를 보필하고 싶은 생각이옵니다. 하오나 형률刑律이 엄연하옵니다. 또 그들의 죄목이 명백하니 무슨 수가 있겠사옵니까? 군기처가 중심을 잡지 못하고 공정성을 잃는다면 어찌 폐하를 보필하고 천하를 다스릴 수 있겠사옵니까? 이시요의 공로를 무시하는 건 아니오나 그는 수신양성修身養性에 실패한 자이옵니다. 또한 대리大利 앞에서 대의大義를 헌신짝처럼 내팽개친 자이옵니다. 기윤 역시 학문은 특출하오나 마음속에 폐하를 가벼이 대하는 불경심이 뿌리깊이 잠재해 있사옵니다. 신도 처음에는 두 사람과의 사적인 교분, 그리고 이 사건이 몰고 올 파장을 고려해 폐하께 선처를 호소하고자 했었사옵니다. 하오나 생각을 바꿨사옵니다. 따지고 보면 기윤의 근로왕사勤勞王事는 눌친에 비할 바가 못 되옵니다. 이시요의 공훈도 장광사에 미치지 못하옵니다. 이 둘을 살려둔다면 조정의 지공무사至公無私 원칙이 여론의 도마 위에 오를 수밖에 없을 터이니 어쩔 수 없사옵니다."

아계가 울먹이면서 말을 이었다.

"망설이고 주저하실 때가 아니옵니다, 폐하……."

아계를 비롯한 세 신하의 의견 개진이 끝나자 난각에는 무거운 침묵이 흘렀다. 건륭의 얼굴 표정은 도저히 종잡을 수가 없었다. 다리를 포개 앉은 자세 그대로 연신 차만 마실 뿐이었다. 신하들에게는 들리지 않았으나 그는 찻물을 한 모금씩 넘길 때마다 한숨도 함께 삼키고 있었다.

'하늘의 아들', 사실 이 단어는 고독과 적막의 대명사였다. 수많은 신료와 절세의 미인들에게 에워싸여 있으면서도 궁극적으로 외로운 존재가 바로 '천자'天子인 것이다.

역대 황제들은 함께 있으면서도 늘 홀로인 것 같은 그런 외로움을 달래기 위해 나름대로 갖은 방법을 다 쓴 바 있었다. 예컨대 강희는 포의 사부布衣師傅 오차우伍次友를 곁에 뒀었다. 또 옹정은 방포方苞와 야생마 '열셋째황자'를 말벗으로 둔 바 있었다. 그러나 건륭에게는 그럴 만한 사람이 없었다. 그래서 적막감이 몰려올 때는 스스로 모든 것을 풀어왔다. 심서心緖가 복잡할 때도 홀로 삼켰다. 때문에 신하들이 바로 지금 같은 이전투구를 벌일 때마다 그의 외로움은 더해갔다. 거짓과 위선인줄 분명히 알면서도 그것을 까밝힐 수가 없었다…….

시간이 얼마나 흘렀을까, 건륭이 마침내 가볍게 기침을 하면서 목청을 가다듬었다. 아계 등 세 신하는 모두들 그 소리에 귀를 쫑긋 세웠다. 건륭은 그런 신하들을 보면서 속으로 쓴웃음을 지었다. 그러고는 무겁게 입을 열었다.

"유용의 의견을 들어본 연후에 죽이든 살리든 결정해야겠네."

건륭이 아계 등 세 사람의 반응은 무시해버린 채 담담하게 덧붙였다.

"유용을 들라 하라. 경들은 그만 물러들 가게!"

"예……!"

아계를 비롯한 셋은 황급히 자리에서 일어나 머리를 조아렸다. 건륭의 속마음을 알 수 없어 그런지 모두 무거운 걸음으로 물러갔다.

건륭은 그제야 해란찰의 상주문을 뽑아들었다. 평소에 신하들이 사용하는 통봉서간通封書簡보다 서너 배는 더 커 보이는 상주문이었다. 자세히 보니 양가죽으로 만든 것이었다. 밀랍蜜蠟으로 봉한 봉투의 귀퉁이에는 자그마한 붉은 깃발이 그려져 있었다. 또 세 개의 닭털도 붙어 있었다. 대단히 공을 들인 것 같았다.

건륭은 두껍고 무거운 속지를 꺼냈다. 색깔이 누리끼리하고 촉감이 오돌토돌했다. 속지 역지 양가죽을 말려서 납작하게 눌러 만든 것이었다.

그러나 양 특유의 노린내는 전혀 없었다. 그 대신 사향麝香의 은은한 향내가 났다. 그런 걸 보면 향불에 충분히 그을린 것 같았다. 상주문 위에는 자그마한 종이가 붙어 있었다. 해란찰이 비뚤비뚤한 필체로 장황한 내용을 적어놓은 상주문이었다.

폐하! 이 종이는 창길昌吉 청진사淸眞寺에서 《고란경》古蘭經(코란)을 베낄 때 쓰는 종이이옵니다. 신과 같은 '달필'이 글을 쓰기에는 미끄러지지도 않고 더없이 적합한 것 같았사옵니다. 그래서 특별히 이 종이로 보첩報捷을 써서 올리는 바이옵니다. 신이 이곳을 점령했을 때 절 안의 이맘(이슬람 성직자)들이 투항을 거부하는 바람에 불을 확 질러버렸사옵니다. 그런데 네 시간동안 활활 타고 남은 잿더미 속에 놀랍게도 《고란경》이 그대로 있었사옵니다. 좋은 '종이'임에 틀림없사옵니다. 아직 많이 남아 있사오니 폐하께서 원하신다면 보내드리겠사옵니다.

건륭은 편지의 중간을 읽어보다 잠시 소리 없이 웃었다. 이어 붓을 들어 틀린 철자를 두어 개 고쳐놓고서야 본문을 읽기 시작했다. 앞부분은 해란찰의 막료가 대필한 것이었다. 조혜가 어찌어찌 금계보金鷄堡에서 화탁和卓 부족의 지원병들을 따돌렸다는 등의 소식을 담고 있었다. 또 해란찰이 그 틈을 타서 3만 인마를 거느리고 동, 남, 서 삼면에서 창길을 포위했다는 소식과 한바탕 욕혈분전浴血奮戰 끝에 적들을 멋있게 섬멸했다는 등의 전후 사연도 소상하게 설명돼 있었다. 건륭은 종이 한장을 더 넘겼다. 또다시 해란찰의 '오리발' 글씨체가 나왔다. 해란찰이 직접 쓴 모양이었다.

폐하, 막료의 달필을 보시다가 신의 '오리발'을 보시느라 두통이 생기시지는 않으시옵니까? 심히 염려스럽사옵니다. 이번 전투가 힘들었던 건 사실이오나 막료가 좀 허풍을 떤 것 같사옵니다. 결과적으로 승리는 했사오나 우리 군의 병력 손실을 감안하면 대승이라고 볼 수는 없을 것 같사옵니다. 청하옵건대 폐하께서 여러 가지 약재를 보내주셨으면 하옵니다. 부상병들을 의료시설이 있는 서녕西寧으로 운송할 수레도 필요한 실정이옵니다. 적들은 생각보다 포악스럽사옵니다. 성城 안의 회족들은 신에게 온몸으로 항거했사옵니다. 비록 적이라고는 하오나 자신들의 터전을 지키고자 하는 그들의 의지만은 가상하다고 생각하옵니다. 폐하께서는 누누이 회족들에 대한 안무按撫를 지시했사옵니다. 이제 전투는 끝났고 이슬람교도들은 청진사를 원래대로 복원해줄 것을 요구하고 있사옵니다. 신은 주지住持 이맘과 장기를 둬 일부러 져주고 군비에서 삼만 냥을 지출해 청진사를 복원해주기로 했사옵니다. 어지를 청하지 않고 마음대로 장기를 져준 데 대해 엄히 죄를 물어주시옵소서. 폐하께서 신에게 상으로 내리신 월병月餅은 장교들과 나눠먹었사옵니다. 월병을 먹으면서 폐하에 대한 그리움이 북받쳐 아녀자처럼 눈물까지 흘리고 말았사옵니다…….

해란찰은 막 혈전을 치르고 난 사람답지 않게 익살스러웠다. 평소의 해란찰다웠다. 건륭은 그러나 해란찰이 월병을 먹으면서 자신을 그리워했다는 말에는 코끝이 찡해지면서 눈 주위가 축축해지는 기분을 느꼈다. 그는 왕렴이 건넨 수건으로 눈을 문지르고는 다시 상주문에 눈길을 돌렸다. 그러다 갑자기 피식 웃음을 터트렸다. 역시 못 말리는 해란찰 때문이었다.

이번에 생포한 포로들 중에 아녀자가 수십 명 있사옵니다. 신의 부하 갈임구葛任丘가 꽤 먹음직하다면서 군침을 석 자씩이나 흘리고 있사옵니다. 저

인간이 사고를 치기 전에 폐하께 보내드려야겠사옵니다. 신이 보기에도 나올 데 나오고 들어갈 데 들어간 것이 괜찮아 보였사옵니다.

전혀 꾸밈이 없이 생각나는 대로 '끄적인' 원시적인 표현은 읽어내려 갈수록 더 가관이었다. 건륭은 더 이상 읽기를 포기한 채 껄껄 웃으면서 노란색 종이 한 장을 뽑아들었다. 그러고는 잠시 생각한 끝에 붓을 들었다.

보첩 소식 덕분에 짐의 침울한 기분이 말끔히 가시었네. 필요한 약재와 물건은 신속하게 발송하도록 지시하겠네. 짐은 욕혈분전과 악전고투 끝에 국가를 위해 크나큰 공훈을 세운 경의 충군애국忠君愛國 정신을 치하하는 뜻에서 자광각紫光閣에 경을 위한 자리 하나를 남겨두겠네! 시를 하사해 격려하네!

곤륜崑崙을 넘은 상장건아上將建牙들아,
호랑이처럼 용맹하게 전장을 휩쓸어라.
적을 무찔러 우리 강산을 지키니,
도탄에서 구출된 백성들이 환호하노라.
깃발을 휘두르면서 개가凱歌를 울리고,
잔적殘賊을 소탕한 곳에 이리떼 자취 감췄도다.
구중九重궁궐에서는 봉화烽火 식을 그날을 기다리니,
짐은 금작미주金爵美酒로 삼군三軍을 위로하리라.

건륭은 시를 다 쓴 다음 붓을 멈추고 잠시 생각을 가다듬었다. 이어 또다시 일필휘지로 써내려가기 시작했다.

이 주비朱批는 조혜에게도 보여주게.

조혜 자네 역시 해란찰과 더불어 '쌍창장'雙槍將이라 불리기에 추호도 손색이 없네. 두 사람은 수족처럼 정이 깊고 의가 좋은 동료이지 않은가. 해란찰은 이미 창길을 점령했는데, 경은 무얼 망설이는가? 짐이 해란찰에게 하사한 시를 읽어보고 용기백배하기를 바라네!

건륭이 미소를 지은 채 붓을 내려놓았다. 그러고는 두 손을 맞잡고 비볐다. 아직 뭔가 할 말이 남은 듯한 아쉬운 표정이었다. 그래서인지 다시 붓을 집어 들려고 했다. 그때 마침 유용이 들어섰다. 건륭이 걸상을 가리키면서 말했다.

"왔나? 거기 앉게!"

"폐하께서는 안색이 아주 좋아 보이시옵니다."

유용이 일단 인사를 올렸다. 이어 자리에 앉고는 덧붙여 아뢰었다.

"신은 호부로 가서 열다섯째마마를 뵈었사옵니다. 마마께서는 아직도 황화진의 염지를 개간할 방책을 고민하고 계셨사옵니다. 호부에 당장 착수금 십만 냥을 내놓으라고도 하셨습니다. 그러나 호부에서는 예산에 없던 금액인지라 난색을 표하고 있나 보옵니다. 방금 군기처 앞에서 화신을 만났사옵니다. 열다섯째마마의 고민을 전하니 이는 이국이민利國利民의 선정善政이거늘 어찌 나 몰라라 할 수 있느냐면서 농장을 구입하려고 모아뒀던 팔만 냥을 먼저 쾌척하겠노라고 했사옵니다."

건륭이 유용의 말에 웃으면서 고개를 끄덕였다.

"아계, 우민중과 자네는 모두 화신을 좀 낮춰 보는 경향이 있는 것 같던데 이참에 생각을 고쳐먹게. 보다시피 미워할 수 없는 사람이잖은가? 은자 팔만 냥이 동네 누렁이 이름도 아니거늘 선뜻 쾌척하는 걸 보면 사람이 달리 보이지 않는가? 때로는 재물을 오물 보듯 할 줄도 아는 의로운 사내라고 생각되네."

유용이 즉각 입을 열었다.

"신들은 화신을 달리 낮춰본 적이 없사옵니다. 총명과 재치를 따지자면 화신을 따라갈 사람이 어디 있겠사옵니까? 다만 어쩐지 영악한 아녀자 같은 느낌이 들어 별로 어울리고 싶은 생각이 없을 따름이옵니다."

건륭이 크게 소리를 내면서 웃었다.

"영악한 아녀자라고? 듣고 보니 과연 그런 느낌이 없지 않네그려. 허나 사람은 얼굴이 천차만별인 것처럼 성격도 천차만별인 법이네. 자로子路는 맹렬하고 안연顔淵은 조용했지. 또 장량張良은 미부美婦같다고 하지 않았는가. 성격은 이같이 전부 달라도 모두 인덕이 있었던 사람들이 아닌가. 자네는 짐의 신하들이 하나같이 두광내처럼 뻣뻣하고 무뚝뚝한 사람이었으면 좋겠는가?"

그 말에 유용 역시 건륭을 따라 웃었다. 그러나 건륭이 마지막에 정색하는 모습을 보면서 다시 황급히 자세를 고쳐 앉았다. 건륭이 물었다.

"자네를 부른 건 기윤과 이시요에 대해 어찌 생각하는지 궁금해서이네."

"기윤 대인은 부정부패와는 거리가 먼 사람이옵니다."

유용이 정색을 한 채 아뢰었다. 이어 솔직하게 자신의 의견을 피력했다.

"오랫동안 고위직에 몸담고 있으면서 변함없는 성총을 먹고 살다보니 본의 아니게 불미스러운 행실을 보였을 수도 있사옵니다. 또 가인과 문생들이 날로 늘어나니 그중에 사려가 짧아 간혹 주인을 곤경에 빠뜨린 자도 있었을 것이옵니다. 그래서 이대 사건과 같은 인명사고가 났던 것 같사옵니다. 기윤 공은 이번에 이름값을 톡톡히 치렀사옵니다. 분명히 이시요 공과는 다르다고 사료되옵니다."

"그럼 이시요는 어찌 봐야 하나?"

"신의 소견으로 이시요 공은 유혹에 약한 사람이 아닌가 사료되옵니다. 예컨대 평생 금욕을 해온 독실한 불자가 순간의 유혹을 참지 못하고 개고기를 훔쳐 먹은 꼴이 아닌가 생각하옵니다."

유용이 잠시 생각하더니 다시 덧붙였다.

"개고기를 포식하고 나서 땅을 치고 후회하면서 두 번 다시 그런 일이 없을 거라고 다짐을 하는 와중에 보살이 이를 눈치챈 것이라고 할 수 있사옵니다. 운이 억세게 나쁜 경우라고 생각하옵니다."

건륭이 유용의 말에 자신도 모르게 웃음을 터트렸다. 이어 의문을 표했다.

"개고기를 먹고자 작심만 한다면 보살 정도는 얼마든지 따돌릴 수 있지 않을까?"

유용이 다시 입을 열었다.

"예! 요즘의 정세는 폐하께서 손금 보듯 숙지하고 계시리라 생각하옵니다. 대관大官은 대탐大貪, 소관小官은 소탐小貪하는 것이 엄연한 현실이옵니다. 다만 그 속에도 정도의 차이가 있사옵니다. 어떤 관리들은 할 일은 그나마 열심히 하면서 '은근슬쩍' 하는가 하면 어떤 자들은 업무는 뒷전인 채 구린내만 쫓아다니는 쉬파리 같은 존재라는 것이옵니다. 경관京官들도 직접 검은 손을 뻗칠 수 없으니 외관들을 희생양으로 만드는 경우가 많다고 하옵니다. 또 지방으로 전량錢糧을 보낼 때 한 줌씩 '슬쩍' 하거나, 보결補缺을 미끼로 금품을 요구하는 편법을 쓴다고 하옵니다. 국록國祿을 먹는 관리들의 최고의 미덕은 청렴함이옵니다. 그러나 요즘 세상에는 그런 청백리는 눈을 씻고 찾아도 없사옵니다. 현실이 그렇지 않사옵니까? 재학과 유능함을 떠나 청렴하기만 하면 일단 호관好官의 칭호를 받을 수 있다는 현실이 서글프기 그지없사옵니다!"

유용이 말을 마치고는 웃옷 속주머니에 손을 집어넣었다. 그러나 차마 빼지 못하고 건륭의 눈치만 살폈다. 건륭이 즉각 말했다.

"담배가 피우고 싶어서 그러나? 괜찮네! 짐의 면전에서 담배 피운 게 어디 어제오늘의 일인가! 앞으로는 눈치 볼 것 없이 마음대로 피우게."

유용이 황급히 사은을 표하고는 곰방대를 꺼냈다. 이어 연엽煙葉을 다져 넣었다. 그러고는 불을 붙이고 볼이 쪽 들어가게 힘껏 빨아들였다. 오래도록 참고 있었던 듯 다급한 모습이었다. 그가 만족스런 표정을 지은 채 다시 말을 이었다.

"신이 진심으로 아뢰고 싶었던 바이옵니다. 기윤 공 정도의 고위직이라면 문생들이 온 천하에 널린 것은 자명한 일이옵니다. 기윤 공이 소위 축재를 원했다면 감히 말씀드리옵건대 일국一國의 부富에 비견할 만큼의 재물을 모을 수 있었을 것이옵니다. 그러나 기윤 공은 전혀 부유함과는 거리가 먼 사람이옵니다. 학문이 뛰어나고 일도 열심히 했던 사람이오니 작은 착오는 적당히 징계하고 넘어갈 수 있다고 생각하옵니다. 신은 군기처에 입직한 뒤로 이런 생각을 했사옵니다. '사람은 크게 악인과 호인으로 구분되지만 세상에는 완벽한 악인도, 완벽한 호인도 없다'라는 생각 말이옵니다. 과분한 성총을 입고 있는 신도 착오와 과실을 따지자면 고은익직辜恩溺職(은혜를 저버리고 직무에 태만하다)의 죄를 면키 어려울 것이옵니다. 눌친은 탐공오국貪功誤國(공을 탐하여 나라를 망치다)의 죄를 범해 궁극적으로 폐하의 성은을 원수로 갚은 꼴이 됐사오나 솔직히 그의 공로와 좋은 점에 비견할 만한 사람도 그리 많지는 않을 것이옵니다! 이시요 공에 대해 신은 그저 애석하고 유감스러울 뿐이옵니다. 그의 죄를 비호하고 은폐할 생각은 추호도 없사옵니다. 다만 그의 재능이 아깝고 조정이 유능한 인재 하나를 잃는다는 사실이 서글플 따름이옵니다."

유용이 다시 고개를 숙이고 뻑뻑 소리 나게 곰방대를 빨아댔다. 마음속의 초조와 불안을 대변하는 것 같았다. 건륭은 잠시 말이 없었다. 그역시 목이 움츠러들고 등이 휜 유용을 보면서 감개가 무량한 것 같았다. 건륭은 한참 후에야 온돌을 내려서더니 신발을 신고 천천히 거닐었다.

그 사이 유용은 허리를 펴고 똑바로 앉았다. 이어 눈꺼풀이 축 처져서 반쯤 덮인 세모눈을 한 채 건륭이 가는 곳을 따라가면서 바라봤다. 무거운 침묵이 얼마나 흘렀을까. 마침내 건륭이 한숨을 지었다. 거의 동시에 손가락으로 유용을 가리키면서 말했다.

"경은 진실을 말하고 있네. 군기처에서…… 진실을 말하는 사람은 자네밖에 없네."

유용이 순간 건륭의 말뜻을 못 알아듣겠다는 듯 두 눈을 휘둥그렇게 떴다. 그러자 건륭이 웃는 듯 마는 듯한 표정을 지었다.

"우민중은 지난번에는 두 사람의 죄를 엄히 물어야 마땅하다고 목에 핏대를 세우더니 오늘은 또 가볍게 처벌할 것을 주장하더군. 아계와 화신은 속으로 그들을 비호해주고 싶으면서 겉으로는 중죄를 운운하고 나섰네!"

건륭의 말에 유용의 얼굴에는 놀라워하는 기색이 역력했다. 그러고는 이상한 듯 고개를 갸웃거렸다. 건륭의 말에 이상한 부분이 있어서가 아니라 화신이 아계와 똑같은 주장을 했다는 사실이 잘 믿어지지 않았던 것이다. 기윤과 이시요를 눈엣가시처럼 생각하는 화신이 도대체 무슨 생각으로 그렇게 말한 것일까?

건륭이 씁쓸한 미소를 띠우면서 다시 덧붙였다.

"대신들이 서로 반대되는 의견을 내놓는 것은 뭐라고 할 바가 아니네. 그런데 우민중은 속으로는 두 사람이 죽을죄를 지었다고 생각하고 있네. 그러면서도 반대의견을 제시한 것은 짐의 분노를 유발하기 위한 것이지. 그걸 통해 기윤과 이시요, 손사의를 매장시켜버리겠다는 속셈이네. 반대의 수법을 쓴 것이 화신과 아계이네. 이 몇몇이 머리에 기름칠을 얼마나 하고 짐을 대하는지 이제 알겠는가? 결국 진솔하게 자신의 마음을 토로한 사람은 자네밖에 없다는 얘기네!"

유용은 건륭의 거듭되는 칭찬에 황감해마지 않는 표정을 지었다. 급기야는 불안한 모습마저 보였다. 자신이 여러 대신들의 허를 찔렀다고 생각하는 듯했다. 그러나 엉거주춤 일어나 입을 열면서도 당초의 입장을 바꾸지는 않았다.

"폐하의 하해와 같으신 성은을 입었으면서 어찌 감히 거짓으로 군주를 섬길 수 있겠사옵니까?"

"기윤의 죄는 짐과 다른 마음을 가진 데서 발단한 것이네."

건륭이 말을 이었다.

"그의 학술과 문필은 아무도 비견할 만한 이가 없을 정도로 탁월하지. 이는 짐도 인정하는 사실이네. 두뇌가 특출한 자가 나쁜 쪽으로 머리를 쓸 때 얼마나 엄청난 결과를 초래하게 되는지 자네들은 기윤을 보면 알 것이네. 그는 결코 순수한 신하라고 할 수 없네! 노견증이 압수수색 정보를 미리 입수하고 재산을 은닉시킨 걸 보면 단언컨대 기밀을 누설한 자는 기윤뿐이네. 하간河間의 기가紀家 제자들은 이번 춘위春闈 시험에서 전부 입격入格하는 '쾌거'를 올렸네. 그러나 기윤이 주시험관에게 청탁한 흔적은 어디에도 찾아볼 수 없었네. 그만큼 철저한 인물이라는 얘기네. 어느 정도 잔머리를 굴리는 것쯤은 용서할 수 있으나 짐을 무지한 코흘리개 취급을 하는 건 결코 용서할 수 없지! 짐은 글공부를 처음 시작할 때 조조가 양수楊修의 목을 쳤다는 대목을 읽으면서 엄청 애석해하고 괴로워했던 적이 있네. 그러나 세상을 알게 되면서부터 조조도 어쩔 수 없는 사연이 있었을 거라고 이해하게 되었네. 조조처럼 문무를 두루 겸비한 자를 양수 따위가 감히 가지고 놀려고 했으니 난도질을 당하지 않은 게 다행이지! 총명도 도를 넘으면 앞날을 그르치게 되는 법이네. 이 둘은 엄히 징계를 받아야 마땅할 것이네!"

건륭은 어떻게 '징계'를 할 것인지에 대해서는 밝히지 않았다. 그러나 말뜻으로 보면 일단 기윤의 목숨은 건진 셈이었다. 유용은 자신도 모르게 안도의 숨을 내쉬었다. 건륭이 다시금 심경이 다소 복잡한 어조로 입을 열었다.

"이시요의 사건은 부의部議에 넘기지 말게. 사건 경위를 글로 작성해 각 성省에 내려 보내게. 총독과 순무, 장군, 제독들에게 어찌 벌하는 것이 좋을지 함께 의논해보라고 하게. 이 일은 경이 직접 도맡아 하게!"

유용은 황급히 자리에서 일어나 무릎을 꿇고 대답했다. 죄를 범한 관리들을 처벌할 때 지방 관리들의 공의公議에 맡기는 것은 사실 이번이 처음이었다. 유용은 그런 건륭의 진정한 의도를 점칠 수 없어 부지런히 머리를 굴려야 했다. 그러고는 조심스럽게 여쭈었다.

"하오면 폐하, 공문서를 정기廷寄로 보내야 하옵니까, 아니면 육백리 긴급으로 발송해야 하옵니까?"

건륭이 대답했다.

"정기가 낫겠네. 명색이 총독을 지냈던 사람이고 짐의 표창을 여러 차례 받은 대신이니 아래의 봉강대리들도 조심스러워 할 게 아닌가. 긴급으로 보내면 저들끼리 상의하고 고민할 시간이 충분하지 못할 터이니 신중한 판단을 하는 데 도움이 안 될 것이네."

유용은 그제야 비로소 건륭의 진의를 알 것 같았다. 이 상태에서 부의에 넘겨버리면 답은 오로지 한 글자뿐이었다. 그것은 바로 '살'殺이었다. 목을 치기는 아깝고 그렇다고 순순히 용서해줄 수는 없으니 이런 고육지책을 택한 것일 터였다. 게다가 부원 대신들의 입을 막을 수 있는 것에서 더 나아가 지방의 제후들에게도 경종도 울리는 효과를 꾀할 수 있으니 일석이조一石二鳥의 처방이었다. 실로 비상하고 고명한 방법이었다!
유용은 속으로 경탄을 금치 못하며 대답을 했다.

"내려가서 곧 처리하겠사옵니다. 양광兩廣(광동성과 광서성), 복건, 운귀
(운남성과 귀주성) 등 먼 지역에는 먼저 육백리 긴급으로 발송한 뒤 정기
서찰을 보내 설명을 덧붙이는 것도 좋을 것 같사옵니다."

"그렇게 하세."

건륭이 다시 덧붙였다.

"손사의도 끼워 넣게. 여러 번 일을 벌일 이유가 없지 않은가! 됐네,
그만 물러가게!"

유용이 군기처로 돌아왔을 때 아계와 우민중은 그때까지 남아 있었
다. 둘은 유용이 주렴을 걷고 들어서자 궁금한 눈빛으로 눈치만 살필
뿐 말은 없었다. 유용은 그들이 무엇을 궁금해 하는지 당연히 알고 있
었다. 그러나 자세히 얘기해 주고 싶은 마음이 별로 없었던 그는 짐짓
모르는 척하면서 장경에게 분부했다.

"상서방 등본처謄本處의 사람을 불러오너라."

유용은 그렇게 명령을 내리고는 자신의 책상 위에 지저분하게 널려 있
던 서류들을 챙긴 다음 말했다.

"기효람 공에 대한 처벌은 아직 미결입니다. 이시요 공은 부의에 넘기
지 않고 천하의 독무督撫(총독과 순무)들의 공의公議에 맡기시겠다는 어
지가 내려졌어요. 그래도 아직까지는 완전히 장담할 수 없는 것 같네
요. 어찌 그런 눈빛으로 이 사람을 보는 겁니까? 원숭이가 마술을 부리
는 것도 아닌데!"

아계와 우민중은 유용의 말에 멋쩍은 듯 웃음을 터트렸다. 잠시 후 등
본처에서 몇 사람이 왔다. 유용은 각 성省으로 발송할 사건 경위서를 베

꺼놓으라고 지시하고는 곧장 가마를 타고 집으로 돌아갔다.

그러나 집에 와서도 쉬기는커녕 오히려 더욱 바빴다. 대충 저녁을 몇 숟가락 뜨고는 상을 물리고 서둘러 각 성의 총독, 순무들에게 보내는 편지를 쓰기 시작했다. 끝 부분에는 전부 "첨부된 사건 경위서를 참조하라"라고 덧붙이기도 했다. 다만 서부에 있는 조혜와 해란찰, 수혁덕에게는 전력투구하는데 방해가 될세라 기윤과 이시요의 일을 알리지 않았다. 그저 "황은皇恩이 호탕浩蕩하니 더욱 매진하라"는 식으로 위로의 글만 몇 글자 전했다. 그러다 잠시 후 다시 생각해보니 아무래도 주청을 올려 결정하는 것이 바람직할 것 같다는 생각이 들었다. 결국 세 사람에게 보내는 편지는 잠시 밑에 묻어버렸다. 그렇게 짤막하게나마 편지를 다 쓰고 나니 날은 이미 완전히 어두워져 있었다. 그는 시큰해지는 팔목을 주무르면서 주위에 큰 소리로 분부했다.

"여봐라, 뭐 먹을 것 좀 가져오너라. 먹고 나서 기 중당 댁에 다녀와야겠다!"

기윤의 집으로 들어가는 골목은 그의 실각 소문이 나돈 이후 이미 반쯤 차단된 상태였다. 아니나 다를까, 평소 대단히 시끌벅적하던 거리는 한산하고 쓸쓸해 보였다. 덕분에 기윤의 이웃들도 순천부에서 발급한 패찰을 소지하고 다녀야만 했다. 골목 입구에는 구문제독아문에서 나온 10여 명의 교위들이 문신門神처럼 무표정하게 서 있었다. 길 가던 사람들이 그 모습을 보고는 먼발치에서 뭐라 수군거리고 있었다.

유용은 문 앞까지 가마를 들이지 않고 골목 어귀에서 내렸다. 시위 형무위가 다가왔다. 유용이 바로 물었다.

"무슨 일인가?"

형무위가 날렵하게 군례를 올리고는 대답했다.

"중당 대인! 별일이 있는 건 아닙니다. 집안에서 가인들끼리 말싸움이 벌어졌습니다. 지금은 누그러들었습니다."

"말싸움을 했다고?"

유용이 흠칫 놀라면서 누리끼리한 등불만 달랑 하나 달려 이어 시커 먼 마른 우물 같은 기부紀府의 대문 쪽으로 시선을 돌렸다. 이어 빠른 걸음으로 그곳을 향해 다가갔다. 과연 안에서 떠드는 소리와 함께 울음소리가 간간이 들려오고 있었다. 문지기는 순천부의 늙은 관리들이었다. 유용이 주춤하자 그중 하나가 다가와 아뢰었다.

"몇몇 가인들이 장부가 맞네, 안 맞네 어쩌고 하면서 치고받고 싸우고 있습니다. 기 대인도 포기한 것 같습니다. 헤헤……, 이런 경우는 널리고 널렸습니다!"

유용은 갑자기 울컥 화가 치밀었다. 기윤에 대한 처벌이 아직 결정되지도 않은 상태인데 내원內院에서 가인들이 감히 울고불고 찧고 까불다니! 가노家奴들이 주인을 이런 식으로 욕되게 해도 된다는 말인가? 그는 급기야 무시무시한 냉소를 흘리면서 성큼성큼 대문 안으로 들어갔다. 이어 어두컴컴한 중문 앞에서 잠깐 멈췄다가 다시 앞으로 몇 걸음 걸어갔다. 그러고는 뒷짐을 진 채 뜰에 있는 회화나무 아래에서 조용히 귀를 기울였다.

장방賬房 문 앞에는 10여 명의 남녀 가인들이 서 있었다. 그러나 아무도 유용이 가까이 와 있다는 사실을 눈치채지 못한 것 같았다. 그저 뭐가 문제인지 여전히 울고불고 고함을 지르는 등 크게 소란을 떨고 있었다. 장방에 와서 침을 튕겨대는 사람들을 향해 두 손을 맞잡고 사정하듯 말하는 사람은 장방 책임자인 노태盧泰였다.

"우리 은자나 얼른 내놔."

가인 한 명이 주먹을 휘두르면서 버럭 소리를 질렀다. 이어 덧붙였다.

"우리가 평생 뼈 빠지게 모은 돈이라고! 그 피 같은 돈으로 당신들의 빚을 갚았다고? 육 할밖에 못 내주겠다니, 그게 말이 돼? 사 할을 꿀꺽했는데도 우리더러 잠자코 참으라는 말이야?"

그때 사람들 속에서 젊은이 한 명이 달려 나왔다. 이어 가인을 손가락질하면서 따지고 들었다.

"송기성宋紀成, 사람이 어찌 그리 양심이 없어? 자네가 매일 끼고 자는 마누라는 마님께서 상으로 내려주신 사람이잖아! 그리고 지금 살고 있는 십도 그렇고! 안 그래도 집안이 어수선하고 나리와 마님께서 이만저만 괴로운 게 아니실 텐데 명색이 가생노家生奴라는 자가 이래도 되는 거야? 누가 그 돈으로 빚을 갚았다고 했어? 터진 입이라고 아무 소리나 지껄이면 못써!"

"입 닥쳐, 이 새끼야! 빚을 갚지 않았으면? 그럼 그 돈이 발이 달려 어디 도망이라도 갔다는 말이야?"

"개가 물어 갔어! 호랑이가 삼켜버렸어! 됐어?"

송기성이라는 자는 젊은이의 만류에도 불구하고 계속 집어 삼킬 듯한 기세로 큰소리를 쳤다. 그러나 곧 젊은이의 서슬에 한풀 꺾였는지 고개를 외로 꼬면서 성질을 죽였다. 그러나 씩씩거리는 것은 여전했다. 그때 수염이 허연 노복이 등롱을 들고 조심스레 걸어왔다. 옆에는 중년의 노비가 식합食盒을 든 채 따라오고 있었다.

유용은 그 둘을 잘 알고 있었다. 한 명은 기윤이 수십 년을 부려온 가인 시상施祥, 다른 한 명은 이 집의 주방장 양의楊義였다. 두 사람이 나타나자 떠들던 가인들은 모두 입을 다물었다. 양의의 표정이 대단히 험상궂어 그런 것 같았다. 아니나 다를까, 그가 소매를 걷어붙이고 두 손을 허리에 짚더니 다짜고짜 욕설부터 퍼부었다.

"어떤 새끼야? 어떤 새끼가 감히 나리를 욕보여? 유사劉四, 너야? 쇠꼬챙이로 사타구니를 지져버릴 놈 같으니라고! 그리고 위씨댁, 인두겁을 쓰고 이래도 되는 거야? 자네 일가족이 다 굶어죽게 된 걸 내가 마님께 말씀 올려 거둬줬잖아. 나리와 마님이 아니었다면 네년들은 굶어죽은 귀신이 됐어도 열두 번일 거야. 자네 남정네는 사타구니에 달걀까지 보일 정도로 헐벗었었지! 지금은 나리와 마님 덕분에 몸에 비단을 감고 주둥이에 고기가 들어가니 눈에 뵈는 게 없어? 어디서 지랄발광이냐!"

"됐네, 적당히 하게."

시상 노인이 양의의 옷자락을 잡아당기면서 조용히 말렸다. 그러고는 한 걸음 앞으로 나서서 가인들을 향해 말했다.

"흥분하지들 말고 이 늙은이의 말을 들어보게. 나는 칠십이 넘도록 여기에서 살면서 잔뼈가 굵고 머리가 하얗게 셌네. 나나 여러분이나 여기가 정든 내 집이고 장차 뼈를 묻을 곳이 아닌가. 이 그늘을 벗어나면 당장 어디 가서 뭘 하면서 살겠나? 우리 나리께서는 귀인이 평생에 한 번은 당할 액운을 겪고 계실 뿐 조만간 재기하실 거네. 그런데 이렇게 마구잡이로 인정사정없이 굴면 훗날 어찌 다시 나리를 뵙겠나? 나리께서는 여러분에게 누를 끼쳐 미안하다고 하셨네. 마님께서 쓰실 최소한의 생활비를 남겨두고 전부 나눠주라고 하셨네. 노태, 은자 육백 냥만 남겨놓고 전부 나눠주시오. 모자라는 부분은 차용증을 적어주시오. 나중에라도 받아가게."

시상 노인의 말에 가인들은 모두 고개를 숙였다. 그러나 기윤이 가벼운 한 번의 액운을 겪고 있을 뿐 곧 다시 보란 듯 동산재기東山再起할 거라는 말에 대해서는 수긍하는 눈치가 아니었다. 여전히 장방에 저축해뒀던 자신들의 은자만큼은 추호도 양보할 수 없다는 표정들이었다. 다시 송기성이 입을 열었다.

"차용증을 써주는 건 좋아요. 그런데 누가 갚을 겁니까? 못 갚으면 누가 책임질 겁니까? 마님의 생활비가 왜 우리의 은자에서 나가야 합니까? 머리에 이고 지고 있는 보석만 팔아도 몇 년은 너끈히 잘 먹고 잘 살 텐데! 그리고 마님의 친정은 마을 전체를 소유지로 할 만큼 땅부자라고 들었는데, 은자 육백 냥이 없어서 밥을 굶기라도 한다는 얘기입니까?"

유용은 어두운 모퉁이에서 모든 것을 지켜보고 있다 더 이상 참지를 못하고 앞으로 천천히 걸어갔다. 순간 전혀 양보할 기미가 없는 막무가내 가인들에게 둘러싸인 채 어찌할 바를 모르고 있던 시상 노인이 유용을 발견하고 황급히 예를 갖췄다.

"유 대인! 어…… 어지가 계시는 겁니까?"

"그건 아니오. 몰염치한 가노家奴들이 어떻게 주인을 욕되게 하는지 보러 왔소."

유용이 냉소를 터트리면서 일갈을 했다.

"한참을 지켜봤소."

유용의 언성은 높지 않았다. 그러나 다분히 위압적이었다. 가인들은 모두 놀라고 당황한 기색이 역력한 채 그 자리에서 굳어지고 말았다.

"살인을 했으면 목숨으로 갚고, 돈을 빚졌으면 돈으로 갚는 것이 고금의 이치이네. 여러분이 저축한 돈을 찾아가겠다는 것도 나쁘다고 할 수는 없네."

유용이 쥐 죽은 듯 조용한 가인들 사이를 오가면서 천천히 운을 뗐다. 그러다 갑자기 언성을 높였다.

"하지만 자네들은 미래를 예측할 수 없는 지경에 내몰린 주인을 나 몰라라 하고 와병 중인 주모主母까지 욕되게 하면서 난동을 부렸네. 이처럼 예의에 어긋나고 주인을 기만하는 행동은 큰 죄에 해당되니 결코 국법이 용서치 못할 것이네! 빚 독촉을 해도 때와 장소를 가려야 하고 주종의 구분이 있어야 하거늘 자네들은 어찌 이리 무법천지일 수 있다는 말인가? 여러분이 내놓으라고 아우성치는 돈은 따지고 보면 모두 기윤 공이 상으로 내린 돈이 아닌가? 자네들은 기가紀家에 소속된 가노야. 기윤 공은 엄연히 자네들의 주인이야! 냉큼냉큼 받아먹을 때는 한집 식구이고, 주인이 위기에 내몰리면 나 몰라라 하는 게 개돼지보다도 못한 짓거리가 아니고 무엇이라는 말인가! 그리고 어찌 이 마당에 애꿎은 부인의 친정까지 들먹이는 건가? 친정이 아무리 부유한들 부인과 무슨 상관이 있다는 말인가?"

유용이 말을 마치고는 몸을 홱 돌렸다. 이어 매섭고 소름 끼치는 눈빛으로 잔뜩 주눅이 든 가인들을 쓸어봤다. 그러고는 껄껄 냉소를 터트렸다.

"내 평생 하는 일이 남의 집을 압수수색하는 것이네. 이제는 거의 신물이 날 지경이 다 됐지만 여태껏 너희들처럼 몰인정하고 무법천지인 무리는 처음 본다. 주인이 사면초가에 내몰리게 되면 가인들은 으레 주인을 위로하고 감싸주고 두둔하는 법이거늘 네놈들은 어찌 이 모양이냐? 주인의 허물을 감추느라 조심해도 모자랄 판에 우물에 빠진 사람에게 돌을 던져? 그러고도 밖에서는 기가의 가인이라고 으스대면서 다녔겠지? 나는 이 집 주인과 개인적인 교분이 깊은 사람이야. 기윤 공은 현재 심기가 불편하시고 경황이 없을 터이니 내가 가까운 지인知人으로서, 벗으로서 이 일을 처리해야겠다. 여봐라!"

유용이 우레와 같은 분노를 터트리면서 큰 소리로 불렀다.

"찾아 계셨습니까!"

중문에서 형무위가 쿵쿵 소리를 내면서 달려왔다.

"여자들은 항쇄를 씌우고, 남자들은 포박하라!"

"예!"

"힘껏 조여, 인정사정 볼 것 없어!"

유용의 말이 끝나기가 무섭게 한 손에 등롱燈籠을 든 형무위가 뒤쪽을 향해 손을 휘저었다. 그러자 이삼십 명의 아역들이 우르르 몰려왔다. 모두들 손에 동아줄과 항쇄項鎖를 들고 있는 이들이었다. 순간 등롱이 사방에서 명멸하고 한바탕 혼란이 벌어졌다. 가인들은 땅바닥에 납작 엎드려 살려달라고 애걸복걸했다. 그러나 유용은 내려다보는 것조차 구역질난다는 듯 고개를 돌렸다. 이어 기윤의 서재를 바라봤다. 외로운 불빛이 희미하게 새어나오고 있었다. 그가 덧붙였다.

"수인을 그렇게 능멸하고도 무사할 줄 알았어? 기윤 공에게 다녀올 테니, 꽁꽁 포박해놓고 기다려! 기윤 공에게 이자들의 죄를 어찌 물을 것인지 여쭤보고 올 테니!"

유용은 말을 마치고는 천천히 서재로 향했다. 발걸음이 무척이나 무거워 보였다.

기윤의 서재는 외벽이 뜰과 가까웠다. 그래서 안에서도 내원內院의 소리가 똑똑히 들렸을 터였다. 아무려나 유용은 서화청을 돌아 서재로 발을 들여놓았다. 그러다 그는 잠시 주춤했다. 기윤의 부인 마馬씨도 이곳에 함께 있을 줄은 미처 몰랐던 것이다. 그녀는 어두운 등불 아래 병색이 완연한 얼굴을 한 채 반쯤 침대에 기대고 앉아 있었다. 기윤은 옆에서 진맥을 하고 몇몇 시첩과 하녀들은 시중을 들고 있었다.

유용이 들어서자 시첩과 하녀들은 황공한지 몸 둘 바를 몰라 했다. 기윤이 길게 탄식을 내뱉었다.

"석암, 왔소? 고맙소!"

기윤이 마씨의 팔을 조심스럽게 내려놓고는 유용에게 자리를 권했다. 이어 침대 모서리에 걸터앉아 움푹하게 파인 눈으로 등불을 하염없이 바라보더니 무겁게 입을 열었다.

"다 내가 못나고 부족한 탓이오. 가인들이 무슨 죄가 있겠소. 괜히 저것들과 언성을 높여 그대의 체통에 누가 될까 염려 되오."

"부인께서는 괜찮으십니까? 와병 중에 이런 불상사를 당하시어 얼마나 놀라셨습니까?"

마씨는 유용의 관심 어린 한마디에 그저 눈물만 흘릴 뿐이었다. 급기야 무기력하게 고개를 저은 다음부터는 본격적으로 흐느꼈다.

"유 대인……, 참으로 고맙습니다. 유 대인의 깊으신 우의를 저희 일가는 결코 잊지 않을 것입니다. 저것들이 한 짓은 괘씸하기 이를 데 없지만…… 하룻밤만 묶어뒀다 풀어주세요. 군자는 건드려도 소인배는 건드리지 말라는 옛말이 있지 않습니까……."

"나는 장정옥張廷玉이나 눌친에 비할 바가 못 되오."

기윤이 입을 열면서 몹시 낙담한 듯 암담한 눈빛을 보였다. 이어 희비를 가늠할 수 없는 표정을 지은 채 말을 이었다.

"장정옥은 나중에 기적旗籍으로 옮겼소. 눌친은 본인 자체가 기주旗主였소. 그래서인지 장정옥의 가인들은 대부분 외관으로 나가 지방의 고위직에 제수되는 행운을 누렸소. 지금 저 자리에 있는 우리 가인들 중에는 내가 하간 고향집에서부터 부리던 자들이 하나도 없소. 저들은 전부 누군가로부터 추천받아 들어온 사람들이오. 말하자면 투기꾼들이오. 나에게 빌붙어 팔자를 고쳐 보려고 했는데, 모든 것이 도로아미타불이 돼버렸으니 실망이 오죽 크겠소? 그중에는 우리 집에 들어오기 위해 이 선, 저 선 동원하느라 돈을 꽤 많이 쓴 자들도 있거든. 당연히 거품을 물 수밖에 없지. 저들은 '판돈'을 건 주인이 실은 겉만 요란하고 내실이 없는 종이 호랑이라는 걸 몰랐을 테지! 저들을 벌하지 말아주시오. 저들이 가련해서가 아니라 소문이 나면 나에게 죄목이 하나 더 추가될까봐 그러오. '집구석 하나 제대로 건사하지 못하는 가짜 도학자'라는 둥 별의별 소문이 난무할 것이오. 있는 은자를 모두 털어 나눠주고 하늘의 뜻에 맡기는 수밖에……."

기윤이 말을 마치고는 땅이 꺼지게 한숨을 토해냈다. 순간 좌중의 여인들 중 누군가가 먼저 훌쩍이기 시작했다. 그러자 여기저기에서 울먹이는 소리가 연이어 들려왔다. 손수건으로 입을 틀어막고 울음소리를 죽이는 모습들이 무척 애처로웠다. 하지만 달리 위로할 방법은 없었다.

"저들을 크게 혼내주려고 했으나 기 대인의 뜻이 그러하다면 내키지 않지만 그대로 따르겠습니다. 세태世態의 염량炎凉이 이 정도인 줄은 미처 몰랐습니다."

후유! 유용이 짧은 한숨과 함께 다시 말을 이었다.

"기윤 공께서는 마음을 넓게 잡수시고 안심하십시오. 부인께서는 옥체가 여의치 않으니 더더욱 초조하시거나 불안해하시면 안 됩니다. 식음을 왕성히 하시어 부디 옥체를 보존하셔야 합니다. 제가 나설 자리가 있으면 필히 폐하께 잘 상주해 올릴 것입니다. 폐하께서도 기 공을 애중히 여기시고 아직 미련이 남아 계십니다. 제 생각에는 금명간 은지恩旨가 내려지실 것 같습니다. 그럼 저는 이만 가보겠습니다."

유용은 자리에서 일어났다. 기윤은 이문二門까지 배웅하기 위해 밖으로 나왔다. 송기성 등 가인들은 짐짝처럼 꽁꽁 묶인 채 회화나무 아래에 한데 엉켜 있었다. 희미한 등불 빛을 빌어보니 몇몇 여인들은 봉두난발이 된 채 항쇄를 뒤집어쓰고 있었다. 모두들 잔뜩 겁에 질려 바들바들 떨고 있었다. 어떤 남정네들은 아역들에게 묶일 때 반항을 심하게 한 듯 옷이 딸려 올라가 허리와 엉덩이가 훤히 드러나 보였다. 게다가 어찌나 힘껏 조였던지 살이 울룩불룩 튀어나오고 목과 얼굴에는 피가 몰려 마치 돼지 간처럼 시뻘겠다. 말 그대로 순천부 아역들의 사람 묶는 재주는 아무도 따라올 자가 없는 듯했다.

기윤이 밖으로 나오자 가인들은 모두 애걸하는 눈빛으로 그를 바라봤다. 기윤은 그러나 그들에게는 시선 한 번 주지 않고 유용에게 말했다.

"가법을 범한 자들이니 추후에 기회가 닿으면 가법에 따라 처벌하겠소. 아까 말씀드렸듯 지금은 풀어주는 것이 어떻겠소?"

"풀어주라!"

유용이 아역들에게 바로 명령을 내렸다. 그러고는 이제야 살았다면서 아우성을 치는 가인들을 찔러버릴 듯 힘주어 손가락질하면서 덧붙였다.

"순천부 아역들의 재주를 생생하게 체험했을 터이니 조심들 하거라. 다시 한 번 이런 일이 있었다가는 멍석말이를 당해 개죽음이 될 줄 알거라!"

"예, 대인!"

기윤은 유용을 배웅하고 나서 바로 서재로 돌아왔다. 그때까지도 훌쩍이고 있던 여인들은 기윤의 무서운 눈빛에 뚝 하고 울음을 그쳤다. 이어 마씨가 안으로 들어서는 남편의 표정을 유심히 살피면서 물었다.

"유 대인께서는 무슨 말씀을 하셨습니까?"

기윤이 대답했다.

"다른 건 없고 이시요의 사건은 총독과 순무들의 공의公議에 넘기기로 했다는구먼."

"그럼 대감은요?"

마씨가 다그쳐 물었다. 기윤은 침대께로 다가가 온화한 어투로 대답했다.

"염려하지 마시오, 부인. 유 대인의 말대로 금명간 은지가 내려질지 누가 아오? 세상만사는 한 치 앞도 가늠할 수 없는 것이니 잠자코 기다려 봅시다."

9장
간신奸臣의 본색

　'조만간 은지恩旨가 내려질 것'이라던 유용의 말과는 달리 학수고대하
는 은지는 며칠이 지나도 내려오지 않았다. 기윤의 가족들에게는 그야
말로 하루가 여삼추 같은 나날이었다. 집안 분위기는 찜통같이 덥고 숨
막히고 어두울 수밖에 없었다. 기윤은 초조하게 은지를 기다리면서도
다른 한편으로는 조서가 내려오는 것이 두렵기도 했다. 아직 아무것도
확실하지 않은 상태에서 건륭의 마음이 돌변해 은지는커녕 죽음을 주
는 엄지嚴旨를 내리지는 않을까 전전긍긍하기도 했던 것이다.
　그러나 한 집안의 어른으로서 마음속의 초조함을 드러낼 수는 없었
다. 그래서 기동원冀東原, 유사퇴劉師退, 왕문치王文治, 왕문소王文韶 등 명
류숙유名流宿儒들이 내방來訪했을 때도 '처변불경'處變不驚(어떤 변화에도
놀라지 않음)의 담담하고 소탈한 모습을 보였다. 그럴수록 속은 타 들어
가 시커먼 잿더미처럼 되었다.

그렇게 7년과도 같은 일주일이 흘렀다. 이날도 늦은 밤까지 마씨의 병수발을 드느라 잠시도 눈을 붙이지 못했던 기윤은 의자에 앉아 꾸벅꾸벅 졸고 있었다. 갑자기 앵도사가櫻桃斜街 남쪽 골목에서 희자戱子들의 발성 연습 소리가 마치 첫새벽의 정적을 깨우는 수탉의 울음소리처럼 바람을 타고 들려왔다.

　　기윤은 흠칫 놀라 몽롱하고 흐릿한 눈을 번쩍 떴다. 먼저 잠을 깬 마씨가 시름 깊은 눈빛으로 자신의 남정네를 측은하게 바라보고 있었다. 이불 밖으로 내놓은 그녀의 팔은 마치 마른 장작 같았다. 건넌방에서는 신씨 등 몇몇 시첩들이 세상모르고 잠에 빠져 있었다. 기윤은 의자에서 일어나 여인의 팔을 이불 속으로 넣어준 다음 이불깃도 꽁꽁 여며주면서 말했다.

　　"사흘 동안 곡기라고는 입에 대지 않았소. 멀쩡한 사람도 견디기 힘들 것이오. 내가 국수 한 그릇을 따끈하게 말아줄 테니 먹어보오."

　　"불조佛祖께서 저를 부르시네요. 이제는 때가 됐나 봐요."

　　마씨는 소용없다는 듯 고개를 저었다. 이어 눈 한 번 깜빡하지 않고 기윤을 뚫어지게 바라보더니 다시 깡마른 손을 내밀어 침대 모서리를 힘없이 다독이면서 앉으라는 시늉을 했다. 그러고는 실낱처럼 가늘고 희미한 소리로 말했다.

　　"……정말로 조금 전에 불조佛祖를 뵈었습니다. 마중 나온 동자童子도 어렴풋이 보였는걸요. 조금만 기다리라고, 곧 데리러 가겠노라고 합디다……. 주인을 홀로 남겨놓고 떠나자니 차마 걸음이 떨어지지 않는다고 했더니, 그 댁 거사居士는 타고난 운명이 한 번 호되게 재앙을 겪을 팔자라면서 큰일은 없을 거라고 했습니다. 이 모든 건 주인께서 죄를 너무 많이 지은 응보이지만…… 기가 조상들이 음덕을 쌓은 덕분에 큰 화는 면할 수 있을 거라고 하셨습니다. 성지聖旨도 곧 내려질 거라고 하네요.

동자는 웃으면서 밤에 다시 데리러 오겠다고 했어요……."

기윤은 마씨의 말에 처음에는 반신반의하면서 조용히 웃기만 했다. 그러나 그녀가 영영 이별을 고하는 것 같은 불길한 예감이 드는 것은 어쩌지 못했다. 갑자기 목이 메이며 눈물이 울컥 치밀었다. 순간 애써 참으려고 했음에도 불구하고 눈물이 주르륵 흘러내렸다. 그는 황급히 손등으로 눈물을 문질러 닦으면서 나지막이 마씨를 위로했다.

"부인이 너무 미력해 헛것을 본 게 틀림없소. 마음을 차분히 가라앉히고 몸조리만 잘하면 곧 털고 일어날 수 있을 것이오."

마씨가 창백한 얼굴에 한 가닥 미소를 띠웠다.

"저는 이 가문에 들어오기 전부터 불가佛家에 귀의한 독실한 불자였어요. 불조께서 부르시니 가는 길에 두려움은 없습니다. 단지 홀로 남을 대인이 걱정될 뿐입니다. 불조께서 제 간절한 소원을 들어주시어 대감을 구해주신 것 같습니다……."

마씨가 훤히 밝은 창밖에 잠시 시선을 두더니 담담하게 말을 이었다.

"조금 전에 국수를 말아주신다고 하셨죠? 기름기 없이 식초와 간장으로만 간을 하면 한 젓가락 먹을 수 있을지 모르겠습니다."

기윤이 흔쾌히 대답하고는 웃으면서 일어섰다. 발을 사이에 둔 건넌방에서는 여전히 서너 명의 시첩과 몇몇 하녀들이 침대와 등나무의자에 아무렇게나 흩어져 잠을 자고 있었다. 기윤은 그들을 깨울세라 조심스럽게 복도로 건너갔다. 이어 직접 난롯불을 살펴본 다음 솥을 얹어 물을 끓이기 시작했다.

그 기척에 시첩 한 명이 놀라 깨어났다. 그러자 다른 시첩과 하녀들도 부랴부랴 일어나 서둘렀다. 이어 주인보다 늦게 일어난 면구스러움을 만회하려는 듯 앞다퉈 이불을 개키고 마씨의 세수 시중을 들고 마당을 쓰는 등 바삐 움직였다.

기윤은 마씨에게 국수를 먹인 다음 약도 달였다. 그러자 세 시간이 순식간에 흘렀다. 그는 마당을 한 바퀴 돌고 와서야 방으로 들어가 하녀들이 들여온 밥상을 받았다. 바로 그때였다. 저 멀리 길에서 징소리가 은은히 들려왔다. 더불어 그리 빠르지 않은 말발굽 소리도 들려오는 것 같았다. 기윤은 밥그릇을 들다 말고 귀를 기울였다. 마씨가 기윤을 향해 힘겹게 돌아누우면서 말했다.

"대인, 성지를 전하러 오고 있어요. 어서……."

흥분이 지나쳤는지 마씨는 그 자리에서 혼절하고 말았다. 그러자 시첩과 하녀들이 비명을 지르더니 황급히 의원을 부른다, 물을 떠먹인다 하면서 난리법석을 떨었다. 말발굽 소리는 어느새 대문 밖에서 멈춰 섰다. 이어 형무위가 빠른 걸음으로 들어왔다.

"기 대인, 대궐에서 왕 공공公公(태감)이 어지를 전하러 왔습니다!"

"알았네. 곧 나가지."

기윤은 황급히 형무위를 따라나서면서도 고개를 돌려 분부를 내리는 것을 잊지 않았다.

"부인의 의식이 돌아올 때까지 계속 불러보게. 의원이 곧 올 거야."

기윤이 말을 마치고는 걱정 어린 눈빛으로 마씨를 일별하더니 큰 걸음으로 방문을 나섰다. 왕렴은 이미 마당 한복판에 서서 기다리고 있었다.

"기윤은 어지를 받거라!"

왕렴은 방안에 들어가지 않은 채 남쪽을 향해 돌아섰다. 기윤이 무릎을 꿇고 머리를 조아리자 그가 구두로 건륭의 어지를 선독했다.

"경은 일개 미명微名(자그마한 명성) 선비로 짐의 두터운 은혜를 입어 황제 측근의 고굉股肱이라는 파격적인 대우를 받아왔다. 오로지 순수한 충정으로 종묘사직과 군주를 위해 몸 바쳐 일해도 부족한데 가인들을 종용해 물의를 일으켰다. 짐은 실로 한심하고 통탄스럽노라. 엄히 죄를 물어 조정의 기강을 바로 세워야 마땅하나 경이 그동안 짐을 보좌해 문사文事에 미약한 힘이나마 보탰다는 것을 감안한다. 또 부찰 황후의 병구완에 공을 세웠던 점 역시 감안하지 않을 수 없다. 그래서 죽을 죄는 면하게 할 것이다. 대신 오로목제 군중軍中으로 가서 대죄입공戴罪立功하도록 하라. 이상!"

"호탕하신 성은에 망극하옵니다! 죄신 기윤은 사력을 다해 죗값을 치르겠사옵니다!"

기윤은 왕렴이 선독을 마치자마자 거듭 머리를 조아렸다. 얼굴에는 안도의 미소가 번지고 있었다.

기윤에게 내려진 것은 일명 '군류軍流'라는 징계였다. 누가 봐도 흑룡강黑龍江으로 유배돼 피갑인披甲人(군인보다 낮고 노예보다 높은 신분. 주로 신분이 강등된 경우가 많음)들의 노예로 비참하게 전락하는 것보다는 확실히 나은 징벌이었다. 또 환경이 열악한 오리아소대烏里雅蘇臺로 추방되는 것보다도 징벌이 무겁다고 하기 어려웠다.

기윤은 솔직히 부의에 넘기지 않는다는 말을 처음 들었을 때 전전긍긍했었다. 우민중과 화신이 건륭의 옆에서 시비를 뒤집는 이간질을 할 경우 건륭이 홧김에 '자진'自盡을 명하기라도 할까봐 크게 걱정했던 것이다. 그러나 그동안의 걱정은 '대죄입공'이라는 네 글자 앞에 바람처럼 사라지고 말았다. 과연 부인 마씨의 말대로 이제 목숨에는 지장이 없는 것이 확실했다.

기윤은 점쟁이 '동초 선생'의 말과 마씨의 꿈이 신통하게 들어맞았다는 사실에 놀라움을 금할 수 없었다. 심지어 경외감마저 들었다. 그러나 다른 한편으로는 천산만수千山萬水를 건너 만 리 밖에서 기약 없는 군려軍旅의 시간을 보내려니 억누를 길 없는 비감이 몰려왔다……

"어서 일어나시죠, 기 대인."

어지를 전한 왕렴이 얼굴 가득 웃음을 지은 채 황급히 다가가 기윤을 부축해 일으켜 세웠다. 이어 정중한 어조로 덧붙였다.

"이로써 재화災禍를 물리친 셈이니 경하드립니다! 거리가 요원하기는 하나 조정을 위해 열심히 달리다 보면 이삼 년은 순식간이 아니겠습니까. 공로를 세우고 귀경하시면 여전히 '기 대인'으로 만인의 경앙을 받으실 겁니다!"

기윤 본인 못지않게 조마조마한 심정으로 이문 뒤에 숨어 손에 땀을 쥐고 있던 시상 노인과 양의는 은지 내용을 듣고는 크게 안도했다. 둘은 약속이나 한 듯 동시에 가슴도 쓸어 내렸다. 기윤 역시 기분이 얼마나 좋았는지 왕렴에게 수고비로 은자 50냥을 쥐어 보냈다.

기윤은 가인들이 호들갑을 떨면서 서로 소식을 전하기에 바쁜 사이 휑뎅그렁한 서재 앞마당에 홀로 서 있었다. 우중충하게 흐려 있는 하늘을 올려다봤다. 갑자기 격세지감과 함께 형언할 수 없는 서글픈 느낌이 밀려왔다. 동시에 모든 것이 꿈만 같고 모든 것이 익숙하면서도 낯설어 보였다. 그는 한참을 그렇게 말없이 서 있다 문득 정신을 차렸다. 부인이 걱정되었던 것이다.

기윤이 황급히 서재로 들어가자 시첩들이 일제히 경하의 인사를 올렸다. 기윤이 다소 언짢아하면서 말했다.

"경하는 무슨! 구차하게 겨우 목숨만 건졌는데. 어서 책과 옷가지들을 챙겨 놓게. 시상과 상의해 가인들 중에서 몇 사람만 딸려 보내라고 하게. 마님의 상태가 안 좋으니 당장은 못 떠날 것 같네. 이 일은 석암 공이 책임을 맡았으니 그에게 사정해봐야겠네. 며칠만 말미를 달라고 청을 하면 나 몰라라 할 사람이 아니네."

시첩 곽郭씨가 기윤의 말에 눈물이 그렁그렁한 채 고개를 끄덕였다.

그녀 역시 안색이 파리하고 눈언저리가 거뭇거뭇한 것이 그동안의 마음고생이 여간 심한 게 아니었던 것 같았다. 그도 그럴 수밖에 없었다. 곽씨의 딸이 바로 노견증의 손자며느리였을 뿐 아니라 모든 일이 그쪽에서 발단이 됐으니 죄책감이 클 수밖에 없었던 것이다. 곽씨가 곧 감정을 추스르더니 기윤의 말에 연신 고개를 끄덕이며 대답했다.

"마님께서는 깨어나셨습니다. 저희 아녀자들이 방금 상의한 끝에 장신구들을 더러 팔아 대인의 노자에 보태기로 했습니다. 형부에서 나온 자들이 전부 철수하는 걸 보니 가산도 별 문제 없을 것 같습니다. 집에서는 다른 동생들이 마님을 정성껏 섬길 것이니 저는 대인을 따라 오로목제로 가서 시중들겠습니다. 가인들을 몇 명만 데리고 가면 아무리 힘겨워도 버텨낼 수 있을 것 같습니다."

기윤은 그러나 약을 달이는 화롯불 앞에 앉아 부채질로 불길을 크게 살리기만 할 뿐 아무 대답도 하지 않았다. 이어 그렇게 한참 동안 묵묵부답이더니 천천히 입을 열었다.

"길도 멀고 언제 돌아올지 기약도 없네. 가인들이 원치 않는다면 억지로 강요할 필요가 없네. 아무도 따라나서지 말게. 대죄입공하러 군중으로 가는 마당에 계집을 데리고 가다니 꼴불견이지."

바로 그때 형무위가 유용과 함께 뜰 안으로 들어섰다. 기윤이 그 모습을 보고는 부채를 던지면서 일어섰다.

"유 공, 오셨소? 어서 안으로 드시오."

유용은 그러나 잠시 고개만 끄덕여 보이고는 뜰에서 멈춰 섰다. 이어 말했다.

"어지가 있다! 기윤은 무릎 꿇고 어지를 받거라!"

그야말로 마른하늘에 날벼락이 따로 없었다. 자리에 있던 가인들은 하나같이 두 눈이 휘둥그레지고 말았다. 방금 전에 어지를 받았는데 불과 두 시간도 안 돼 또다시 어지라니!

기윤은 그 사이 뭔가 큰 변동이 생겼을지도 모른다는 생각을 하지 않을 수 없었다. 불길한 생각이 뇌리를 스쳤다. 순간 그의 안색은 창백하게 질렸다. 그는 두 다리를 부들부들 떨면서 힘겹게 무릎을 꿇었다.

"죄신 기윤이 어지를 경청하옵니다……."

유용이 불안에 떠는 기윤을 잠깐 일별하더니 미소를 지었다. 그러고는 입을 열었다.

"기윤은 즉각 양심전으로 들라. 이상!"

기윤이 유용의 말이 끝나기 무섭게 사색이 되어가던 얼굴을 번쩍 쳐들었다. 잔뜩 겁에 질린 두 눈에는 애처로움까지 더해졌다. 그럴 수밖에 없는 것이 황제가 죄를 지은 신하를 소견召見하는 경우는 가끔 있었으나 이미 정죄定罪한 죄신罪臣을 부르는 것은 그로서도 금시초문이었던 것이다. 다시금 오리무중에 빠진 기윤은 도무지 성의를 가늠할 수 없는지 망연자실한 표정을 지었다.

기윤은 그러고도 한참 동안 넋이 나간 사람처럼 멍하니 유용의 얼굴만 계속 바라봤다. 그러다 뒤늦게 자신의 실수를 깨닫고는 황급히 머리를 조아리면서 대답했다.

"죄신……, 어지를 받들어 입궐하겠사옵니다!"

"달리 의구심을 품을 필요는 없습니다, 기 공. 제가 대내大內로 모시겠습니다."

유용이 웃음 띤 얼굴로 기윤을 부축해 일으켜 세웠다. 이어 덧붙였다.

"폐하께서는 기 공이 오로목제로 떠나기에 앞서 몇 마디 당부의 말씀을 하실 것 같습니다. 다른 뜻은 없으니 염려를 거두십시오. 형부, 순천부와 보군통령아문에서 나온 아역들도 이제 곧 철수할 것입니다. 가산에 대한 압수명령도 거둬들인 상태입니다."

기윤은 정신이 혼미해졌다. 눈앞도 몽롱해졌다. 그 때문이었을까, 유용의 얼굴 중에서는 온통 입만 보일 뿐이었다. 이후 유용이 뭐라고 더 말했으나 그의 귀에는 단 한마디도 들리지 않았다.

기윤은 어리벙벙한 채 유용의 대교大轎에 앉아 자금성에 도착했다. 곧이어 두 사람은 서화문을 통해 융종문으로 들어갔다. 기윤은 군기처에 당도할 때까지도 마치 몽유병에 걸린 사람처럼 계속 정신을 못 차리고 있었다. 그래서 가마에서 내린 유용이 누군가를 만나 두어 마디 얘기를 주고받을 때도 멍청하게 그 옆에 서 있었다. 또 안면이 있는 누군가가 인사를 하면 기계적으로 머리를 끄덕이거나 히죽 웃기도 했다. 그 모습이 꼭 실성한 사람 같았다.

기윤은 그러다 낮은 소리로 대화하면서 영항에서 나오는 여덟째황자 옹선과 열다섯째황자 옹염을 알아보는 순간 번쩍 정신을 차렸다. 그제야 자신이 집이 아닌 용루봉궐龍樓鳳闕에 들어와 있다는 사실도 깨달았다. 주의자귀朱衣紫貴들에 둘러싸여 있다는 사실 역시 피부로 느꼈다.

곧 아계와 우민중, 화신 등이 군기처에서 나와 웃으면서 인사를 했다. 그러나 기윤은 그들에게는 눈길도 주지 않고 두 황자를 향해 무릎을 꿇었다. 그가 머리를 조아려 문후를 올리면서 막 "죄신……"이라는 두 글자를 입 밖에 냈을 때였다. 옹염이 바로 손짓으로 제지하면서 입을 열었다.

"그런 말은 아껴뒀다 폐하께 하세요. 가인을 우리 부저府邸로 보내세요. 곧 먼 길을 떠날 텐데 마땅히 선물할 것은 없고 건장한 노새나 한 마리 드릴 테니까요."

여덟째황자 옹선 역시 기윤과 평소에 허물없이 지내던 사이였던 터라 밝게 웃으면서 말했다.

"어찌 그리 어리벙벙해 보이십니까! 죽으러 가는 것도 아닌데, 너무 상심하지 마세요."

기윤은 황자들의 반응을 유심히 살폈다. 달리 이변이 생기지는 않은 것이 확실한 것 같았다. 그제야 마음이 안정되면서 여유 있는 웃음도 나왔다.

"마마들을 영영 다시는 못 뵙는 줄 알았습니다. 어리벙벙한 정도가 아니라 심장이 멎는 것 같았습니다."

기윤이 말을 막 마쳤을 때 태감 복례가 영항에서 나왔다. 기윤은 건륭에게 어찌 아뢸 것인지 속으로 궁리를 하면서 그의 뒤를 따라 양심전으로 들어갔다.

건륭은 이때 막 선농단先農壇에서 돌아온 뒤였다. 선농단을 찾아 적전籍田(농사를 짓거나 수확을 함)하는 것은 봄철 교외에 나가 하는 황실의 큰 행사였다. 물론 건륭은 '쟁기로 땅을 가는' 시늉만 하고 돌아왔다. 그러나 적전은 해마다 이맘때 반드시 해야 하는 행사인 탓에 금룡포괘金龍袍掛를 입고 천아天鵝(백조) 융관絨冠을 쓰는 등 차림새에 흐트러짐이 없어야 했다. 의장대도 격식 있게 갖추지 않으면 안 됐다.

건륭은 봄날의 햇살이 따스한 정도를 넘어 따갑다고 생각한 듯 궁전으로 돌아오자마자 서둘러 갑갑하고 묵직한 용포龍袍를 벗었다. 속옷은 이미 땀에 흥건히 젖어 있었다. 서둘러 목욕을 마친 다음 가벼운 옷을 갈아입고 정원에서 산책을 하고 있었다. 마침 저만치에서 회색 두루마기를 입은 기윤이 복례를 따라 수화문을 들어서는 모습이 보였다. 건륭이 걸음을 멈추고는 미소를 지었다.

"어서 오게, 기효람. 오래간만이네."

"폐하……!"

기윤은 건륭의 말이 떨어지기 무섭게 그 자리에서 털썩 무릎을 꿇었다. 갑자기 오만가지 복잡한 감정이 치밀어 올라 그런지 눈물이 울컥 솟아졌다.

"죄신이 죽을죄를 지었사옵니다. 폐하의 하해 같으신 성은을 입은 몸임에도 불구하고 배은망덕을 범하고 말았사옵니다……. 다시 용안을 뵐 수 있을 줄은 꿈에도 몰랐사옵니다! 이제 서역西域에 뼈를 묻어도 여한이 없사옵니다……."

기윤은 기본적으로 재주 있고 끼가 님칠 뿐 아니라 농담도 곧잘 해서 사람을 즐겁게 해주던 고굉대신이었다. 그런 사람이 불과 보름 사이에 이처럼 초췌하고 약해져 버렸다. 심지어 얼굴은 10년은 더 늙어 보였다. 부스스한 잿빛 머리카락이 가늘게 떨리고 있었다.

건륭은 애통한 가슴을 쥐어뜯으면서 말을 잇지 못하는 중신重臣을 가만히 내려다봤다. 그 역시 마음이 착잡하기 이를 데 없는 듯했다. 한참 후에야 비로소 한숨을 지으면서 입을 열었다.

"난각으로 들게."

기윤이 머리를 조아려 대답하고는 힘겹게 일어섰다. 늘 그렇듯 건륭은 온돌에 올라가 다리를 포개고 앉았다. 따라 들어간 기윤이 병풍 앞에 길게 무릎을 꿇자 건륭이 분부했다.

"저쪽 걸상에 가서 앉게. 짐이 궁금한 것도 있고 또 당부할 말도 있어서 불렀네."

"예."

기윤은 나무걸상에 엉덩이를 살짝 붙인 채 앉았다. 이어 태감이 건네주는 수건을 받아 조심스레 눈물범벅이 된 얼굴을 닦으면서 덧붙였다.

"폐하의 훈육 말씀을 명심하겠사옵니다."

"폭풍우는 다 지나갔네. 기운을 차리게."

건륭이 웃으면서 말을 이었다.

"경이 쓴 문장을 읽어보면 여간 담대하고 당당해 보이지 않는데, 어찌 이리 부실한 모습을 보이는가? 듣자니 가인들도 대단히 불안해하고 문생들 역시 갈팡질팡한다더군. 자네가 잘 다독여줘야겠네! 이제 보니 경은 그야말로 종이 호랑이였구먼!"

기윤은 당초 책상을 내리치면서 대로하는 건륭의 모습을 상상했다. 잔뜩 긴장하기도 했다. 한마디로 뇌정雷霆의 질호叱呼를 감당할 준비를 단단히 하고 있었던 것이다. 그런데 뜻밖에도 건륭은 첫마디부터 훈풍 같은 농담을 하고 있지 않은가. 기윤은 그저 놀랍고 황감해 어떤 표정을 지어야 할지 몰랐다. 결국 한참 후 조심스럽게 아뢰었다.

"죽을죄를 지었사온데 어찌 천명을 경외하지 않을 수 있겠사옵니까. 폐하를 섬겨온 수십 년 동안 촌척의 공로도 없이 되레 패덕悖德을 저질러 성려聖慮를 끼쳐 드리고 말았사옵니다. 목을 쳐야 마땅한 죽을죄를 면하게 해주신 사실이 그저 꿈만 같을 뿐이옵니다!"

건륭이 묵묵히 고개를 끄덕였다. 그러고는 물었다.

"자네, 올해 몇 살인가? 짐의 기억이 틀림없다면 쉰 한 살 정도 됐을 텐데?"

"아뢰옵니다, 폐하. 신은 옹정 이 년에 태어나 올해 나이가 쉰하고도 여섯이옵니다."

"근골筋骨은 아직 쓸 만한가?"

기윤이 무슨 말인가 싶어 재빠르게 건륭을 훔쳐봤다. 이어 황급히 고개를 숙인 채 대답했다.

"신은 원래부터 건강만은 자신이 있는 편이옵니다. 문자 외에 노심초사하는 일이 별로 없사옵고 담배는 골초이오나 술은 멀리 한 덕분이 아닌가 하옵니다."

"다행이네."

건륭이 담담한 어투로 말을 이었다.

"첫째, 경은 한림원에서 일거에 군기처에 입직했네. 지방관을 지내본 적이 없네. 군무와 정무에도 직접 관여해본 바가 거의 없었네. 그저 《사고전서》 편수작업에만 몰두했었지. 그러다 보니 실은 지천명의 나이를 넘긴 사람임에도 아직 세상 물정을 모르는 수재秀才라고 보는 것도 무리는 아닐 듯싶네. 둘째, 자네는 엄연히 죄인이네. 짐은 사사로운 감정에 좌우돼 자네를 비호할 수는 없네. 짐은 몇몇 대신들의 의견을 들어봤네. 그들은 한결같이 자네에게 기군죄欺君罪를 물어야 한다고 대답했네. 이 상태에서 부의部議에 넘겨버리면 자네는 죽는 수밖에 없네. 허나 짐은 수십 년간 조석朝夕으로 부려온 재능 있는 고굉대신을 이대로 포기할 수 없었네. 짐은 경을 잘 아네. 자네는 권력을 남용하고 성총을 악용해 호가호위한 사람이 아니네. 또 수많은 문생을 거느리고 있으면서도 패당들을 끌어 모아 무리를 만든 적이 없었네. 짐이 각별히 애중히 여기니 버릇없이 구는 경우가 간혹 있었으나 감히 기군죄를 범할 정도의 위인은 못 되지. 이 점 때문에 짐은 경에게 연민을 느끼고 용서해줄 수 있었네. 복강안이 자네를 자신의 군중으로 보내 주십사 하고 청을 해 왔었네. 그러나 그쪽 금천金川 지역은 적정敵情이 워낙 복잡하고 환경이 열악하네. 짐은 경이 버텨낼 수 없을 것 같아서 복강안의 청을 윤허하지 않았네. 조혜와 해란찰에게 어지를 보내 경을 수용할 의향이 있는지 여부를 물었더니 어젯밤에 답신이 왔네. 둘 다 쾌히 경을 받아들이겠노라고 했네. 그래서 오늘 아침 새벽같이 경에게 어지를 내렸던 것이네. 멀기는 해도 사람들이 순박하고 인정이 있는 곳이네. 조혜 등도 절대 자네를 고달프게 하지는 않을 거네. 다른 지방으로 보내면 '헛똑똑이'들이 많아 성의聖意를 잘못 헤아리고 경을 들볶을 게 뻔하네. 가보게! 중원中原을 떠나 멀리 가서 짐이 제대로 보지 못하는 곳은 없는지 먼발치에서 보고 일러주도록 하게. 흉험한 곳이지만 거기로 가 있으면 오히려 속은 편할 것이네. 《삼국연의》에 나오는 말을 빌리자면 '호랑이에게 먹힐 위기에 처해 있어도 마음은 태산같이 든든하다'雖在虎口, 安如泰山라는 것이 있지 않은가. 뭐 그런 경우가 되지 않을까 싶네."

건륭이 말을 마치고는 웃음을 지어보였다. 기윤은 마치 가인을 대하듯, 제자를 달래듯 하면서 진심 어린 훈육을 내리는 건륭 덕분에 그동안의 모든 우울, 불안과 우수 등을 남김없이 날려버릴 수 있었다. 또한 신하의 나아갈 길을 주도면밀하게 검토해주고 걱정해주는 건륭의 은혜에 감동하지 않을 수 없었다. 그의 가슴속은 감격으로 물결쳤다.

그가 그예 두 손으로 얼굴을 감싸 쥐고 몸을 아래로 낮춘 채 소리 죽여 울었다. 흑흑! 하는 흐느낌에 어깨까지 들썩거렸다. 그가 그렇게 울면서 똑똑하지 않은 소리로 아뢰었다.

"폐하! 신을 애중히 여겨주시고 아껴주시는 성심을 죽는 날까지 잊지 않겠사옵니다. 신이 그것을 하루라도 망각하는 날에는 개돼지만도 못한 망나니이옵니다, 폐하……."

"됐네, 짐의 의중을 알면 됐네."

건륭도 감격한 듯 손가락으로 조금 번진 눈가의 눈물을 닦아냈다. 그러고는 말을 이었다.

"해란찰이 답신에 뭐라고 했는지 아나? '기 공의 배는 고기 먹는 배이옵니다. 이번에 오면 양을 통째로 구워놓고 한번 경합을 벌여봐야겠사옵니다. 극적인 반전도 가능하오니 기대하시옵소서, 폐하!'라고 하더군. 해란찰은 이렇게 재미있는 친구라네!"

건륭이 이내 덧붙였다.

"짐은 또 다른 관리들을 접견해야 하니 경은 그만 물러가게. 가서 떠날 채비를 서두르게."

기윤은 완전히 울다가 웃었다. 그래서 기분 좋게 머리를 조아려 작별을 고하려고 했다. 그가 인사를 마치고 막 물러가려고 할 때였다. 건륭이 다시 물었다.

"궁금한 게 있네. 노견증에게 소금과 차의 적자에 대해 조사단이 내려갈 거라는 정보를 흘린 사람은 아무리 봐도 자네밖에 없는데, 아직 증거를 못 찾았네. 자네가 한 짓이 맞지? 그래 어떤 식으로 언질을 줬나?"

"그, 그게……."

기윤이 잠시 망설이는 듯하더니 황급히 아뢰었다.

"신은 달리 정보를 흘린 건 아니옵니다. 단지 빈 봉투에 찻잎과 소금을 조금 넣어 보냈더니 눈치 빠른 친구가 제깍 알아차린 것 같사옵니다……."

건륭은 기윤의 말이 끝나기도 전에 하하하! 하고 크게 소리 내어 웃었다. 그러고는 손사래를 쳤다.

"가보게, 알았네! 역시 못 말리는 기효람이네. 잔머리도 얼마나 잘 굴리는지……. 매일 짐을 가까이에서 시중들면서 그런 일을 미리미리 사실대로 상주했더라면 이렇게 큰 사달은 막을 수 있었을 게 아닌가! 자네가 노견증에게 서찰을 보내 일찌감치 복죄伏罪하고 알아서 '토해'내라고 했더라면 짐은 자네를 치하해 성은을 내렸을 텐데……, 그게 유감이네. 가보게."

그때였다. 태감 왕인이 마침 상주문을 한아름 안고 들어섰다. 건륭이 그에게 물었다.

"군기처에서 보내온 건가?"

"예, 각 성省에서 보내온 상주문이옵니다. 아직 절략節略을 쓰지 않은 것 같사옵니다."

왕인이 상주문 더미를 조심스럽게 책상 위에 내려놓으면서 덧붙였다.

"소인은 방금 태후마마께 《아미타경》阿彌陀經을 보내드리고 돌아오는 길에 군기처 앞에서 태감 고운종을 만났사옵니다. 고운종이 밀주함 때문에 이 많은 상주문을 한꺼번에 옮기지 못하는 것을 보신 화신 대인이 소인에게 고운종을 도와주라고 명했사옵니다."

건륭이 알았다고 짧게 대답했다. 그러고는 상주문 더미에서 복강안과 사천 순무 격라格羅의 상주문을 뽑아들고 물었다.

"지금 자녕궁에는 누가 들어 있느냐?"

왕인은 건륭이 자신에게 하문을 하자 황감한 표정을 지었다. 이어 오관五官(다섯 개의 감각기관. 눈眼, 귀耳, 코鼻, 혀舌, 피부身)이 다 비뚤어질 정도로 활짝 웃으면서 아뢰었다.

"정안노태비定安老太妃마마, 돈비惇妃마마, 열일곱째친왕의 복진께서 태후마마를 모시고 엽자패葉子牌를 놓고 계시옵니다. 용비(화탁씨)마마께서도 《고란경》을 들고 태후마마 전에 들어 있사옵니다. 소인이 갔을 때는 스물넷째복진께서 문후를 여쭙고 나오시는 길이었사옵니다. 그 밖에 조혜와 해란찰 장군의 부인, 화신 대인의 부인도 들어 있었사옵니다. 태후마마께서 화신 대인의 부인에게 여의如意를 상으로 내리시고, 다른 부인들에게는 향로니, 부채 등등을 상으로 내리셨사옵니다. 태후마마께서는 대단히 기분이 좋아 보이셨사옵니다!"

건륭은 왕인의 보고가 끝나기 무섭게 상주문을 읽어보기 시작했다. 복강안의 글에는 이미 사천성 성도成都에 도착했다는 내용이 들어 있었다. 또 사천 순무 격라와 5000의 정예병으로 사흘 후 대금천大金川을 기습할 방책을 논의하고 있다고도 했다.

건륭은 순간 가슴이 철렁했다. 자신도 모르게 황급히 붓을 들어 주사朱砂를 묻혔다. 이어 뭔가 쓰려고 했다. 그러나 이내 도로 붓을 내려놓았다. 그는 가만히 생각해봤다. 복강안은 속전속결을 원하고 선참후주를 하려는 게 분명한 듯했다. 사실 건륭도 잘 아는 바이기는 하나 사라 분 2세는 음란하고 방탕했다. 금천에서 신망도 그다지 높지 않았다. 게다가 군사적인 능력도 그 아버지의 반에 반도 미치지 못하는 사람이었다. 그러니 복강안이 허를 찌르는 기습 공격을 하면 충분히 승산이 있을 법도 했다. 문제는 사라분이 청병淸兵과 무려 20년 동안이나 대치했다는 사실이었다. 게다가 부항의 실력으로도 하마터면 금천의 험지險地에서 불귀의 객이 될 뻔했다는 사실도 찜찜한 진실이었다. 건륭으로서는 복강안이 과연 일거에 금천을 평정할 수 있겠는가 하는 생각이 들 수밖에 없었다. 게다가 금천을 손아귀에 넣지 못한 채 직접 타전로打箭爐로 쳐들어갈 경우 서장西藏에서 변란이 발생할 가능성도 컸다. 그렇게 되면 관군은 퇴로를 차단당해 자칫 큰 낭패를 볼 수도 있을 것이었다…….

건륭은 아무리 생각해봐도 복강안이 무모한 짓을 하는 것 같았다. 그러나 다시 생각해보면 그것은 나름 일리가 있는 무모함이었다. 그는 어떻게 주비를 달아야 할지 잠시 고민하다가 일단 그 일은 미뤄둔 채 격라의 상주문을 당겨 읽기 시작했다. 잠시 후 그가 왕인에게 물었다.

"화신의 부인에게도 상을 내리셨다고 했나? 딱히 상을 내릴 만한 이유라도 있었던 게냐?"

"아, 예……."

왕인이 갑작스런 질문에 잠깐 말을 더듬었다. 그러나 건륭은 더 이상 말이 없었다. 왕인도 더 할 말이 없었으므로 물러가려는 듯했다. 그러다 갑자기 황급히 허리를 숙이면서 아뢰었다.

"정안태비마마께서 윤회輪廻와 전세轉世에 대해 얘기하시던 중 화신 대인의 외모를 언급하시면서 전생에 아녀자였을 것 같다고 하셨사옵니다. 어딘가 안면이 많이 익은데 짚이는 바가 없다고 하자 태감 진미미가 오래 전에 죽은 금하錦霞라는 궁인을 닮은 것 같다고 했사옵니다. 그러자 태후마마께서도 그러고 보니 과연 틀림이 없다고 하시면서 놀라워하셨사옵니다. '맞다, 맞아! 어쩐지 나도 그 사람을 대할 때마다 어딘가 눈에 익다는 느낌을 많이 받았네! 아이고, 세상에! 금하 그년이 얼마나 폐하를 따랐으면 화신을 보내 폐하를 시중들게 했을까! 어쩐지 폐하께서 유난히 그 사람을 애중히 여기신다 했네!'라고 말씀하셨사옵니다. 태후마마께서는 이어 진미미에게 종수궁 불당으로 가서 향을 사르고《양황참》梁皇懺이라는 책을 가져오라고 명하셨사옵니다. 그 와중에 화 대인의 부인이 입궐했는지라 여의를 상으로 내리신 것 같사옵니다."

건륭은 금하가 화신으로 환생했다는 말에 가슴이 쿵 하고 무너져 내리는 느낌을 받았다. 순간 갑자기 으스스해지면서 온몸에 소름이 쫙 끼쳤다! 그러지 않아도 화신을 대할 때마다 무의식 중에 금하의 얼굴이 떠올랐던 적이 몇 번 있었다. 그러나 그는 공자 왈, 맹자 왈을 외우면서 공맹지도로 정치를 펴는 군주가 전세니 환생이니 하는 속리俗理를 운운한다는 것이 당치도 않다고 생각했다. 그럴 때마다 번번이 꾹꾹 눌러버렸다. 그처럼 아무도 모르게 가슴속에 재워두고 있던 생각을 태감 진미미가 일언지하에 간파해내고, 황태후가 손뼉을 치면서 호응했다고 하니 놀라울 따름이었다!

건륭은 자신도 모르게 눈을 감았다. 순간 눈앞에서 금하와 화신의 얼굴이 겹쳐졌다. 화신의 목 부근에 끈으로 죄인 흔적 같은 빨간 태기胎記가 있었던 것도 생각났다. 평소에 유난히 아녀자 같던 언행 역시 떠올랐다. 또 태후가 화신을 '주는 것 없이' 미워하고, 건륭 자신은 이유 없이 화신에게 친근감을 느꼈던 것도 떠올랐다. 모든 것이 다 이유가 있었던 것인가…….

건륭은 비바람이 거세게 몰아치던 승건궁承乾宮의 황혼黃昏을 잊을 수 없었다. 편전의 줄 끊어진 가야금과 금하가 한없이 절규하면서 애처로

이 죽어갔을 암실暗室도 잊지 못했다……. 벌써 강산이 네 댓 번도 더 바뀌었으나 한줄기 실낱같은 추억은 그대로였다.

건륭은 마치 길을 가던 행인이 등 뒤에서 부르는 소리에 고개를 돌리듯 허공을 향해 고개를 홱 돌렸다. 그러고는 누군가를 반겨 맞듯 소리를 질렀다.

"너구나, 과연 너였구나! 네가 다시 돌아와서 나를 시중들었던 게냐……?"

건륭은 그러나 곧 자신이 허우적대면서 껴안은 것이 허공이었다는 것을 깨닫고는 실망한 채 맥없이 팔을 떨어뜨렸다. 순간 왕인이 두 눈을 휘둥그렇게 뜬 채 그를 지켜봤다. 이어 조심스레 다가와 찻잔에 더운물을 채우면서 살피듯 여쭈었다.

"폐하, 괜찮으시옵니까?"

"오! 아……, 아무것도 아니다."

건륭은 어느새 다시 멀쩡한 상태로 돌아와서는 자조하듯 웃었다. 이어 황당한 생각을 밀어내려는 듯 힘껏 고개를 흔들었다. 그러고는 붓을 들고 잠시 생각한 끝에 복강안의 문안 상주문에 주비를 달기 시작했다.

지난번의 상주문도 잘 받아봤네. 사천순무 격라의 주의奏議를 참작해보니 경의 전략은 확신하기는 어려우나 일단 한번 시도해 볼 만한 것 같네. 사흘 후에 공격을 개시한다고 하니 짐이 저지하고 싶어도 시간상 여의치 않을 줄 아네. 계획대로라면 지금쯤 공격을 시작했을 테지. 짐은 경의 과감한 결단력과 용맹함을 가상히 여기네. 그러나 한편으로는 무모한 확신이 화를 초래하지 않을까 염려되네. 경은 상주문에서 '모사謀事는 사람이 하나 성사成事는 하늘에 달렸다. 결단을 내릴 때 우유부단함은 금물이다. 의심이 많으면 성사되지 않는다. 때가 오면 과감히 치고 나가는 것이 장군이 갖춰야 할 덕목이다'라고 했네. 젊은 대장군의 기개를 엿볼 수 있어 믿음 직스러웠네. 그러나 아무리 바위로 달걀을 치는 격이라고는 하나 매사에 방심은 금물이네. 요행심은 만 분의 일이라도 품어서는 아니 되겠네. 신중하고 겸손하고 용맹하게 전사를 잘 치르기 바라네. 완승이면 완승, 완패면 완패, 불승불패면 불승불패, 결과를 숨김없이 보고하게. 눌친과 장광사의 피비린내 나는 교훈이 어제 일 같음을 명심하기 바라네!

건륭은 솔직히 "설령 불리한 국면에 내몰리더라도 솔직히 보고하고 지원병을 청하라"라고 덧붙이고 싶었다. 그러나 말이 씨가 될까봐 두려워 그만뒀다. 긍정적으로 생각하지 못하고 패하면 어떻게 하느냐는 식으로 '기를 꺾을' 거라면 필묵을 낭비할 필요가 없다는 생각도 들었다. 그는 급기야 복강안의 상주문을 저만치 밀어냈다.

건륭은 다시 격라의 상주문을 당겨왔다. 그러나 뭐라고 주비를 내리든 금천 전사는 이미 시작됐을 테니 아무 소용이 없을 것 같았다. 잠시 그렇게 생각하는 사이 붓끝에 동그랗게 맺히던 붉은 물방울이 뚝 하고 상주문에 떨어지고 말았다. 시뻘겋게 사방으로 번져나간 주사가 오늘따라 유난히 섬뜩하게 느껴졌다.

건륭은 어쩐지 피를 본 것 같은 섬뜩한 느낌에 불길한 예감을 떨쳐낼 수 없었다. 순간 신경질적으로 붓을 내던졌다. 그러고는 두 개의 상주문을 와락 움켜쥐면서 왕인에게 명했다.

"이걸 태워버려!"

왕인이 황급히 대답하면서 건륭에게 다가가려고 했다. 바로 그때 화신이 만면에 웃음꽃을 활짝 피우고는 빠른 걸음으로 들어섰다. 언제나 그렇듯 날렵하게 무릎을 꿇은 채 머리를 조아렸다.

"폐하, 해란찰이 보낸 아녀자들이 도착했사옵니다! 신이 방금 오문午

門으로 가보니 새파란 처녀도 있고, 기혼녀도 있었사오나 하나같이 미색이 뛰어났사옵니다."

화신이 흥분한 듯 두 눈을 반짝이면서 오른손으로 남쪽 어딘가를 가리켰다. 그러나 이내 자신이 지금 군주를 대면하고 있다는 사실을 깨달은 듯 바로 공손해졌다. 그가 다시 입을 열었다.

"귀족의 혈통을 지닌 아녀자들도 꽤 있다고 하옵니다. 서역 여인들의 미모는 단정하면서도 이색적인 것 같사옵니다. 예부에서는 전쟁포로도 아닌 그녀들을 어떻게 처리해야 할지 선례가 없어 고민하고 있다고 하옵니다. 그런 연유로 어지를 청하고자 들었사옵니다."

건륭은 대충 줄거리만 듣고 찻잔을 손에 든 채 피식 웃었다. 순간 남쪽 창에서 비스듬히 햇살이 비쳐들면서 화신의 미끈한 체격에 곡선을 만들어주고 있었다. 하얗고 갸름한 얼굴, 웃을 듯 말 듯 약간 찌푸린 미간에서 금하의 '애교를 떨며 토라지던' 모습이 보이는 것 같았다. 건륭은 멍하니 그런 화신을 바라봤다. 이어 그가 말을 끝낸 지 한참 후에야 비로소 깊은 사색에서 헤어났다. 동시에 몸을 조금 앞으로 숙이며 물었다.

"선례가 없어 예부에서 고민 중이라는데, 자네 생각에는 그녀들을 어찌 처리해야 마땅할 것 같은가? 올해는 이미 궁녀 선발도 끝난 상태라 의논이 분분할 텐데! 게다가 그녀들은 반란을 일으킨 자들의 가족이니 노예로 부리는 것이 마땅하네. 아예 신자고辛者庫로 보내 잡일이나 시키는 건 어떨까?"

"잡일을 시키기에는 너무 아깝고, 그렇다고 후궁으로 들일 수도 없고……."

화신이 잠시 생각한 끝에 묘안이 떠오른 듯 웃으면서 아뢰었다.

"죄를 지은 관리들의 가족을 벌하듯 각 관리들의 집으로 보내 하녀로 부리려고 해도 안 될 것 같사옵니다. 워낙 인간 우물尤物(특별한 미인)

들이라 관리들이 제 명에 못 죽을 것 같아 염려되옵니다. 신의 소견으로는 어차피 태후마마와 여러 마마들께서 곧 원명원으로 이주하실 텐데 그들을 아예 원명원으로 들여보내 시중들게 하는 건 어떨까 하옵니다. 내년에 방출하기로 했던 나이가 찬 궁녀들을 미리 내보내고 대신 이들을 들여보내면 양쪽 모두 성은을 입어 환호작약할 일이 아니겠사옵니까? 용비전에는 기인旗人들이 회족回族으로 단장해 시중들고 있사온데 태후마마도 서역 여자들의 시중을 받아보시는 것이 이색적이지 않을까 하옵니다. 이렇게 하면 폐하께서는 태후마마께 효도를 하실 수 있고, 그녀들도 회유할 수 있으니 어떤 자가 감히 수군거리겠사옵니까? 폐하께서는 이제껏 여색女色에 민감한 편이 아니었사옵니다. 이는 천하가 주지하는 바이옵니다!"

'건륭은 호색한이 아니다. 이는 천하가 주지하는 바이다.'

화신은 그야말로 '항문' 같은 입으로 '방귀' 같은 소리를 하고 있었다. 태감과 궁녀들은 모두 터져 나오려는 웃음을 억지로 참느라 얼굴이 다 시뻘게졌다. 건륭 역시 빙그레 웃었다. 그러나 쑥스럽거나 난감한 기색은 찾아볼 수 없었고 오히려 고개를 끄덕이면서 말했다.

"좋은 발상이네. 그녀들의 자색과 무관하게 관용을 베풀기로 하지. 그렇게 되면 화탁 부 귀족들이 변심하거나 동요하는 걸 미연에 막는 역할도 하게 될 것이네. 이들을 선하게 대하면 나중에 곽집점霍集占을 평정한 후 지역안정을 도모하는 데도 도움이 될 것이네. 왕렴, 가서 어지를 전하거라. 이번에 화탁 부에서 온 회족 여인들은 당분간 서육소西六所에 안치해 태후마마의 선발을 기다리라고 하거라. 내무부에 전하거라, 내년과 후년에 돌려보내기로 했던 궁녀들의 명단을 확인해 정해진 월례 외에 은자 삼십 냥씩을 더 내줘서 내일 당장 출궁시키라고 하거라!"

화신이 다시 즉각 아뢰었다.

"폐하, 이런 일은 황후마마의 의지懿旨로 내보내는 것이 더욱 바람직하지 않을까 사료되옵니다."

건륭은 그제야 자신이 서두르는 바람에 실수한 걸 느꼈는지 쑥스럽게 웃었다.

"곤녕궁坤寧宮으로 가서 어지를 전하고, 의지의 형식으로 내보내라고 하거라."

"예!"

왕렴이 대답과 함께 황급히 물러갔다. 건륭이 다시 책상 위에 놓여 있는 상주문에 시선을 주면서 덧붙였다.

"복강안의 상주문을 군기처로 가져가 군기대신들에게 읽어보라고 하게. 복강안은 이미 오천 인마를 이끌고 금천으로 쳐들어갔다고 하네. 그러나 사천 녹영이 어떤 식으로 잘 호응한다거나 군수품과 군량미를 어떻게 공급하는지에 대해서는 상세히 아뢰지 않았네. 경들이 수시로 전방의 소식을 탐문하고 미비한 구석이 있으면 보완해주도록 하게. 복강안의 주장奏章은 절략節略하지 말고 그대로 들여보내게. 어지를 청하지도 않고 공격을 개시했으니 책임이 너무 크네. 절대 소문내지 말게."

건륭이 말을 마치고는 복강안과 격라의 상주문을 화신에게 밀어줬다.

"자네가 먼저 읽어보게!"

화신이 재빨리 건륭을 훔쳐보고는 두 손으로 조심스럽게 상주문을 받쳐 들었다. 그러고는 엉거주춤 허리를 굽힌 채 창가의 햇살을 빌어 열심히 읽기 시작했다. 그다지 길지 않은 글이어서 그런지 단숨에 훑어본 그는 고개를 숙이고 잠시 생각하고는 입을 열었다.

"심려를 놓으십시오, 폐하. 복강안 공은 이번에 반드시 승리할 것이옵니다!"

건륭이 화신의 말에 빙그레 웃으면서 되물었다.

"어찌 그리 단언할 수 있다는 말인가?"

"사라분을 봉황이라고 하면 사라분 이세는 닭 정도밖에 안 된다고 볼 수 있사옵니다."

화신이 정색하면서 말을 이었다.

"반면 복강안 공은 부상에 비해 다른 건 몰라도 군무軍務 면에서는 청출어람靑出於藍이라고 해도 과언이 아니옵니다. 따라서 사라분 이세는 결코 복강안 공의 상대가 못 될 것이옵니다."

"음, 일리가 있네!"

"눌친과 장광사는 금천에 장시간 박혀 있었으나 마지막까지 금천의 심장부에 들어가 보지도 못한 채 쫓겨나고 말았사옵니다. 하오나 부상(부항)은 금천 전체를 점령했을 뿐 아니라 괄이애刮耳崖까지 공략하는 데 성공해 그곳의 지리와 형세를 낱낱이 파악해냈사옵니다. 덕분에 금천에서의 사라분의 '지리'地利적 우위는 물 건너가고 말았사옵니다."

건륭은 다소 놀란 눈으로 화신을 바라봤다. 여태껏 '이재理財의 천재'라고만 생각해왔는데 군사에 대해서도 일가견이 있는 줄은 미처 몰랐다는 눈빛이었다. 그러나 별다른 말은 하지 않은 채 계속 화신의 말에 귀를 열어놓았다.

"사라분은 자기 형을 죽이고 형수를 빼앗아 온 자이옵니다. 이는 금천 사람들이 주지하는 바이옵니다. 아비가 숙부에게 죽임을 당하는 장면을 지켜본 사라분 탁마卓瑪라는 계집아이는 복수의 칼을 갈면서 장성했다고 하옵니다. 부상이 왕년에 탁마를 생포했다가 풀어준 걸 보면 선견지명이 있었던 것 같사옵니다. 사라분 이세와 탁마의 내분은 피할 수 없는 숙명 같은 것이옵니다."

화신이 말을 마치고는 마른 입술을 적셨다. 건륭이 그러자 두어 번 박수를 치는 시늉을 했다.

"화신, 자네는 볼 때마다 발전하는 것 같네! 그래, 이제는 군기대신으로 입직했으니 군무에 유의하는 것은 당연지사일 테지."

건륭이 화신에 대한 칭찬의 말이 끝나기 무섭게 다른 상주문 하나를 뽑아들었다.

"두광내가 올린 상주문이네. 절강성의 선거仙居 등 일곱 개 현의 재정에 또 구멍이 뚫렸다고 하네. 양강 총독 부륵혼富勒渾이 개입되고 번사藩司와 직조사織造司까지 연루됐다는군. 혹시라도 제이의 '국태 사건'이 되는 게 아닌지 모르겠네. 짐은 강남에 외차外差를 나가 있는 호부상서 조문식曹文植에게 흠차대신의 명의로 절강에 들어가 철저히 수사하라고 지시했네. 형부좌시랑左侍郎 강성姜晟과 공부 우시랑右侍郎 이령아伊齡阿도 곧 파견할 거네. 아계는 이미 알고 있으니 자네와 우민중도 읽어보고 좋은 생각이 있으면 주장을 올리도록 하게. 자네 혹시 부륵혼과 왕래가 있는가? 그렇다면 이 자리에서 실토하게. 이 사건에서 일찌감치 손을 떼는 게 나을 테니까 말일세."

"신은 그자와 일면식만 있을 뿐이옵니다."

화신은 묵직한 상주문을 받아들자 마음이 무거워졌다. 건륭의 말처럼 딱히 부륵혼과 왕래가 잦거나 둘 사이에 말 못할 '거래'가 있었던 것은 아니었다. 원래 부륵혼은 고북구古北口와 장가구張家口에서 아계의 부하로 있었다. 아계와 수십 년 동안 교분을 쌓아온 각별한 사이라고 할 수 있었다. 화신이 그를 만난 것도 아계의 집에서였다. 때문에 화신은 자칫 잘못해 이 사건에 말려드는 날에는 겨우 해돋이를 보고 있는 아계와의 관계가 또다시 한밤중으로 전락할 것 같아 걱정스러웠던 것이다. 더욱 중요한 것은 부륵혼이 열다섯째황자 옹염과 끈끈한 교분이 있었다는 사실이었다. 그러니 화신으로서는 조심스러울 수밖에 없었다.

화신이 긴박하게 생각을 굴린 끝에 대답했다.

"하오나 신이 알기로 부륵혼은 승부욕이 강해 자신의 약점을 잘 드러내지 않는다고 하옵니다. 그리고 대체로 청렴한 편이라고 하옵니다."

화신의 속내를 알 리 없는 건륭이 말했다.

"두광내는 이 상주문에서 성주盛住라는 자를 지목했네. 이자는 항주杭州의 직조사를 책임졌는데, 옹염이 천거해 보낸 자라는군. 두광내는 이자가 옹염에게 사재私財를 보낸 적이 있다고 혐의를 지적하고 있으니 철저히 밝혀내야겠네!"

건륭의 안색은 이미 무섭게 굳어져 있었다. 화신 역시 옹염에 대한 얘기가 나오자 긴장하지 않을 수 없었다. 바로 그쪽으로 기억을 더듬어 봤다. 신분이 신분인 터라 그는 산동 및 북경에서 옹염을 만난 적이 몇 번 있었다. 그런데 그때마다 옹염은 번번이 화신을 도둑 대하듯 경계했다. 비록 화신에 대해 노골적으로 불만을 드러내지는 않았으나 적어도 그에게 그리 좋은 감정을 품고 있지 않다는 것쯤은 쉽게 알 수 있었다. 뿐만이 아니었다. 화신은 자신의 만만치 않은 정적이 될 수도 있는 전풍의 뒤를 봐주고 있는 사람이 옹염이라는 생각을 하고 있었다!

화신은 순간 '옹염이 이 사건에 연루됐으면 얼마나 좋을까!' 하는 생각을 했다. 솔직히 그런 생각이 절실했다. 하지만 그는 심각한 표정을 짓고 있는 건륭을 힐끗 훔쳐보면서 별일 아니라는 듯 조심스럽게 아뢰었다.

"황자마마들은 모두 훌륭하신 분들이옵니다. 더군다나 열다섯째마마처럼 정의롭고 성격이 대쪽 같으신 분이 절대 아랫것의 뇌물을 받으셨을 리 없사옵니다. 하오나 소인배가 소인배일 수밖에 없는 이유는 그자들은 물에 빠졌을 때 혼자만 빠진 걸 대단히 억울해하기 때문이옵니다. 그런 연유에서 누군가 열다섯째마마에게 덫을 놓았을 가능성도 배제할 수 없사옵니다. 항간에서는 열다섯째마마께서 산동에 계실 때 계집아

이를 사서 곁에서 시중들게 했다는 소문이 파다하옵니다. 이런 소문을 왕이열과 황자마마 주변의 소인배들이 아니면 누가 감히 퍼뜨리겠사옵니까? 또한 두광내도 보통이 아니옵니다. 이건 폐하께서 이미 잘 아실 것이옵니다. 그는 달걀에서도 뼈를 발라낼 수 있는 자이옵니다. 없는 일도 긁어서 부스럼을 만드는 자이옵니다. 명리名利를 노리는 소행일지도 모르오니 깊이 믿을 건 아니라고 생각하옵니다."

"짐은 두광내를 잘 아네. 그는 직신直臣이네. 짐은 그가 혹시라도 명리에 집착하는 면이 있을지도 모른다는 생각 때문에 아직까지 내각 대신의 반열에 올려놓지 않고 좀 더 관망하고 있을 뿐이네. 그런 식으로 말하지 말게."

건륭이 덧붙였다.

"혜아慧兒라는 아이에 대해서는 옹염이 귀경하자마자 짐에게 아뢰었었네. 그건 짐이 알기로는 문제될 바 없네. 재자가인才子佳人의 미담으로 봐줘도 무방할 것이네. 그래서 짐은 이미 그 아이를 이적移籍시켜 옹염의 측복진側福晉으로 봉해줬네. 도학道學은 다 좋은데 한 가지가 문제이네. 사람의 행위에 유난히 가혹하고 각박한 잣대를 들이대는 것이지. 누군가를 물었다 하면 놓지 않는 미친개처럼 말이네. 화신, 자네는 중추中樞에 입직한 대신으로서 체통을 지켜야 하고 주관이 뚜렷해야 하네. 귀가 너무 얇아서는 안 되네. 밖에서 들은 소리를 앵무새처럼 그대로 옮기는 건 금물이네."

"예! 명심하겠사옵니다. 신은 맹세코 도학을 멀리 하겠사옵니다!"

"도학을 무조건 멀리 하라는 게 아니고 가짜 도학을 멀리 하라는 얘기네!"

"예! 가짜 도학…… . 아무튼 한마디로 충서忠恕의 도를 깨닫고 아무나 물어버리는 미친개 근성을 근절하는 데 앞장서겠사옵니다!"

건륭은 심각한 표정을 짓고 있다가 화신의 말에 그만 풋 하고 웃어 버리고 말았다. 글은 짧아도 영악하고 천진한 점이 귀엽다는 생각이 들었던 것이다.

"흠차를 두어 명 더 파견해 수사에 박차를 가하는 것이 바람직할 것 같네……."

건륭이 몇 마디 덧붙이는 말을 채 끝내기도 전이었다. 갑자기 태감 왕인이 싱글벙글 웃는 얼굴로 나타났다.

"폐하, 복강안 대인의 첩보捷報가 도착했사옵니다! 아계, 우민중, 유용공 등이 폐하께 희보喜報를 전하고자 뵙기를 청하였사옵니다!"

"그래, 그래! 어서 들라 하라!"

건륭의 얼굴에 희색이 만면했다. 그는 흥분을 주체하지 못한 채 화신에게 말했다.

"어서 들라고 하거라! 이보다 더한 희소식이 또 있겠느냐! 자네는 과연 선견지명이 뛰어난 사람이로세!"

화신은 그러나 내심 당황하고 있었다. 사실 방금 군사와 관련해 건륭 앞에서 '유식함'을 자랑할 수 있었던 것은 군기처에서 아계가 여러 군기대신들을 앉혀놓고 서부의 정세를 분석할 때 귀동냥해 들었던 허접한 '지식' 덕분이었다. 그런데 이제 화제가 그쪽으로 집중되게 생겼으니 즉석에서 '무식'이 탄로 날 게 아닌가. 화신은 불안함을 감출 수 없어 가슴이 뛰었다. 물론 그렇다고 큰일이 나는 것은 아니었으나 아계에게 미운 털이 박히는 것은 피해갈 수 없을 터였다. 화신은 그 잠깐 사이에 이리저리 생각을 더 굴리는가 싶더니 황급히 엎드려 사은을 표하면서 아뢰었다.

"이는 폐하의 홍복 덕분이옵니다! 신이 어찌 감히 선견지명을 논할 수 있겠사옵니까? 폐하께서는 사라분 이세가 반란의 조짐을 보일 때부터 비밀리에 호남 녹영과 사천성 중군 대영을 사천성 서부에 배치시키고 운남성과 귀주성의 협조를 얻어 유사시 사라분의 도주로를 차단하게 하시는 등 사전준비를 철저히 하셨사옵니다. 또 아계 대인은 어지에 따라 후방에서 든든한 뒷심이 되어 주셨사옵니다. 복강안 공 역시 전방에서 사력을 다해 싸웠사옵니다. 이 모든 것 덕분에 오늘과 같은 대첩이 있지 않았나 생각하옵니다. 폐하께서는 금천에서 난의 조짐이 나타나자 '금천의 이번 전투는 여느 때와 달라 일거에 대승을 거둘 수 있다'라고 하셨사옵니다. 폐하께서야말로 신선과 같은 신통력을 지니신 선견지명의 달인이시옵니다……"

화신은 콩 볶듯 빠르고 똑똑하게 의미심장한 말을 쏟아냈다. 손짓까지 곁들이면서 흥분과 확신에 차서 입가에 흰 거품까지 물고 있었다. 이미 들어와 자리를 잡은 아계 등은 화신의 사자후에 고무된 듯 흥분한 표정이 역력했다. 그러나 아계는 연신 고개를 끄덕이면서도 내심 참기름을 바른 듯한 화신의 화술에 깜짝 놀랐다. 그래서 화신이 잠시 숨을 돌리는 사이 한마디 끼어들려고 했다. 자칫하면 건륭의 판단을 그르칠 수 있다고 생각한 것이다. 하지만 화신은 한번 잡은 말끝을 쉽게 놓치려고 하지 않았다.

"금천의 난이 평정됐사오니 이제부터는 사후 처리가 으뜸 요무要務로 대두됐사옵니다. 금천은 난이 일어났다 평정되고 또다시 불안정해지는 과정을 수없이 반복해 왔사옵니다. 이는 근본적으로 사라분의 부락이 토사土司(중국 서부 및 서남부 지역의 여러 성省에 두었던 지방관으로, 그 지역민들의 회유 수단으로 그들의 족장들을 임명하여 세습시켰음)의 통솔 아래에 있어 정부의 규제에서 자유롭기 때문이옵니다. 이제는 개토귀류改土歸流 정책을 진정으로 실시해야 할 것이옵니다. 금천부金川府 또는 금천주金川州 이런 식으로 이름부터 개명하고 한 개 부대의 녹영병을 상비군常備軍으로 주둔시키는 것이 바람직하다고 생각하옵니다. 폐하께서는 항상 일로영일一勞永逸(한번에 뿌리 뽑으면 영원히 무사함)을 강조하셨사옵니다. 금천이 일로영일할 수 있는 방법은 이것뿐이라고 사료되옵니다. 그렇지 않을 경우 오늘 난을 평정했다고 해도 언제 다시 숨 가쁜 출병을 해야 할지 모르게 될 것이옵니다. 눌친과 장광사가 출정했을 당시부터 계산해보면 지금까지 우리는 군비로 월 백만 냥씩을 고스란히 금천에 내다버린 셈이옵니다. 그동안 어림잡아 칠천만 냥이 소요됐사옵니다. 이 액수면 수많은 금천 사람들을 먹여 살릴 수 있을 것이옵니다!"

말을 마친 화신은 쿵 소리 나게 머리를 조아리고는 고개를 들었다. 이어 건륭을 바라봤다.

"자네는 사유가 남들보다 몇 년은 앞서가는 사람이로군."

건륭이 대단히 흡족해하면서 머리를 끄덕였다. 그러고는 아계와 우민중, 유용을 바라보면서 물었다.

"아직 첩보를 읽어보지 못해서 그러는데 복강안의 전황은 어떠했다고 하던가?"

화신이 그제야 안도하면서 한 발 뒤로 물러났다. 화두가 자신이 신경 쓰이는 쪽으로 흘러가지 못하게 차단막을 높게 쌓아올렸으니 이제는 걱정할 게 없다는 생각인 듯했다.

아계가 즉각 복강안의 보첩 상주문을 두 손으로 받쳐 올렸다. 건륭이 받아보니 겉봉에는 '팔백리 긴급'이라는 글씨가 적혀 있었다. 한쪽 귀퉁이에는 '보첩'報捷이라는 두 글자가 선명했다. 건륭이 흐뭇한 표정으로 수려하고 힘 있는 복강안의 필체를 오래도록 응시하더니 환한 표정을 한 채 입을 열었다.

"금천에서 날아오는 보첩을 보니 악몽이 되살아나는 것 같군! 금천은 두 명의 대학사와 한 명의 대장군을 주살하도록 만든 곳이지. 그들도 모두 '보첩'이랍시고 소식을 전해왔었네. 엄연히 패했으면서도 기군죄를 범한 거지! 복강안은 그들과 질적으로 다른 우리 대청의 보물이네. 과연 부상의 후예답네! 공격을 개시한다고 하던 때가 바로 엊그제였는데, 벌써 첩보를 보내오다니!"

건륭은 말을 마치자마자 바로 겉봉을 뜯고 속지를 펼쳐들었다.

사라분 이세는 비록 우매하고 무능하오나 그의 부하 장군 색낙목素諾木은 독수리처럼 용맹하고 싸움에 능한 자였사옵니다. 게다가 금천은 지세가 험준해 단순히 무기와 군사력의 우위만으로는 방심할 수 없었사옵니다. 다행히 선부先父께서 금천에서 철수하시면서 챙겨 오신 금천의 지도가 큰 도움이 됐사옵니다. 신은 부장副將들을 불러 밤낮없이 지형 분석에 몰두했사옵니다. 그 결과 '천험天險이라 불릴 정도로 복잡다단하고 험악한 금천의 '사각지대'까지 훤히 꿰뚫을 수 있었사옵니다. 때마침 사라분의 딸인 탁마와 사라분 이세의 불화로 인해 금천은 심각한 내분에 시달리고 있었사옵니다. 신은 이번 전투에 일거에 승부를 걸어도 괜찮다고 생각했사옵니다. 그래서 추호의 망설임도 없이 일천오백 정예병을 이끌고 선부先父께서 그랬듯 청수당淸水塘에서 공격을 개시했사옵니다. 사천 순무 격라는 칠천오백 명의 녹영군을 인솔해 명령을 대기하고 있었사옵니다. 우리 군은 천시天時, 지리地利, 인화人和를 두루 선점한 데다 폐하의 홍복洪福까지 입어 불과 오일 만에 색낙목을 독 안에 든 쥐 신세로 만드는 데 성공했사옵니다. 이번 전사戰事를 통해 이만 적군을 생포하고, 사만 금천 인민들이 귀순을 청해오는 쾌거를 올렸사옵니다! 장장 여드레 동안 이어진 전투에서 사라분은 크게 패해 사지로 내몰린 끝에 결국 자결했사옵니다. 신은 그자의 목을 베어 삼군三軍에 효시梟示(뭇사람에게 보여주다)하기로 했사옵니다. 탁마는 자신의 부하들을 거느리고 투항을 요청해 왔사옵니다. 이 밖에도 의

외로 완벽한 적들의 무기고를 찾아내 대포와 조총鳥銃, 화창火槍을 비롯한 여러 가지 무기들을 대량 노획했사옵니다…….

건륭은 복강안의 상주문을 단숨에 읽어내려 갔다. 복강안은 노획한 무기에 대해 소상하게 나열하고 나서 끝부분에 또다시 짤막하게 적었다.

……하오나 이번 전역戰役에서 우리 군도 사천여 명의 인명피해를 입었사옵니다. 승리의 축배를 들기에는 너무나 가슴 아픈 일이옵니다. 아울러 신은 사전에 어지를 청하지 않고 사사로이 출전한 데 대해 인신人臣으로서 폐하께 커다란 불경을 저지른 것임을 뒤늦게 깨달았사옵니다. 보첩을 서두른 것도 금천의 전사戰事와 관련해 폐하의 성려聖慮를 한시라도 빨리 덜어드리고 불경의 죄를 조금이나마 씻기 위함이었사옵니다…….

건륭의 입가에 미소가 번졌다. 복강안이 자신의 죄를 청하는 부분에 거창한 미사여구를 늘어놓지 않은 것이 마음에 들었던 것이다. 그것은 간단한 몇 마디에 지나지 않았으나 그럼에도 불구하고 건륭은 복강안의 진심을 알고도 남음이 있었다. 그는 눈빛의 여광餘光으로 좌중의 네 명 군기대신들을 쓸어보고 나서 말없이 붓을 들었다. 이어 상주문의 빈자리에 주비를 적어나갔다.

경의 보첩 소식에 짐의 희열은 이루 형언할 수 없을 만큼 크네! 경과 경의 아비 부항은 두 번째로 완승을 거두면서 눌친과 장광사가 초래한 거국적인 굴욕을 철저히 설욕해줬네.
이제부터 금천 인민들은 포화가 없고 총칼의 위협이 없는 평화의 땅에서 안거낙업安居樂業을 할 수 있게 됐으니, 이 어찌 거국적으로 함께 기뻐할 일이 아니겠는가? 이번 완승의 의미는 매우 특별하네. 그 이유는 금천을 평정함으로써 인접한 사천과 서장西藏 지역에서도 관군의 세력이 더불어 커졌기 때문이네.

조정의 만년 우환을 제거하고 짐의 커다란 시름을 덜어준 경의 공로는 실로 하늘을 덮고도 남을 것이네. 그런데 어찌 어지를 청하지 않고 공격을 개시한 데 대한 자책이 그리 크다는 말인가?

부질없는 우려는 하지 말고 즉각 사라분의 부하 색낙목에게 항쇄를 씌워 북경으로 압송하게. 이상!

건륭이 만족한 표정으로 붓을 내려놓았다. 그러고는 웃음 띤 어조로 네 명의 신하들에게 말했다.

"칭송의 말은 화신이 이미 다 했네. 그러니 경들은 이제 복강안의 공로와 금천의 사후 처리에 대해 논해보게!"

좌중의 대신들은 서로 마주보면서 웃음을 지었다. 그러다 우민중이 먼저 입을 열었다.

"방금 군기처에서 아계 공이 복강안 공의 상주문을 읽어줬사옵니다. 비록 전투 장면을 소상히 설명하지는 않았으나 당시의 처절했던 장면을 충분히 미뤄 짐작할 수 있었사옵니다. 금천의 전사는 단순히 금천 한 지역의 일만이 아니옵니다. 금천 대첩의 소식이 인접한 서장에 전해지면 저의가 불순한 무리들이 겁을 먹지 않을 수 없사옵니다. 또 복강안 공이 사천에서 닭 잡는 걸 본 원숭이들이 놀라 도망가지 않을 수 없을 것이옵니다. 개중에는 영국인들과 같은 잘못된 생각을 품은 자들도 있을 것이옵니다. 이런 까닭에서 복강안 공의 공로는 부상이 금천을 평정하고 면전을 정벌한 공로보다 더 크다고 보옵니다!"

우민중이 잠시 멈췄다가 미소를 머금은 채 다시 덧붙였다.

"하오나 복강안 공은 이미 최고의 작위인 공작公爵에 봉해졌사오니 장원莊園이나 물질적인 보상으로 황은皇恩의 영총榮寵을 표시함이 바람직할 것 같사옵니다."

"이번 전사는 옹정 삼 년 이래 조정에서 병마를 가장 많이 투입한 전역이옵니다. 일거에 서남 지역의 건곤乾坤(하늘과 땅. 즉, 영토)을 정한 쾌거이옵니다."

아계 역시 희색이 만면한 채 입을 열었다. 이어 자신의 주장을 자신감 넘치는 어조로 아뢰었다.

"실로 조정과 천하의 일대 희사가 아닐 수 없사옵니다. 은자를 대거 풀어 복강안 공을 비롯한 영웅들에게 후한 상을 내리는 것이 마땅하다고 생각하옵니다. 폐하의 남순南巡은 천하가 잘 통치되고 있다는 사실을 보여주는 효과를 거뒀사옵니다. 문치文治를 선양宣揚하는 것과 위무威武를 과시하는 것을 병행하시면 천하를 교화하고 후세에 모범이 되는 데 크게 도움이 될 거라고 생각하옵니다. 격라에게 독촉을 해서 빠른 기간 내에 전쟁포로들을 무사히 북경으로 압송해야 한다고 생각하옵니다. 오문午門에서 인계받은 즉시 주살誅殺하고, 이를 태묘太廟와 천단天壇, 그리고 온 천하에 고해야 마땅하다고 보옵니다. 복강안 공의 작위는 더 이상 올릴 수 없사오니 직무를 승진시키는 것이 바람직하다고 생각하옵니다. 대장군, 영시위내대신, 태자태보 등등 직급은 폐하께서 친히 결정하시는 것이 바람직하겠사옵니다. 이는 복강안 공 개인의 공명과 조정의 포상제도에만 국한된 것이 아니옵니다. 더욱 중요한 것은 이를 통해 무공武功을 발양發揚하고, 관풍官風과 민심民心을 진작해 팔기八旗 자제들에게 본보기를 세우는 것이옵니다!"

좌중의 대신들은 아계의 말에 처음에는 모두들 고개를 갸웃거렸다.

복강안은 아직 어리다면 어린 나이였다. 그런데 이미 공작에 봉해진 사람의 직급을 천정부지로 높여 주면 앞으로 더 큰 공로를 세웠을 때는 어찌해야 한다는 말인가? 그리고 그렇게 수선을 떨다가 다음에 혹시 군사에 좌절을 겪게 되는 날에는 어찌할 것인가? 그런 우려 때문이었다.

그들은 그러나 끝부분에 가서 비로소 아계의 진의를 알아차렸다. 관리들의 풍기가 문란하고 민심이 일전직하日轉直下해 조정의 위신이 바닥으로 추락하는 현 시점에 복강안을 위무대장군威武大將軍으로 내세워 크게 부각시킨다면 조정과 백성 모두 심기일전할 수 있다는 생각을 읽었던 것이다.

건륭 역시 아계의 진의를 이해한 듯 기쁜 표정으로 고개를 끄덕였다.

"실로 노련한 견해이네! 직급을 한 단계 올려 위무대장군으로 봉하세. 오문에서 열병식과 포로 인계식을 갖고 태묘와 천단에 제를 지내는 행사는 예부에서 주최하도록 하게."

건륭은 말을 마치고는 문득 기윤을 떠올렸다. 이럴 때 기윤이 있었으면 멋진 문장을 선보였을 텐데……. 그는 잠시 그렇게 생각하고 나서 다시 지시를 내렸다.

"한림원에 어지를 전하게. 천단과 태묘에 제사를 지낼 때 낭독할 고제문告祭文을 준비하라고 하게. 금천 전사를 경축하는 내용의 가사도 써서 창음각暢音閣에 보내 편곡하도록 하세. 이번에 춘위 시험에 입격한 조석보曹錫寶가 직접 집필해 어람을 청하라고 하게."

건륭이 말을 마치고는 다시 유용을 향해 물었다.

"경은 어찌 말이 없는가?"

"신은 금천에 유관流官을 두는 데 대해 생각하고 있었사옵니다."

유용이 깊은 사색에서 헤어난 듯한 목소리로 황급히 대답했다. 이어 자신의 생각을 곁들였다.

"금천 지역에서는 역대로 장족藏族, 묘족苗族, 요족傜族, 동족僮族 등 여러 민족이 잡거雜居해 왔사옵니다. 다민족 지역의 특성상 서로 배타적이고 자기 것에 대한 애착이 유난히 강하옵니다. 저들끼리도 잘 융합이 안돼 시비가 끊이지 않고 각종 불안 요소들이 잠재돼 있는 곳이옵니다. 당연히 만한滿漢의 유관流官들로서는 그들을 다스리기가 여간 힘들지 않을 것이옵니다. 신의 어리석은 생각으로는 그들의 생활양식을 하루아침에 변화시키는 것보다 대금천大金川에 녹영병을 주둔시키는 것이 바람직할 것 같사옵니다. 지역 현안에 사사건건 간섭하지 않고 오로지 열세 개 토사土司에 큰 분쟁이 생겼을 때만 적당히 진압하고 조율하게 만들어 궁극적으로 금천의 안정을 도모하는 것이 어떻겠사옵니까?"

유용의 말에 화신이 즉각 동조하고 나섰다. 우민중 역시 이내 공감을 표했다. 그러자 건륭의 시선은 아계에게 쏠렸다.

아계가 순간 힘 있게 뻗은 숯검정 눈썹을 아래로 무겁게 떨어뜨렸다. 뭔가 깊이 생각하는 것 같았다. 얼마 후 눈빛을 반짝이면서 유용의 말을 끝까지 듣고 난 그가 건륭의 시선을 의식한 듯 웃으면서 아뢰었다.

"유 대인의 뜻대로라면 금천에 더 이상의 큰 분쟁은 없을 것이옵니다. 하오나 금천은 군사 요충지로서 더 큰 역할을 할 수 있사옵니다. 정부를 두지 않는 대신 한 개 부대가 아닌 대부대를 대금천에 삼천, 소금천에 이천, 그리고 다른 군사 요충지까지 여러 곳에 전부 주둔시키려면 어림잡아 상주병력만 오만 명이 필요할 것이옵니다. 이리 되면 북으로는 청해성 남로南路를 견제할 수 있고, 남으로는 운남과 귀주 쪽의 변란에 즉각 투입할 수 있사옵니다. 또 서장과도 사천성 동부나 남부에서 가는 것보다 훨씬 가까운 거리이옵니다. 수만 인마가 조석으로 삼면三面의 사변事變에 즉각 대응할 수 있다는 장점이 있사옵니다! 신의 소견으로는 앞으로 금천은 군사요충지로서의 장점을 충분히 살려 대청의 최대 병영으로 탈바꿈시키는 것이 바람직할 것 같사옵니다. 다사다난했던 금천을 '금천 대영'이라고 개명하는 것도 나쁘지 않을 것 같사옵니다! 나포장단 증羅布藏丹增이 청해에서 난을 일으켰을 때 가까운 금천에 병력만 있었어도 머나먼 서안西安에서 대거 용병을 하느라 시간을 지체하고 호기를 놓쳤을 리 없지 않았겠사옵니까?"

아계의 말은 단순히 말썽꾸러기 달래듯 금천을 잠재우는 데만 급급해서는 안 된다는 의미를 담고 있었다. 말하자면 그곳을 서부의 군사 요충지로 십분 활용하자는 생각이라고 봐도 좋았다. 건륭은 속으로 나무만 보지 않고 숲을 보는 아계의 트인 사유야말로 재상답다고 생각했다!

거기까지 생각하자 건륭은 다소 흥분한 것 같았다. 평소의 그답지 않게 조급한 표정을 한 채 말없이 온돌을 내려서더니 천천히 방안을 거닐었다.

"오만 오천 명이 상주한다는 얘기인데……."

건륭이 혼잣말하듯 천천히 입을 열었다. 이어 다시 걱정스레 말했다.

"도로 사정이 열악하고 기후도 안 좋지, 대군의 병영을 짓고 겨울 난방도 해결해야 하지, 군량미 공급에 차질도 없어야 하고……. 그러니 어려운 점이 한 두 가지가 아닐 테지? 아무튼 군비는 대충 얼마면 될 것 같은가?"

건륭이 말을 마치고는 화신을 바라봤다. 그에게 대답을 요구하는 자세였다.

화신은 쟁쟁한 '대가大家'들 앞에서 일순 당황하지 않을 수 없었다. 솔직히 그는 굳이 아계의 말을 빌리지 않더라도 군무에 대해서는 '까막눈'이었다. 그러나 건륭이 자신을 꼭 집어 대답을 요구하는 자세를 보이는 걸 외면할 수는 없었다. 그는 빠르게 머리를 굴리기 시작했다. 아계의 말에도 일리가 있기는 하나 건륭의 우려도 기우는 아닌 것 같았다. 다행히 그는 주판알을 튕기는 데 있어서는 하늘이 내린 사람이었다. 잠깐 사이에 대략적인 수치까지 계산해낼 수 있었다. 그가 드디어 입을 열었다.

"군량미만 해도 월 팔만 냥이 필요할 것 같사옵니다. 도로 사정이 워낙 열악하오니 식량과 채소류를 운송하는 인건비도 상당할 것이옵니다. 두부 한 판이 성도에서 금천까지 가고 나면 고기값이 될 것이옵니다. 대영大營을 지을 때 필요한 자재를 전부 인력으로 운반하는 것도 엄청난 일이옵니다. 원명원 막바지 공정에 은자가 많이 필요하고, 복강안 공의 대군을 위로하는 데도 어림잡아 백만 냥은 있어야 하오니……."

"아무리 궁해도 할 건 해야지! 은자가 충분하면 자네에게 물을 까닭이 뭐 있겠는가?"

건륭이 단칼에 화신의 말을 잘라버렸다. 이어 시원스럽게 다시 입을 열었다.

"아무튼 아계의 주장에 입각해 어디서 돌려 치든 훔치든 예산은 자네가 알아서 만들어내게!"

화신은 건륭의 억지에 가까운 말에 순간적으로 두 눈이 휘둥그레지지 않을 수 없었다. 말문도 뚝 막혀버리고 말았다. 화신으로서는 원숭이도 나무에서 떨어질 때가 있다는 격으로, 이번에는 '성의'聖意를 제대로 짚어내지 못했다고 볼 수 있었던 것이다. 순간 아계와 우민중, 유용 등은 모두 속으로 은근히 쾌재를 불렀다. 그러나 화신은 곧 자신이 '맥'을 잘못 짚었다는 사실을 눈치채고는 낯빛 하나 바꾸지 않은 채 다시 아뢰었다.

"신의 우매함을 용서해주시옵소서. 은자가 넉넉한 건 아니오나 쓸 데와 안 쓸 데를 구분해 다른 곳에서 긴축하면 충분히 돌릴 수 있을 것 같사옵니다. 대사와 소사를 구분하지 못하고 주먹구구식이었던 신의 무지함이 폐하의 심기를 불편하게 해드렸다면 대단히 죄송하옵니다! 아울러 신은 감히 한 가지 건의를 드리고자 하옵니다. 그곳에 대군을 주둔시키기에 앞서 역도驛道 하나를 새로 만드는 건 어떨까 하옵니다. 쇄경사刷經寺에서 대금천과 소금천을 거쳐 남쪽으로 옛 역도와 이어지도록 그물 모양으로 도로를 놓는 것이옵니다. 그리 하면 군사 이동과 식량, 채소 운반이 훨씬 편리해지고 운송비도 절감하게 될 것이옵니다. 통촉해 주시옵소서, 폐하!"

화신은 역시 머리에 바람개비를 달고 있는 게 분명했다. 실수로 건륭의 심기를 불편하게 했으나 이내 번복하고 거기에 한술 더 떠서 나름 상당히 괜찮은 '건의'까지 하고 나선 것이다. 그로써 방금 전의 난감한 분위기는 일순간에 사라지고 말았다. 건륭의 얼굴에 미소가 어렸다.

"역시 살림꾼이야! 어떻게든 예산을 절감하는 방향으로 머리를 쓰지 않는가! 좋은 발상이네. 공부에 지시해 즉시 사전답사에 나서라고 하게. 이런 일은 서둘러야 하네."

유용은 건륭의 말이 끝나자 전란을 겪은 금천의 난민 안치 및 생업 지원 대책에 대해 잠깐 언급했다. 이어 아계가 유용의 말을 받아 아뢰었다.

"금천에는 경작이 가능한 토지가 얼마든지 있사옵니다. 단지 그들이 방목과 수렵에 익숙해 경작을 멀리 해 왔을 뿐이옵니다. 신은 장가구張家口와 고북구古北口에서 둔전屯田을 실시한 바 있사옵니다. 금천은 토질이 비옥하고 물이 충분해 농사를 짓기에 더없이 유리한 고장이옵니다. 병사들을 적당히 동원해 경작을 하면 식량과 채소는 충분히 자급자족이 가능할 것이옵니다. 현지 백성들도 관군들이 선두 역할을 하면 따라서 농사에 재미를 붙일 수 있을 거라고 생각하옵니다."

"그래, 그게 좋겠네! 역시 셋이 모이면 제갈량을 능가하는구먼."

건륭은 기분이 좋은 듯 온돌 모서리에 걸터앉았다. 그러고는 덧붙였다.

"우민중, 자네는 곧바로 사천 순무 격라에게 서찰을 보내 오늘 회의내용 중 굵직굵직한 것만 먼저 알려주게. 유용, 자네는 색낙목을 빨리 북경으로 압송하라고 독촉하게. 포로들을 압송하는 길에 아사, 병사하거나 도망자가 생기는 날에는 지방관들이 그 책임을 면키 어려울 것이라고 이르게!"

건륭이 목에 잔뜩 힘을 주면서 덧붙였다.

"보월루가 준공됐다고 하니 짐은 내일 그리로 가봐야겠네. 우민중과 화신은 아침 일찍 패찰을 건네고 어가를 수행하도록 하게."

우민중과 화신은 황급히 자리에서 일어나 한 발 앞으로 나와 대답했다. 이어 우민중이 조심스레 여쭈었다.

"하오면 의장儀仗은 대가大駕와 법가法駕 중 어느 쪽을 택하실 것이옵니까? 신이 예부에 통보를 서둘러야 하겠기에……."

"의장은 따로 필요 없네. 그리 하면 또다시 북경을 발칵 뒤집어놓을 게 아닌가."

건륭이 덧붙였다.

"팔인교 하나면 충분하네. 경들은 말을 타고……. 화신만 잠깐 남고 모두 물러가게."

아계 등 세 신하가 물러가자 건륭은 태감과 궁녀들까지 모두 물리쳤다. 화신은 또 무슨 일일까 하고 내심 걱정하면서 조심스레 여쭈었다.

"폐하……, 분부하실 말씀이라도 계시온지요?"

"아, 별것 아니네."

건륭이 전각 바깥을 힐끔 쳐다봤다. 무언가 중요한 말을 하려는 것 같았다. 그러다 입을 도로 다물어버렸다. 잠시 침묵한 끝에 결국 다시 입을 열었다.

"자네가 말하던 그 회족回族 여인들이 아직도 오문 밖에 있나?"

"예! 어지가 내려지기 전까지는 돌부처가 돼도 기다려야죠!"

그제야 화신은 건륭의 의중을 헤아리고 웃음기를 거두면서 대답했다.

"폐하께서는 정무가 워낙 다망하시오니 이 일은 신에게 맡겨주시옵소서. 신이 폐하께서 신경 쓰지 않으셔도 될 정도로 잘 처리하겠사옵니다. 먼저 함안궁咸安宮에 안치했다가 그중 특출한 몇 명을 골라 태후마마와 용비마마께 보내드리겠사옵니다. 폐하께서도 이참에 색다른 분위기를 느껴보십시오. 두어 명 넣어드리겠사옵니다."

"그래, 잘해 보게."

건륭이 환한 표정으로 후궁전을 가리키면서 덧붙였다.

"저들에게 책잡히지만 않으면 되네. 됐네, 그만 가보게!"

〈17권에 계속〉